P9-ARD-694

# GRAND

# GRAND

JANUSZ LEON
WIŚNIEWSKI

WIELKA LITERA

Projekt okładki
*Jacek Szewczyk*

Zdjęcia na okładce
Corbis

Zdjęcia na stronach rozdziałowych
*Marcin Biedroń*
www.marcinbiedron.com

Redakcja
*Helena Sztajn*

Korekta
*Jadwiga Piller*
*Jadwiga Przeczek*

Copyright © by Janusz L. Wiśniewski, 2014
Copyright © Wielka Litera Sp. z o.o., Warszawa 2014

Wielka Litera Sp. z o.o.
ul. Kosiarzy 37/53
02-953 Warszawa

Skład i łamanie
*Piotr Trzebiecki*

Druk i oprawa
Abedik S.A.

Oprawa twarda
ISBN 978-83-64142-61-1

Oprawa miękka
ISBN 978-83-64142-62-8

*Projektowany hotel winien być wystawiony w takiej formie, by przedstawiał coś w rodzaju tryptyku. Lewe jego skrzydło mieściłoby cele ze ścianami wybitymi filcem dla goszczenia wariatów, prawe skrzydło kryminał. Zamiast gazonu przed frontem hotelu należy od razu założyć cmentarz dla samobójców. Na froncie hotelu umieścić powinno się motto Dantego „Lasciate ogni speranza" (Porzućcie wszelką nadzieję).*

„Gazeta Gdańska", kwiecień 1922

Wbiła palce w mokry piasek i zacisnęła go w pięściach. Nie otwierała oczu. Nasłuchiwała. Poczuła chłód kropli wody spadających na jej łydki. Ale na uda nie. Powinnam je czuć przecież także na udach! – pomyślała. – No nie! Rozkładają teraz te srebrzyste parasole, zaraz będą fotografować. Boże! Kurwa! Mamo! Z całych sił zacisnęła powieki. Przywarła twarzą do piasku. Czekała na dźwięk migawki.

– Niech panienka się nie stracha – usłyszała zachrypnięty głos. – Wszystko pod kontrolą, buciki panienki też zaopiekowane. A i pluszaka od panienki znalazłem. Cały mokry jest biedak, ale na słoneczku to na sto procentów wyschnie.

Powoli odwróciła głowę. Przymrużyła oko. Rozpadający się but z chropowatej skóry, popękany w kilku miejscach. Szary od brudu bandaż z ciemną plamą zeschniętej krwi, owiązany czarnym rzemykiem. Zsunięty zbyt nisko. Odkrywający zaropiałą ranę. Obcięta tuż pod kolanem nogawka spodni z wytartego brązowego sztruksu. Zwisający kawałek poszarpanego sznura zamiast paska. Wyblakły, kiedyś może granatowy, dziurawy w kilku miejscach podkoszulek.

Kreszowa neonowo żółta bluza bez rękawów. Niewyraźne, rozmazane od starości tatuaże na wewnętrznej stronie przedramienia. Jak rozciągnięte krawędzie siniaków. Ogromne oczy, jak gdyby na siłę wepchnięte w za ciasne oczodoły. Uśmiechnięte jak u szczęśliwej żaby. I usta, rozwarte, ze zbyt dużymi zębami. Naznaczone przyklejonym do dolnej wargi papierosem zgiętym w pałąk. I pobrużdżone czoło, jakby zamyślone i pełne troski. Długie, potargane i zwichrzone włosy. Siwe, skręcone u końców w mokre kosmyki, opadające miejscami na wytrzeszczone oczy.

– Przystanąłem przy panience, bo sukienka mogłaby zamoknąć i potem zapalenie płuc się przypęta. Na mur.

Rozpostarł nad nią parasol w wyblakłe czerwono-pomarańczowe pasy. Taki, jakie wynajmuje się na plażach.

– Do dziewiątej parasole są za darmo. W niedzielę to nawet do dziesiątej. A panience to ktoś krzywdę chyba uczynił? Bo żeby tak samą nad morzem na pastwę, bez opieki zostawić… A tutaj teraz tylu nieuczciwych złodziei się kręci. To ten hotel ich tak przyciąga, jak pszczoły do miodu.

– Jaki hotel? – zapytała, wyciągając dłoń w kierunku jego buta.

– A ten tutaj. Za plażą. Hotel jak hotel. Tyle że nowy, wyremontowany. Kiedyś był tu stary. Starszy nawet ode mnie. Ale ja go lubię i teraz. Tutaj się tyle dzieje. Podlewam im za to platany. I czasami scyzorykiem podcinam róże. Bo zaniedbują. Moja małżonka zawsze lubiła te platany. Mówiła, że ładne. Jak nasza Juleczka zaczęła chodzić, to kazała mi z nią w niedzielę taksówką jeździć pod te platany. Aby się jodu na spacerach nawdychała i napatrzyła. To im podlewam. Bo ładne. Nawet zimą. Gdy takie łyse jak kościotrupy. A do platanów trzeba mieć serce…

*

– Czy panienka potrzebuje zapalić? – wtrącił nagle. – Chociaż ja mam tylko skręty. Ale ręce miałem czyste… – dodał.

Usiadła. Palcami zsuwała ziarenka piasku z twarzy i szyi. Potem otrzepała sukienkę i torebkę, na której przedtem leżała. Sięgnęła po wystającą z piasku butelkę wypełnioną do połowy winem. Przyłożyła do ust. Otarła nadgarstkiem wargi. Uniosła rękę z butelką. Na kolanach podpełzła do jego stóp. Zawiązała przemoczone sznurowadła zwisające u obu butów. Wyciągnęła z torebki kilka wacików do demakijażu. Jeden z nich spryskała obficie swoimi perfumami.

– Obmyję panu tę ranę. Mogę, prawda?

Delikatnie przetarła wacikiem skórę wokół żółtawej masy ropnia na jego nodze. Powoli rozsupłała czarny rzemyk, ostrożnie przesunęła bandaż ku górze i na powrót przewiązała rzemykiem.

– Jest pan pokornym i skromnym człowiekiem, prawda? – zapytała, podnosząc głowę.

Zauważyła, że opuścił powieki. Czuła pod opuszkami palców, że cały drży.

– Za mocno przewiązałam? Boli pana? Czy to te perfumy tak parzą?

Nie odpowiadał. Podniósł butelkę do ust i łapczywie pił.

Przytuliła policzek do jego nogi.

– Czy jak ktoś jest pokorny i skromny, to jest lepszy od innych? Albo chociaż dobry? Jak pan myśli?

Wyciągnęła papierosy z torebki. Zapaliła dwa, podała mu jednego.

– Bo widzi pan, ja – mówiła, zaciągając się – tracę kogoś, kto uważa, że jest lepszy od innych, tylko dlatego, że żyje w skromności i pokorze. Bo nic o sobie światu nie opowiada. I on mnie tym, na początku, rozkochał w sobie. A potem się okazało, że on nie mówi, bo nie ma o czym. Bo nic nie osiągnął. Jego zdaniem.

Ale mnie to nie przeszkadza. I na dodatek on się myli, wie pan? Myli się. Bo mnie nie interesują te jego osiągnięcia, które można dzielić z tak zwanym, kurwa, światem. Bo w moim świecie to on ma osiągnięcia największe z możliwych. A te inne się nie liczą. On jest moim światem. Tyle że tego nie zauważa. Czy mogę przy panu mówić czasami „kurwa"? Bo przy nim nie mogę, a nieraz przecież bez „kurwa" się nie da, prawda? On myśli, że ja bluzgam, bo chcę się przypodobać ludziom, którzy bluzgają. Bo ci z nazwiskami to jego zdaniem klną bez przerwy, a ja według niego chcę być taka jak oni.

A pan? Jak pan się nazywa? – zapytała, podnosząc głowę.

– Ja? Ja nazywam się Marian Szczepan Lichota, ale wszyscy mówią na mnie Lichutki. Nawet milicjanci, to znaczy policjanci – odparł, oddając jej butelkę.

– O kurwa! To ja mogę przy panu kląć jak szewc. Bo pan to ma dopiero nazwisko. – Zaśmiała się w głos.

– A to wino jakieś kwaśne. To chyba modne teraz jest, pić skwaśniałe wina. Co znajdę jakąś flaszkę przy hotelu, to albo pusta, albo kwasidło. Wódki to już teraz na plaży jak na lekarstwo. A kląć niewieście nie przystoi. Ale jak panienka musi, to proszę się nie krępować.

A nazwisko jak to nazwisko. Po ojczulu i dziadu – dodał cicho po chwili.

– No tak. Proszę mi wybaczyć. Ja tak tylko ze złości na niego. Moja babcia z Wyrzyska po drugim mężu nazywała się Lichutka. Ja tak ze złości tylko. Przepraszam pana bardzo – powiedziała, ściskając jego rękę. – Nie musi pan trzymać tego parasola. Już chyba nie pada. To ogromnie miłe z pana strony.

– Ale wietrzysko dzisiaj od wschodu takie, że bryza to aż z góry człowieka moczy. Potrzymam jeszcze, nad ranem zawsze bryza największa – odparł.

– A która jest godzina?

– Myślę, że będzie po piątej. Dopiero co zapalili światła w kuchni. Zapalają tak koło piątej, aby na śniadanie wszystko było gotowe.

Sięgnęła do torebki i wyjęła telefon. Miała kilkanaście wiadomości. Ale żadnej od niego. Nie próbował także dzwonić. Wszystkie wiadomości były z redakcji. Nawet jej matka wie, że po północy nie wolno do niej pisać. Bo albo śpi, albo pisze, albo się kocha. Ale tych w redakcji zupełnie to nie obchodzi. Dlatego dają jej – z pełnym oszukańczej korporacyjnej dumy liścikiem od dyrektora – rzekomo najlepsze telefony, zmieniają modele co pół roku, i szpiegują potem jak psa na gigancie z czipem wszytym za uchem.

– Ma pan rację. Jest kwadrans po piątej. A może wie pan także, jaki dzień dzisiaj?

– Dzisiaj to już piątek…

Wstała. Powoli podeszła do fal rozlewających się pianą na piasku. Podniosła sukienkę i wsunęła ją za majtki. Ostrożnie szła dalej. Gdy woda sięgnęła jej ud, pochyliła się i zaczerpnęła pełną dłoń. Przemyła twarz. Najpierw raz. Potem drugi. Potem kolejny. Potem następny. Nachylała się, zamykała przeciekającą między palcami wodę w dłoniach i tarła nimi twarz. Raz po raz. Jak w amoku. Nagle przestała. Odwróciła się do plaży i przechyliła głowę do tyłu. Kolejna fala zmoczyła jej włosy. Rozczesywała je palcami, wracając do brzegu.

– Ja tu panienkę od deszczu ochraniałem, a ona w zimny Bałtyk jak do balii. I to w ubraniu – powiedział mężczyzna z wyrzutem, gdy do niego podeszła.

Zapaliła papierosa. Podniosła torebkę i buty.

– Musiałam zmyć z siebie tę noc. A Bałtyk wcale nie zimny – odparła z uśmiechem i pochyliła się, potrząsając głową. Chciała, aby krople z jej włosów spadły na jego gołe łydki. – Och, jak dobrze! Zostało nam jeszcze trochę kwasidła. – Sięgnęła po butelkę wepchniętą w piasek między jego stopami. – Wypijemy, zanim zrobi się całkiem jasno.

Przyjrzała się butelce. Wzięła mały łyk, resztę zostawiła dla niego. Położył parasol na piasku, poprawił bluzę i wziął butelkę z jej wyciągniętej ręki.

– Czy pani ma na imię Julia? – zapytał cicho.

– Nie. Ale bardzo podobnie. Zje pan ze mną śniadanie?

– Jak to śniadanie? – wykrzyknął zdumiony.

– No śniadanie... Jajecznicę, parówki, twaróg, bułkę z masłem, pomidory, sok pomarańczowy i kawę. Zje pan? Śniadania nie powinno się jeść w pojedynkę...

Patrzył na nią przez chwilę, dotykając palcami warg. Potem opuścił głowę i wyjaśnił cicho:

– Nie mogę zaprosić panienki na śniadanie. Ja nie mam pieniędzy. Przepraszam...

Zacisnęła dłonie. Powstrzymywała łzy. Poczuła, że sprawiła mu przykrość.

– A dlaczego to mężczyzna ma zapraszać kobietę na śniadanie?! Bo co?! Bo tak jest przyjęte? Dlaczego to ja nie mogę zaprosić pana na śniadanie? Niech pan nie będzie staroświecki, panie Lichutny, bo to...

– Lichutki – przerwał jej.

– Tak. Lichutki. Wiem – dokończyła, zagryzając wargi. – Gdzie jest wejście do tego hotelu? Zaprowadzi mnie pan?

– Po drugiej stronie. To kawał drogi. Trzeba obejść plażą i wejść od ulicy podjazdem lub schodkami za fontanną, bo tak z wczesnego rana to bramka od plaży zamknięta i nie dobudzi pani wartownika. Ja go znam i wiem.

– To jest Grand Hotel? I jesteśmy w Sopocie, prawda?

– Tak jest proszę panienki, w rzeczy samej. To jest Grand – odparł.

Wydobyła z torebki skórzane etui. Otworzyła puderniczkę.

– Zrobi pan dla mnie coś jeszcze, zanim tam pójdziemy? Przytrzyma mi pan lusterko? – zapytała, uśmiechając się do niego.

Natychmiast wypluł papierosa i opuścił parasol na piasek. Uważnie wytarł dłonie o spodnie, zbliżył się do niej i niepewnie chwycił w palce krawędzie puderniczki. Przybliżyła twarz do lusterka i zaczęła przecierać skórę wacikiem.

– Dlaczego nie powiedział mi pan, że wyglądam jak stara pijaczka wyrzucona na bruk po zamknięciu knajpy? – Zaśmiała się. – Gdyby mnie tutaj nakryli ci goście od zdjęć do szmatławców, straciłabym ostatnie resztki reputacji. I to na zawsze. Nikt by mi nie uwierzył, że zasnęłam na plaży z powodu topienia smutków w winie. Często jest pan smutny? – zainteresowała się, nakładając szminkę na wargi.

– Smutny? Co panienka uważa przez „smutność"? – Wydawał się zaskoczony.

– No, to że panu kołacze coś cały czas w sercu i boli pod mostkiem albo w brzuchu, i w duszy zbiera się na deszcz, i chce się panu płakać całym sobą albo się upić, aby nie płakać?

– W kwestii upicia, to sprawa jest inna. Pić ze smutku to ja przestałem tylko na cztery miesiące. Na odwyku w Wejherowie. Potem wróciłem na ulicę i znowu zacząłem. Ale ostatnio kontroluję się z powodu bólu wątroby. Bo wie panienka, kiedy pod mostkiem boli, to jest mniej ważne, niż gdy boleje wątroba. Bo wątroba ważniejsza niż mostek. Albo może nawet ważniejsza niż serce. Na serce można przekręcić się szybciutko, a na wątrobę to trzeba się najpierw długo wycierpieć. A smutno? Smutno to mi jest na Wigilię i na pogrzebach. A najbardziej, gdy zakopują dzieci.

Czy dobrze trzymam to lustereczko? – zapytał. – Bo panienka zaprzestała nagle pudrowania…

– Dobrze. Doskonale. Żaden facet nie trzymał mi tak lusterka – zapewniła. – Bo, szczerze mówiąc, jeszcze nigdy nikt w ogóle nie trzymał mi lusterka. Może dlatego, że jeszcze nigdy nikogo o to nie prosiłam – dodała po chwili. – A zaprzestałam z zamyślenia tylko. Naprawdę pan sądzi, że wątroba ważniejsza?

– Pewnie, że tak! Serce przestaje boleć, jak je zająć kimś innym albo książki czytać. Ale wątroba, przepraszam za dosadność, napierdala cały czas. Bo wątroby to ani nie zapłaczesz, ani nie zaczytasz…

Zgasili neon na wieżyczce, znaczy, że w kuchni jajka już na śniadanie gotują – wykrzyknął. – Możemy iść.

Wiatr wyraźnie zelżał, ustał także deszcz. Przeszli mokrą plażą do pomostu z szarych desek prowadzącego ku bramie hotelowego ogrodu. W kilku pokojach paliły się już światła. Wszystkie ogromne prostokątne okna na pierwszym piętrze tuż pod tarasem były rozświetlone. Przy bramie skręcili w lewo i idąc asfaltową ścieżką, obeszli budynek. Do głównego wejścia przez trawiasty skwer poprzecinany grzędami kwiatów wiodła szeroka brukowana aleja. Tuż przed eliptyczną fontanną z czarnego marmuru rozwidlała się w dwie wąskie półkoliste ścieżki zmierzające do kamiennych schodów po obu stronach frontowej ściany, wzdłuż której ciągnął się niewielki chodnik i mały, starannie wybrukowany plac dla podjeżdżających pod hotel samochodów. Za nim lśniły szklane obrotowe drzwi. Przed drzwiami stał rosły mężczyzna w granatowym garniturze ze złotymi lampasami na spodniach i złotymi naszywkami na butonierce. Gdy się do niego zbliżyli, uprzejmie wskazał wejście, schylił głowę w przesadnie niskim ukłonie i pośpiesznie zastawił drogę, gdy tylko przekroczyła próg.

– A ty Lichutki czego tutaj? – zapytał. – Na śniadanko do nas z szampanikiem, co? Drogę kolego wyraźnie pomyliłeś, co? I na dodatek jak jakiś dandys z parasolką się na miasto wybrałeś? Tylko że póki co deszczyki są gdzie indziej. Spadaj stąd, pókim dobry! – wykrzyknął.

Ostatnie zdanie usłyszała już zamknięta w klatce obrotowych drzwi. Poczuła wściekłość. Zatrzymała się i odwróciła gwałtownie. Jedna ze szklanych ścian uderzyła ją z impetem i przesunęła do tyłu. Z trudem utrzymała równowagę. Zablokowane ciężarem jej ciała drzwi zatrzymały się z piskiem. Szklana ściana drgnęła. Zaraz potem usłyszała dźwięk dzwonka. Upadła. Klęcząc na parkiecie, podniosła głowę i zaczęła histerycznie krzyczeć. Stojący przy ladzie recepcji kamerdyner w czerwonym uniformie zerwał się do biegu, gubiąc po drodze czarny cylinder.

– Niech pani wstanie, odwróci się do mnie plecami i stojąc w rozkroku, mocno naciska dłońmi szybę! – usłyszała przerażony głos kamerdynera. – Popchnę panią! – wykrzyknął.

Powoli wstała z kolan. Schyliła się po torebkę i odwróciła twarzą do szyby, za którą stał kamerdyner. Zapaliła papierosa, poprawiła włosy. Dopiero wtedy drzwi ruszyły. Za progiem nieomal się zderzyła z wyraźnie rozbawionym ochroniarzem, który przypatrywał się całemu zdarzeniu z ironicznym uśmiechem.

– Pana kolega świetnie popycha. To trzeba mu przyznać. W peł ni podzielam pana radość i podziw dla jego umiejętności – syknęła, ze złością wydmuchując dym w jego twarz. – Ale ja w zasadzie tutaj w innej sprawie. Pan Lichutny zaprosił mnie na śniadanie do waszego przepięknego ugwieżdżonego pensjonatu, panie oficerze.

Stała tuż przed nim, na palcach, twarzą w twarz, z papierosem w zębach.

– I ja sprawdzę za chwilę, dlaczego nie mogę zjeść z nim tego śniadania. U jakiegoś pańskiego kierownika lub może i u samego dyrektora – mówiła, siląc się na spokojny ton i gładząc delikatnie złote naszywki na jego butonierce. – Poprosi pan teraz pana Lichutnego do nas, prawda? – zapytała kokieteryjnie, zaczynając poprawiać węzeł czarnego krawata.

– On nie nazywa się Lichutny, tylko Lichutki – odparł cicho ochroniarz. – To żebrak i alkoholik, proszę pani.

– On nie nazywa się Lichutny – powtórzyła za nim. – W rzeczy samej. Wiem, do jasnej cholery! Nie musi mi pan przypominać! On nazywa się Marian Szczepan Lichota. Zapamiętaj to, oficerku – wykrzyknęła z furią.

Ochroniarz odsunął się i stanął na baczność jak zrugany przez kaprala szeregowiec.

– Ale teraz do rzeczy. Jesteśmy umówieni z panem Lichotą, znanym panu jako Lichutki, na śniadanie – mówiła. – I jeśli pan zabroni mu wejść do tego budynku, to zadzwonię natychmiast po policję. Alkoholicy, żebracy oraz ja mamy prawo do śniadania. Ściągnę tutaj w bardzo wczesnych godzinach porannych cały komisariat policjantów z miasteczka Sopot, panie oficerze, aby to nasze prawo wyegzekwować. Sądzę, że akurat mnie się to uda. Niech pan mi uwierzy – dodała, sięgając do torebki po telefon.

Mężczyzna wahał się krótką chwilę, a potem wychyliwszy głowę, zerknął przez drzwi do wnętrza hotelu i zobaczywszy oddalającego się w pośpiechu kamerdynera, przeszedł szybko kilka kroków na środek podjazdu, podniósł metalowy gwizdek do ust i zagwizdał, a potem donośnie krzyknął:

– Lichutki, chodź no tu!

Najpierw pod drzwi z piskiem opon podjechała taksówka. Po chwili nad balustradą przy schodach prowadzących na placyk pojawił się czubek żółtego parasola, a zaraz potem przestraszona twarz bezdomnego z pla ży. Lichutki niepewnym krokiem podszedł do ochroniarza i stanął przed nim z opuszczona głową.

– Dlaczego to zostawiasz panią madame samą, co?! Bez męskiej opieki, co?! O mało zginęłaby tragicznie zgnieciona drzwiami, a ty w tym czasie sobie na spacerek do miasta, co?! Zapraszasz niewiastę na śniadanko, a potem tup, tup i do monopolowego, co?!

– Ja nie zaprosiłem panienki na śniadanie, ja tylko…

– To wiem, Lichutki, jak amen w pacierzu, wiem. To wie każdy w tej wsi – przerwał mu. – Stawiaj mi tutaj pod murem tego parasola i prowadź panią do stołu.

Lichutki nie ruszał się z miejsca. Przestępował z nogi na nogę, wyraźnie nie wiedząc, o co w tym wszystkim chodzi. Zniecierpliwiony ochroniarz wyrwał mu parasol z ręki, oparł o ścianę i szybkim krokiem podszedł do brodatego taksówkarza przypatrującego się z rozbawieniem całemu zajściu.

– A ty, Feliksiak, coś taki zadowolony od rana? Nie powiesz mi, że benzyna przez noc staniała. Zwalniaj migiem plac. Myk, myk. Od dawna powinieneś wiedzieć, że na taryfy gwiżdżę dwa razy. Deszcz deszczem, ale umyłbyś w końcu tego klekota, bo wstyd nam przynosisz swoim pojazdem – powiedział.

Samochód odjechał z piskiem opon. Lichutki ciągle stał w tym samym miejscu i wodził błędnym wzrokiem za ochroniarzem, który całkowicie go ignorując, spacerował spokojnie wzdłuż balustrady po drugiej stronie placu. Podbiegła do Lichutkiego.

– Mogę wziąć pana pod ramię? – zapytała, zginając jego rękę w łokciu. – I chodźmy już wreszcie. Jestem bardzo, bardzo głodna – szepnęła mu do ucha i pociągnęła go za ramię.

Trzymając się pod rękę, wkroczyli do rozświetlonego holu. Szary marmur posadzki lśnił świeżą wilgocią. Uczesana w kok kobieta, która układała kwiaty w wazonie obok lampionu z matowego szkła, podniosła głowę, przesunęła okulary nad czoło i przyglądała się im szeroko otwartymi ze zdziwienia oczami. Rudowłosa recepcjonistka stojąca za ladą udawała szczery uśmiech. Kamerdyner ukrył się za wysokim stojakiem z prasą i folderami. Jego dziwaczny cylinder wystawał ponad stojak. Gdy zbliżali się do recepcji, czuła, że ręka Lichutkiego zaczyna coraz mocniej drżeć. W pewnym momencie uwolnił łokieć z jej uścisku i zatrzymał się.

– Wiem, że to piątek, oraz wiem, że nie zrobiliśmy żadnej rezerwacji, ale czy znalazłaby pani dla nas jakiś przytulny pokój? – powiedziała, wyciągając dowód osobisty z torebki. – Koniecznie z łazienką. Jeśli ciągle macie takie – dodała z ironią, patrząc w oczy przerażonej dziewczyny.

– „Dla nas"? Co pani ma dokładnie na myśli? – zapytała zaniepokojona recepcjonistka. Dyskretnie spoglądała na Lichutkiego, udając, że szuka czegoś w komputerze.

– Mam na myśli pokój dwuosobowy, z dwoma oddzielnymi łóżkami i najlepiej z wanną w łazience. A „nas" – odwróciła głowę dla pewności – oznacza w tym wypadku pana Lichutkiego i mnie. Od piątku do niedzieli. Ze śniadaniem.

– Czy pan Lichutki ma jakiś oficjalny dokument z adresem? – zainteresowała się zgryźliwie dziewczyna. – Musi się u nas zameldować. Takie mamy przepisy…

Zaczęła grzebać w torebce. Wyciągnęła pogniecioną paczkę papierosów. Spojrzała na Lichutkiego.

– Marianku, czy mógłbyś na chwilę podejść tutaj do nas? Pani chciałaby cię spisać.

Lichutki rozglądał się z niepokojem wokoło. Potem wsunął papierosa do ust i powoli podreptał w kierunku recepcji.

– Nasz hotel to non-smoking hotel proszę pana! – wykrzyknęła recepcjonistka.

– Cieszymy się bardzo z Marianem, że zna pani angielski. Ale mamy wrażenie, że żadne z nas póki co nie pali. Jak myślisz, Marian? – zwróciła się do Lichutkiego. – A teraz dasz pani jakąś legitymację? Najlepiej z adresem.

Dziewczyna nerwowo przebierała palcami po blacie lady. Lichutki, wyraźnie zdenerwowany, wpychał ręce we wszystkie po kolei kieszenie spodni. Po chwili położył na ladzie wymięty kawałek poplamionego szarego papieru. Recepcjonistka wzięła go ostrożnie w dłonie i zaczęła rozkładać.

– To jest akt zgonu, proszę pana – oświadczyła po chwili. – I to jakiejś kobiety…

– Tak. Ale tam jest mój adres. Nie mam innego. To znaczy: ostatnio nie mam żadnego adresu – odparł zawstydzony. – Pani mnie przecież zna… – dodał.

– Niech pani będzie uprzejma zastanowić się nad znajomością z panem Lichutkim później, a teraz w komputerze sprawdzi grafik obłożenia pokoi. Bardzo panią proszę – powiedziała stanowczo.

Dziewczyna usiadła przed komputerem.

– Mamy wolny tylko pokój 223 na wysokim parterze. Dwuosobowy. Z wanną w łazience. Tak, jak pani sobie życzy – oznajmiła po chwili.

– To genialnie! Dziękuję…

Lichutki zamruczał coś pod nosem.

– Marianie, masz coś przeciwko wysokiemu parterowi? – zapytała z uśmiechem.

– Niech panienka nie zamieszkuje w tym pokoju. Zapłaci panienka majątek – wyszeptał jej na ucho. – A na dodatek mieszkał tam Hitler…

– Niech pani da mi ten pokój. Koniecznie ten. Zostawię pani dowód osobisty oraz kartę kredytową – powiedziała do recepcjonistki. – Pani poczyni wszelkie wpisy, a my z panem Lichutkim zjemy w tym czasie śniadanie. Może tak być?

Nie czekając na odpowiedź, chwyciła Lichutkiego za rękę i pociągnęła za sobą w kierunku wyjścia. Gdy stanęli przed budynkiem, przypaliła mu papierosa. Głęboko zaciągnęła się swoim.

– Marian… mogę do ciebie mówić Marian, prawda? Co ty opowiadasz? Jaki Hitler?! – pytała podniecona.

– Jak to jaki? No Adolf – odparł Lichutki.

– Hitler mieszkał w tym hotelu? Naprawdę, w pokoju 223? – upewniała się z niedowierzaniem w głosie. – Kiedy, jak, dlaczego? I skąd to wiesz, Marian?

Lichutki podrapał się po głowie i zaczął chrząkać. Po chwili zamilkł i zaczął nerwowo gryźć filtr papierosa.

– To sprawa osobista i rodzinna, panienko. Takie są najgorsze. Ale to dawno było, więc wstydu i krępacji dzisiaj dla familii mniej – zaczął cicho. – Mój dziad był Niemcem przyszywanym. Volksdeutschem. Jak wielu tutaj, w Wolnym Mieście Gdańsku. Wtedy, w trzydziestym dziewiątym i przedtem, nikogo to nie dziwiło, chociaż w powiecie Sopot, gdzie Polaków mieszkało najwięcej, dziad mój był bardzo pogardzany. Ponieważ był niestety volksdeutschem nieudawanym i na dodatek policjantem. I to niemieckim. Bo byli wtedy w Wolnym Mieście Gdańsku także polscy.

Hitler przyjechał do Sopotu dziewiętnastego września rano. Specjalnym pociągiem. W największej, specjalnej tajemnicy. Trzy dni przedtem dziadek Szczepan dostał nowy, większy karabin, nowy, lepszy pistolet i nowy, czysty, szyty na miarę granatowy mundur, nie mówiąc o czapce i skórzanych kamaszach z podkówkami. Miał chodzić i stukać nimi po bruku wokół Grandu. I krzyczeć, dla większego odstraszania, ale tylko po niemiecku. Ale Szczepan nie umiał szwabskiego za dobrze, więc go poprosili, aby tylko maszerował i milczał. Bo milczeć przecież można bez akcentu. Dostał też bardzo dużą premię w rzeszowych markach, za którą spłacił wszystkie karciane długi swojego nieodrodnego syna, Romana. Mojego świętej pamięci tatusia. Za to musiał przez ponad tydzień mieszkać zamknięty z innymi w kamienicy naprzeciwko.

O tej tam, za parkiem, po drugiej stronie ulicy, tak lekko na prawo – dodał, wskazując palcem dwupiętrowy budynek przysłonięty drzewami. – Przed wojną nie była taka otynkowana, zwykła ceglana była. Kamienica normalna, miejska. Na długo zanim jeszcze Adolf do Grandu przybył, gestapowcy przepędzili wszystkich lokatorów, żeby ze świadków opróżnić i dla volksdeutschów miejsce zrobić. Mieszkało ich tam razem ze czterdziestu chłopa. Dziad Szczepan opowiadał, że nie wolno im było przez ten czas pić wódki i z nikim rozmawiać. Wszyscy czyści jak łza lub niemiecki kryształ, sprawdzeni przez gestapo najpierw na choroby psychiczne, a potem na lojalność. Esesmanów w tym czasie wokół hotelu kręciło się chyba ze dwustu. O tym, że Szczepan jest bardzo niedaleko, w Sopocie, a nie gdzieś w najechanej przez Niemców Polsce, nie wiedziała nawet moja babcia, Matylda. A tymczasem jej mąż stukał okutymi butami bardzo blisko tego, który naszą Polskę mniej więcej trzy tygodnie wcześniej najechał i zbombardował. Któregoś dnia, gdy tak stukał stalowymi blaszkami o bruk, dokładnie, kamień po kamieniu, wymyty na kolanach przez sprzątaczki, przed drzwiami Kasino-Hotel Zoppot pewien gestapowiec przywołał go i krzycząc jak na obozowym apelu, nakazał, aby zaprowadził „Fräulein Daranowski" do geszeftu, gdzie śladu Żydów nie ma i w którym uczciwie handlują grzebieniami, spinkami oraz wstążkami do włosów, do takiego najlepszego i to „zwar sofort", czyli natychmiast, oraz aby wypełniał wszystkie jej polecenia. Szczepan nie znał się za bardzo na sklepach, a już szczególnie na tych z grzebieniami czy tym bardziej wstążkami, ale pomyślał, że na tej ulicy, gdzie jest dzisiaj Monciak, to wszystko musi być. Teraz już nie pomnę, jak nazywał nasz Monciak. Ale musiał inaczej, bo to na samym początku wojny było, a więc siłą rzeczy przed czerwonymi makami na Monte Cassino. A poza tym dla mojego dziada, zagorzałego folksniemczucha, wszystkie ulice to były, do końca jego żywota, Straße. Nawet ulica Westerplatte to była Westerplatte Straße. Ale to ważne teraz niewiele, bo to dawno było. Poczęstuje mnie panienka jeszcze jednym papieroskiem? Bo mi w gardle od gadania zaschło – zapytał nagle proszącym głosem.

Pośpiesznie wyciągnęła z paczki ostatniego papierosa, podpaliła, zaciągnęła się głęboko i wsunęła mu go do ust.

– I co było dalej? No opowiadaj...

– A co miało być? Dziad Szczepan posłusznie udał się w kierunku Monciaka, a Fräulein Daranowski posłusznie za nim. Potem, tak przynajmniej opowiadał, złapała go mocno pod mankiet i tak sobie szli, jak mąż z żoną na sobotnie zakupy. Ale nie doszli, bo na rogu dzisiejszej Morskiej i od zawsze Haffnera dopadł ich inny gestapowiec i mojemu dziadowi kobietę spod mankietu wyrwał. Z tego, co Szczepan powtarzał do śmierci, chodziło o to, że Daranowskiej potrzebował natychmiast niejaki „Wolf", czyli po polsku wilk. Oczywiście mój dziad nie rozumiał wtedy, jakie wilki i o co w ogóle się rozchodzi, ale Fräulein Daranowski zostawiła go na środku skrzyżowania i w te pędy pognała za gestapowcem jak wilczyca. Na drugi dzień, gdy Szczepan znowu maszerował po placyku pod Grandem, zobaczył, jak z drzwi wychodzi wielu rosłych gestapowców, potem Hitler, „Der Wolf", a tuż za nim Daranowski, tyle że z upiętymi w kok włosami. I w tym momencie zrozumiał, kogo wczoraj pod mankietem miał. I jak to dziad Szczepan zobaczył to był wstrząśnięty. Bo przecież on, mały gdański policjancik, miał zaszczytność iść, krótko, bo krótko, ale miał, z taką ważną personą pod rękę. Wieczorem stukał sobie koło Grandu zamiast kolegi, rzekomo z własnej woli, ale głównie po to, aby przydybać sprzątaczkę Stasię, córkę sąsiadów z parteru. Stasi owej dziad Szczepan bardzo nie lubił, bo się kurwiła i miała zakusy na każdego, co nosił mundur, łącznie z jego synem Romanem, choć był tylko listonoszem. Mimo to ponaglany ciekawością przemógł swą niechęć i zagadał. Najpierw ją uprzedził, że dozna bolesnych okaleczeń, a potem skończy na cmentarzu, jeśli komukolwiek w kamienicy piśnie o tym, że go tutaj widziała, a następnie dokładnie opisał Daranowską i zapytał na końcu, czy ten Hitler w Grandzie to prawdziwy Hitler, czy tylko taki umalowany na Adolfa sobowtór. Stasia na temat Hitlera nic sensownego powiedzieć nie potrafiła, bo ona na wysokim parterze nie sprząta, a esesmani wszystkich odganiają, ale tę Drabiniastą, czy jak jej tam, to jak najbardziej zna, bo ona na drugim piętrze w numerze 319 się zatrzymała, a piętro drugie to przecież Stasi rewir. Dodała też, że to krzykliwa suka i fleja, bo umywalka w jej łazience kudłami wiecznie zapchana, a pokoju pozamiatać nijak się nie da, bo wszędzie na podłodze popisane kartki i karteluszki. Raz jak chciała je pozbierać i na toaletce w niemieckim ordnungu ułożyć, to taką burę od Drabiniastej dostała, że chyba całe piętro słyszało. I to dlatego, że kartki zebrała i maszyny do pisania łokciem dotknęła. A w ogóle to w pokoju Drabiniastej aż trzy maszyny do pisania stoją.

Szczepan wtedy Stasię za rękę chwycił i obiecał, że jak się wszystko wywie, i o Hitlerze, i o Daranowskiej, i tak w ogóle, o co tutaj w tym hotelu chodzi, to jej nowe pończochy kupi, a jak mu jakąś kartkę z pokoju Daranowskiej wykradnie, to nawet i najmodniejszą halkę. A jak dwie kartki, to i bombonierę z czekoladkami dorzuci. Następnego wieczora znowu zameldował się na ochotnika na wieczorne stukanie po bruku przed Grandem. Udawał, że Stasię do ulicy odprowadza, a ona mu wtedy rzekła, że to najprawdziwszy Adolf, że w trzech numerach, 252, 253 i 251, naraz mieszka, a w 261 się odżywia we własnej jadalni, coby do restauracji nie schodzić, bo otrucia się obawia.

– Lichutki, co ty wygadujesz? Przecież my ani w 251, ani w 252, ani w 253. My przecież dostaliśmy 223. O co ci chodzi? – przerwała mu.

– Proszę o wybaczenie panienki, ale w tym akurat wypadku wiem co gadam, chociaż to matematyka, a ja z matmy to raczej nygus w szkołach byłem. Tutaj jednak bardziej o historię się panienko rozchodzi. Teraz wszystko z numerami pokręcili, ale przed wojną ten nasz 223 to 253 był. To wiem na mur – odparł spokojnym głosem.

A na czym to ja skończyłem? Aha, na Szczepanie co przekupną Stasię odprowadzał. Już wiem – powiedział, drapiąc się nerwowo po głowie

A ta Drabiniasta – mówił – to Daranowska Gerda po nazwisku i imieniu, sekretarka Hitlera. To wie na sto procent od Irene z księgowości, z którą siedziała w jednej ławce w powszechniaku w Gdyni. A ta Irene to rachunki wystawia i tam w rachunkach wszystko było napisane, kto, gdzie i za ile. A przecież u szwabów księgowość to świętość i nie ma zmiłuj. A jeśli rozchodzi się o bombonierę, to mu dzisiaj dla pewności trzy kartki z kosza wykradła. Trochę pomięte, ale po niemiecku i z hakenkreuzami, więc na sto procent jakieś ważne. I nie musi się o nic martwić w kwestii tajemnicy, bo w kamienicy wszyscy myślą, łącznie z szanowną małżonką Matyldą, że pan oficer Szczepan jest w jakiejś delegacji wojennej. A jeśli chodzi o halkę, to ona najbardziej lubi białe albo kremowe z koronkami u dołu i żeby była przed kolana.

Mój dziad schował wtedy trzy zmięte papiery do kieszeni, na temat halki nic nie odpowiedział i wrócił przed Grand. Potem, w nocy, gdy już wszyscy zasnęli, w latrynie przy latarce sobie te kartki rozprostował i zaczął czytać. Czytał po niemiecku lepiej, niż mówił, ale i tak zajęło mu to przy latarce wiele czasu. Ze zmiętolonych kartek od Stasi nie dowiedział się nic nowego. Na jednym papierze, adresowanym do jakiegoś doktora w Berlinie, pisał Hitler, że psychicznie chorych trzeba zacząć pomału likwidować, jednakże jakoś delikatnie, a na drugim, że Żydów należy wybić i spalić, czyli się ich pozbyć, krótko mówiąc. To wiedział już od dawna, dlatego martwił się bardzo o naszą praciotkę z Białegostoku. Miała męża Żyda, który przysyłał, bez proszenia, węgiel i ziemniaki na zimę. Pomyślał Szczepan, że jak go, nie daj Boże, spalą, to chłód i głód, umarli paczek przysyłać nie mogą. Ale tak naprawdę w to nie wierzył. Co prawda Żydów nigdy nikt nie lubił, ani w Niemczech, ani w Wolnym Mieście Gdańsku, ani w Sopocie, ani nawet w Polsce, nie mówiąc o jego kamienicy, ale żeby zaraz palić? Kartki od Stasi dla pewności schował do tylnej kieszeni z zamkiem. Coby nie wypadły. Głównie z powodu podpisu Hitlera piórem wiecznym i rozmazanych pieczęci tych hakenkreuzów na osobistym papierze listowym Adolfa. Dwa dni później przeczytał w gazecie prawie słowo w słowo tekst z drugiego papieru. Tam już było oficjalnie, aby Żydów się pozbywać. O psychicznych jednak nic nie napisali.

Potem wyszło na jaw, że Adolf pierwsze pozwolenie, by Żydów do krematoriów wysyłać, spisał w Grandzie w numerze 251, 252 lub 253, a Daranowski przepisała je na jednej ze swoich trzech maszyn do pisania na drugim piętrze w 319. A dziad Szczepan dowiedział się o tym już dwa dni wcześniej, siedząc wygodnie na kiblu, dzięki latawicy Stasi, która chciała pończochy i halkę. Dziwił się bardzo, że na tym papierze data 1 września była, chociaż już prawie trzy tygodnie minęły. Ale pewnie jakiś polityczny powód miało to antydatowanie. Dowiedzieć się o prawdziwym początku przyzwolenia na Auschwitz na kiblu nie było dla mojego dziada niczym szczególnym, ponieważ on tego nigdy do końca nie pojął. Jemu spodobała się Gerda Daranowski i tylko to było ważne. Dlatego gdy nocą w czasie warty obchodził Grand, to spoglądał na drugie piętro. Niekiedy w 319 gasło światło. Ale u Adolfa w trzech pokojach na podwyższonym parterze, lekko po lewej, patrząc od strony plaży, światła nie gasły nigdy.

Szczepan do końca życia pozostał oczarowany krótkim spacerem na róg Morskiej i Haffnera z panienką Daranowski. To chyba magia sławy tak na niego podziałała, bo Daranowski pięknością raczej nie była, a rozmową i mądrością oczarować go chyba w tych kilka minut spaceru nie zdołała, głównie z uwagi na problemy językowe. Babcia Matylda z powodu tego oczarowania płakała. Nieraz na urodzinach, nieraz na rocznicach ślubu. I na chrztach wnucząt także. Tak się jej to trzymało jak rzep. Bo jakiś straszny smutek czuła. Ale tak nieraz bywa z magią. Magia przeważnie jest smutna. Inaczej nie byłaby magią. Sama panienka wie, jak to jest…

A wina to już chyba nie mamy, co? Zostało na plaży, w piasku, co? – zapytał nagle, ściszając głos.

– Tam już nic nie zostało. Zamówimy butelkę do ś niadania. Chodźmy teraz. Opowiesz mi resztę przy jedzeniu…

Wrócili do hotelu. Kamerdyner w cylindrze skłonił się przed nimi z wymuszonym uśmiechem. Recepcjonistka schyliła głowę, udając, że wpatruje się w monitor komputera. Przeszli powoli przez cały hol, potem kilkoma stopniami do szerokiego korytarza wyłożonego czerwonym miękkim dywanem. Na końcu korytarza znajdowały się otwarte na oścież drzwi restauracji. Lichutki szedł po dywanie tak, jak gdyby nie chciał go zabrudzić, i cały czas odwracał głowę, jakby sprawdzając, czy ktoś za nimi nie idzie. W przestronnej sali przy kilku stolikach siedzieli już jacyś ludzie. Po prawej stronie młoda dziewczyna w białej letniej sukience i z białą kokardą we włosach grała spokojną melodię na pianinie stojącym na środku eliptycznego wykuszu zamkniętego trzema wysokimi okiennicami. Gdy wkroczyli do sali, podniosła głowę i spojrzała na nich. Natychmiast przestała grać i przybiegła do nich.

– Panie Marianie! – wykrzyknęła, rzucając się Lichutkiemu na szyję. – Tak się cieszę! Wszyscy mówili, że pan... – Przerwała na chwilę. – No, że pan... Nieważne.

Jestem Zuzanka, koleżanka pana córki ze szkoły. Zuzanna Warkocz. To pan nauczył mnie jeździć na rowerze. Pamięta pan? I procę mi pan wystrugał. Pamięta pan? To ja, Zuzka. Siedziałam z Julką w jednej ławce...

Lichutki kulił się w jej objęciach, jak gdyby chciał zniknąć. Opuścił ręce wzdłuż ciała, zacisnął pięści, zamknął oczy. Przestępował z nogi na nogę. Dziewczyna odsunęła się od niego po chwili i powiedziała z uśmiechem:

– Studiuję fortepian na akademii w Gdańsku. Tutaj sobie tylko dorabiam chałturami. Zagram coś dla pana. I dla pani także, oczywiście – dodała, skłaniając głowę w jej kierunku.

– Jasne, że pamiętam, pani Zuzanno – odparł cicho Lichutki. – To pani nauczyła Julcię palić papierosy – dodał, śmiejąc się. – Pamięta pani, jak przyłapałem was na stryszku?

– Ależ skąd, panie Marianie! To nieprawda. Dżuli paliła na długo przede mną. Pana żona sobie to wymyśliła, bo dla niej Julka była jak jakaś święta – sprostowała Zuzanna i zachichotała. – Muszę już wracać do fortepianu. Jezu, jak się cieszę, że pana spotkałam!

Lichutki przez chwilę patrzył za nią. Potem rozejrzał się krótko po sali i zapytał:

– Możemy usiąść przy stoliku pod oknem? Stamtąd najlepiej widać platany i plażę.

– Jasne, gdzie pan tylko zechce. Śliczna ta pianistka.

– Zuzka? No, tak. To po mamusi taka krasawica. Jej matka jest Ukrainką z Kijowa. Ale to po ojczulu taka zdolna do muzykowania.

Lichutki miał rację. Za oknem rozciągał się przepiękny widok na plażę i morze. Chmury zupełnie zniknęły. Wzeszło słońce. Pojawili się pierwsi spacerowicze.

Zuzanna grała jakąś spokojną, melancholijną melodię. Do stolika podszedł kelner. Przyniósł filiżanki, ustawił talerzyki, położył sztućce.

– Czego się państwo napiją?

– Czy mógłby pan nam polecić jakieś dobre wino? W butelce, a nie na kieliszki?

Spojrzał na nią zdziwiony, uśmiechając się pod nosem.

– Miałem na myśli kawę albo herbatę. Ale wino także możemy zaserwować do śniadania – odparł rozbawiony. – Preferują państwo białe czy czerwone?

– Marian, co myślisz? Zostaniemy przy czerwonym czy przejdziemy na białe?

Lichutki ściskał w palcach obrus przy talerzu, wbijając paznokcie w materiał. Płakał, zagryzając wargi. Wstała z krzesła. Przeszła na drugą stronę stołu i uklękła przy nim.

– No co jest, Marian? – zapytała szeptem.

– To ja przyjdę później – powiedział kelner.

– Nie! My potrzebujemy to wino teraz, a nie później! Nie widzi pan? – odparła, podnosząc wzrok na kelnera. – Marian, pijemy czerwone czy białe?

– Jakiekolwiek, byle nie było z jabłek.

– Niech pan przyniesie butelkę czerwonego wina, dwie kawy, dwie herbaty i dwa kieliszki czystej wódki – poleciła.

Gdy kelner się oddalił, chwyciła Lichutkiego za rękę.

– No co jest? Co cię wkurwiło tak do łez?

– A nic. Tak się zamyśliłem tylko. Zuza grała ten kawałek na studniówce Julci. Ale wtedy grała lepiej, bo z błędami, a teraz to jak ten Szopen się nauczyła.

– I to cię tak rozwaliło? To, że lepiej teraz? Zagra na jej weselu jeszcze lepiej, to docenisz. Wiesz, Lichutki? Ty romantyk jesteś większy niż Szopen. A teraz chodź ze mną do bufetu. Musimy wziąć przecież coś na zakąskę.

Podeszli do stołów przykrytych wyszywanymi obrusami. Wcisnęła Lichutkiemu talerz w rękę i zaczęli obchodzić porcelanowe półmiski, srebrne tace i posrebrzane termosy pachnące gotowanymi kiełbasami, jajecznicą i pieczonymi warzywami. Była już w życiu w wielu hotelach, ale tak wykwintnego śniadania nie jadła w żadnym z nich. A może to tylko głód i ta dziwaczna noc?

Lichutki zatrzymał się w wąskim przejściu między stołami. Na talerzu miał dwa kawałki razowego chleba, odrobinę szczypiorku i trochę pokrojonej cebuli. Wróciła do niego z pełnym talerzem.

– Słuchaj, Lichutki, jeśli chcesz mi w ten sposób powiedzieć, że jestem za gruba, to się nawet nie trudź. Ja sama to wiem. Ale miałam bardzo ciężką noc i chcę sobie to jakoś wynagrodzić – powiedziała, uśmiechając się.

Obok nich przepychała się zażywna kelnerka z tacą pełną ciast. Lichutki chrząknął i zastąpił jej drogę.

– Pozwoli pani, że przeszkodzę? Czy mógłbym zjeść jajka sadzone, proszę szanownej pani? – odezwał się nieśmiało.

Zmierzyła go wzrokiem od stóp do głów. Na jej twarzy widać było rodzaj zdziwienia, niechęć i niecierpliwość.

– Jest jajecznica, ale jak pan koniecznie musi, to niech już będzie. Ile tych sadzonych? – zapytała opryskliwie.

– Cztery. Na pomidorach. Najpierw niech w kuchni na patelni podsmażą pomidory, ale koniecznie obrane ze skórki, a potem, jak pomidorki zmiękną, na to dopiero jajka. I tylko posadzone z jednej strony. I nie za długo, aby nie było przypalenia i się trochę lustrzyły. Zapamięta łaskawa pani?

– A może przepiórcze albo od pawia, albo strusia? – odpowiedziała ze złością. – No dobra. Cztery sadzone. Przy którym stoliku pan siedzi? – dodała zniecierpliwiona.

– O, tam pod oknem. – Lichutki wskazał palcem w kierunku okna. – Tam, gdzie ten pan z butelką wina.

Wrócili do stolika. Kelner stał cierpliwie, czekając na nich, aby odkorkować wino. Wlał niewielką ilość do kieliszka Lichutkiego. Potem położył obok papierową serwetkę, a na niej przebarwiony czerwienią korek. Lichutki jednym łykiem wypił wino i przegryzł kromką razowego chleba.

– Czy odpowiada panu to wino? – zapytał niepewnie kelner.

– Trochę za kwaśne, ale do śniadania może się nadać – odparł Lichutki, nie patrząc na niego.

Uśmiechnęła się i zwracając się do kelnera, zapewniła:

– To nie była w żadnym wypadku krytyka. Proszę je spokojnie rozlać do kieliszków.

Lichutki popijał wino, spoglądając przez okno, ona jadła jajecznicę, zerkając od czasu do czasu na niego. Zastanawiała się, ile może mieć lat. Miał piękny profil. Mocne męskie rysy, niewielki nos, małe uszy, szerokie pełne wargi, bardzo długie ciemne rzęsy. Teraz, gdy światło z zewnątrz padało na jego twarz, jego oczy były zielononiebieskie. Gdyby skrócić mu włosy i zgolić tę postrzępioną rzadką brodę, byłby przystojny. Miał bardzo zaniedbane dłonie. Pełne blizn i ran. Brudne obgryzione paznokcie. Skóra na opuszkach jego palców pożółkła od papierosów, miejscami była aż brązowa.

– Słuchaj, Marian, ile ty masz lat?

Spojrzał na nią, jak ktoś nagle wyrwany z głębokiego snu. Sięgnął po kieliszek z wódką.

– Gdy Julcia umarła, miałem czterdzieści pięć – odparł i wypił.

Opuściła widelec na talerz, otarła usta serwetą. Położyła dłonie na kolanach.

– A kiedy to było?

– Dziesięć lat i dwa miesiące już będzie…

Kelnerka przyniosła talerz. Lichutki posypał jajka cebulą i szczypiorkiem, a potem zaczął łapczywie jeść.

– Opowiesz mi o tym?

– Nie.

– A o dziadku dokończysz?

– Tak. A na czym to, panienko, skończyliśmy, bo zapomniałem już?

– Na smutku babci Matyldy.

– A, no tak. Matylda nie powiedziała rodzinie, dlaczego taka smutna się robiła. Dopiero przed śmiercią wyjawiła to mojemu ojcu, a swojemu synowi, Romanowi. Tak jak mój dziad utracił dla niego rodzicielską dumę, tak babcia Matylda chciała mu ją przywrócić. I gdy umierała, to do pokoju i swojego łóżka Szczepana wcale nie zaprosiła. Tylko Romana. I wtedy mu się zwierzyła, że ojca jakoś tak utraciła po tej Drabinowskiej. Że nie wie dlaczego, ale go do końca nie miała... Bo kobieta wie, kiedy posiada mężczyznę do końca, a kiedy nie, prawda, panienko? – zapytał.

– Wie, to prawda. Lichutki, mogę cię o coś poprosić? Czy mógłbyś przestać nazywać mnie panienką? Czuję się wtedy wynaturzona i nie z tej epoki. Jak jakaś bohaterka *Lalki*. Mam na imię Justyna. Zapamiętasz?

– Jasne, że tak. Chociaż ja tam w szkole na polskim to *Lalkę* najbardziej lubiłem.

– To dobrze. A teraz wybacz, że ci przerwałam...

– Bo ta historia z Daranowski jest jak z innej epoki. Jak czytam książki, które ludzie wrzucają do koszy przy plaży, to nigdzie nic podobnego nie ma. Mój ojczul Roman po wojnie się ustatkował. W karty przestał grać, a potem dzięki komunie studia nawet skończył. Mój dziad Szczepan tego nie zauważył chyba. Zawsze uważał go za pechowego pokerzystę, który miał pecha. Myślę, że gdyby ojczul w pokera wygrywał, to byłoby inaczej. W każdym razie mój ojciec Daranowskiej nigdy nie zapomniał. Pamiętał ją chyba lepiej niż Szczepan. Kolegę historyka z uniwersytetu namówił, aby wszystko o Hitlerze w Sopocie we wrześniu trzydziestego dziewiątego się dowiedział. I to tak naukowo, a nie tylko ze słyszenia od Stasi, zepsutej córki sąsiadów, która mimo wysiłków nigdy go i tak nie uwiodła... Justynko, czy mogę wypić także twoją wódkę? – zapytał.

– Nie. Nalej sobie wina. Ja też chcę wódki.

– Ale to wino to naprawdę kwasior. Nawet jabcoki, takie mamroty, u nas w kiosku są lepsze.

– No to wypij i opowiadaj – zaśmiała się.

– I ten historyk mu wszystko w archiwach przebadał, jak u lekarza na komisji wojskowej. W Grandzie we wrześniu trzydziestego dziewiątego był prawdziwy Hitler i prawdziwa Daranowski, jego trzecia sekretarka. Bo miał ich trzy. Ale tylko Daranowski Gerda, powszechnie znana jako „Dara", przyjechała lub przyleciała, bo nie ma na to żadnych danych, z Adolfem i całą świtą do Sopotu. Była wtedy zaręczona z Erykiem Kempką, osobistym szoferem Hitlera. Ale za mąż wyszła w czterdziestym trzecim za innego. Za jakiegoś pilota, wysokiego oficera Luftwaffe. Dara trwała przy Adolfie do końca, jak nawiedzona fanka. W Berlinie w kwietniu czterdziestego piątego sekretarzyła mu w bunkrze, ale także opiekowała się szóstką dzieciaczków Magdy Goebbelsowej. Tych, które ta suka własnoręcznie zabiła. Była w bunkrze na ślubie Ewy Braun z Hitlerem. Wiedziała, że następnego dnia pan młody się zastrzeli, a panna młoda otruje cyjankiem. W czasie pożegnalnej kolacji Hitler sam wręczył Daranowski kapsułkę z cyjankiem. Ale Gerda się nie otruła. Pierwszego maja czterdziestego piątego uciekła z bunkra. Nie za daleko. Całą grupę uciekinierów złapali Sowieci drugiego maja w jakiejś piwnicy w centrum Berlina. Po wojnie Dara opowiadała, jak ją Rosjanie wielokrotnie w tej krótkiej niewoli gwałcili. Tak, jakby gwałcenie dziewczynek, niewiast i staruszek przez Ruskich było nienormalne. W czterdziestym szóstym rozwiodła się z tym oficerem, bohaterem Luftwaffe. Nie z powodów miłosnych albo przez alkohol czy rękoczyny, ale dlatego, że nie chciał z nią iść do bunkra i trwać przy Hitlerze do końca. Jej były narzeczony, ten Kempka, szofer, kręcił się przy bunkrze do ostatniej chwili. To on przywiózł kanistry z benzyną, którą polano zwłoki Hiltera i jego żony. I podpalono. Z byłymi narzeczonymi, a nieraz i z mężami, tak bywa, że trudno się ich pozbyć. Niech pani Justyna, to znaczy Justynka, o tym pamięta…

I to chyba cała historia. Hitlerówa Daranowski wpieprzyła się w życie mojej rodziny przypadkowo i tak jakoś dziwnie. A przez ciebie i ten hotel dzisiaj wróciła jak zły duch zza grobu…

A te jajka sadzone to jakaś pomyłka. Przypalone i zupełnie nie takie, jak robiła moja małżonka.

W tym momencie przy stoliku pojawiła się recepcjonistka. Cierpliwie wyczekała, aż zwrócą na nią uwagę.

– Państwa pokój, numer 223 na wysokim parterze, jest już przygotowany. Wprawdzie doba hotelowa zaczyna się u nas w południe, ale w drodze wyjątku, i oczywiście bez dodatkowych opłat, udostępniamy go państwu już teraz…

# 223

Portier zaprowadził ich krętymi schodami na pierwsze piętro, zwane tutaj nie wiadomo dlaczego podwyższonym parterem. Po drodze przypatrywał się podejrzliwie Lichutkiemu i wielokrotnie dopytywał o ich bagaż. Nie ukrywał zdziwienia, gdy poinformowała, że żadnego bagażu nie mają, bo „to była spontaniczna decyzja". Przed drzwiami pokoju, patrząc cały czas na Lichutkiego, wygłosił krótki wykład o tym, jak używać karty magnetycznej, po czym włożył tę kartę do czytnika zupełnie na odwrót.

– Cipem na dół – powiedział Lichutki.

– Czipem, proszę pana – odparł zdenerwowany portier.

Po chwili otworzył drzwi i zaprosił ich do środka. Lichutki, zobaczywszy dywan, natychmiast zdjął buty i wepchnął je w kieszenie spodni. Gdy portier zaczął opowiadać o wyłącznikach świateł, Lichutki wyciągnął but z prawej kieszeni i wydobył z niej kilka monet. Portier pospiesznie schował pieniądze i naburmuszony wyszedł bez słowa.

Apartament numer 223 na podwyższonym parterze był większy od całego jej mieszkania w Warszawie. Wliczając kuchnię, przedpokój, komórkę ze spiżarnią i balkon. Słoneczne światło z zewnątrz odbijało się od ogromnego kryształowego lustra wiszącego na ścianie i oświetlało duży stół, pośrodku którego stał wazon z kwiatami i owinięty celofanem wiklinowy kosz pełen owoców. Pokój, a w zasadzie ogromny salon, oprócz rozmiaru niewiele się różnił od innych hotelowych pokoi, w których bywała. Przewidywalne, nudne bryły nowoczesnych – nieudolnie udających starodawne – mahoniowych mebli, lśniące elektroniczne gadżety, wyściełane atłasem krzesła na wymyślnie powyginanych nogach z sosnowego drewna, rozłożyste pluszowe fotele, lampy, lampki i lampeczki, dywizjon pilotów – do telewizora, do DVD, do klimatyzacji, do świateł – gigantyczny żyrandol jak z filmu *Anna Karenina*. Pięciogwiazdkowa dekadencja. Przesadnie luksusowa, ale bez wyrazu, który pozostałby na dłużej w pamięci. I to tutaj mieszkał Hitler? – pomyślała, wchodząc rozczarowana do łazienki, gdzie na każdej rurce grzejnika i na każdym srebrzystym haku wisiał puszysty ręcznik. Lichutki, jak gdyby zgadując jej myśli, powiedział:

– To nie w tej wannie moczył się Adolf. Wiem na sto procentów. Chociaż niektórzy płacą wielką kasę, aby się tutaj wykąpać i potem o tym rozpowiadać. Co ciekawe, Niemców to brzydzi, ale na ten przykład niektórzy Amerykanie, gdyby mogli, to zabraliby tę wannę ze sobą samolotem do domu. Od Tosi to wiem. Pracuje tutaj czasami na recepcji. Jej ojciec, Walenty, był ze mną na odwyku w Wejherowie. Czasami, kiedy się spotykamy, opowiada mi to i owo. A tamtą wannę wyrwali dawno temu Ruscy z czerwonej armii. Jak tylko się rozgościli w Grandzie. Oni wszystko, co można było wyrwać, to wyrywali. I potem sprzedawali na jarmarkach.

Babcia Matylda opowiadała mi o zegarmistrzu Władku, co miał warsztat na Monciaku. Przyszedł do niego jeden zdziczały od zwycięstwa Rusek o skośnych oczach i kazał mu z dużego zegara z wahadłem zrobić sto małych. Takich na rękę. I to w dwa dni. Władek był koneserem sztuki i zauważył, że ten zegar to bardzo historyczny, prawdziwa perła, z siedemnastego wieku, więc zebrał małe zegarki u siebie w warsztacie, wziął trochę na kredyt od kolegi w Gdyni i po dwóch dniach dał wszystkie Ruskiemu w szmacianym worku. A potem go komuchy oskarżyły, że jakieś muzeum okradł. Dwa lata z artykułu o szabrownictwo siedział, aż do amnestii. A on tylko kulturę polską razem z tak zwanym dziedzictwem chciał przecie ratować. Bo ten zegar był nasz polski, a te małe – zwykłe szwajcary.

Tutaj nie można chyba palić, co? – zapytał nagle, rozglądając się uważnie po pokoju. – Żadnych popielniczek nie postawili.

Zresztą oprócz budynku to już chyba nic tu nie ma ze starego Grandu. Ci z korporacji zrobili taki remont, że Ruscy z powyrywanymi wannami na plecach to przy nich szabrownicy nawet mniejsi od Władzia. Tamci zostawili chociaż blizny na ścianach i podłogach, a korporanty obdarły hotel z wewnętrznej tkanki, oskalpowały, wycięły mu pamięć, wyrżnęły wątrobę i flaki, spuściły całą krew. A potem napompowały całym tym luksusem i wywaliły gwiazdki do broszur i na tablicę przy wejściu…

Słuchała, siedząc na brzegu wanny. Obserwowała Lichutkiego przez szczelinę między drzwiami a framugą. Stał jak gdyby w progu, jakby nie miał odwagi przejść dalej. Na bosaka, z butami w kieszeniach. Jak gość nie końca pewny zaproszenia. Od pierwszej chwili, już tam na plaży, czuła, że jest między nimi jakaś dziwna bliskość. I to nie tylko ze względu na jego troskliwość i parasol.

Zawsze ciągnęło ją do kloszardów, porzuconych, bezdomnych, zepchniętych na margines, ocenianych przez najedzoną do syta swołocz jedynie poprzez łachmany, którymi się okrywali. I nie wynikało to z dziennikarskiego wścibstwa czy nawyku polowania na chwytliwy temat. Ta ciekawość zaczęła się już dawno temu. Jeszcze w ogólniaku, na początku siermiężnego i okrutnego polskiego kapitalizmu. To wówczas zaczęli być widoczni na ulicach ci, którzy nie załapali się na żaden pociąg do dobrobytu. Za starzy, zbyt chorzy, za mało obrotni, za mało wykształceni, za bardzo przyzwyczajeni do opieki tak zwanego państwa. Ale byli i tacy, co po prostu nie potrafili rozpychać się łokciami. Zostawali z tyłu, jako bezrobotni tracili szacunek swoich kobiet, często także swoich dzieci. Zaczynali pić i przez to jeszcze głębiej pogrążali się w niemocy, depresji i wyobcowaniu. W pewnej chwili niektórzy ruszali na ulicę i tracili także adres. Znała to wszystko doskonale.

Przysiadała się, popychana niezrozumiałym dla siebie samej impulsem, do brudnych, opuszczonych, wygłodniałych, niepasujących do głównego nurtu życia. Gdyby teraz o tym pisała, użyłaby słowa „mainstream". A jeśliby się zapomniała z tym „nurtem" (bo starała się dbać o polszczyznę, zresztą bezskutecznie), to i tak korektor w redakcji zmieniłby jej to na „stream". Bo teraz słowa „nurt" to tylko poeci, góralki i górale używają. A korporanty – śliczny neologizm Lichutkiego Mariana, swoją drogą – nic, tylko streamy, off-streamy i mainstreamy. Ale wtedy były potoki. A oni, ci wyrzuceni jakąś magiczną siłą na brzeg, poza nurt i nawias, kusili tajemnicą inności, wywoływali nieposkromioną ciekawość. Chciała wiedzieć dlaczego, jak do tego doszło. Z tej ciekawości przysiadała obok. Najpierw niepewnie, w bezpiecznym oddaleniu, potem na wyciągnięcie ręki, na końcu ramię w ramię. Udawała, że patrzy na swoje poobgryzane paznokcie, by nie spoglądać im w oczy – i słuchała ich historii. Pomimo nieomal identycznego zakończenia każda opowieść była inna. Bo na marginesach i off-streamowych śmietnikach ląduje się za każdym razem za inne błędy.

Pamięta, że zabierała z domu ogromne torebki z drugim śniadaniem, wykradała ojcu papierosy, wyciągała stare książki z domowej biblioteczki, napełniała szkolną torbę przeczytanymi gazetami, opróżniała z lekarstw szufladę w kredensie, w tajemnicy przed rodzicami wydobywała stare kołdry, pledy, koce i poduszki z zakurzonych kartonów w piwnicy. I niosła je do nich. A potem uważnie im wręczała. Jak podarunki, nie jak jałmużnę. Magda, jej przyjaciółka, jedyna, jaką ma do dzisiaj, nie mogła pojąć, dlaczego „w ogóle zbliża się do takich osobników". Współczuła im na swój sposób, ale także obwiniała ich za to, kim są. I nie umiała sobie wyobrazić, że ktoś może chcieć być blisko nich, nie mówiąc o dotykaniu. Na samą myśl o tym odczuwała odrazę, wstręt i paniczny lęk podobny do tego, jakim napawały ją pająki. Gdy Justyna odwiedzała Magdę po powrocie z jakiegoś „junky meeting", jak nazywała to przyjaciółka, musiała natychmiast pójść do łazienki i dokładnie umyć ręce. To było dziwaczne i niesprawiedliwe. Wielu tych bez adresu nosiło za paznokciami mniej brudu niż dzisiejsze wypachnione i wyżelowane – pozostając przy nomenklaturze Lichutkiego – korporanty.

Na przykład taki Wasyl Zjawiony. Potrafił wygrać na organkach wszystko. Mówili, że „Zjawiony nawet Wagnera na organkach wydmucha". Najczęściej stał przy dworcu autobusowym. Stawiał puszkę na pieniądze i wygrywał arie. Ale nie zbierał zbyt dużo. Nie chciał się dać przekonać do szant i muzyki z wind w biurowcach. Sypiał najczęściej w kotłowni urzędu wojewódzkiego. Jego kuzyn od strony matki był tam palaczem i wbrew wszelkim przepisom zostawiał otwarte drzwi. Zimą szczególnie się to przydawało. Obok kotłowni była górka, wiosną porośnięta makami. Tam najczęściej Justyna wysłuchiwała historii Wasyla. Głównie o tym, jak jego własna żona po pijanemu łajdaczyła się z jego własnym zięciem, którego przyjął pod dach. Wasyl to był czyścioch absolutny. Rano, zaraz po otwarciu urzędu, przemykał chyłkiem do toalety i mył się od stóp do głów. Mógł nie jeść, nie pić, ale szampon i mydło zawsze kupił. I szczoteczkę do rąk, bo jak można grać na organkach z brudem za paznokciami? Tak mówił. Kiedyś przy szorowaniu zębów przyłapał go strażnik. Podczas ucieczki Wasyl zahaczył o drut kolczasty otaczający ogród. Zardzewiały kolec rozorał mu udo od pachwiny do kolana. Przychodziła na górkę codziennie, przez dwa tygodnie. Obmywała mu rany, smarowała jodyną, wycierała ropę, naklejała plastry, owijała bandażami. Po dwóch tygodniach Wasyl znowu dmuchał w organki przed dworcem.

Pewnego dnia nie było go na górce. I przez kilka następnych dni także nie. Jego kuzyn, ten palacz z urzędu, powiedział Justynie, że Wasyl miał „jakiś duży dół w samopoczuciu, a jak zaczyna wpadać w dół, to musi jechać na krótko do Brześcia, gdzie się urodził". Wasyl nigdy jednak nie dotarł do Brześcia. Trzy miesiące później przed szkołą czekał na nią ten kuzyn. Wasyla, wiszącego na gałęzi w lesie pod Białą Podlaską, odkrył pies leśniczego. Policjanci nie znaleźli przy wisielcu żadnego listu. Tylko wetkniętą między strony dowodu osobistego w kieszeni spodni małą poszarpaną kartkę, na której napisał, żeby „organki oddać pani Justynce. Wasyl Zjawiony".

*

– Czy chlapnąłem coś niestosownego? – zapytał Lichutki, wsuwając głowę w szczelinę między drzwiami łazienki a framugą. – Nie chciałem panienki, to znaczy Justynki, urazić.

Ocknęła się z zamyślenia. Podniosła głowę i spojrzała na niego z uśmiechem.

– Nie uraziłeś mnie niczym. No co ty! Tak tylko sobie myślałam.

– O czymś smutnym, co? Bo poliki zmoczone…

– Trochę tak, ale to dawno było, jak ty to mówisz. Zaraz się ogarnę. To minie. Zawsze kiedyś mija…

Słuchaj, Lichutki, czy ty zamierzasz już zawsze stać w progu i podglądać płaczącą kobietę? Mógłbyś, proszę, ruszyć się w końcu i obrać dla mnie jabłko ze skórki? Albo pomarańczę? A teraz zostaw mnie tutaj na chwilę samą – poprosiła, zamykając drzwi.

Po chwili otworzyła. Lichutki ciągle stał w tym samym miejscu.

– Ja śpię na tym łóżku od okna, dobrze? I włącz, proszę, klimatyzację, bo zaczyna się robić duszno. Albo otwórz okna, jeśli dadzą się w ogóle otworzyć.

Gdy po kilkunastu minutach wyszła z łazienki, Lichutki układał kwiaty w wazonie. Na jej łóżku leżały dwa talerzyki. Jeden z pokrojonym w ćwiartki jabłkiem, drugi z obraną pomarańczą.

– Słodziak jesteś, Lichutki, wiesz? Słodziak… – szepnęła mu do ucha. – A co tam majstrujesz przy kwiatach? – zapytała, kładąc się na łóżku.

– Jak można róże wstawić do jednego wazonu z żonkilami?! No kurwa jak?! Ostatnie gamonie jedne – odparł zdenerwowany. – Róże, a już szczególnie te egoistki białe, chcą być tylko ze sobą, nawet zielone owijasy im przeszkadzają, a co dopiero te truciciele poeticusy.

– To ostatnie było po łacinie, Lichutki? – Zaśmiała się w głos. – Nie wiedziałam, że żonkile się tak pięknie nazywają.

– Tak, ale tylko białe. W zasadzie to są narcyzy, nie żonkile, ale większość ludzi ich nie odróżnia. Przytnę je trochę i przełożę do dzbanka na wino. Może tak być? – upewnił się, sięgając po kryształową karafkę stojącą na srebrnej tacy obok butelki z winem.

Nie odpowiedziała. Poczuła wibracje telefonu w kieszeni szlafroka. Rozpoznała numer redakcji. Postanowiła, że nie odbierze. Ani dzisiaj, ani jutro. Dopiero w poniedziałek. Potem sprawdziła wiadomości. Tak na wszelki wypadek. Nie napisał. Nie próbował dzwonić. Zostawił ją zrozpaczoną, zapłakaną, półpijaną, samą na pustej plaży w środku nocy, na deszczu, i poszedł.

On też przyciągnął ją tym, że był wyrzucony poza nawias. Dokładnie pamięta ich pierwsze spotkanie. Trzy lata temu w centrum Poznania, w nocnym klubie. Na polecenie naczelnego robiła wywiady z celebrytami, którzy – przekonani przez swoich agentów do „czynienia dobra" w ramach jakiejś akcji charytatywnej – dali się wywieźć do małego, prowincjonalnego Poznania w sobotni wieczór, czyli wtedy, kiedy klubowy współczynnik lansu jest w Warszawce najwyższy. Niektórzy przyznawali, ale tylko gdy mikrofon był wyłączony, że dla tego „czynienia dobra" poświęcają się i po raz pierwszy w życiu mieszkają w trzygwiazdkowym hotelu. A jeden, łysy dandys w jedwabnym szaliku, przesadnie opalony w solarium specjalista od mody w telewizji śniadaniowej i zakochany w sobie bez pamięci narcyz, odmówił zamieszkania nawet w takim lokum, ponieważ – jak wyznał z rozbrajającą szczerością – „trzy gwiazdki to poniżej mojej godności, proszę pani redaktorki". Wszystko to oczywiście w ramach akcji charytatywnej, o której napiszą w kolorowych gazetkach o dużym nakładzie. Ona o nim nie napisała, choć miała ogromną ochotę. A najbardziej chciała mu wówczas powiedzieć po prostu „Spierdalaj, buraku".

Po spotkaniu z dandysem musiała koniecznie iść do toalety. Kolejka przed damską kończyła się tuż przy drzwiach męskiej. Justyna przez kilka minut przebierała niecierpliwie nogami. Potem zdjęła szpilki – to zawsze pomagało – i zsunęła uciskającą pęcherz gumkę rajstop. Gdy znowu otworzyły się drzwi męskiej toalety, zaczekała chwilę, aż jakiś samiec z papierosem w ustach i grubym złotawym łańcuchem na szyi zapnie do końca rozporek i się oddali, rozejrzała się wokół, wbiegła na palcach do środka i zamknęła się w kabinie. Gdy w pośpiechu myła ręce, podniosła głowę. Przed jej oczami, w przepołowionym podłużną rysą lustrze pojawiło się odbicie wychudzonego, zgarbionego, smutnego mężczyzny. Stał za nią, opierając się o miotłę lub coś w tym rodzaju. Nie pamięta już dzisiaj dlaczego, ale w ogóle się nie zawstydziła. Już wówczas, zanim poznała jego imię, nie czuła najmniejszej potrzeby usprawiedliwiania się z czegokolwiek. Także z tego, że zakradła się tam, gdzie jej z pewnością być nie powinno. Może przy innym mężczyźnie by się speszyła. Ale przy nim nie. Już wtedy nie. Patrzyła w jego oczy odbite w lustrze. On patrzył w jej. I tak się poznali.

Potem, gdy już byli parą, wracali niekiedy w rozmowach do tego wydarzenia. On żartobliwie twierdził, że wcale nie był smutny i wcale nie patrzył w jej oczy, tylko na jej „wypięty, niewyobrażalnie rajcujący, ogromny tyłek", a w oczy spojrzał tylko raz, gdy tuż przed opuszczeniem toalety nieoczekiwanie podeszła, aby poprawić zagiętą klapę jego marynarki. I to też tylko na krótką chwilę, ponieważ zaraz opuścił wzrok na jej dekolt.

Pierwsze słowa zamienili około godziny później. Siedziała na podłodze pod wentylatorem w zatłoczonej palarni i odsłuchiwała nagrane na dyktafon wywiady. Przysiadł się do niej. Trzymał w dłoni jej popielniczkę i milczał. Uśmiechnęła się do niego. Potem kolejny raz. Po chwili zsunęła słuchawki.

W zasadzie chciała jeszcze tej samej nocy wrócić do Warszawy. Planowała rano w redakcji spisać wywiady i rozesłać je do autoryzacji, by mogły ukazać się w poniedziałkowym wydaniu. Taką miała umowę z agentami i impresariami celebrytów. Dlatego przez cały wieczór piła tylko wodę mineralną i kawę, walcząc z pokusą napicia się wina. Zaczęli rozmawiać. Właściwie to ona zaczęła. Zawsze tak było. Gdy chodziło o coś ważnego w ich wspólnym życiu, zawsze to ona zaczynała rozmowę. Na początku, tamtej pierwszej nocy, także. Wydawało jej się to czarujące. Miała dosyć mężczyzn, którzy niepytani opowiadali nieustannie o sobie.

Był siedem lat młodszy od niej. To znaczy: jest siedem lat młodszy od niej. Zagryzła wargi. Pierwszy raz przyłapała się na tym, że myśląc o nim, użyła czasu przeszłego. Miał dwadzieścia osiem lat i ciągle był studentem. Trochę ją to na początku zdziwiło. Ona skończyła studia (i to z magisterium, a nie jakimś tam licencjatem), gdy miała dwadzieścia trzy. Studiował filozofię i socjologię jednocześnie. „Uwolnił się od dyktatury obłudnej dulszczyzny w domu", jak to nazywał, i zaczął żyć „tak, jak chciał", wbrew ojcu i „jego kobiecie", która nigdy nie zastąpiła mu matki, mimo że bardzo chciała, i była „wcieleniem macochy z przerażających bajek dla dzieci". Uwolnił się całkowicie, wyjeżdżając pewnego deszczowego poranka z Gdańska do Poznania. Zostawił kilka zdań wyjaśnienia na kartce przyczepionej magnesem do lodówki. Nie napisał, dokąd wyjeżdża. Napisał jedynie, że nigdy nie wróci. Ojciec go nie szukał. Przynajmniej on tego dotychczas nie zauważył. Najpierw nauczył się utrzymywać bez jego pomocy. Potem, gdy już to potrafił, miał dach nad głową i zgromadził trochę oszczędności, zapisał się na dwa kierunki jednocześnie. Uczył się oczywiście dla siebie, ale dodatkowo napędzało go pragnienie zemsty. Czekał na moment, gdy będzie mógł wysłać kopie swoich dyplomów do ojca, dla którego zawsze był „pasożytem, leniwym, rozkapryszonym darmozjadem i beztalenciem, tak jak matka". Teraz studiuje i pracuje. W tym klubie dorabia od roku. Jest tutaj i kelnerem, i barmanem, i ochroniarzem, i sprzątaczem – także toalet – a gdy trzeba, to i na zmywaku stoi. Za to wszystko płacą mu w terminie i w miarę godziwie, a ponadto, dzięki swojej „zawodowej elastyczności" może przychodzić, kiedy ma czas, co przy jego dwóch fakultetach jest ogromnie ważne.

Choć była profesjonalną dziennikarką, wyciągnięcie z niego tej dość krótkiej opowieści zajęło jej ponad godzinę. Rozmawiali na podłodze w palarni, potem przy barze na pierwszym piętrze, dokąd ją zaprosił. To tam, po pierwszych trzech kieliszkach wina, zapomniała o swoich postanowieniach, wywiadach i powrocie do Warszawy. Było w nim coś magnetycznego. Jakaś niedostępność, tajemnicza skromność, zagubienie i momentami, gdy wyjawiał swoje myśli i przekonania, także zupełne niedopasowanie do świata. Przypominał jej w takich chwilach wszystkich tych wyrzuconych za burtę, do których ją zawsze ciągnęło. Chciała go wówczas pocieszać, przytulać, brać jego dłonie w swoje, gładzić po policzku lub po włosach. Ale to nie była, tak jak zazwyczaj, tylko ciekawość ludzkiego losu. Zainteresował ją także jako mężczyzna. W pewnej chwili zupełnie znienacka dotknął jej ręki i zapytał, czy lubi tańczyć. A potem, nie czekając na odpowiedź, poprowadził ją na mały parkiet po drugiej stronie sali. I tańczyli. Pozwoliła mu się obejmować i przytulać, nie protestowała, gdy dotykał wargami jej włosów. To nie był ostry atak pożądania spowodowany seksualnym wygłodzeniem. Nie chodziło też o tych kilka kieliszków wina, ani o to, że od roku nie miała żadnego mężczyzny. Czuła ciepłe rozczulenie i bliskość. I zadziwienie, że potrafi obdarzyć zaufaniem człowieka, o którego istnieniu jeszcze dwie godziny temu nie miała zielonego pojęcia. I ciekawość, co wydarzy się dalej.

Z klubu wyszli, gdy zaczynało świtać. Nie powiedziała, że nie ma się gdzie zatrzymać. Gdy zapytał, czy zamówić taksówkę, oświadczyła, że chciałaby się przejść. Wziął ją za rękę i zaprowadził do jakiegoś parku. Gdy w pewnej chwili usiadła wycieńczona na ławce, zaproponował, że weźmie ją do siebie. Nie pamięta, jak długo jechali taksówką na przerażająco duże osiedle. W małej kawalerce na dziewiątym piętrze odrapanego bloku pościelił jej wersalkę, dał piżamę, a sam położył się na dwóch połączonych fotelach.

Do łóżka poszli po czterech tygodniach „bycia razem", jak on to nazywał. I to raczej ona go tam zaciągnęła. Wiedziała, jak bardzo jej pragnie, ale wiedziała także, że w swojej nieśmiałości i niezdecydowaniu nigdy nie odważy się zrobić pierwszego kroku. Panicznie bał się odrzucenia.

Poczuła delikatne szarpanie za ramię.

– Słuchaj, Justynko, ktoś puka. I to już drugi raz – usłyszała zdenerwowany głos Lichutkiego. – Nie chciałem otwierać, bo nie wiem, czy mogę, tak bez pozwolenia.

– Dlaczego nie? To także twój pokój – odpowiedziała i podeszła do drzwi.

– Czy życzy pani sobie dodatkowych ręczników? – zapytała uśmiechnięta młoda kobieta w granatowym uniformie i z białą koronkową przepaską we włosach.

– Myślę, że mamy dosyć ręczników – odparła Justyna. – Marian mógłbyś, proszę, sprawdzić w łazience? Ja będę potrzebowała trzy...

Lichutki pojawił się po chwili jak zawstydzony uczeń wywołany do tablicy i przemknął do łazienki z opuszczoną głową, unikając wzroku pokojówki.

– Tutaj jest tak z dziesięć ręczników, albo więcej. Ja będę potrzebował jeden – odezwał się po chwili.

– Mamy dosyć ręczników, jak pani słyszy – poinformowała pokojówkę i zaprosiła ją do środka. – Ale mam do pani ogromną osobistą prośbę – dodała, ściszając głos. – Czy zechciałaby pani przynieść nam nożyczki, najlepiej jakieś ostre, i maszynkę do golenia?

Kobieta mrugnęła do niej porozumiewawczo i odpowiedziała szeptem:

– Jasne, że tak. W spa mam dobrego kolegę. Da się załatwić. Przyniosę dwie maszynki. Jakąś piankę też zorganizuję. Lichemu się to przyda... – dorzuciła z uśmiechem.

Lichutki wrócił z łazienki dopiero po dłuższej chwili. Podejrzewała, że chciał mieć pewność, że pokojówki już tam nie będzie. Podszedł do jednego z okien, otworzył je na oścież, usiadł na parapecie i zapalił papierosa. Wydmuchując dym, wychylał głowę na zewnątrz.

– Tego naszego Grandu mogło wcale nie być. I to dwa razy – powiedział po chwili. – I może tak byłoby najlepiej dla wszystkich.

– Jak to „nie być"? – zapytała, rozczesując włosy przed lustrem.

– Bo jak Hitler we wrześniu trzydziestego dziewiątego do Sopotu przyjechał, to nie sam, tylko z ogromną świtą. I Bormann z nim był, i Keitel, i von Ribbentrop, i Rommel. Sami hitlerowscy celebryci, o których w książkach do historii się naczytałem i panienka pewnie także. Przyjechali wszyscy za wodzem, aby z okien swoich pokoi w Grandzie naocznie się przypatrywać, jak kapituluje Hel i całe nasze wybrzeże w ręce Niemców przechodzi. Ale się nie doczekali, bo Hel skapitulował dopiero pierwszego października. Tam się bronili Polacy najdłużej, pod przywództwem admirała w Niemczech urodzonego, ale Polaka z krwi, kości i serca. Ten admirał Józef Unrug się nazywał i był to człowiek nadzwyczaj honorowy. Wiedział doskonale od szpiegów, że w Grandzie Hitler z generalicją nocują, bo mu polski wywiad doniósł, ale na ostrzelanie Grandu się nie zgodził, bo uważał, że to nierycerskie. Gdyby się zgodził, to Grandu może dzisiaj by i nie było, ale Adolf ze swoim dworem też mogliby trafem szczęśliwym życie zakończyć, zanim się wojna na dobre zaczęła, i świat byłby może inny. Zupełnie inny...

Tak się nasz Grand uratował za razem pierwszym – mówił dalej. – Z powodu nadmiernej rycerskości pewnego generała. Za drugim uratował go także generał, ale sowiecki i z innego powodu. Z powodu wódki, jak powiadają. Gdy dwudziestego trzeciego marca czterdziestego piątego wjechały do Sopotu ruskie czołgi, a za czołgami przyszła czerwona horda, to niszczyli wszystko, co się im z hitlerowcami i kapitalizmem kojarzyło. Grand kojarzył im się z obydwiema tymi zarazami naraz. Ale trafem szczęśliwym dwie armie rosyjskie Sopot zdobyły. Czterdziesta dziewiąta i siedemdziesiąta. I w Sopocie miały mieć swój sztab. Dwa sztaby, tak naprawdę. Generał ruski, już teraz nie pomnę, z której po numerze armii, chociaż mi to tatul do głowy kiedyś wbijał, uznał budynek Grandu za bardzo hitlerowski i chciał go w powietrze wysadzić. Ale zanim to rozkazem obwieścił, wódki chciał się napić. I gdy z Grandu wyszedł człowiek z białą flagą, to ruski oficer przyjął akt poddania i o wódkę poprosił. Wódka, swoją drogą, nie nasza, tylko szkopska, ponoć mu tak smakowała, że Grandu w powietrze nie wysadził. I w ten sposób Grand Hotel Sopot Casino, z powodu dobrej jakości niemieckiego sznapsa, jak mi tatulo opowiadał, stał się najważniejszym miejscem drugiego frontu białoruskiego Armii Czerwonej. Ja się tam na tych frontach nie wyznaję, ale tak ponoć było. Po tym drugim froncie, obojętnie, jak go w pełności zwał, nie tylko wspomnienia i archiwa, ale też konkretne konkrety po dziś dzień tutaj pozostały. Jak panienka ze mną do lasku przed Grandem na spacer zejdzie, to pokażę ślady. W pnie sosen przed hotelem Ruscy podkowy wbili, coby konie tam przywiązywać. Armia Czerwona ogromną kawalerię miała i w Sopocie do sztabu na koniach kłusowali. Najwięcej ruskich podków jest na pniu pierwszej sosenki, tej na prawo od fontanny.

– Słuchaj, Lichutki, ten hotel ma historię nie z tej ziemi. Że też ja nic o tym nie wiedziałam! Kogo tutaj jeszcze mogli z armat, jak ty to mówisz, ubić? – wykrzyknęła ze zdumieniem. – Gadaj. Ale tak w skrócie – dodała żartobliwie.

Lichutki podrapał się po głowie i zapalił kolejnego papierosa, nie schodząc z parapetu.

– Nie żeby zaraz ubić z armat, bo czasy po wojnie inne były. Ale zamachy przeprowadzić mogli albo chociaż otruć, na ten przykład. Bo i Castro Fidel tutaj swoje cygara palił, i de Gaulle tutaj spał, a ostatnio na rocznicę wojny to nawet Putin ze swoim komitetem centralnym urzędasów się tutaj zatrzymał. Sam pamiętam, bo plażę z tego powodu otoczyli i zamknęli wtedy na cztery spusty. Gdzie mieszkał, to dokładnie wiem, bo Lubow mi mówiła, że na sto procentów nie tam, gdzie de Gaulle. Degolowy to jest 226, a dla Putina jeden wielki apartament z trzech pokoi zrobili, z 222, 223 i 224. Tak mi Lubow przekazała, a ona nigdy nie kłamie. Hece z tym Putinem tutaj mieli wielkie. To było w dwa tysiące dziewiątym, równiutko siedemdziesiąt lat po wybuchu wojny. Nawet pogoda była tak samo piękna. Putin przyjechał, aby na Westerplatte o początku i końcu wojny przemawiać, ale o Ribbentropie i Mołotowie i o tym, że Ruscy nam nóż w plecy wbili, to słowa jednego jedynego ze swoich ust złotych nie wypuścił. Jakby tego, o czym wszyscy wiedzą, nigdy nie było. Żadnego przeproszenia albo chociaż skruchy. W hotelu się rozpanoszył, chociaż nie w pokoju degolowskim. Trzy pokoje naprzeciwko na kuchnie specjalnie dla niego przerobili, bo tylko swoim kucharzom dowierzał. Luba mi opowiadała, że osiem gatunków razowca na śniadanie mu podawali, bo Putin w razowym chlebie ponoć bardzo gustuje. Specjalne pościele musieli mu kupić, takie, co to alergii nie powodują. A to wydatek był dla Grandu nadaremny, bo potem całą tę pościel, w której Putin się wylegiwał, Ruscy ze sobą zabrali, coby śladów jego potu, paznokci, sików czy śliny nie było, bo to ponoć jakoś genetycznie można potem wykorzystać. A ten apartament de Gaulle'a to najdroższy tutaj, bo to francuska firma od Polaków Grand przejęła, więc o degolówkę zadbali. To na tym samym piętrze, co my teraz, pod numerem 226 się zaczyna i przez trzy pokoje się rozciąga. Jedniuteńkie pokoje, gdzie korporanty zostawili trochę pamiątek starego dobrego Grandu z czasów komuny. Jak poprosisz Lubę, to ci może otworzy i pokaże. Tam są…

– Kto to jest Luba? – przerwała mu zaciekawiona.

– Jak to kto? No, Luba, po prostu. Ta ruska sprzątaczka, co w sprawie ręczników do drzwi zapukała.

– Aha. Ale wcale nie mówiła jak Rosjanka. To znaczy ja nie dosłyszałam żadnego akcentu.

– Bo Luba trochę jak nasza. Chociaż to sybiraczka, ze wsi pod Krasnojarskiem. Jej matka czysto ruska, ale ojciec był jakby nasz, polskawy, z Kresów. Dlatego taka po polsku wygadana. Ona jest mądra jak cholera. Gada we wszelkich językach, jak mi kiedyś w tajemnicy powiedziała Lusia Mięciutka, co pracuje w dziale kuchennym. Po wyższym uniwersytecie Luba jest. Tyle że chyba żadnej mądrej roboty w Rosji znaleźć nie mogła, to do nas na zachód sprzątać przyjechała. Ze trzy lata już będzie. Dobre serce ma. Jak się chudy kot z jednym okiem zimą pod hotel przybłąkał, to mu jedzenie co rano do ogrodu wynosiła. A i mnie czasami coś przyniosła, jak trzeba było. Bardzo do mojej Julki podobna. A oczy to jak wypisz, wymaluj. Tak samo ogromne i prawie tak samo smutne, bo u Julki były czasami smutniejsze. Ja myślę, że Lubow, pięknie się nazywa swoją drogą, bo to po naszemu „kochanie", jest smutna z samotności albo z tęsknienia. Bo ona trzy lata w tym hotelu dyga, a ciągle sama. A już przecież nie najmłodsza. Z dobrą trzydziestkę na karku chyba ma. Chociaż piękna panna i kawalerów mogłaby mieć na pęczki. Ale, jak przyuważyłem, tylko z tym Patrykiem ze spa się prowadza. A i to nie za często. To dobry chłop, tyle że kolczyki w uszach nosi, trochę jak baba się ubiera, paznokcie maluje i włosy mu się zawsze brylantyną świecą. Z takim to kobiecie trudno coś poważnego i dłuższego usztrykować. Bo on chyba bardziej za chłopakami przepada.

Myślę, że właśnie dlatego Lubow go do siebie dopuszcza. Pewnie zostawiła kogoś ważnego pod tym Krasnojarskiem i nie chce innym robić nadziei.

Usłyszała ciche pukanie do drzwi. Lichutki zsunął się pośpiesznie z parapetu, zgasił papierosa, rozgonił rękami dym i pobiegł z niedopałkiem do łazienki. Za drzwiami stała Lubow z lnianym woreczkiem w dłoni.

– W spa były nożyczki, ale za tępe. Poszłam do mojej fryzjerki po drugiej stronie ulicy. Dała mi takie najlepsze do strzyżenia. I przyniosłam brzytwę. I tubkę kremu do golenia też. Potrafi pani golić brzytwą? – zapytała niepewnie.

– Nie wiem. Ale się postaram. Lichutki pewnie potrafi, to mi pomoże.

– Dobrze – zachichotała Luba. – I jeszcze jedno – ściszyła głos. – Kupiłam mu nowe trampki. Bo te jego buty to… to katastrofa. Nawet koty od niego przez te buty uciekają. Jeśli by pani mogła mu je jakoś tak podarować, aby mu przykro nie było… Bo on okropnie honorowy. Podaruje pani? Proszę. Tylko niech mu pani nie mówi, że to ode mnie…

Spojrzała na nią. Ogromne lekko skośne piwne oczy, kolonie letnich piegów na małym zadartym nosie, opalona skóra na szczupłej twarzy i dekolcie, naturalne mahoniowe włosy zaczesane do góry i spięte w kok, drobne ciało, nieproporcjonalnie duże piersi wypychające białą bluzkę pod granatową marynarką. Wzięła ją za rękę i pociągnęła za sobą na korytarz.

– Oczywiście, że mu nie powiem, niech się pani nie martwi. To prawda, że buty ma okropne – zgodziła się, chowając trampki do kieszeni szlafroka. – Czy mogłaby mi pani pokazać ten pokój de Gaulle'a? Lichy opowiadał, że tam jest tak, jak było tutaj kiedyś. Jeśli to możliwe...

Pokojówka zerknęła na zegarek i sięgnęła do kieszeni. Szybko przejrzała plik plastikowych kart spiętych gumką do włosów.

– Mam go! – powiedziała, wyciągając jedną z kart. – Musimy się pośpieszyć, bo tam jest na dzisiaj rezerwacja. Ale powinien być jeszcze pusty. Tylko niech pani nie oczekuje jakiegoś muzeum – dodała z uśmiechem. – Chce się pani ubrać, czy tak w szlafroku? – zapytała. – To niedaleko, prawie obok, na tym samym etaże... to znaczy: na tym samym piętrze.

Przeszły korytarzem, mijając kolejne drzwi. Pokój numer 226 był bliżej schodów. Ani na drzwiach, ani na ścianie obok nie było żadnej informacji o tym, że apartament jest w jakiś sposób wyjątkowy. Samo wnętrze także się niczym specjalnym nie wyróżniało, jeśli nie liczyć ogromnego łoża nieudolnie stylizowanego na epokę Ludwika XIV, tłoczonych barokowych tapet na ścianach i prawdziwego cudeńka: prześlicznej toaletki z eliptycznym szklanym blatem na rzeźbionych czy raczej kunsztownie zespawanych stalowych nogach, z przepięknym potrójnym lustrem upstrzonym brązowymi plamami starości. I dywan był zbyt udawany. Jak z rosyjskiej średnio drogiej restauracji dla średnio bogatych nowobogackich.

– Ten nasz hitlerowski jest o wiele fajniejszy. – Mrugnęła do pokojówki. – I chyba jaśniejszy. Poza tym większy. Nie sądzi pani?

– To tylko złudzenie. Przez to ogromne łóżko. Nie ma drugiego tak dużego w całym hotelu. Dlatego nowożeńcy chętnie rezerwują właśnie ten pokój. Niektóre pary przyjeżdżają specjalnie, niekiedy z bardzo daleka, aby przeżyć tutaj noc poślubną. Ale to łóżko jest tylko duże. Okropnie niewygodne do spania – odparła. – A do kochania to się zupełnie nie nadaje – dodała, chichocząc.

Przez chwilę rozmawiały. O Lichutkim i jego honorze, o pracy pokojówki w hotelu – ona sama nazywała siebie sprzątaczką – o tym, czy ta „fryzjerka naprzeciwko" przyjmuje bez wcześniejszego umawiania się, o plaży, na której nie będzie sopockiego tłumu ściągniętego bliskością słynnego molo. Nie wspomniała, że jest Rosjanką. Mówiła prawie bez akcentu. Czasami wtrącała z rosyjska brzmiące słowa, ale natychmiast się poprawiała. Mówiła jednak w sposób w pewnym sensie sztuczny, który osobie postronnej mógłby się wydawać zbytnio napuszony, momentami zupełnie nieprzystający do tematu rozmowy i funkcji, jaką Luba pełniła w hotelu. Jak gdyby koniecznie chciała podkreślić swoją erudycję wyszukanym słownictwem. Mało kto w Polsce, niezależnie od wykształcenia, powiedziałby na przykład „aczkolwiek tak ważnych decyzji nie należy podejmować pochopnie", komentując wybór nożyczek do strzyżenia. Gdyby Justyna nie wiedziała, że pokojówka jest wykształcona, a polski to jej drugi język, mogłaby podejrzewać ją o perwersyjną skłonność do infantylnego krasomówstwa. Lubow nie była w tym odosobniona. Justynie wielokrotnie zdarzało się robić wywiady z cudzoziemcami, którzy z różnych powodów chcieli lub musieli nauczyć się polskiego. Często, gdy potem spisywała ich wypowiedzi, celowo je – jak mówiła – upotoczniała i naturalizowała, aby nie brzmiały dla Polaków zbyt mądrze, ponieważ i tak nikt by nie uwierzył, że jakikolwiek cudzoziemiec może tak pięknie mówić po polsku.

*

Po kilkunastu minutach stanęła ponownie przed drzwiami pokoju numer 223. Nie znalazła plastikowej karty ani w kieszeniach szlafroka, ani we wnętrzu nowych trampek dla Lichutkiego, więc zaczęła stukać w drzwi, najpierw cichutko, palcami, potem głośniej otwartą dłonią, potem bardzo głośno pięściami. Na końcu zaczęła kopać w drzwi. Lichutki nie otwierał.

Zrezygnowana usiadła na podłodze. Była pewna, że zabarykadował się w łazience i wystraszony jak przyłapany na gorącym uczynku złodziejaszek spodziewa się najgorszego. Zamierzała właśnie wstać, zejść do recepcji i poprosić o nową kartę, gdy naraz na wprost jej oczu pojawiły się wypchane na kolanach przetarte błękitne dżinsy. Uniosła głowę i napotkała pytający wzrok mężczyzny. Miał opuszczone na nos okulary w srebrzystych drucianych oprawkach i długie szpakowate włosy zaczesane do tyłu. Spod czarnej sztruksowej marynarki wyglądała szara lniana koszula bez kołnierzyka. Szyję otaczała koloratka. Był wysoki i szczupły. W ręku trzymał czarny skoroszyt, z którego wystawał plik kartek. Przypatrywał się jej w milczeniu, potem na chwilę zamknął oczy i westchnął. Gwałtownie okryła gołe uda i kolana szlafrokiem. Przypomniała sobie, że nie ma bielizny. Po kąpieli wyszła z łazienki tylko w frotowym szlafroku przepasanym paskiem. Zaczerwieniła się zawstydzona.

– Czy pani źle się czuje? Mogę jakoś pomóc? – zapytał po angielsku.

Dosłyszała wyraźny niemiecki akcent. Próbowała wstać. Podał jej rękę i pomógł podnieść się z podłogi. Gdy wstając, nieopatrznie go dotknęła, natychmiast się cofnął.

– Wszystko jest okay. Zatrzasnęłam po prostu klucz do drzwi w pokoju. Bo, wie pan, teraz trzeba wtykać te karty w jakieś otwory, żeby światło się zapaliło. Ale to drobiazg. Zaraz poproszę w recepcji o pomoc – odpowiedziała po niemiecku. – Bardzo dziękuję za pana… za pana troskę – dodała, patrząc mu w oczy.

– Ależ to oczywiste – odparł. – Świetnie pani mówi po niemiecku… Nie wiedziałem, że mój angielski jest aż tak chropowaty. – Uśmiechnął się. – Mogę powiadomić recepcję, jeśli pani nie chce schodzić na dół w tym… w tym stroju.

– Studiowałam dwa semestry w Heidelbergu. Poza tym, to może dziwne, ale naprawdę lubię niemiecki.

– To faktycznie dziwne – zaśmiał się – ponieważ tutaj, w Polsce, za niemieckim nikt specjalnie nie przepada. Ale i tak mamy chyba lepiej niż Rosjanie… To ja powiadomię recepcję – zakończył, skłaniając głowę. – Powiem, że to pilne…

Patrzyła za nim, gdy oddalał się korytarzem w kierunku schodów. Był opalony, pachniał jakimiś nieznanymi jej perfumami, miał na nogach skórzane mokasyny. Poza tym ta koloratka! Zaciekawiła ją i zafrapowała. Na tle reszty była zgrzytliwym dysonansem. Przez chwilę miała ochotę pobiec za nim i po prostu zapytać. Ale o co? „Dlaczego jest pan księdzem?". „Dlaczego jest pan księdzem i nosi wytarte dżinsy?". Żałowała, że nie poszła z nim. Mogliby chwilę dłużej rozmawiać…

Po kilku minutach pojawił się portier, ten przemądrzały wykładowca od „cipów". Nie zapytał o nic. Bez słowa wpychał do dziury kartę z „cipem" i patrzył na Justynę – takie miała wrażenie – jak na kobietę upadłą: bez walizki, czekającą północnego na korytarzu przed drzwiami hotelowego pokoju.

Weszła do środka. Wszystkie okna były otwarte na oścież. Wazon z kwiatami, wywrócony przez przeciąg, leżał rozbity na stole. Z blatu na dywan kapały krople wody. Podeszła do drzwi łazienki. Zaczęła szarpać za klamkę.

– Lichutki, słuchaj, i tak wszyscy poczują, że paliłeś. Nie wywietrzysz tego. Nie dość że rozbiłeś wazon, to jeszcze zniszczyłeś róże. Czego ty się boisz? Mówiłam ci już, że to jest chwilowo także twój dom. Wyłaź stamtąd natychmiast! – wykrzykiwała zdenerwowana. – Zaczynasz robić się śmieszny…

Potem stała przez chwilę, przykładając ucho do drzwi. Z łazienki nie docierały żadne odgłosy. Wróciła do pokoju, zamknęła okna i zaczęła ostrożnie wyłuskiwać z dywanu odłamki rozbitego wazonu. Zadzwonił telefon. Wstając, przyklękła na prawym kolanie. Poczuła mocne bolesne ukłucie. Ostry kawałek szkła rozerwał skórę. Zwilżyła palec śliną i zbierała nim wypływającą krew. Podeszła pośpiesznie do telefonu.

– Pozwoliłem sobie zadzwonić, aby się upewnić, czy otwarto pani drzwi.

Rozpoznała głos mężczyzny w koloratce. Mówił po niemiecku. W tle dosłyszała sygnał karetki pogotowia ratunkowego i szum przejeżdżających samochodów.

– Otwarto. Jeszcze raz dziękuję za pomoc. Czy to będzie niegrzeczne, jeśli zapytam, jak ma pan na imię?

– Ależ skąd. Czy pani się dobrze czuje? Ma pani jakiś zmieniony głos.

– To jak pan ma na imię? – zapytała, ignorując jego komentarz.

– Nazywam się Maksymilian von Drewnitz – odparł po chwili. W jego intonacji wyczuła zakłopotanie. – Nie będę już zajmował pani czasu. Do zobaczenia – dodał i przerwał połączenie.

Przez chwilę stała nieruchomo ze słuchawką przy uchu. Była zdumiona tą niecodzienną troskliwością. Jakoś nie chciało jej się wierzyć, że wynika ona tylko z niepokoju o jej dalsze losy w luksusowym hotelu. Zbyt dobrze znała mężczyzn, aby wierzyć w ich bezinteresowność. Męska troska o kobietę zawsze ma jakiś cel. Niekiedy szlachetny, ale zawsze egoistyczny. Troszczą się po to, by zaistnieć, zostawić ślad, utkwić w pamięci, zbliżyć się, a może i oczarować. Koloratka pod szyją, tak jej się wydawało, niewiele zmienia. Także w koloratce mężczyzna jest tylko mężczyzną. Kobiety troszczą się inaczej. Z prawdziwego niepokoju, bez myśli o tym, co po tej trosce zostanie. Mężczyźni natomiast o swojej trosce muszą koniecznie poinformować. Bez tej informacji wydaje im się ona nieważna. U kobiet, pewnie z powodu instynktu macierzyńskiego, to się raczej nie zdarza. Kobiety z reguły troszczą się w ciszy. Uśmiechnęła się do siebie. Męska troska Maksymiliana von Drewnitza sprawiła jej radość.

Papierową serwetką wytarła krew ze słuchawki. Potem zebrała róże i podeszła z nimi pod drzwi łazienki.

– Słuchaj, Marian, jak się nazywają róże po łacinie? To znaczy jak jest po łacinie „biała róża”? – wykrzyknęła i przyłożyła ucho do drzwi.

– Rosa alba – odpowiedział cicho.

– Otworzysz? Proszę!

Usłyszała dźwięk przekręcanego zamka. Lichutki stanął w drzwiach i spojrzał na nią przepraszająco.

– Ja nie czuję się tutaj dobrze – mówił trzęsącym się głosem. – Nie z powodu palenia się boję. Wokół jest za dużo luksusu. Tego luksusu się boję. Ja jestem od kilku lat bezdomny i wszyscy mnie tutaj znają. Gardzą mną, bo jestem biedny. W takich hotelach nie lubią biednych. Jak pukali do drzwi, to się przestraszyłem, że mnie do suki wsadzą i wyślą na komisariat. A potem do izby wytrzeźwień. Bo ja wino od rana popijałem i swoje promile mam, wątroba już nie ta.

Na komisariacie zaraz wołają lekarza i pobierają mi krew. Jak nic w niej nie znajdą, to wpisują tylko do zeszytu, a potem wysyłają jakiś list do urzędu meldunkowego i mnie wypuszczają na ulicę. Ja mam już na komisariacie własny gruby zeszyt. Za pobranie krwi i te badania muszę płacić. Nawet jak mi grama wódki nie znajdą. Płacę, gdy jestem trzeźwy, i płacę, gdy jestem pijany. Gdzie tutaj jest normalna ludzka sprawiedliwość, Justynko? Gdzie prawdziwa demokracja? No, sama powiedz, gdzie? A to naprawdę drogo kosztuje, bo to lekarz jakiś specjalnie zaprzysięgły jest i musi na wezwanie policjantów specjalnie ze swoimi strzykawkami przyjechać. Za krew swoją mam płacić i za jego benzynę też. Ale nie płacę, bo mi rachunków nie mają gdzie posłać. Dlatego na komisariacie najbardziej lubią, kiedy mam we krwi promile. Obojętnie, jak małe. Przy mojej skatowanej życiem wątrobie mam promile, nawet gdy na czczo zjem jabłko. A jak są promile, to można mnie zgodnie z jakimś paragrafem natychmiast suką do izby wytrzeźwień powieźć i niech się potem wytrzeźwiałka spłaceniem moich rachunków martwi, a nie policja. Izba to budżetówka, milicja, przepraszam, policja, to też budżetówka, a gdy chodzi o koszty, to się kłócą jak dziwki z listy płac tego samego burdelu. I gdzie tutaj ludzka godność ma się pomieścić, jak tylko wszystkim o monety chodzi?

Poza tym w izbie jest o stokroć gorzej niż na komisariacie. Na komisariacie to ja jestem obywatel, a na izbie tylko zapity menel i jak się ktoś uprze, to mnie może lodowatą wodą dla otrzeźwienia spłukać. A ja od zimnej wody kaszlu dostaję i płuca mnie bolą. Szczególnie, gdy w nocy na ulicy jest zimno. Dlatego zamknąłem się w łazience ze strachu, bo mi promile do wieczora raczej nie zejdą, a na wytrzeźwiałkę dzisiaj, po tych wszystkich wzruszeniach i wydarzeniach, to bym naprawdę nie chciał.

Patrzyła, jak Lichutki nerwowo drapie się po łydce, przebiera nogami, wzdycha i szuka czegoś w kieszeniach. Przytuliła go. Głaskała delikatnie po włosach.

– Przebaczysz mi? – zapytał.

– Słuchaj, Lichy, mam dla ciebie nowe buty – mówiła, starając się ukryć wzruszenie. – Przyszło lato i trzeba teraz nosić letnie obuwie. Tym twoim zimowym zrobimy pogrzeb na plaży. Dokładnie w tym miejscu, gdzie mnie dzisiaj rano znalazłeś. I opijemy to.

Zauważyła, że Marian chce coś powiedzieć, ale nie dała mu dojść do słowa. Otworzyła szeroko drzwi łazienki.

– Poza tym chciałabym, żebyś wrócił na pół godziny do łazienki. Zamkniemy się tam i nikt nam nie będzie przeszkadzał. Zgadzasz się?

– Ja? Sam na sam z panienką... to znaczy z Justynką w łazience?!

– Nie byłeś nigdy z kobietą w łazience? Nie uwierzę w to! – wykrzyknęła.

Lichutki podrapał się nerwowo po nosie. Potem opuścił głowę i sięgnął do kieszeni po papierosy.

– No, nie byłem. Mieszkaliśmy z małżonką na wsi pod Sopotem. Nie mieliśmy łazienki. A ubikacja była na podwórzu. W małym szajerku zbitym z przegniłych desek, obok śmietników i szamba, i budy dla psa. Dlatego moją Zosieńkę zawsze do nowych bloków ciągnęło. A już zimą to szczególnie. Obiecałem jej, że kiedyś na Wigilię choinkę w domu z łazienką postawimy. Gdzie woda ciepła będzie sama z kranu do umywalki i do wanny leciała i Juleczkę naszą można będzie co wieczór wykąpać bez grzania kotła wody na żeliwnej płycie w kuchni. Przyznaję się, obiecałem. I to zupełnie po trzeźwemu, a nie w jakimś widzie. No ale się nie udało... – powiedział, gryząc nerwowo papierosa. – Ale to dawno temu było – dodał i wszedł posłusznie do łazienki.

Posadziła go na brzegu wanny, naprzeciwko lustra. Weszła do wanny, okryła jego ramiona dużym kąpielowym ręcznikiem, słabym strumieniem ciepłej wody z prysznica zmoczyła mu głowę. Z kieszeni szlafroka wydobyła nożyczki i zaczęła strzyc. Lichutki zamknął oczy i zacisnął wargi. Zbierała odcinane pukle i kosmyki z ręcznika i wrzucała do wanny. W pewnej chwili poczuła, że Marian drży. Zauważyła, że powoli sztywnieją mięśnie jego szyi. Widziała w lustrze, jak marszczy się jego czoło, zaciskają kolana, jak nerwowo zamyka dłonie w pięści, by za chwilę je ponownie rozprostować.

– Lichutki, czy robię coś nie tak? – spytała zaniepokojona. – Nie musisz się niczego obawiać. Często strzygę, to znaczy strzygłam, mojego chłopaka. Nigdy nie narzekał – zapewniła, odkładając nożyczki.

Lichutki otworzył szeroko oczy. Skupiony wpatrywał się w jej odbicie w lustrze. Podniósł prawą rękę i mocno ścisnął jej dłonie, przygniatając je do swojego ramienia.

– Dlaczego panienka to robi? Ale teraz tak szczerze. Dlaczego? Przecież biedni nie mają twarzy, historii, a z konkretnych właściwości często posiadają tylko zapach. Ludzie nie chcą zbliżać się do mnie, bo nie chcą mnie wąchać, dla normalnych ludzi ja mogę tylko śmierdzieć. Jak wchodzę do sklepu, to już na starcie jestem podejrzany, że chcę coś ukraść. Nie chcą stać obok mnie w żadnej kolejce, bo boją się, że wszy z moich włosów natychmiast przeskoczą na ich głowy. Na ławce w parku siadają na samym końcu drugiego końca, plecami do mnie, bo zapewne myślą, że w moim oddechu mogą być prątki gruźlicy niebezpiecznie zmutowane samogonem i czosnkiem. Nie podają mi ręki ani na powitanie, ani na pożegnanie, bo jeśli nie zarażę ich hifem, to w najlepszym wypadku świerzbem. Nie chcą patrzyć mi w oczy, bo pobolewa ich wtedy katolicka dusza, miętoszona wyrzutami sumienia z powodu biblijnych bredni o tym, że z biednymi trzeba się dzielić. Opuszczają głowy i zamiast mi w oczy, patrzą na moje buty. I wtedy przypominają im się fragmenty z lekcji religii, i nagle wyciągają swoje portfele lub portmonetki.

Ale Polakom to chyba bardziej przypominają się czasy butów na kartki. I dlatego wyciągają kilka drobnych i wrzucają do kubeczka. Ruscy wstydzą się wrzucać drobne, zawsze papierowe z portfeli wyciągają. Ale to może wynika z tego, że ich rubel marny w stosunku do naszego złocisza. Ruble w monetach to jak nasze grosiaki. Dlatego nie pogrzebię mojego obuwia z panienką na plaży. Moje buty to logo firmy Lichutki.

Ale wracając do sedna, to generalnie ludzie się mną brzydzą, a panienka mi zaropiałe rany na nogach obmyła, swoje drogie perfumy na nie rozpryskała, a teraz moich włosów dotyka. To jest ogromna intymność dotykać cudzych włosów, gdy nie jest się opłacaną za to fryzjerką, prawda? Dlaczego więc panienka to czyni? Czy panienka jest może z jakiejś humanitarnej organizacji? Czy tak indywidualnie, z empatycznie dobrego serca? A może to jakiś wyrafinowany eksperyment z kamerą ukrytą w wykrywaczu dymu?

Przez chwilę milczała. Uwolniła dłonie z jego uścisku i sięgnęła po nożyczki.

– Chcesz być ładny czy nie? – zapytała i zaśmiała się w głos.

– Pewnie, że chcę! – wyszeptał, klepiąc ją po udzie.

– To się teraz nie ruszaj i nie marudź – powiedziała. – A w ogóle, Lichutki, gdy tak ciebie słucham, to nie wiem, czy ty jesteś tylko cwany lis bez podstawówki, czy doktorant jakiegoś uniwersytetu. Czasami mówisz jak ziomal z blokowiska, a czasami jak psychoterapeuta krasomówca. Te twoje „ojczulu", „dziadulu", czy nawet moja ulubiona „panienka" nijak mi nie pasują do „empatycznie dobrego serca" i „wyrafinowanego eksperymentu". Masz może Lichutki jakiś doktorat? Chociaż z polonistyki?

Lichutki roześmiał się, a potem zaczął chrapliwie kaszleć. Uderzyła go pięścią po plecach, jak kogoś, kto się nagle zakrztusił lub dostał ataku czkawki.

– Muszę się czegoś napić! – wydusił ledwo słyszalnym charczącym głosem. – Bo inaczej się uduszę, Boże, Jezusieńku...

Wyskoczyła przerażona z wanny. Chwyciła szklankę stojącą przy lustrze. Napełniła ją wodą i drżącymi rękami podsunęła mu do ust.

– Najchętniej wina z minibaru. Może być czerwone – oznajmił spokojnie. – Ale białe też wypiję...

Złapała go za włosy i zaczęła potrząsać jego głową.

– Wstrętny jesteś, Lichy!!! Okropny! Przeraziłeś mnie. Niedobry jesteś! To wcale nie było zabawne! – krzyczała.

Wyrwał się jej, objął ją mocno w pasie i przytulił twarz do szlafroka. Stała nieruchomo z podniesionymi w górę ramionami i szklanką wody w dłoni.

– Panienka jest dobra dla mnie – szeptał. – Dobra po prostu...

Uwolniła się z jego uścisku i podreptała do pokoju. Wróciła z dwiema małymi butelkami wina. Lichutki uśmiechał się zadowolony z siebie. Między wargami ściskał dwa zapalone papierosy.

– Grzeszymy, Lichy, w tej łazience na potęgę – powiedziała, wyciągając z jego ust papierosa. – Jeden dla mnie, prawda?

Potem wsunęła mu do ręki butelkę.

– Mam nadzieję, że nas nie przyłapią te... No, jak ty ich nazwałeś? Chwila moment... Już wiem! Korporanty – zachichotała.

Weszła do wanny i stanęła za jego plecami. Postawiła swoją butelkę na porcelanowej półeczce pełnej szklanych pojemników na szampony, odżywki, żele i mydła. Sięgnęła po nożyczki. Lichutki popijał wino małymi łykami i palił papierosa. Niekiedy gwizdał coś radośnie pod nosem. Od czasu do czasu, za każdym razem coraz bardziej zdziwiony, spoglądał na swoje odbicie w lustrze.

– A wracając do pytania panienki o doktorat, to szczerze powiem, że nie mam. – Zaśmiał się ironicznie. – Wypowiadam się czasami powabnie, ale nie myślę, że potrzeba do tego doktoratu. Nawet z polonistyki. Tak w moim mniemaniu i w szerokim ogóle te polonistyczne doktoraty są nikomu niepotrzebne. Jak czegoś nie można zmierzyć, wzorami niezrozumiałymi opisać, to jaki z tego może być, do diabła, doktorat? Ale to tak na marginesie.

Dla mojego ojczula z jakiegoś powodu sposób wyrażania się był zawsze ogromnie ważny. Gdy jeszcze hazard uprawiał, to nawet przy pokerze pięknych słów używał. Może dlatego nikt go nie rozumiał, a on ciągle przegrywał. Ja chyba to krasomówstwo po nim odziedziczyłem. U nas w domu się ono wielce rozpanoszyło. Ojczul do mówienia przykładał ogromną wagę. Mama nie zanadto, chociaż, nomen omen, była po polonistyce, więc pięknych słów z natury rzeczy poznała więcej. Mamula zawsze uważała, że najważniejsze przekazuje się dotykowo. Dlatego ojczul do mnie głównie mówił, a mamula tuliła, głaskała i całowała.

Ale przyszedł taki czas, miałem chyba wtedy z dziewięć lub dziesięć lat, że bardzo zachciałem, aby ojczul przestał mówić i zamiast tego wziął mnie na kolana i pocieszył, gdy dostałem na podwórku po mordzie albo po brzuchu od większych i silniejszych kolesiów. A ojczul mnie po takim mordobiciu głównie pięknymi słowami ganił i tylko niekiedy, też pięknymi, pocieszał. Ale z kolan, gdy mu się na nie wytęskniony ojcowskiego dotykania skrabałem, to zrzucał i odpychał jak jakiegoś namolnego zapchlonego kundla. Taki już był, że słabości u mężczyzn nie tolerował. A mnie od początku jako mężczyznę widział, chociaż ja przecież, jak każdy, dzieckiem długo byłem. Pewnie mnie kochał na swój dziwny sposób, ale ta jego miłość była taka typowo ojcowska. Musiałem na nią zasłużyć, a pewnie według niego nie zasługiwałem. I tak naprawdę do końca jego życia nie zasłużyłem.

Mamula to co innego. Ona mnie kochała bez jednego warunku. U niej na nic nie musiałem zasługiwać i wiedziałem, że obojętnie jaką niegodność lub łajdactwo uczynię, to tej mamulinej miłości i tak nigdy nie utracę. Mnie się wydaje, kiedy już coś w tym życiu zrozumiałem, że miłość do dzieci jest najsilniejsza, gdyż wie ona o tym, że nie może się niczego spodziewać. I kiedy ja potem pokochałem naszą Juleczkę, to jak mamula, na zabój, bezwarunkowo... Ale to dawno temu było.

Dużo czasu minęło, zanim zrozumiałem, że dla mojego ojczula Romana miłość to również rodzaj słabości, a w zasadzie głównie słabość, która uzależnia i odbiera spokój. On tylko o miłości pięknie i ozdobnie mówić potrafił, ale uczynkiem jakimś dokazać to już nie. Dlatego mamula pewnie taka strapiona po świecie chodziła. Bo jak się kogoś kocha, to prędzej czy później odwzajemnienia się oczekuje, prawda? Inaczej zgryzoty człowieka jak korniki drzewo dziurawią, no nie? Albo zimno mu ciągle jest. Nawet latem. Bo ja sobie tak myślę, że człowiek musiałby być chyba Bogiem, aby potrafił kochać, nie licząc się z tym, czy jest kochany, chociaż to nadmierne roszczenie kochającego, by samemu być miłowanym, z prawdziwą miłością wspólnego dużo, szczerze mówiąc, nie ma.

A co panienka osobiście myśli w tym temacie? – zapytał, odstawiając pustą butelkę na podłogę.

W pewnej chwili przestała go strzyc. Patrzyła mu w oczy i uważnie słuchała. Gdy zamilkł, cicho odparła:

– To sprawy bardzo złożone. Opowiedziałeś je tak inaczej. Dasz mi pomyśleć? Bo nie mogę być fryzjerką i filozofem jednocześnie. Albo ci przebiję czaszkę nożyczkami, albo zacznę opowiadać głupoty. I na dodatek chce mi się przy tym wszystkim płakać – powiedziała, przygryzając wargi.

Ujęła jego głowę w dł onie i zaczęła ją delikatnie obracać na wszystkie strony, spoglądając uważnie w lustro. Twarz Lichutkiego stała się jeszcze bardziej pociągła, odsłonięte czoło wydawało się wyższe, oczy jeszcze większe, siwizna, przedtem ukryta pomiędzy długimi kręconymi kosmykami, teraz była bardziej widoczna.

– Lichy, ty jesteś strasznie chudy. Zauważyłeś? I masz blizny na czole. Takie jak ja. W tych samych miejscach. Więcej po prawej stronie niż po lewej. Musiałeś drapać się przy ospie bardziej prawą ręką. Tak jak ja. Mógłbyś, proszę, klęknąć przy wannie? Umyję ci włosy.

– Możemy przedtem zapalić? – zapytał ze strachem w głosie i sięgnął dłonią do czoła.

Badał opuszkami palców – powoli i dokładnie, z ciekawością – wszystkie wgłębienia na swojej skórze. Potem zamknął oczy.

– Możemy? – zapytał ponownie, tym razem głośniej.

– Nie możemy, Lichy. Nadymiłeś tutaj jak w kotłowni. W końcu obudzisz ten czujnik i napytamy sobie kłopotów. Czytałeś, ile trzeba zapłacić za tak zwane odświeżanie pokoju, gdyby nas przyłapali? Ja tyle nie zarabiam w miesiąc, a mam wysoką wierszówkę. Zapalimy po myciu, w oknie. Może tak być? A teraz klękaj przy wannie. Chyba że wolisz się rozebrać i wejść pod prysznic?

– Co też panienka?! Wstydziłbym się tak przed niewiastą na golasa. To ja już lepiej przycupnę.

Pospiesznie wstał. Zdjął wyblakły dziurawy podkoszulek, złożył go starannie w kostkę i położył na marmurowym blacie obok umywalki. Potem ostrożnie przeciągnął przez głowę postrzępiony ciemnobrązowy skórzany rzemyk i z namaszczeniem przycisnął do warg wiszący na nim zaśniedziały krzyżyk. Dostrzegła nieregularną brunatnoczerwoną bliznę ciągnącą się od środka jego brzucha do pleców i kończącą się tuż ponad nerką. Ukląkł przy wannie.

– Nigdy nikt oprócz mamuli nie mył mi głowy. Nawet małżonka jakoś nie chciała – powiedział, gdy wcierała mu szampon we włosy. – A panienka to czystość chyba lubi? Czy co? Bo mi tak jakoś dziwnie. Tyle czułości jest w myciu człowiekowi głowy, że aż mowę odbiera…

– Więc nie gadaj chociaż przez chwilę, Lichy! I zamknij teraz oczy…

Usadziła go na brzegu bidetu i włączyła suszarkę. Palcami powoli przeczesywała i układała jego włosy.

– Trudno cię teraz, Lichutki, na pierwszy rzut oka rozpoznać – stwierdziła z uśmiechem. – A jak już, to tylko po oczach. Masz śliczne oczy, wiesz? Najbardziej lubię, gdy mężczyzna ma piękne oczy.

Nawet buty może mieć wtedy brudne. Chodźmy zapalić, a potem cię ogolę. I to prawdziwą brzytwą, a nie jakimś tam Gillette!

Lichutki tylko spojrzał na nią uważnie i nic nie powiedział. Owinął się ręcznikiem i przewiązał go na piersi poszarpanym sznurkiem, który zastępował mu pasek. Stanęli przy oknie.

– Julcia miała moje oczy. Tylko jeszcze większe. Dlatego chyba jak płakała, to poduszka w wózku była cała mokra, że można było ją wyżymać. Całą resztę na szczęście miała po małżonce. Krasawica była. Bardzo podobna do naszej Lubow. Tyle że rzęsy jeszcze dłuższe i jeszcze czarniejsze – dodał, zaciągając się głęboko papierosem. – Gdy czasami na nią patrzyłem, jak śpi, to…

– Słuchaj, Lichy, kto cię tak pociął na brzuchu? – przerwała mu pospiesznie, widząc łzy w jego oczach. – No, nie postarał się doktorek. Rozharatał, jak gdyby cię rzezał odłamkiem szkła.

– Nerkę sobie utopiłem w wódce, trzeba było ją szybko wyrżnąć, aby wątrobę i trzustkę ratować. Ta blizna tylko latem tak brzydko wygląda. Słońce nie jest w ogóle dobre dla skóry, a dla blizn już zupełnie. Zimą to ona się kurczy do cienkiej kreski i prawie wcale jej nie widać. Ten pan doktor był w porządku. Przyjął mnie na oddział i wyrżnął nerkę bez łapówki. Nie zważając na długą kolejkę. Gdy spoglądam na tę bliznę, to za każdym razem czuję do niego wdzięczność. Potem mi w Wejherowie powiedzieli, że on sam kiedyś się leczył w AA, więc ma słabość do alkoholików i rozumie problemy. Generalnie w Wejherowie na AA poznałem kilku lekarzy. Oni piją o wiele więcej niż na ten przykład listonosze czy krawcy. Bo ta odpowiedzialność ich pewnie dręczy. Nawet dentystów. Chociaż najbardziej to jednak chyba chirurgów. Też bym pił, gdybym miał od rana do wieczora wycinać ludziom hemoroidy, czyraki albo żylaki na mózgach.

Spojrzała na niego. Siedział na parapecie. Promienie słońca odbijały się od jego włosów. Dłoń z papierosem opuścił poza okno, głowę bezwiednie oparł na ramieniu. Uśmiechał się błogo i z nieskrępowaną przyjemnością spoglądał na świat na zewnątrz. Pierwszy raz odkąd go poznała, był spokojny – bez napięcia, bez tej nieustannej gotowości do ucieczki, i wreszcie bez tego przyczajonego lęku w spojrzeniu.

Poczuła nagłe rozrzewnienie i smutek. Kiedyś on, też oświetlony słońcem i przepełniony spokojem, siedział na parapecie i palił papierosa. I tak samo błogo się uśmiechał. Rok, może dwa lata temu. W starej leśniczówce na końcu ś wiata, gdzieś na zapomnianym pustkowiu w Borach Tucholskich. To także było latem. Parapet był spróchniały, podobnie jak cały strych tej chaty, w której planowali zatrzymać się tylko na jedną noc w drodze z Warszawy do Świnoujścia, a zostali na tydzień.

Stała wtedy przed nim, wpatrując się w jego oczy. Naga, spocona, ciągle wilgotna i ciągle jeszcze niespokojna, z potarganymi włosami i dopiero co pogryzionymi wargami. Wygramoliła się ze skrzypiącego łóżka i podreptała za nim, gdy uciekł od niej, aby, jak to określił, „spokojnie po tej rozkoszy zapalić". Najpierw masowała mu stopy, a potem objadali się czereśniami zerwanymi z rosnącego przy oknie drzewa i robili zawody w pluciu pestkami na odległość. A potem, znowu w łóżku, zlizywała łakomie z jego warg, brody, szyi i brzucha lepkie czerwone strużki czereśniowego soku. A potem on zlizywał jej strużki...

*

Westchnęła i głęboko zaciągnęła się papierosem.

– A wracając do miłości, to ja ci powiem, Lichutki, że to jest jedno wielkie pomieszanie. Masz rację z tym roszczeniem, aby nas kochano, gdy my kochamy. Może nawet jest to roszczenie największe ze wszystkich. To ogromna bzdura, gdy ktoś twierdzi, że miłość jest bezinteresowna. Pomijając miłości takich świętych mamul jak twoja, ta bezinteresowność to tylko pobożne życzenie. Bo miłość, nie tylko ojcowska, w ogóle bezwarunkowa nie bywa. Jest w niej całe mnóstwo egoizmu, głównie przez tę niedającą się opanować ochotę posiadania kogoś na własność. To, moim zdaniem, chora mrzonka Sartre'a, że w miłości nie chodzi o posiadanie. Gdy myślę o sobie, to nabieram przekonania, że jestem bardziej egoistyczna, gdy kocham, niż byłam kiedykolwiek, gdy nie kochałam. To wynika z najnormalniejszego ludzkiego strachu. Kiedy kocham, boję się jak cholera, bo czuję się wtedy bardziej bezbronna wobec cierpienia i jestem nadmiernie podatna na zranienie.

A ten facet, co mnie wczoraj w nocy na plaży zostawił, samiuteńką i pijaną, na twoją, szczęśliwym trafem, pastwę, doskonale o tym wie. Sama mu to w chwili największego rozkochania i czułości którejś nocy wyszeptałam do ucha przed zaśnięciem. To było wtedy, gdy ta moja miłość była taka bezgraniczna. Wszystko w nim wtedy kochałam. Nawet to, jak smaruje chleb masłem. Tak było. I dlatego się tak bałam. Bo myślę, że miłość nigdy chyba nie rodzi się jako jedynaczka. Zawsze ma strach jako brata bliźniaka. Ale on się bał i boi się jeszcze bardziej niż ja, i zapewne myśli, że jak odpowiednio długo pocierpię, to będę uleglejsza i będzie mnie jeszcze bardziej posiadał. I w ten sposób sam będzie bał się mniej. Egoista zasrany!

Szantażuje mnie swoim lękiem. Ale to mu się nie uda! Mój zawsze będzie większy.

W pewnym, może najważniejszym sensie nie można wyznać miłości piękniej, dobitniej i ostateczniej niż szczerym przyznaniem się do tego lęku. Nie sądzisz, Lichy? Ale mało kto, jeśli ktokolwiek, tak pięknie wyznaje miłość. „Kocham cię tak, że drżę ze strachu na myśl, że mogłabym cię utracić lub dzielić z kimś innym". Nie znam na to przykładów, nawet w Hollywood. Ani tym bardziej w Kościele, który wciąż głosi miłość. I to mnie niesłychanie dziwi, bo po Kościele najbardziej spodziewałabym się propagowania strachu, przerażenia i trwogi. Kościoła by dzisiaj nie było, gdyby co niedzielę nie rozprzestrzeniał w narodzie lęku. Kościół z lęku żyje i dzięki niemu zbiera na tacę. Ale pomimo to o miłości jako strachu przed utratą z ambon nie usłyszysz. W kościołach o miłości mówi się najczęściej jako o nieosiągalnej dla człowieka *caritas*, a tylko czasami jako o *eros*. A i to jedynie w tych akademickich, gdzie wierni pojmują, że piękny Eros to o wiele więcej aniżeli zwierzęce libido. O bardzo, bardzo wiele. Eros się jednak jakoś głupio większości myli z libido. A to przecież tak, jak gdyby nazwać Grand Hotel Sopot „możliwością noclegu" w Sopocie. Niby się zgadza, ale konotacje zupełnie odmienne. No nie?!

I jeszcze to przerażające zbliźniaczenie miłości ze strachem: „Kocham cię, bo się nieustannie boję". Że niby strach ramię w ramię z miłością w jednym kierunku podążają? Jakoś niezbyt to pasuje do tej miłości, którą darzy nas wszechmogący i nieskończenie dobry Bóg, no nie? Miłość jako przykład klinicznej nerwicy lękowej? Coś podobnego! Ale tak niestety często jest... A on, ten mój, chociaż może on już wcale nie mój, mężczyzna, co mnie tak na pastwę losu zostawił, to już w ogóle kochał mnie dziwacznie, bo tylko swoim strachem. Jak jakiś skazaniec, który namiętnie pokochał życie dopiero tuż przed egzekucją. Ostatnio miałam wrażenie, że każdego dnia wykonuję na nim, jak jakiś kat, wyrok śmierci. Bolał go każdy najmniejszy mój sukces, każdy podpisany moim nazwiskiem dłuższy artykuł w gazecie, każda audycja w radiu, każda pozytywna opinia na temat mojego tekstu lub nawet polubienie na Facebooku, każdy męski, obojętnie jak niewinny, komplement pod moją fotografią, każdy program telewizyjny, podczas którego miałam według niego zbyt krótką spódnicę lub zbyt wyeksponowany biust, lub zbyt obcisłe spodnie. Był jak napiętnowany moim sukcesem. Udręczony nim, obłąkany z zazdrości o wszystkich. Myślę, że bał się, iż dojrzę jego małość, porównując go z innymi. Doszło do tego, że płakał i krzyczał przez sen. Dla niego byłam…

– Panienka go pewnie prowokowała – przerwał jej, nie dając dokończyć zdania. – To znaczy, że on był ciągle otwarty. Najgorsze jest wtedy, gdy ludzie się zamykają i za kudłatego diabła nie można się przedostać przez tę ich skorupę. Tak mi kiedyś powiedział akademicki z wieloma tytułami psycholog w Wejherowie, co to trafił na AA, ale nie jako łapiduch, tylko jako pacjent. Musiał chyba być na skraju ostatecznej bezsilności i rozpaczy, by z własnej woli oddać się w ręce innych psychologów. Przypadek bardzo ciekawy, swoją drogą. Psychol i psycholog w jednej i tej samej osobie. Gdy pił, był świetnym psychologiem, ale gdy nie pił, normalnym psycholem. Wolałem go, kiedy pił. Mówił wtedy rzeczy ważniejsze i niewyuczone. On też niepogodzony był z tym, że kobieta go przerosła. Kiedyś przyjechała nawet do kliniki, ogromnym niemieckim samochodem. Aby sprawdzić chyba, za co płaci czternaście tysięcy z hakiem za miesiąc „wakacji swojego chłopaka". Naprawdę była o głowę wyższa od niego. I do tego sążnista jak dąb Mieszko Czternasty. Ale nie o wzrost i gabaryty się tu rozchodzi. Ona go przerastała inaczej. Najbardziej było to widać, kiedy w Wejherowie głaskała go tłustymi łapskami po głowie. Leżał na ławce w altanie przy wejściu do kliniki, z głową na jej ogromnych jak lufy carskich armat udach. Widzieli to wszyscy alkoholicy na odwyku. Ona nie głaskała go z kobiecego miłowania. Ona głaskała go jak pewna swojego łupu niedźwiedzica zajączka. A nasz psycholog, bo był wtedy niestety trzeźwiuteńki do bólu, dawał się głaskać i powoli stawał się psycholem upijanym tymi w mózgu jakimiś chemikaliami, ale nawet jeśli mu wówczas prącie się powiększało, jak mniemałem z powodu przerwy w pożyciu, to w głowie, myślę teraz jak normalny chłop, chyba mu się wszystko kurczyło. Bo nikt nie chce być zajączkiem głaskanym przez niedźwiedzicę z ogromnymi pazurami, nawet jeśli są to tylko zrobione u najdroższej w mieście kosmetyczki paznokcie. Czy panienka się jakoś z tym identyfikuje? Przepraszam, że tak znienacka pytam – dodał, spoglądając na nią.

Odeszła od okna i usiadła na łóżku. Zrzuciła buty, wsunęła się pod kołdrę i szczelnie nią opatuliła.

– Zimno mi się zrobiło, wiesz? Zimno jak cholera – powiedziała, poprawiając poduszkę pod głową.

Lichutki zsunął się z parapetu. Przysiadł na skraju jej łóżka. Leżała odwrócona plecami. Chwilę milczał, a potem wsunął ręce pod kołdrę i zaczął masować jej stopy.

– Jak Julcia nam zmarzła, to zawsze mizianie po stopach ją rozgrzewało – wyszeptał, nachylając się nad jej uchem.

– Myślisz, Lichy, że on może tak myśleć? Nie identyfikuję się z tym, co gadasz, ale to mnie ciekawi.

– Kogo panienka ma na myśli teraz? Zajączka z Wejherowa czy narzeczonego?

– On nigdy nie był moim narzeczonym. Przynajmniej ja o tym nic nie wiem. Gdy mnie komuś przedstawiał, to zawsze oficjalnie, z nazwiska i imienia. Jak jakąś koleżankę lub znajomą z pracy, jedną z wielu. Najpierw mnie to bolało, potem drażniło, ale w końcu się z tym pogodziłam. Ostatnio posuwał się tak daleko, że z przekąsem dodawał do mojego imienia i nazwiska idiotyczne i uszczypliwe: „ta znana dziennikarka z Warszawy". Chociaż dla każdej z nas jest ważne, aby od początku była przedstawiana jako kobieta mężczyzny, do którego należy. A ja należałam do niego. Do nikogo przedtem nie należałam tak całkowicie, jak do niego. I nie tylko ciałem. Przede wszystkim myślami. Kiedy nie myślałam o pracy, to zawsze w jakiś sposób myślałam o nim. Co teraz robi, jak się czuje, czy jest smutny, czy radosny, czy jadł już dzisiaj coś ciepłego, co czyta, czego słucha, czy nie pije zbyt dużo wina, o czym myśli po przebudzeniu, czy jest zdrowy, czy podlewa kwiaty, czy naprawił hamulce w swoim samochodzie. Ot takie zwyczajne babskie myśli zakochanej kobiety. Dzieliłam czas tylko między niego, sen i pracę.

Na początku ta moja praca go fascynowała. Jako filozofujący socjolog niespecjalnie wiedział, co ze sobą zrobić po studiach. Dziennikarstwo stało na samej górze listy zajęć, z którymi planował związać swoją przyszłość. Naczytał się biografii dziennikarzy z pionierskiego okresu etosu Pulitzera i stworzył sobie naiwnie wyidealizowany obraz tej pracy. Dziecinnie wierzył w sprawczą moc słowa, a siebie widział jako niezłomnego krzewiciela prawdy i tylko prawdy. Nie chciał mi wierzyć, gdy mówiłam, że nie ma jednej prawdy, i opowiadałam o układach, koteriach, wpływach, interesach i całym tym badziewiu w redakcjach.

Tak było mniej więcej przez rok. Potem, gdy wprowadziłam go w swój warszawski świat, w którym nie umiał się odnaleźć, powoli zaczął się w nim rodzić sprzeciw wobec tego, co robię. I wcale nie chodziło mu o sedno sprawy, czyli o dziennikarstwo. Jemu chodziło o mnie. A w zasadzie o moje, nazwijmy to, sukcesy. Nie zauważał pracy, którą w nie wkładałam. Widział jedynie blask przypinanych do mojej piersi medali. Gdy pracowałam tylko dla gazet, to jeszcze to znosił, ale kiedy zaczęłam robić materiały dla radia i telewizji, wstąpiła w niego jakaś opętańcza furia. Stałam się rozpoznawalna. Przez głos, wizerunek i sposób przekazywania informacji, a także przez wygląd. Zaczęli otaczać mnie ludzie, których on znał tylko z kolorowych błyszczących okładek, z czarno-białych fotografii na pierwszych stronach gazet, z ekranu telewizora, z internetowych plotek i pomówień, niekiedy z wymyślonych lub rzeczywistych skandali. Niektórych lubiłam, innych zupełnie nie. Niektórych podziwiałam, innymi gardziłam. Dla mnie byli normalni. Mądrzy lub głupi, brzydcy lub ładni, grubi lub chudzi, skromni i pokorni lub nadęci i kosmicznie zarozumiali. Jak wszyscy. Normalni ludzie po prostu. Ale dla niego byli niedostępni. Jak postaci z jakiegoś panteonu, w którym chciałby się znaleźć, a do którego, tak mu się wydawało, nigdy nie trafi.

Było wśród nich wielu mężczyzn. I to takich, wobec których natychmiast odczuwał zazdrość lub nawet zawiść. W zasadzie bez powodu. Można zazdrościć młodemu profesorowi jego pozycji i wykształcenia, ale nie daje to nikomu prawa, aby go najpierw zdeprecjonować, potem cynicznie wyśmiać, a na końcu nazwać „napalonym intelektualnym palantem". I to tylko dlatego, że był podczas rozmowy ze mną szarmancki, słuchał moich racji i niekiedy się do mnie uśmiechał. Po niedługim czasie w każdym takim mężczyźnie widział mojego kochanka. Gdy na przykład po wywiadach nie odbierałam telefonu, był przekonany, że niechybnie mam akurat seksualną schadzkę. Doszło do tego, że potrafił przyjechać z Poznania do Warszawy i dzwonić do mnie, stojąc przed budynkiem, w którym realizowano rozmowę, a gdy nie reagowałam, awanturować się ze strażnikiem, który nie chciał go wpuścić do studia. Jego zazdrość stawała się powoli obsesyjna, a ja czułam się coraz bardziej osaczana, zamykana w coraz ciaśniejszej klatce.

Na dodatek wychowany w patriarchalnym domu, w którym ojciec sprowadził matkę do roli nieszanowanej służącej, był przekonany, że mężczyzna powinien dominować. Przede wszystkim finansowo. Tymczasem w naszym związku, co zrozumiałe, tak być nie mogło. Trudno, aby ubogi student dwóch fakultetów, utrzymujący się bez najmniejszej pomocy ze strony rodziców, miał więcej pieniędzy niż warszawska w miarę ustabilizowana zawodowo dziennikarka. Przekonywałam go, prosiłam o cierpliwość dla siebie samego, tłumaczyłam. Nigdy najmniejszym gestem nie okazałam mu swojej finansowej przewagi. Nie dość że nie chciał słuchać, to zaczął przyjmować żałosną postawę niewykształconego biedaka z prowincji, wypominając mi zawistnie, przy każdej nadarzającej się okazji, arystokratyczną rozrzutność, mieszczańską pychę i nieznajomość realiów życia prawdziwych ludzi, którym pensja kończy się w połowie miesiąca, a zasiłek po pierwszym tygodniu. Nie przeszkadzało mu to jednak kupować na aukcjach w internecie swoje, wcale nie tanie, porcelanowe cudeńka… bo kolekcjonował porcelanę, płacąc moją kartą kredytową.

Bywałam rozrzutna, to fakt. Pieniądze nigdy nie były dla mnie ważne. Jeśli miałam czas, to je wydawałam. Zresztą to też mu przeszkadzało. Każda nowa sukienka, każda para nowych butów, uwielbiam buty na granicy fetyszu, każdy nowy komplet bielizny uważał za „zbytek nowobogackiej celebrytki". Z powodu bielizny, którą przez długi czas kupowałam z myślą o naszych wieczorach i nocach, obrywało mi się najbardziej. Pamiętam, jak jakieś trzy miesiące temu przeszukał mi torebkę, aby upewnić się, czy faktycznie sama kupiłam majtki i stanik, których nigdy przedtem nie widział. Najpierw zdarł je ze mnie, w furii poszarpał na strzępy, a potem zajął się torebką. Był święcie przekonany, że seksowny komplet przyjęłam „jak dziwka do wynajęcia, od jednego z tych bogatych warszawskich zboczuchów i z pewnością są na nim ślady jego zapoconych łapsk i spermy".

Tamtego wieczoru nie tylko zadał mi ból, zrywając ze mnie bieliznę, i nie tylko zniszczył mi torebkę. Tamtego wieczoru pierwszy raz mnie uderzył. Na odlew, zaciśniętą pięścią, prosto w twarz. Pamiętam, że osuwając się na podłogę, uderzyłam głową w krawędź parapetu w sypialni i po raz pierwszy w życiu straciłam przytomność. Ocknęłam się dopiero na kozetce w izbie przyjęć jakiegoś szpitala. Potem dwa długie tygodnie ukrywałam się przed światem. Ze wstydu. Wydawało mi się, że nie tylko wszyscy będą widzieli sinożółtawą opuchliznę na policzku, ale też dojrzą w moich oczach poniżenie, jakiego doznałam. I to ja, ta która zawsze stała z podniesioną głową i nigdy nikomu nie pozwalała się poniżać!

Mimo to przyjęłam jego przeprosiny. Pomyślałam, że to nieszczęśliwy wypadek, że zazdrość odebrała mu zmysły, że, gdy wymierzał mi ten cios, to tak naprawdę nie był on, tylko jakiś zamknięty w jego ciele zamroczony gniewem zły demon. Bo miłość to przecież także po części obłąkanie. Tak to sobie wytłumaczyłam, aby móc mu w zgodzie ze swoim sumieniem wybaczyć. Bo przecież bardzo chciałam mu wybaczyć. Kochałam go...

Odwróciła głowę i patrząc w oczy Lichutkiego, wykrzyknęła drżącym głosem:

– Nie, Lichy, ja nigdy nie byłam żadną niedźwiedzicą pewną swojego łupu. Nigdy! W miarę upływu miesięcy czułam się coraz bardziej jak tania dziwka z teatru jego chorej wyobraźni. To ja byłam łupem, mógł ze mną robić, co chciał. Z każdym kolejnym ustępstwem, na które szłam, aby ratować tę miłość, coraz głębiej wbijał we mnie pazury, a ja coraz mniej cierpiałam, ale coraz bardziej brzydziłam się sobą. Zaczynałam powoli wierzyć, że moja miłość jest formą morderstwa. I że to siebie powoli zabijam. Na dodatek zostałam z tym wszystkim, z tą udręką zupełnie sama. Nie chciałam i nie mogłam jej z nikim dzielić, wygadać się, wyżalić, wypłakać, zapytać o radę, przyjąć pocieszenia, nabrać otuchy. Moja matka i tak by nie zrozumiała, a gdyby nawet, to pobiegłaby zaraz z donosem na komisariat, a przyznanie się Magdzie, jedynej przyjaciółce, że mój mężczyzna maltretuje mnie psychicznie i tłucze pięściami po pysku nie wchodziło w ogóle w rachubę, sam rozumiesz. Ciągle wierzyłam, że to wszystko jest tylko chwilowe, że to jakaś okropna, ale z pewnością przejściowa faza, jakieś czasowe zaburzenie, jednostkowy przejaw jego borderline. Nie chciałam, aby Magda, później, kiedy to wszystko już minie, myślała o nim jako o niezrównoważonym psychopatycznym brutalu, który podnosi rękę na jej najlepszą przyjaciółkę. Poza tym najnormalniej w świecie byłoby mi przed nią okropnie wstyd.

Wydostała się spod kołdry, podeszła do toaletki i poprawiła włosy. Zapaliła papierosa i usiadła na parapecie.

– Wczorajszej nocy – mówiła – kiedy pokłóciliśmy się podczas spaceru wzdłuż plaży, zażądał ode mnie niemożliwego. Abym przestała pracować, przeniosła się do Poznania i „wreszcie zerwała z tym warszawskim gnojowiskiem pełnym alfonsów i lesbijek". Tak wykrzykiwał na całą plażę. Dokładnie tak. A gdy mu powiedziałam, że to mnie odmóżdży, zniszczy, że to jest wbrew wszystkiemu, co dla mnie ważne, że nikt nie ma prawa tego ode mnie żądać, nawet on, i gdy zaczęłam go na kolanach prosić, by się uspokoił i opanował, to rzucił mi garścią mokrego piachu prosto w oczy, odwrócił się i odszedł, mamrocząc najgorsze przekleństwa.

Zamilkła. Rękawem szlafroka, dyskretnie starła łzy z policzków. Lichutki siedział skulony na skraju łóżka, przygryzał wargi i jedną dłonią nerwowo przeczesywał swoje krótkie włosy, a drugą wyszarpywał kosmyki z brody. Unikał jej wzroku. Przez chwilę w pokoju panowała cisza zakłócana jedynie odgłosami zza otwartych okien.

– Wiesz co, Lichy? – dodała po chwili. – Nie chcę już o tym więcej mówić. Myśleć o tym nie przestanę, ale proszę, pomóż mi myśleć o tym dzisiaj jak najmniej. Pomożesz, co?

Lichutki podniósł się z łóżka, podszedł do niej i delikatnie pogłaskał ją po policzku.

– Na kobietę ręki podnosić nie powinien – mówił cicho. – Nawet jeśli w nim, jak panienka rzekła, jakiś demon w tym momencie przebywał. Nie ma takich demonów po mojemu, co chłopem aż tak zawładnąć mogą, coby przemoc wobec niewiasty zastosował. Ta ręka podniesiona mu uschnąć, chociaż na chwilę, powinna. A co do niemyślenia, to jasne, że pomogę. Tylko nie wiem jak, bo ja przy panience jakiś głupawy się czuję i nie wiem, w jakim kierunku konwersację mam poprowadzić. Na gazeciarstwie mało się znam, chociaż takie bezpłatne lub wyrzucone na śmietnik jak trafię, to czytam od deski do deski, łącznie z nekrologami i programem telewizyjnym i radiowym. A i w Warszawie także nigdy nie bywałem.

Chciałem kiedyś pojechać rowerem, co mi mój dobry kolega na tydzień pożyczył. Tadziu Sławek Mazgaj się nazywał, chociaż wszyscy na niego Kowadełko mówili. Taki z niego siłacz był, że kowadło, najprawdziwsze z kuźni, jedną ręką ponad dach gołębnika na podwórku podrzucał. Kowadełkiem go nazywali, bo wzrostu był niewielkiego, kurdupel trochę, ale jak rękę komuś ścisnął, to kości tylko chrobotały. Ale to dawno było. Jeszcze jak nasz papież ostatni raz po ojczyźnie pielgrzymował. Ale się nie ułożyło, bo mi ten rower nieuczciwi złodzieje ukradli, przez co utraciłem zaufanie tego kolegi, bo on wydedukował, że ja jego rower na wódkę zamieniłem. A to nieprawda była, bo za tego gruchota to nikt flaszki by nie dał. Myślę sobie, że tylko złomiarze się mogli na tego grata połakomić. Bo kto by inny. Chciałem się potem koledze zrehabilitować i ze trzy tygodnie na jego konto do swojej puszki żebrałem, ale Kowadełko się którejś nocy na śmierć zapił trefną białoruską przepalanką z przemytu, więc nie zdążyłem i w ten sposób do grobu kolegę złożyli ze złym mniemaniem o mnie, co mnie do teraz wewnętrznie tarmosi i nęka. Dlatego na cmentarzu, gdy przystaję przy jego mogile, a poniekąd muszę, bo on trzy aleje od mojej Julci spoczywa, to mu…

*

Przerwał w pół zdania i zamilkł. Wychylił głowę przez okno, spojrzał uważniej na ogród przed hotelem, a potem pośpiesznie wspiął się na parapet i klęcząc na nim, głośno wykrzyknął:

– Co pan łaskawy najlepszego wyczynia?! Głupawka pana naszła?! W południe, gdy słońce wali jak na Saharze, róże pan podlewa?! I to jeszcze strumieniem z sikawki? Wprost po płatkach?! Widzi panienka – zwrócił się do niej zirytowany – jak ten kocmołuch w lakierowanych bucikach rośliny bezkarnie krzywdzi?

Coraz bardziej wychylając się z okna, wykrzykiwał do dziwacznie wyglądającego mężczyzny, który w białej koszuli, krawacie i czarnych lakierkach stał z wężem ogrodowym na trawniku.

– Kto pana łaskawego tutaj na ogrodnika najął?! Jutro kwiaty będą piegowate od plam po wodzie, a pojutrze, jeśli dalej będzie tak smażyć, to z tych piegów zrobią się w płatkach dziury na wylot! Pan może potrafi wodą z czajnika herbatki w biurze zalewać, ale do podlewania w ogrodnictwie się pan łaskawy za czorta nie pisze! To nie jakaś tam robota umysłowa! Tu trzeba się trochę znać!

Mężczyzna odwrócił w końcu głowę w kierunku, z którego dochodził zachrypnięty od krzyku głos Lichutkiego. Przez kilka chwil w milczeniu wpatrywał się w okno, a potem, nie wypuszczając gumowego węża z rąk, powolnym krokiem ruszył do hotelu.

– Dziwak jakiś ten strojniś – powiedział Lichutki. – Nie sądzi panienka? Dewastuje mi roślinność w biały dzień. Korporanty, tak na moje, powinny go za to z roboty na zbity pysk wywalić…

– Trochę przesadziłeś Lichy. Tak na moje – odparła, uśmiechając się. – Nie każdy zaraz jest botanikiem. Gorąco się zrobiło, to krzakom i trawie chciał pewnie ulżyć. A teraz wracamy do łazienki – dodała rozkazującym tonem. – Ogolę cię. Taka była umowa.

*

Lichutki nerwowo chwycił za swoją brodę.

– Nie pamiętam, abyśmy coś o goleniu dyskutowali, a pamięć mi funkcjonuje niestety aż za dobrze – odrzekł zaniepokojony. – Ja mam tę brodę od prawie zawsze. Jak mi ją panienka usunie, to mnie dobrotliwi ludzie nie rozpoznają na ulicy i w efekcie nic nie użebrzę. Musi to być? Widziała panienka kiedyś ogolonego na gładko i ufryzowanego nędznika? Bo ja nie, a kręcę w tym biznesie już dobrych kilka lat. Wizerunek mi to golenie nadszarpnie, a może nawet zrujnuje i konkurencja tylko cieszyć się będzie, zacierając brudne łapska. Teraz tyle żebractwa się napanoszyło, że i z duchem czasu trzeba iść, i o swoje walory dbać. Jak tak dalej pójdzie, to jeszcze chwila, a nędzarze na Facebooku profilować się zaczną.

Wzięła go za rękę i zaczęła ciągnąć do łazienki.

– Znam już kilku żebraków z Facebooka – zaśmiała się. – Chociaż im się wydaje, że świat o ich nędzy wciąż jeszcze nie wie. To tak na marginesie. Ale do rzeczy, Lichy. Broda ci kiedyś odrośnie, poza tym już wszystko przygotowałam. Z brzytwą włącznie. To coś innego niż jakieś tam plastikowe maszynki o siedmiu ostrzach. No i chcę cię po prostu zobaczyć bez brody. W nowym wizerunku. A ty? Ty nie jesteś ciekawy? A nuż ci się spodoba i przy nim pozostaniesz? Zaryzykuj. Będziesz mógł przy tym palić – dodała.

Lichutki opierał się chwilę, w końcu niezbyt chętnie podążył za nią. W łazience ponownie usadziła go na brzegu wanny, okryła mu ramiona ręcznikiem i zaczęła obcinać nożyczkami kosmyki postrzępionej brody. Poprosiła, aby obficie zmoczył twarz gorącą wodą, a potem spieniła na jego skórze krem do golenia.

– Używałeś kiedyś brzytwy, Lichutki? – zapytała, sięgając do kieszeni szlafroka.

Lichutki patrzył z uwagą na jej ręce. Gdy z trzaskiem wysunęła ostrze z drewnianego uchwytu, powiedział:

– Tatul zawsze golił się tylko brzytwą. I ojciec tatula też. Nie mogłem się doczekać, aby mi coś tam na pysku wreszcie wyrosło, bo bardzo mi się to golenie męskie zdawało. Lubiłem patrzyć na tatula, jak w białym podkoszulku, z białą pianą na brodzie i polikach, ostrzył powoli i dostojnie swoją brzytwę na pasie z twardej skóry. Wisiało to pasisko u nas w przedpokoju na specjalnym haku. Przy lustrze, między wyciętą z „Trybuny Ludu" fotografią uśmiechniętego Bieruta i oprawionym w złote ramy obrazem płaczącej Matki Boskiej na tle Częstochowy. Tego pasa nie używał, gdy spuszczał mi lanie. Szkoda mu go chyba było na mój chudy tyłek. Gdy się tatulo tą brzytwą świeżo naostrzoną golił, to z namaszczeniem i naprawdę wolniutko. Jak gdyby co rano, bo z powodu intensywnego zarostu golił się codziennie, chciał dokładnie zeskrobać wszystkie grzechy i niedobroci swego dotychczasowego życia. Tego życia do wczoraj. Może dlatego matula moja po goleniu zawsze go w czoło całowała. A może to tylko było takie jej kobiece zachowanie po tym spektaklu męskości. Trzymał też w kredensie specjalną osełkę do brzytwy.

W dłoniach miałem jego brzytwę raz w życiu. Gdy umarł, to nie daliśmy go z matką do kostnicy, bo tam zimno i wilgotno, a on ciepło lubił. Mamula chciała, aby do ziemi poszedł ogolony, taki poranny, jak gdyby bez grzechów. Więc jego brzytwę na pasie zaostrzyłem, co do joty dokładnie tak jak on, zawsze grzbietem ostrza do przodu, i klęcząc przy nim, takim nieżywym, leżącym na kocu w dużym pokoju, tatula jego świętą brzytwą ogoliłem.

Zapalił, stanął przed lustrem, rozsmarował dokładnie kolejną porcję kremu i biorąc brzytwę z jej dłoni, dodał:

– Używałem brzytwy, panienko. Raz używałem.

Patrzyła na niego zamyślona. Z każdym najzwyklejszym pytaniem, z każdym najzwyczajniejszym wydarzeniem dowiadywała się o nim rzeczy coraz bardziej niezwyczajnych. Może to tak jest – myślała – że ci wyrzuceni poza nawias nie mieszczą się w żadnych normach, ponieważ są bardziej wrażliwi? Albo na odwrót: stali się bardziej wrażliwi, ponieważ wyrzucano ich nieustannie poza nawias? Gdy jako kilkunastoletnia dziewczyna przysiadała się do nich, nie znała odpowiedzi – teraz także nie zna. Pomimo że Lichutki był zupełnie inny niż grający na organkach Wasyl, to spojrzenie na świat miał bardzo podobne. Pełne uważności, empatii, nierzadko smutku. Także Wasyl opowiadał jej historie – przecież najzwyklejsze – ale były w nich, tak jak u Lichutkiego, często wspomniane tylko marginalnie, od niechcenia, wątki, które dla innych nie miałyby żadnego znaczenia, ale opowiedziane przez nich stawały się najważniejszą częścią opowieści. Zauważali w codzienności, sami o tym nie wiedząc, to, co niewidoczne i niesłyszalne dla innych. Epizody, kolory, harmonie, dysonanse, zapachy, smaki, brudy i czystości. Może dlatego, że mieli więcej czasu, a może dlatego, że jak się nic nie posiada i do posiadania niczego ponad podstawowe nie dąży, to żyje się bez tej chronicznej trwogi, bez tej nieustannej zadyszki, bez tego uczucia, że wokół szyi zaciska się sznur – i słyszy się lepiej, i widzi więcej, i smakuje z większym namysłem, i dokładniej myśli, bo bez pośpiechu. Może bezdomność wyzwala tęsknotę za własnym miejscem i sprawia, że wspomnienia z czasu, gdy się takie miejsce posiadało, są wyraźniejsze, jak gdyby powiększone przez lupę nostalgii.

To pewnie dlatego Wasyl w ostatnią podróż swego życia wyruszył pieszo do Brześcia, gdzie się urodził. Ani Lichutkiego, ani Wasyla nie znała innymi. Wasyla już nie pozna, ale może uda jej się poznać Lichutkiego...

Tymczasem Lichutki z papierosem w zębach usuwał powoli swoją brodę, wpatrując się przez załzawione od dymu oczy w lustro.

– Słuchaj, Lichy, skończ spokojnie to golenie, a ja zejdę na chwilę do recepcji – powiedziała. – Gdy wrócę, zejdziemy na kawę i lody do ogrodu. Opowiesz mi coś o nim, prawda? – upewniła się i nie czekając na odpowiedź, zamknęła drzwi łazienki.

Wróciła do pokoju, cisnęła szlafrok na łóżko, włożyła świeżą bieliznę – od dawna nosiła dodatkowy komplet w torebce – narzuciła sukienkę, szybko poprawiła makijaż i wyszła. Pospiesznie zbiegła po wyściełanych czerwonym dywanem schodach i dopiero na chłodnym marmurze podłogi, przy nieszczęsnych drzwiach obrotowych, zauważyła, że nie ma butów. Przeklęła pod nosem i wróciła. Lichutki radośnie pogwizdywał w łazience. Nie zauważył jej powrotu.

Przystanęła przy drzwiach. Uśmiechnęła się. Mężczyźni gwiżdżący czy śpiewający przy goleniu lub pod prysznicem kojarzyli się jej z dzieciństwem, beztroską i – nie wiedziała dlaczego – z dobrocią. Jej ojczym, bo ojca znała tylko z kilku wyblakłych ponurych fotografii w albumie matki, wygwizdywał przy goleniu szanty, a pod prysznicem wyśpiewywał, okropnie fałszując, całe arie. Długo nie potrafiła pojąć matki, która go nieustannie za to śpiewanie i gwizdanie wyśmiewała i strofowała. Jak się później okazało, matki w rzeczywistości nie denerwowały ani gwizdy, ani śpiewy. Nie mogła jedynie znieść, że jakiś mężczyzna zachowuje się inaczej niż „mężczyzna jej życia". Bo wszyscy powinni być dokładnie tacy jak tamten, pieszczotliwie „Andrzejek". Ten jedyny i idealny, skurwiel, który wyprowadził się do innej, gdy ona rodziła jego dziecko. Czyli ją. Ojczym bardzo długo z niebywałą cierpliwością znosił wszystkie te bolesne porównania i upokarzające próby uczynienia go kimś innym. Po kilku latach miał jednak chyba dość. Pewnego wieczoru, tuż przed wigilijną kolacją, matka wysłała go z prawie pustym wiadrem do śmietnika na podwórko. Ojczym, w kapciach i odświętnej białej koszuli, posłusznie chwycił wiadro i wyszedł tak jak stał. I nie wrócił. W ten sposób matka Justyny przegnała ze swojego domu i życia dobrego, szlachetnego człowieka. Nie zauważyła nawet, że przepędziła tym samym najważniejszego i wówczas najbardziej ukochanego mężczyznę z życia swojej córki. Ale to przecież dawno było, jak mawia Lichutki...

Gdy wyszła z hotelu, uderzyła ją fala rozgrzanego upałem powietrza. Zbiegła wzdłuż eliptycznego podjazdu do ulicy i przeszła na drugą stronę, minęła kościół przyklejony do neogotyckiej kaplicy, potem wiadukt rozpostarty nad dwukierunkową ulicą i dotarła do wyłożonego granitowymi płytami przestronnego rynku otoczonego z trzech stron sklepami, a z czwartej zamkniętego niepasującym do niczego żółtawym domem zdrojowym z zupełnie innej epoki. Wzdłuż witryn po prawej stronie na marmurowym podwyższeniu pod kolorowymi brezentowymi parasolami rozstawiono kawiarniane krzesła i stoliki. Przy jednym z nich siedziała ubrana w czarno-szary jesienny prochowiec wychudzona staruszka z kwiecistą chustką na głowie. Zatrzymała na niej wzrok. W barwnym tłumie kobiet i mężczyzn w krótkich spodenkach i podkoszulkach strój kobiety i sama jej obecność raziły swoją dziwaczną, nieomal komiczną innością. Obok staruszki siedział przygarbiony, wręcz skulony Maksymilian von Drewnitz. Mężczyzna w dżinsach i koloratce. Uczynny, przystojny i troskliwy niemiecki pastor dżentelmen z korytarza w hotelu. Z dłońmi ściskającymi dłonie staruszki patrzył w jej profil i wyglądał, jak gdyby spowiadał jej się na ucho. Przystanęła zdumiona. Staruszka przez chwilę siedziała nieruchomo, potem delikatnie pogłaskała Drewnitza po głowie i powoli podniosła się z krzesła. Justyna patrzyła, jak trzymając się za ręce, przeciskają się przez tłum na placu. Dotarli do wiaduktu, skręcili w lewo, w stronę kaplicy. Gdy podjechała taksówka, Drewnitz schylił głowę w ukłonie, pocałował staruszkę w rękę i pomógł jej wsiąść do auta. Przez moment rozmawiał z kierowcą. Potem zapalił papierosa i stojąc nieruchomo, patrzył za odjeżdżającym samochodem. Podeszła do niego i delikatnie dotknęła jego pleców. Odwrócił głowę i spojrzał na nią z przestrachem. Jak mały chłopiec przyłapany na czymś bardzo niestosownym.

– Grzeszy pan. Przeciwko swojemu zdrowiu – zagadnęła po niemiecku i z uśmiechem wskazała na papierosa w jego dłoni.

Zauważyła, że Drewnitz płacze.

– Mogę w czymś panu pomóc? – zapytała, starając się spokojnym głosem zatuszować niezręczność tej sytuacji. – Chciałabym w jakiś sposób spłacić dług wdzięczności wobec pana... Ale dopiero, jak już się pan wypłacze... – dodała po chwili, patrząc mu w oczy.

Drewnitz zdusił papierosa na krawędzi metalowego kosza przymocowanego do ulicznej latarni, wyciągnął z butonierki niebieską jedwabną chusteczkę i dokładnie przetarł nią szkła swoich okularów.

– Cieszę się, że znowu panią widzę – powiedział cicho. – Czy moglibyśmy mówić po polsku, jeśli nie ma pani nic przeciwko temu, że będę niekiedy bardzo kaleczył pani język? – zapytał. – Spłaci pani w ten sposób swój mały dług. Chcę poprawić swój polski, a mówienie to przecież jedyny sposób. Zresztą musi pani o tym wiedzieć po pobycie w Heidelbergu, prawda?

– Po co panu polski? – zdziwiła się. – To niezwykle trudny język jednego, na dobrą sprawę niewielkiego narodu.

– Chociażby po to, aby lepiej ten naród zrozumieć – wyjaśnił. – I na przykład dzięki temu mniej płakać… – Zamyślił się na chwilę. – Czy ma pani ochotę na kawę mrożoną? W kawiarence na rynku podają znakomitą. Da się pani zaprosić? – zapytał nieśmiało.

– Nie – odmówiła krótko. – Teraz muszę zadbać o pewnego interesującego mężczyznę. Pomoże mi pan?

Drewnitz spojrzał na nią zaskoczony, z trudem ukrywając rozczarowanie.

– Ma pan jego posturę i jest pan podobnie szczupły, a raczej wychudzony. Chciałabym mu kupić jakieś letnie ubranie. On, z różnych powodów, byłby temu przeciwny, więc pomyślałam… To dość skomplikowane. Nie mam teraz czasu, aby to wyjaśnić. Może innym razem. Na przykład, gdy będziemy pili tę mrożoną kawę – dodała wesoło. – Myślałam o garniturze z lnu. Lubi pan len? Przejdzie się pan ze mną do jakiegoś sklepu i przymierzy garnitur? I koszulę jakąś? Zamiast niego? Bardzo pana proszę…

Drewnitz spojrzał dyskretnie na zegarek i odparł z uśmiechem:

– Jeśli pani uważa, że ewangelicki pastor nie wzbudzi w Polsce żadnego skandalu, służąc nieznajomej jako manekin, to oczywiście chętnie pomogę.

Nie mogła nie zauważyć, że młode sprzedawczynie w butiku uśmiechały się do siebie dwuznacznie, przynosząc ubrania do kabiny, w której przystojny ksiądz z Niemiec, mówiący po polsku z uroczo zabawnym akcentem, cierpliwie przymierzał kolejne koszule i garnitury. Szczególnie że do sklepu przyprowadziła go atrakcyjna, o wiele młodsza Polka, która co rusz nie tylko zaglądała do przymierzalni, ale także się w niej z księdzem zamykała.

Gdy wyszli ze sklepu z ogromną papierową torbą, plac był jeszcze bardziej zatłoczony. Zgubiła Drewnitza gdzieś w tłumie i pospiesznie wróciła do hotelu.

Lichutki siedział w fotelu i przeglądał foldery biur podróży. Kiedy weszła, zerwał się przestraszony i stanął na baczność.

– Lichy – powiedziała – wybacz, ale musiałam na chwilę, no powiedzmy, że na długą chwilę, wyjść do miasta i zrobić zakupy.

Podeszła do niego, opuściła torbę na podłogę i delikatnie przesunęła dłońmi po jego twarzy.

– Masz idealnie gładką skórę, wiesz? Jak na drugi w życiu kontakt z brzytwą, jesteś mistrzem. Zgoliłeś z siebie wiele lat. Podobasz się sobie? Bo mnie bardzo.

– Nie wiem – odparł zawstydzony. – Nie przyglądałem się zbyt dokładnie, bo lustro mi się od szybkiego oddychania zaparowało. Ale brzytwa pierwsza klasa. A poza tym to panienki telefon warczał jak najęty. Tak z dziesięć razy będzie.

Podeszła śpiesznie do stolika nocnego, odłączyła telefon od ładowarki, usiadła na łóżku i zaczęła przeglądać rejestr połączeń. Cztery razy dzwoniła jej matka, raz Magda i kilka razy z redakcji. Jego numeru nie było. Ze złością rzuciła komórkę na poduszkę i powiedziała:

– Głodna jestem. Przebieraj się. Idziemy na dół coś zjeść. Późno się zrobiło. I wina mi się znowu chce.

– Jak to przebieraj się?! – zapytał Lichutki, patrząc na nią zaniepokojony. – Ja nie przebieram się od trzech lat z hakiem. Chyba że na zimę.

– Słuchaj, Lichy, obiecałeś, że zrobisz tak, abym nie myślała o tych smutnych sprawach, no, sam wiesz których, a teraz jest mi smutno, a ty jeszcze mi smutku przysparzasz. A wiesz, co z człowieka robi nadmierny smutek, prawda? To gorsze niż wątroba. Sam mówiłeś.

Lichutki przestępował z nogi na nogę, wyraźnie nie rozumiejąc, o co jej chodzi.

– Chcę wyjść z tobą na obiad – mówiła dalej. – I napić się z tobą wina. Chcę, aby pił ze mną wino mężczyzna elegancki. Rano byłeś inny i teraz możesz być inny. Mężczyźni powinni się zmieniać. I to zawsze na lepsze. Inaczej stają się nudni i opatrzeni. Twoja kurtka, nie mówiąc o butach – wycelowała palec w jego stopy – zupełnie nie pasuje do twojego obecnego wizerunku. Buty u mężczyzny to ważna rzecz. Wierz mi. Mam dla ciebie przecież te nowiutkie trampki...

Lichutki wyciągnął z ust niezapalonego papierosa i odetchnął z ulgą.

– O moich butach się już niedawno w tym apartamencie szeroko wypowiadałem w kontekście ich pogrzebania, ale jeśli tylko o te trampki się rozchodzi, i jeśli one odejmą panience smutku, to sprawy nie ma żadnej i ja w nie...

– Nie tylko o trampki, Lichy – przerwała. – Do tak eleganckich trampek potrzebny jest jakiś odpowiedni strój, bo inaczej zupełnie nie będzie ich widać. W tym pakunku – wskazała papierową torbę – jest taki odpowiedni moim zdaniem strój. Sprawisz mi dużą radość, jeśli się poświęcisz i zejdziesz ze mną na obiad i na wino przebrany w ten właśnie...

– Panienka jest jednak z jakiegoś UNICEF-u, UNESCO, czy jak im tam. Albo robi sobie tutaj jakiś charytatywny teatrzyk – mówił zdenerwowanym głosem Lichutki, drepcząc dookoła leżącej na podłodze torby, jak gdyby miała zaraz wybuchnąć. – Panienka chce mnie koniecznie przeobrazić, zmienić scenografię i kostiumy mojego życia. Tak na chwilę, na jedno przedstawienie. I obmyśliła jeszcze sobie przy tym, że to będzie dla mojego dobra. Ja jestem nędzarzem bez dachu nad głową i żadne ubranko, postrzyżyny i sportowe obuwie tego zmienić nie mogą, bo pudrem gangreny nie wyleczysz. Panienka tymczasem najpierw mnie sobie upudrowała, a teraz chce mnie udrapować w jakieś firanki. Ale na obsranym oknie i najpiękniejsze firanki na niewiele się zdadzą. Ludzie i tak będą widzieć jedynie zafajdane szyby.

Wreszcie schylił się i podniósł w końcu torbę. Ostrożnie wydobył z niej karton i skierował się do łazienki, mrucząc coś pod nosem. Zamknął za sobą drzwi i wykrzyknął:

– Zobaczy panienka zresztą sama na swoje oczęta. Zobaczy...

Długo nie wychodził, więc zastukała.

– Wszystko dobrze, Lichy?

– Nie wiem. Nie znam się za bardzo – odpowiedział po chwili. – Rozmiar w każdym razie jak ulał. Materiał taki trochę pognieciony jak psu z gardła, ale za to przewiewny. Tyle że to celebryckie odzienie, nie moje. Chłopaki jak mnie na Monciaku zobaczą, to ducha ze śmiechu wyzioną.

– A poznają cię w ogóle? – zapytała rozbawiona.

Lichutki powoli odemknął nogą drzwi i odparł:

– Chyba tylko po bliznach na czole.

Oparty rękami o umywalkę przypatrywał się sobie w lustrze. Podeszła i odwróciła go twarzą do siebie. Zerwała metki zwisające z koszuli i marynarki. Całkiem zapomniała o pasku. Lichutki przewiązał spodnie swoim starym poszarpanym sznurem, co przy jasnokawowym kolorze garnituru wcale nie raziło, wręcz dodawało swego rodzaju nonszalancji. Dzięki intensywnej niebieskości koszuli jego błękitne oczy zdawały się jeszcze większe i jeszcze bardziej błękitne. Teraz, kiedy posiniaczone kościste nadgarstki zostały przysłonięte mankietami koszuli, wychudzone dłonie nie raziły już nienaturalnym wyglądem.

Unikał jej wzroku. Poddawał się cierpliwie temu, co z nim robiła, jak pełny ufności mały chłopiec, którego stroskana, ale dumna matka wyprawia do Pierwszej Komunii, poprawiając uważnie jego pierwszy w życiu garnitur.

Rozpięła ostatni guzik koszuli i uwolniła szyję Lichutkiego z uścisku materiału. Lichutki zdjął krzyżyk, ucałował go i schował do kieszeni marynarki.

– Nie będę przecież świecił wisiorem jak Krzysiu Krawczyk – wyjaśnił cicho. – Poza tym Jezus mi nie pasuje do tej przebieranki, chociaż on, jak panienka pewnie wie, żadnym biedakiem raczej nie był.

Sięgnęła po flakonik z kremem i zaczęła delikatnie wcierać białą emulsję w twarz Lichutkiego.

– Nie zadbałeś o siebie, Lichy. Masz strasznie wysuszoną skórę po tym goleniu.

Usłyszeli głośne pukanie do drzwi. Zauważyła, że zadrżał i skulił się w sobie. Za drzwiami stał portier, szkoleniowiec od czipów.

– Proszę, niech pan wejdzie – powiedziała, cofając się do łazienki. – Muszę tylko zetrzeć krem z dłoni.

Portier wszedł do przedpokoju, rzucił okiem na Lichutkiego stojącego przed lustrem w łazience i uprzejmie skłonił głowę, a potem bacznie zlustrował pokój.

– Nasz ochroniarz z dołu kończy dyżur i pyta, co zrobić z parasolem plażowym, który przydźwigał ze sobą ten cały Lichutki czy jak mu tam. Ten, który panią napastował rano. Ochroniarz myśli, że on go ukradł z plaży i tylko problem z nim teraz będzie. Dlatego przysłał mnie, żeby...

Nie dała mu dokończyć. Spojrzała na niego ze złością, wyskoczyła z łazienki, stanęła naprzeciwko i wysyczała:

– Niech pan więc powie temu aroganckiemu brzuchatemu myślicielowi w za ciasnym kontuszu, że ma zadbać o parasol z największą troską. Dla własnego dobra. Jeśli parasol zaginie, to ja osobiście oskarżę go o kradzież. Pan Marian Szczepan Lichota, który jest tymczasowym właścicielem parasola, oddał go ochroniarzowi pod opiekę na jego wyraźną prośbę, o czym zaświadczę osobiście przed każdym trybunałem, i to pod przysięgą. Może pan zresztą sam zapytać o to pana Lichotę! – dodała podniesionym głosem, nie kryjąc zdenerwowania.

– Proszę się tak nie unosić – odparł zdziwiony jej atakiem portier. – Ja jedynie wykonuję polecenie dyrekcji, to znaczy ochroniarza. Poza tym nie mam zamiaru uganiać się za łazęgami.

Uśmiechnęła się szyderczo i wykrzyknęła:

– Nigdzie nie musi się pan uganiać. Absolutnie nigdzie!

Odsunęła się z progu łazienki, stanęła obok portiera i powiedziała do Lichutkiego, który w milczeniu przysłuchiwał się rozmowie, niespokojnie rozpinając i zapinając marynarkę:

– Marian, czy zechciałbyś panu oficerowi szczegółowo opowiedzieć, jak doszło do przekazania twojego parasola służbie ochrony Grand Hotel Sopot w miasteczku Sopot?

Portier przez chwilę wpatrywał się w profil Lichutkiego, potem przerażony zerknął na nią, potem znowu na Lichutkiego. Było tak cicho, że słyszała, jak nerwowo przełyka ślinę. Gdy Lichutki podniósł głowę i spojrzał na niego, mrużąc oczy, portier odwrócił się na pięcie i bez słowa pospiesznie wyszedł.

– A ja parasola na sto procentów nie ukradłem. Wypożyczyłem go tylko, coby panienkę od deszczu schronić. Ale oddam i za używalność od dziewiątej, bo przed dziewiątą są za darmo, co do grosika zapłacę. Wynajmowacz parasoli w tym rejonie to mój dobry kolega z osiedla. Razem byliśmy...

Nie słuchała go. Patrzyła, jak porusza ustami, jak gestykuluje, jak marszczy czoło, jak dotyka nosa, jak szuka swojej brody, jak przeczesuje palcami włosy, jak drapie się w głowę, jak się uśmiecha, jak marszczy brwi, jak przełyka ślinę. Oglądała go, ale go nie słuchała. Ten sam mężczyzna – myślała – nagle wydaje się kimś zupełnie innym.

Pamiętała, jak w Heidelbergu na wykładach z psychologii młoda wizytująca profesor z Harvardu przez większość zajęć opowiadała o czymś, co nazywała atrakcjonizmem i porównywała z rasizmem, seksizmem i homofobią. Twierdziła, ilustrując to licznymi przykładami, że uprzedzenia związane z wyglądem są tak samo silne jak uprzedzenia wynikające z płci, orientacji seksualnej czy koloru skóry. Atrakcjonizm wyróżnia jednakże to, że jest w dużym stopniu nieświadomy. Ludzie nie głoszą otwarcie przekonania, iż to, co piękne, jest dobre, ale podświadomie preferują piękno i często dyskryminują brzydotę. Czynią tak i kobiety, i mężczyźni, a nawet – co udowadniała – dzieci. Ludzie urodziwi i zadbani są traktowani lepiej i postrzegani bardziej pozytywnie, twierdziła. Skłonność do nagradzania piękna nie jest wyuczona, ale wrodzona.

Pamięta, jak zszokowały ją statystyki podawane przez profesor z Harvardu – notabene niezwykle mało atrakcyjną – z których wynikało, że rodzice okazują więcej czułości ładniejszym noworodkom. Wygląd zewnętrzny, niezależnie od tego, jak mocno chciano by nas przekonać, że nie ma znaczenia, wcale błahy nie jest. To najbardziej publiczna część naszej osoby. Nieustannie wystawiana na pokaz. Ponieważ ludzie bez wątpienia czerpią z kontaktu z pięknem przyjemność, wszystko, co nie jest piękne, traktują ambiwalentnie, a brzydotę z góry negatywnie. Ludzi atrakcyjnych obdarza się o wiele większym zaufaniem i podnosi się podświadomie ich status w przekonaniu, że oprócz urody posiadają także wiele innych rzeczy, które sami pragnęlibyśmy mieć.

Ona też przecież doświadczyła – i na szczęście ciągle jeszcze doświadcza – tego, o czym mówiła profesor z Harvardu. Jej łatwość w uzyskiwaniu kontaktów i namawianiu na wywiady ludzi ze świecznika wynikały często – szczególnie na początku kariery i szczególnie w przypadku mężczyzn, ale nie tylko – z faktu, że jest, jak to nazywali, „ładna", „śliczna", „atrakcyjna", „kusząca" i tym podobne. Chociaż długo myślała, że to o jej profesjonalizm i mądrość chodzi.

Brzydotę natomiast uważa się powszechnie za oznakę zła, szaleństwa, często stwarza poczucie zagrożenia. Zupełnie bezpodstawnie, ponieważ do dzisiaj nie odkryto widzialnych oznak tego, że ktoś jest świętym lub grzesznikiem. Całkowicie złudne jest przekonanie, że piękno równa się dobru. Gdyby były tożsame, wszystkie miss świata wyglądałyby jak Matka Teresa z Kalkuty. Trudno nam sobie wyobrazić, że w pięknej świątyni mieszka zły duch, natomiast myśl, iż brudny człowiek ma nieczyste intencje, przychodzi nam do głowy z największą łatwością. Przy tym wszystkim kara za brzydotę jest niewspółmiernie większa niż nagroda za urodę. Nawet współcześnie, w czasach obłędnej pogoni za pięknem.

Gdy Lichutki mówił „dzisiejsi ludzie nie chcą stać obok mnie w żadnej kolejce, bo boją się, że wszy z moich włosów natychmiast przeskoczą na ich głowy", to twierdził dokładnie to samo, co psycholożka z Harvardu. Tylko na swój sposób.

Poczuła delikatne szarpanie za ramię. Lichutki spoglądał na nią z niepokojem w oczach.

– Czy powiedziałem coś dokuczliwego albo smutnego? – zapytał szeptem. – Panienka tak zamilkła. Jak gdyby na amen. Jestem przecież tak ładny, jak panienka chciała. Nawet pan portier był trochę pomylony.

Odsunęła się od ściany. Sięgnęła po dłoń Lichutkiego i mocno ją uścisnęła.

– Nie wiem do końca, co mówiłeś. Zamyśliłam się. Ale nie ze smutku. Tak ogólnie. Na twój temat, ale naukowo – odparła. – A tak zwany ładny to ty byłeś na swój sposób zawsze, odkąd cię znam. Ten portier z kalką bardziej na mózgu niż na oczach tylko dopiero teraz to zauważył – dodała z uśmiechem.

Weszła do łazienki, z tuby stojącej na marmurowym blacie wycisnęła na dłoń odrobinę przeźroczystej zielonkawej emulsji, wróciła do Lichutkiego i najpierw rozczochrała, a potem ułożyła mu włosy.

– A teraz chodźmy już w końcu... – powiedziała, biorąc go za rękę.

Hol rozbrzmiewał jazgotem Chińczyków, którzy wysypali się z dwóch autobusów wycieczkowych stojących przed hotelem. Lichutki przepraszał każdą mijaną osobę, kiedy przepychali się przez tłum w drodze do restauracji.

– To bardzo zdrowy naród być musi – skomentował, gdy czekali na kelnera, który miał zaprowadzić ich do stolika. – Prawie wszystkie maotsetungi zionęły odorem czosnku. Aż strach było głębiej odetchnąć z powodu niebezpieczeństwa uduszenia. Ale musi panienka wiedzieć, że nie ma gorszego smrodu z gęby człowieka, niż jak czosnek wódką podlać albo wódkę czosnkiem zagryzać. Miałem takiego koleżkę, co to z wschodniej Litwy do nas żebrać przyjechał; chociaż kłamał wokół, że z Wilna. Ligejk miał na imię, ale na Monciaku wszyscyśmy go nazywali Towariszcz Libacja. Bimber ogórkami, korzeniami chrzanu i czosnkiem zagryzał, od śledzi solonych lub w occie stronił. Gadał, że jak dwa ząbki czosnku się setuchną wódki spłucze, to się trucizna alkoholowa do wątroby nie przebije i dłużej się człowiek na nogach trzyma. Libacja to był taki litewsko-polski Kaszpirowski, tyle że żebraczy i, co za tym idzie, w telewizji nie występował. Najpierw mataczył, potem majaczył. Pił tyle samo co my, chociaż my zupełnie bez czosnku.

Na niesprawność wątroby faktycznie ze świata nie zszedł. Kiedyś na molo się nocą wybrał, aby na Litwę mateńkę popatrzyć. Tak nam mamrotał. Dureń to on był, ale geografii z lekcji w szkole nie zapomniał. Z molo w Sopocie chciał na Kłajpedę popatrzyć. Ojczul jego tam na łodziach podwodnych komunistom radzieckim się z obowiązku wysługiwał. Libacja opowiadał, że jak oczy na samiutkim końcu molo zamknie i wiatr jest z zachodu na wschód, to widzi i tę czarną łódź podwodną i mamulę swoją, co chustką czerwoną, ogromną jak sztandar macha, i siebie też widzi, jak z wózka dziecinnego się wychyla, aby ojczulka jako mały pionier pożegnać. Kiedyś był wiatr tak silny, że płatki śniegu unosił, i Towariszcz Libacja, jak ten pies, co do pełni księżyca wyje, na molo za instynktem poszedł. To w grudniu było, tak pod stan wojenny. I już nie wrócił. Potem milicja na miejscu zdarzenia flaszkę pustą znalazła, a obok tej flaszki główki czosnku leżały, więc to Libacja tylko mógł być, nikt inny, co do zimnego morza wskoczył. Czosnek może i na wątrobę i przeziębienia pomaga, ale na zbytnią tęsknotę chyba nie. Nawet gdy popija się go czystym spirytusem. Na tęsknienie chyba nie ma lekarstw, co? Jak panienka myśli w tym temacie?

Patrzyła na Lichutkiego zasłuchana. Pojawił się przy nich kelner. Mówił coś. Dała mu znak ręką. Skłonił głowę, natychmiast zamilkł i nieco się oddalił, by poczekać, aż dokończą rozmowę.

– Nie ma, Lichy. Wiem, że nie ma. Nie ma na tęsknotę lekarstwa. Wódką i chemią można się tylko jakoś wywinąć od bólu. I to na bardzo krótko. Tak myślę, Lichy – odparła i zwróciła się do kelnera: – Chcielibyśmy usiąść jak najbliżej plaży. Zaprowadzi nas pan gdzieś w okolice okna?

Restauracja była pełna ludzi. Błąkali się kilka minut po sali, zanim bezradny kelner usadził ich na skórzanej sofie w barowej poczekalni.

Lichutki nerwowo rozglądał się wokół, cały czas zapinając i rozpinając marynarkę. Obok, na sofie po ich prawej stronie, siedział człowiek chyba jeszcze bardziej nerwowy. Łysawy czterdziestolatek z sokolim nosem, w tweedowej marynarce i tweedowym krawacie, z ogromnym brzuchem wypychającym niedopiętą nad pępkiem kraciastą koszulę. Rozłożył przed sobą komputer, ale w ogóle na niego nie patrzył, tylko nerwowo stukał telefonem w blat niskiego stolika przykrytego zapisanymi kartkami papieru. Przyglądał się uważnie każdej osobie wchodzącej do sali i za każdym razem w jego spojrzeniu malował się niepokój lub nawet przestrach. Sprawiał wrażenie agenta wywiadu czekającego na spotkanie z agentem innego wywiadu. Lichutki uważnie mu się przypatrywał i wydawało się jej, iż ma ochotę podejść do niego i go uspokoić lub pocieszyć. Albo chociaż podać mu papierosa.

Na sofie po lewej rozsiadł się otyły podstarzały mężczyzna w obcisłych białych spodniach i czarnej koszuli ze złotymi spinkami. Trzymał obie dłonie na opalonych udach młodziutkiej brunetki, która długimi nogami rozpychała jego nogi i wpatrzona w oczy grubasa przeczesywała palcami jego nieudolnie ufarbowane włosy, podczas gdy on nie spuszczał wzroku z jej ogromnego biustu, widocznego w głębokim wycięciu czerwonej sukienki. Poza powłóczystymi spojrzeniami – jego w jej nienaturalnie sterczące piersi, jej w jego przekrwione oczy – praktycznie się ze sobą nie komunikowali. Sięgali tylko czasami, prawie jednocześnie, po kryształowe szklanki wypełnione żółtobrunatnym płynem i wznosili nieme toasty.

Przy niewielkim stoliku pośrodku sali młody brodaty mężczyzna w dziwacznych okularach spuszczonych na nos czytał na głos książkę obłożoną gazetowym papierem. Elegancko ubrana kobieta, wyraźnie od niego starsza, siedziała naprzeciwko z głową opartą na złożonych dłoniach i patrzyła na niego w niemal religijnym uniesieniu, jak góralka w święty obraz. Od czasu do czasu pod stolikiem oplatała nogami jego łydki. Gdy to robiła, brodacz natychmiast przestawał czytać, zdejmował okulary i w milczeniu spoglądał na nią z wyrzutem. Ona zaczynała wtedy głaskać jego nadgarstki i coś szeptała, pochylając się nad stolikiem. Mężczyzna uśmiechał się wtedy, wypijał łyk wina z wysokiego kieliszka, przecierał okulary i wracał do czytania.

Hotel jest miejscem szczególnym – myślała, przyglądając się tej dziwnej parze. Nie pamiętała dokładnie, w ilu hotelowych łóżkach zasypiała lub – przez ostatnie miesiące – próbowała zasnąć. Kilka dobrych lat minęło, odkąd hotele wkradły się niepostrzeżenie w jej życie jako nielubiana konieczność. Po pewnym czasie zaczęły kojarzyć się jej… z bezdomnością. Właśnie tak. Spanie w hotelach to forma wymuszonej bezdomności. Nieważne, jak bardzo hotele udają dom, prawdziwym domem i tak nigdy nie będą. W pokojach hotelowych nie ma się nic swojego. Jedyne, co łączy je z domem, to walizka lub torba, którą się ze sobą przywiozło. Hotel to tylko wynajmowany za pieniądze na jedną lub kilka nocy cudzy dom, najczęściej zupełnie nieznanych właścicieli, z obcym łóżkiem przykrytym prześcieradłami, które ugniatały i plamiły swoim potem, moczem, krwią, kałem, spermą, łzami i śliną tysiące obcych ciał, i z obcą, sterylnie opustoszałą łazienką, którą wypełniają jedynie ręczniki, używane wcześniej przez tysiące ludzi, plastikowe buteleczki, najczęściej z francuskimi napisami, napełniane z równie plastikowych, tyle że większych pojemników, oraz z zupełnie nieswojskimi zapachami, które mają imitować świeżość i higienę i dawać gościom poczucie, że wkraczają tutaj jako pierwsi.

Hotel to także budynek pełen obcych sobie osób, które oprócz walizek, plecaków i toreb przywiozły także swoje biografie, tak samo nieznane innym gościom jak ich nazwiska i imiona. Być może to właś nie ta tymczasowa anonimowość powoduje, że w hotelach ludzie stają się często zupełnie inni, niż są we własnych domach, mieszkaniach i biurowcach, w których pracują. Niektórzy zachowują się jak spuszczone z łańcucha psy, inni jak wypuszczeni z aresztu więźniowie, jeszcze inni jak rekruci na pierwszej przepustce po przysiędze. To ci najbardziej ekstremalni. Są też „nieostrożne zdrajczynie i nieostrożni zdrajcy", jak ich kiedyś w pewnym hotelu w Zagrzebiu nazwała. Na lotnisku żegnają czule mężów, konkubentów, żony, kobiety, biorą na ręce dzieci – aby dwa dni później siadywać wieczorami na miękkich kanapach zaciemnionych hotelowych barów i zupełnie innym mężczyznom lub kobietom opowiadać przyciszonym głosem o swoim „emocjonalnym zagubieniu w codziennoś ci wypranej z uczuć i sprowadzonej do nudy i obowiązku".

Pamięta, że dokładnie takie pseudopoetyckie stwierdzenie podsłuchała, siedząc na drugim końcu kanapy i spisując relacje ze spotkań delegacji polskiego Ministerstwa Kultury na targach książki w Chorwacji. Polska była tam gościem honorowym i to wydarzenie wydawało się naczelnemu tak ważne, że wysłał ją do Zagrzebia. Jeśli nie liczyć kilku polskich pisarzy, kilku tłumaczy oraz pracowników polskiej ambasady, targi książki w Zagrzebiu mało kogo w Polsce obchodziły, dlatego musiała tak napisać te relacje, by w kraju uwierzono, że Chorwacja z utę sknieniem czeka na polską literaturę, a także po to, by naczelny mógł spokojnie rozliczyć jej delegację oraz delegację lubiącej podróże pani Ani, szefowej działu kultury i zarazem długoletniej kochanki naczelnego.

Na drugim końcu kanapy siedziała autorka złotej myśli – wypowiedzianej bardzo łamaną angielszczyzną – pracowniczka polskiego ministerstwa, lat czterdzieści pięć plus i jej rozmówca, przystojny, długowłosy i muskularny chorwacki opiekun polskiej delegacji, lat trzydzieści pięć minus. Justyna była przy jej czułym pożegnaniu z mężem na lotnisku w Warszawie, potem widziała jej nieskrywane zainteresowanie Chorwatem na lotnisku w Zagrzebiu i obserwowała żałosne umizgi w autobusie do hotelu, aby na koniec usłyszeć to zdanie o „emocjonalnym zagubieniu" i „wypraniu z uczuć" wypowiedziane na kanapie w przyciemnionym hotelowym barze.

Gdy kończyła wklepywać w komputer relację z „obecności polskiej literatury w budzącej się do życia kulturalnego Chorwacji", delegatka polskiego ministerstwa tańczyła ciasno przytulona do chorwackiego opiekuna, który ślinił jej ucho i intensywnie poszukiwał miejsc erogennych w okolicach jej pośladków. Szczegółów zakończenia tej chorwacko-polskiej erotycznej przygody nie zna, pamięta jednakże powitanie delegatki z mężem na lotnisku w Warszawie. Była to tragifarsa w pierwszym akcie pełna teatralnej czułości, a zakończona pięknie odegranymi, często z pewnością ćwiczonymi, scenami ukojonej tęsknoty.

Hotele przemieniają także w inny sposób. Kuszą, prowokują i popychają do przekraczania granic i robienia rzeczy nienormalnych. Niekoniecznie szlachetnych lub godziwych. Są to rzeczy obsesyjnie dla ludzi istotne, ale takie, na które nie pozwoliliby sobie nigdy w swoich domach ani w ich pobliżu. Ze strachu, ze wstydu, z obawy przed utratą reputacji. Z mozołem wykreowali swój wizerunek. Najczęściej wizerunek honorowego, szlachetnego i tak zwanego dobrego człowieka. Niegodziwość przy rodzinie? Sąsiadach? We własnej parafii? Obok szkoły córki lub syna? Nie! Nigdy! Co pomyślą inni? Z całą pewnością nic dobrego! Zostaje jedynie hotel gdzieś daleko. Jak najdalej. Hotel, do którego można przyjechać, na jakiś czas przestać być honorowym i szlachetnym, załatwić pilne sprawy, ugasić swoje pożary i wrócić jak gdyby nigdy nic do siebie, aby znowu być – dla świata – takim jak dawniej. Chociaż dla siebie już nigdy się takim nie będzie.

Zdarzało jej się mieszkać w takich „hotelach przemienienia". Niektóre jej koleżanki, które w redakcji szerzyły ewangelię niepokalanej monogamii, najpierw zapominały słowa swoich psalmów, aby następnie same się zapomnieć i to wcale niekoniecznie z powodu przedawkowania etanolu. Z kolei liczni koledzy w tej samej redakcji snuli szowinistyczne samcze opowieści o wpisanym w męskość genie promiskuityzmu, który uaktywnia się, gdy tylko opuszczą rodzinne gniazda. W bardzo oddalonych od tych gniazd hotelach doznawali jednak niesłychanej transformacji i zamiast idąc za głosem genów, łączyć się w jednonocne pary z chętnymi samicami, łączyli się ze swoimi domami i przez telefon czytali swoim młodym bajki na dobranoc.

Przemienienia hotelowe dotyczyły nie tylko dylematów związanych z pożądaniem zupełnie innych osób niż te rzekomo jedyne, którym złożyło się kiedyś oficjalnie obietnicę wierności. Podczas wspólnego posiłku w hotelowej restauracji okazywało się nagle, iż uważany przez wszystkich za nieśmiałego niesympatyczny mruk, który w obecnoś ci żony zawsze milczał jak zaklęty, jest duszą towarzystwa. Z kolei spychana w cień kobieta ostemplowana degradującym przydomkiem „głupiutka żona swojego męża", rozpoznawalna jedynie dzięki subtelnej urodzie, zdobywała się na odwagę i opowiadała, że od lat skacze ze spadochronem i zna więcej języków obcych niż jej podziwiany przez wszystkich małżonek poliglota, a po kilku kieliszkach wina potrafiła wstać, uciszyć wszystkich i recytować przez pół godziny wiersze, których jej pan i władca – uchodzący w redakcji za humanistycznego guru – nigdy nie byłby w stanie skojarzyć z autorem, nie mówiąc o tytule.

Spotkała wielu takich jak tamten zahukany mąż ponurak, przydeptany ciężkim buciorem dominującej żony i wiele takich jak ta sprowadzona do roli ozdobnej, ale głupawej blondynki żona. Spotykała ich w ich domach lub na firmowych przyjęciach, ale kim naprawdę są i co w sobie noszą, dowiadywała się przypadkowo, z dala od ich światów. W momencie niezwykłej przemiany. W hotelach właśnie.

Ona sama przemieniła się także w pewnym hotelowym pokoju. Ich pierwsza bliskość, wyzbycie się wstydu, pierwsza nagość, łapczywy dotyk, pierwsze uniesienie, pierwsza rozkosz, pierwsze zapomnienie, pierwsze wyuzdanie, pierwsze wyznania, pierwszy wspólny poranek w łóżku, pierwsze wspólne mycie zębów w łazience, pierwsze wspólne śniadanie, pierwsze wspólne plany na przyszłość – to wszystko odbyło się przecież w hotelu. W zasadzie w małym hoteliku. Takim skromnym, z białymi emaliowanymi miednicami w łazience, skrzypiącym łóżkiem i puchową pierzyną w poszewce pachnącej krochmalem. Nie tak wygwieżdżonym, nadmiernym, nieprzytulnie luksusowym jak Grand. W Kazimierzu nad Wisłą, daleko stąd. Pamięta, że kiedyś, gdy jeszcze ciągle sądzili, że odnaleźli miłość na całe życie, planowali noc poślubną pod tą samą pierzyną, w tym samym pokoju na parterze, z widokiem na Wisłę. Ale to dawno było…

U siebie w domu nigdy by się na to nie zdobyła. Wciąż za dużo tam było upiorów i niewydrapanych do końca śladów po poprzednim związku. Nie chciała go wprowadzać do świata ciągle śmierdzącego stęchlizną przeszłości, której nie był winny. Za najlepszy wybór uznała wówczas hotelowe łóżko. Wszystko było wtedy jeszcze jak gorąca para zbierająca się pod pokrywą kotła. Nie była do końca pewna, czy oboje czują to samo ciśnienie. Do hotelowych pokoi i łóżek wracać nie trzeba. Można je omijać z daleka i w końcu zapomnieć. O wiele łatwiej wyrzucić z pamięci miejsca, które zaistniały dla nas tylko na kilka godzin jednej nocy. W domu – myślała – wspomnienia umierają o wiele dłużej albo pozostają na zawsze…

Oczekiwanie na wolny stolik przedłużało się. Lichutki w milczeniu rozglądał się po sali i na przemian albo poprawiał marynarkę, albo obgryzał paznokcie, albo rozwiązywał i zawiązywał sznurowadła swoich trampek. Niekiedy patrzył na nią oczami psa ze schroniska. Przysunął się tak blisko, że ich biodra się stykały. Czuła jego nerwowość i niepokój. Skinieniem ręki dała znak kelnerowi. Gdy stawiał przed nimi dwa kieliszki wina, do sali wkroczyła młoda kobieta i przystanęła przy barze. Długie pofalowane rudawe włosy opadające na plecy. Krótka wiśniowa sukienka. Ciemnoszare zamszowe kozaki zmarszczone do połowy łydki na opalonych nogach.

Barmanka uśmiechnęła się, wychyliła nad blatem baru i pocałowała kobietę w policzek. Zaczęły rozmawiać. Po chwili podszedł do nich wysoki i szczupły długowłosy mężczyzna w czarnym garniturze i z gęstą czarną brodą. Stanął przed kobietą w czerwonej sukience, skłonił się, podał jej bukiet białych kwiatów i ucałował jej rękę, a ona objęła bukiet i przytuliła go do piersi. Potem powiedziała coś do mężczyzny, odłamała jeden z kwiatów i wpięła go sobie we włosy nad uchem. Mężczyzna zbliżył się, pocałował jej ucho i dotknął palcami kwiatu. Kobieta odwróciła głowę i rozejrzała się po sali. I wtedy Justyna ją rozpoznała. To przecież Lubow! Złotousta, dobroduszna, piękna polsko-rosyjska wykształcona sprzątaczka z Krasnojarska. Zupełnie odmieniona.

Gdy Lubow ją dostrzegła, nieomal przytuloną do wystraszonego Lichutkiego na hotelowej kanapie, skłoniła głowę w jej kierunku, szepnęła coś po rosyjsku do długowłosego mężczyzny i podeszła do nich. Przyklękła przy sofie i zapytała:

– Podarowała pani Lichemu to sportowe obuwie? Nie sprawiło mu to nadmiernej przykrości?

Justyna spojrzała na nią z przerażeniem w oczach i dyskretnie wskazała na trampki Lichutkiego. Lubow zerwała się na równe nogi, przyjrzała się uważnie jego twarzy i westchnęła.

– *Boże moj, kakoj ja durak!* – krzyknęła. – *Gospodin Marian izwinitie. Ja prosto was nie uznala. Kakoj ja durnoj durak. Kakoj ja durak…* – powtarzała.

Wróciła do brodatego mężczyzny, który ze zdziwieniem przyglądał się całej tej rozmowie. Gdy się oddalili, Lichutki zerwał się gwałtownie z sofy, stanął przed Justyną i powiedział zdenerwowany:

– A nie rzekłem panience, że utracę siebie? Nawet Lubow się teraz ode mnie odwróci. A przyjaźń między nami była. Bardziej charytatywna niż szczera, ale u Ruskich to także przyjaźń. Panienka sobie rychło odjedzie jak gdyby nigdy nic, a ja tutaj z takim zmienionym sobą sam na sam zostanę. Trampki najpierw wypłowieją, potem przemokną od deszczu i śniegu i się rozpadną, a ten garniturek letni będzie można zimą o własną przemarzniętą dupę rozbić. Przemieniła mnie panienka. Przenicowała. Odwróciła podszewką na drugą stronę... I na dodatek sikać mi się z tego stresowania zachciało – dodał, wychodząc pospiesznie z sali.

W międzyczasie kelner zaprowadził ją do stolika nakrytego świeżym białym obrusem. W oczekiwaniu na Lichutkiego stanęła przy oknie z kieliszkiem w dłoni, spoglądając na plażę i ogród przed hotelem. Wokół okrągłego placu z kilkunastoma fontannami biegała gromadka rozbawionych dzieci. Niektóre, korzystając z nieuwagi dorosłych, zbliżały się do fontann i próbowały dotknąć strumieni. Gdy im się udawało, krzyczały z radości i biegły zmoczone do rodziców, co rusz potykając się na śliskich marmurowych płytach.

– Te fontanny to prawdziwe pokuszenie dla malców – usłyszała za sobą głos Lichutkiego. – Kiedyś, jeszcze w starym Grandzie, Juleczka nasza, wystrojona jak na urodziny cioci Uli, wyrwała się i za synkiem sąsiadki prosto w strumień pobiegła. Małżonce się wyrwała, ale to ja burę zgarnąłem. Że niby na dziecko nie uważam i teraz gruźlicy dostanie. A to lato było, takie jak dzisiaj, gorące i parne, i dzieciaki do chłodnej wody i pluskania ciągnęło. Za godzinę sukienka Juleczki jak wiór sucha była, dzieciak radość miał i nawet kaszlu nie dostał. Teraz te fontanny korporanty na ładniejsze zrobili. Co jak co, ale to trzeba im przyznać. I reflektorami podświetlają, ładnie to z plaży wygląda. Czasami, gdy na piasku zasypiałem, to mnie to pluskanie wody tak do snu kołysało. Czasami...

*

– Długo cię nie było, Lichy. Już myślałam, że się na dobre obraziłeś – przerwała mu, nie odwracając głowy.

– Ja przedostatni raz obraziłem się na Jaruzelskiego i stan wojenny. A ostatni raz to na Boga. Za to, że zajęty sobą wcale nie uważał na moją Julkę. Ale to dawno było. Potem spokorniałem i nie obrażam się już na nic i na nikogo. A teraz, kiedy mieszkam na ulicy, obrażanie się doprowadziłoby mnie do szaleństwa i ruiny. Bo nawet żebracy mogą popaść w ruinę, panienko. Jak się ten kryzys ostatni przez zachłanną chciwość bankierów na świecie porobił, to ja miałem takie pustki w puszce, że nawet na bułkę i jednego małego żywca na dzień nie starczało. Naród uwierzył w te upadki na giełdach w Nowym Jorku i to się na mnie bardzo boleśnie przełożyło. Myślę, że na kryzysie oprócz księżuli w parafiach najbardziej ucierpieli żebracy.

Opowiadała mi Zenobia, koleżanka kolegi, który od dawna żebrze na dworcu w Gdańsku. Zenobia sprząta na plebanii u pewnego kapłana. Żalił się jej ów kapłan, że z powodu kryzysu na tacę żadnych banknotów wierni nie dają. Tylko monety. I to w małych nominałach. Tak się ludzie kryzysu wystraszyli, że im sakiewki zacisnęło bardziej niż ze strachu zęby. Musiał więc biedoksiężulo swoją beemwicę na marnego opla wymienić, coby do kryzysu się dopasować i w zapłakane oczy zabiedzonych parafian nie kłuć. Ponieważ Zenobia dziecko kapłanowi urodziła, to i ją kryzys do żywego dopadł. Księżulo alimenty jej znacznie obniżył. Ale tylko na jakiś czas, bo potem znowu płacił jak przed kryzysem. Co prawda, dopiero po tym, jak Zenobia do kurii list polecony prosząco-grożący posłała i zdjęcia księżulowego bobasa do koperty także wsunęła. A na tych fotografiach to chłopczyna wypisz, wymaluj jak kapłan, tyle że rozebrany i w plastikowej wanience ułożony. Sam widziałem. To tak na marginesie.

W sprawie obrażania to ja jestem ostrożny i wyczulony. Aby się obrażać, trzeba mieć jakieś argumenty, chociaż niektórym się wydaje, że wystarczy honor. A honor, proszę panienki, to jest przecie u wszystkich wrodzony. I u ostatniego łajdaka, i najpierwszego świętego. Jak mi kiedyś złodziej jeden niegodziwy puszkę z użebranym ukradł, to mi opowiadał, jak go schwyciłem, że pieniędzy na spłatę długu honorowego potrzebował. Może to i nawet prawda była. Ale honor bez argumentów jest jak przejechany na drodze kot z bebechami na wierzchu. Nawet myszy się mu do flaków dobierają. A ja argumentów ostatnio nie posiadam żadnych, dlatego honor też wypieram z siebie.

I ani to odzienie, ani ta kosmetyka niczego w tej sprawie nie zmienią. Jestem taki sam, jaki byłem raniutko na plaży. Ciągle mnie nie stać, aby zaprosić panienkę na posiłek – dodał ze śmiechem.

– Myślisz, że to dla mnie ważne? Na plaży rano wyglądałeś prawie tak samo jak teraz. Chciałam cię jedynie… zresztą i tak w to nie uwierzysz. Ty jak coś powiesz, to jakbyś felieton do gazety dyktował. Długo cię nie było, więc się martwiłam.

– Poszedłem za potrzebą, za przeproszeniem panienki. Gdy minąć recepcję i potem na prawo, za windami są ubikacje. To znaczy toalety. Pierwsza jest dla kalek, a za nią taka dla normalnych. Ja mam stare wspomnienia związane z tymi dla kalek. Kiedyś zimową porą pani Ania, rejestratorka z przychodni w Jelitkowie, dorobiła dla mnie klucz do takiej kalekiej toalety. Ona na zapleczu przychodni dziwnym trafem się znajdowała i jak bardzo zimno na dworze było, to ja tam się na noc zamykałem i na posadzce w ciepłocie wylegiwałem.

Ale tylko przy dużym mrozie i śnieżycach. Nawet nauczyłem się w tym celu kuśtykać jak chromy. Jakby co. I stąd mnie jakoś do takich toalet ciągnie, chociaż to nielegalne, aby je ludziom potrzebującym zajmować.

Gdy drzwi otworzyłem, fakt, że bez pukania, to akurat młoda kobieta oparta rękami o kafelki nagie pośladki wypchnęła, a mężczyzna spodnie od czarnego garnituru opuszczał. Natychmiast się zawstydziłem i trochę stremowałem. Poszedłem sobie przed Grand zapalić. Bardziej z powodu zdziwienia niż ze zdenerwowania. I dlatego tak długo mnie nie było, bo dwa papierosy wypaliłem. I na dodatek ochroniarz chyba mnie nie rozpoznał, bo z zapalniczką usłużnie przybiegł. Ludzie teraz jakoś inaczej odbywają zbliżenia, tak sobie myślałem powoli przy paleniu. I w jakichś zupełnie innych miejscach.

Odwróciła głowę, poprawiła kołnierzyk jego koszuli, pogłaskała go po policzku i powiedziała:

– Widocznie się gwałtownie zapragnęli. Wyobraź sobie, że to się ludziom przydarza, Lichy... Chociaż przyznaję, że powinni się byli tam zamknąć przed takimi niezorientowanymi w sprawie intruzami jak ty.

Usiedli naprzeciwko siebie przy stole. Lichutki spoglądał przez okno, Justyna zamyślona rozkładała i składała płócienną serwetkę. Przypomniała sobie swoje gwałtowne zapragnienia. Takie, gdy czas i miejsce nie grały roli. Wracała kiedyś ostatnim wieczornym lotem z Brukseli, przez Frankfurt, bo innych lotów nie było, a chciała jak najszybciej do niego. Miał czekać w Warszawie. Nie widzieli się i nie dotykali – z powodu jej nieustannych podróży – ponad trzy tygodnie, prawie miesiąc. Przez ostatnie dni w Brukseli była jak na głodzie. Całe te Skype i Facebook to tylko płytki ersatz. Pomagał, jak po maga sok z cebuli na kaszel. Na bardzo krótko. Nie chciała się już więcej masturbować – nie znosił tego słowa, uważał, że jest obsceniczno-biologiczne, ale nie zaproponował nigdy innego – do ekranu i do jego pisanych lewą ręką przekręcanych słów i wielokropków, a na jego końcu ekranu pełnego kropek, gdy ejakulował. Chciała, aby było to naprawdę. Biologicznie, a jak trzeba, to obscenicznie. Nadmiar tęsknoty, nadmiar wina w samolocie, muzyka w słuchawkach i dobiegaj ące końca oczekiwanie… Nie ma przecież nic bardziej podniecającego niż ostatnie minuty czekania. Na lotnisku w Warszawie, gdy już się wytulili, wycałowali i obwąchali jak koty w rui, zauważyła tę toaletę. I go tam bez słowa zaciągnęła. Do takiej dla kalek, jak mówi Lichutki. Nie pamięta nawet, kto kogo pierwszy rozebrał. Stała naga z rozstawionymi nogami. I rękami także. Naciskała otwartą dłonią na biały chropowaty zbiornik na mydło obok poplamionego lustra, w które momentami spoglądała. Nie pamięta także, jak się ubrali. Pamięta, że pospiesznie, bo ktoś nerwowo pukał do drzwi i coś głośno wykrzykiwał. I że umywalka była cała zalana gęstą białą cieczą. I że w taksówce pachniało jego włosami, a ona chciała jak najszybciej tulić się z nim w łóżku.

Ocknęła się, gdy Lichutki dotknął jej nogi pod stołem. Potem kelner coś do niej mówił. Kiwała tylko głową.

– Panienka i tak o nim myśli – odezwał się Lichutki. – I ma panienka rację. Inaczej się przecież nie da.

Z całych sił zaprzeczyła. Wbrew sobie. I zaczęła płakać.

Lichutki wstał, otworzył okno, przegnał kelnera, przysiadł się do niej i położył rękę na jej ramieniu. A potem rozmawiali. O tym, że między myśleniem o kimś a myśleniem, żeby o kimś nie myśleć, jest nadzwyczaj cienka granica. Lichutki powiedział, że ma dość cierpliwości i opanowania, aby iść wzdłuż tej granicy. Bo on idzie wzdłuż niej cały czas, „i minutami, i godzinami". I że to chodzenie już mu się w lata „scałkowało". A potem zaczął opowiadać o kwiatach, drzewach i ogrodach, i o zapachu ziemi wiosną, i znaczeniu dobrej łopaty, gdy się tę ziemię „raniąc, rozpoławia". I o spulchnianiu i grabieniu tak, żeby „jej to nie bolało, bo ziemia zbolała nic dobrego z siebie nigdy nie wyda". I o tym, jak ważne dla ziemi są oślizłe dżdżownice, co to pracowicie glebę drenują i przed powodziami chronią.

A potem o swoich kolegach żebrakach z „internatu pod otwartym niebem", na ulicach, w parkach, na działkach, czasami na hałdach śmieci. O Józefie Bogatym, z którego wszyscy się ś miali, gdy się przedstawiał, chociaż naprawdę się tak nazywał. O Szymonie Pisklaku, który znalazł się na ulicy dwa lata po tym, jak mu zazdrosny kochanek byłej żony podpalił, nomen omen, fermę kur, przez co Pisklak nie mógł dalej spłacać kredytu. I o Janku Wiśniewskim, który z tym legendarnym Jankiem z Chyloni miał tylko tyle wspólnego, że też kiedyś w stoczni pracował. Ale najwcześniej padał po wódce, więc raczej pasował do tego Janka z piosenki esbeków w takim filmie o psach. I na dodatek rzeczywiście się tak nazywał, więc esbecja mniej nakłamała niż solidaruchy. I o Maryli Wiaterek, ksywa Wydmuchana Wereszczakówna. Ten jej nie miał, kto jej nie chciał. Maryla Wu miała chyba jakąś misję podtrzymywania życia seksualnego bezdomnych w okolicach Trójmiasta, chociaż sama żyła w normalnym mieszkaniu i to takim z łazienką. Maniek Prokopowicz z Pucka – co to się rzekomo chińskiego podczas bezdomności tak zgrabnie wyuczył, że mu prawdziwi, niepodrabiani Chińczycy do puszki na Monciaku juany w papierkach wrzucają, a to sukces ogromny, bo Chinole raczej się wśród turystów wyróżniają skąpstwem – opowiadał, że Wiaterek się bezdomnym na prawo i lewo oddaje z zemsty za nieszczęśliwą miłość, bo rzekomo ją Adaś Romuald Mickiewicz, zezowaty listonosz z Lęborka, unieszczęśliwił, gdy się z nią w ostatniej chwili ożenić nie chciał. I dlatego po pewnym czasie do ksywy Wydmuchana zapoznani z literaturą romantyczną gimnazjalni żule z Gdańska Wrzeszcza dodali tę Wereszczakównę, co jest obraźliwe nie tylko dla naszego narodowego wieszcza, ale także, i chyba nawet bardziej, dla naszych polonistów.

I gdy już się szczerze śmiała i nie myślała wcale o tym, żeby o nim nie myśleć, i wina jej się chciało, Lichutki zapytał nagle, czy chciałaby do „tego jego świata". Kiedy zainteresowała się, gdzie on jest, ten jego świat, odpowiedział, że „tak około pół godziny od Grandu, jeśli nie ma korków". A potem wziął ją za rękę i wybiegli z hotelu. Skręcili w lewo i wąską uliczką pnącą się łagodnie pod górę dotarli do wybazgranej wzdłuż i wszerz graffiti metalowej bramy prowadzącej na podwórze czteropiętrowej kamienicy z brunatnoczerwonej cegły. Lichutki schylił się po kamień i rzucił nim ponad bramą. Po chwili otworzył im półnagi mężczyzna ze śladami smaru na torsie i na twarzy.

– Czy państwo byli na dzisiaj umówieni na termin?

Lichutki zaśmiał się w głos.

– Mural, kurwa, pogięło cię? Od kiedy ty u ginekologa pracujesz? Jakie umówieni? Jaki termin? Otwieraj drzwiczki i wpuszczaj!

Mężczyzna wysunął głowę i zmierzył Lichutkiego spojrzeniem od stóp do głów.

– Lichy?! – wymamrotał po chwili. – No co ty?! Teatr okradłeś? Nie poznałem cię. Wyglądasz jak Ibisz, tylko że nie masz farbowanych kudłów. Jasne, że otwieram, i niech madame wybaczy – dodał, spoglądając na nią z zaciekawieniem.

Weszli na podwórze, które przypominało warsztat samochodowy w rosyjskim kołchozie. Pamiętała takie obrazy ze starych czarno-białych radzieckich filmów.

Lichutki przeszedł do pomieszczenia za zakratowanymi oknami bez szyb.

– Marynarz jest? – zawołał.

– Nie ma. Otworzyli mu zawiasy i wróci za pół roku – odparł mężczyzna. – Nie wiedziałeś?

– No nie, Mural. Wyobraź sobie, że nie oglądam telewizji śniadaniowej. A gdzie stacjonuje?

– Obecnie w Toruniu, ale na dłużej mają go zapudłować w Białołęce.

– Słuchaj, Mural, chcemy z madame pojechać na K9. I to teraz. Zawieziesz nas, prawda? Masz jakiś pojazd?

– Mam.

– Ale taki, aby sukienki madame nie zabrudził i się po drodze nie rozkraczył?

– Też mam.

– Piłeś?

– Tak.

– Co i kiedy?

– Tylko syropki. Wczoraj, przed pacierzem.

– Inhalowałeś?

– No co ty Lichy?! Nie stać mnie. Kryzys mamy...

– To nas, Mural, zawieź bystro na K9.

Przypatrywała się tej scenie z zaciekawieniem. Wystraszony i podporządkowany temu strachowi Lichutki, jakiego znała z tak zwanego normalnego świata, stał się zupełnie inny. Władczy, dominujący, butny, wyniosły, nawet arogancki. Jak gdyby tutaj, tylko kilkaset metrów od korytarzy i pokoi Grand Hotelu, obowiązywał zupełnie inny kodeks. Inaczej patrzył, inaczej się poruszał, mówił innym głosem, nawet inaczej gestykulował.

Mural odkurzył auto, a potem spędził kwadrans pod prysznicem w skleconej z dykty klatce bez drzwi. Gdy wsiadali do ogromnego samochodu z kolorowymi tablicami rejestracyjnymi ze Stanów Zjednoczonych, pachniał jakąś okropną wodą kolońską. Lichutki natychmiast mu to wypomniał.

– Węch chyba już całkiem, Mural, postradałeś. Nawet w jadalni psychiatryka w Sztumie po obiedzie z bigosem na drugie tak nie śmierdziało, jak teraz. Wiem, co opowiadam. Żywiono mnie tam dwa lata. Nie kupuj, Mural, kolorowanych buteleczek z Mongolii na targowisku. Dla dobra wizerunku, Mural. Twojego. Wiesz, co to wizerunek, Mural?

Mural nie odpowiedział. Chrząknął tylko, zasłonił oczy czarnymi okularami, zamknął wszystkie okna, włączył klimatyzację, a potem radio na cały regulator.

Tajemniczy K9 okazał się najzwyklejszym kopcem porośniętym niewysokimi krzewami i gdzieniegdzie kępami wyschniętej szarożółtawej trawy. Spośród innych pagórków wyróżniał się tym, iż był najwyższy w okolicy. Stąd pewnie ta przewrotna dziewiątka po K. Usypane kiedyś z piasku wzgórza zamykały okręgiem coś w rodzaju głębokiego wąwozu. Na jego dnie składowano śmieci, które po pewnym czasie same utworzyły kopiec. Otaczający teren parkan był zwieńczony drutem kolczastym. Miejsce przypominało jej poligon, na którym spędziła długi tydzień, pisząc reportaż o pacyfistach w polskiej armii. To po tym reportażu naczelny zauważył w końcu, że oprócz „niezbędnych młodej dziennikarce dużych cycków" ma także mózg. Brakowało tylko lejów po bombach, makiet czołgów ze sklejki i wyłożonych betonowymi płytami dróg.

Mural zatrzymał samochód przy wąskiej ścieżce prowadzącej do budki z zardzewiałej blachy falistej. Lichutki wysiadł, zapalił papierosa, podszedł do budki i kopnął kilka razy w wymalowany pomarańczową farbą napis „proszem NIE pókać". Po chwili usłyszała głośne skrzypienie, a potem kawałek blachy wysunął się do przodu. Najpierw, miaucząc wniebogłosy, wybiegł gruby czarny kot, a potem w szparze pojawiła się głowa brodatego mężczyzny.

– Komornik już u nas był – usłyszała. – Nie mamy telewizora, pralki, lodówki, dywanów, radia ani telefonu, i internetu też nie mamy. Jak również dzieł sztuki, koniaków, meblościanki i wiecznych piór tym bardziej nie mamy. I nawet książki nam pana kolega zabrał. Ale tylko te w twardych okładkach. Łącznie z dziełami Lenina.

– A grill towarzyszu Strapiony Sołżenicyn ciągle macie? Bo my jako naród głodni jesteśmy – powiedział Lichutki, potrząsnął głową brodacza i zaczął się śmiać.

– Marian? Marian Szczepanowicz Szczepan? Naprawdę? Przeszedłeś, Lichy, na stronę pomylonych?! – wykrzyknął brodacz. – Nosisz nawet ich mundurek. Ty zdrajco przeklęty – dodał ze śmiechem, objął Lichutkiego i poklepał go po plecach.

A potem gruby czarny kot powrócił i zaczął ocierać się o łydki Lichego. Jak o kogoś znajomego i dobrego. Bo koty dobroć ludzi rozpoznają – tak opowiadała jej babcia Mirka z Grudziądza – i tylko o dobrych się ocierają. Aby ich sobie i innym naznaczyć. Brodacz w tym czasie znosił drewno na ognisko. Ale przedtem wyniósł z budki krzesło dla niej. Z owalnym oparciem i wyściełanym pluszem siedziskiem. Takie jak kiedyś bywały w dobrych kinach. I poprosił ją, aby „w spokoju zasiadła", on zajmie się grillem. Siadając, zauważyła na oparciu blaszaną tabliczkę z numerem. Uśmiechnęła się. To krzesło faktycznie musiało stać kiedyś w kinie…

Potem było trochę jak w kinie. Ognisko zapłonęło, dostała zaostrzony kij, miskę pełną parówek i słoik musztardy. Zaczęli schodzić się aktorzy. Pojawiali się nie wiadomo skąd, podobni do postaci z opowieści Lichutkiego. Mańkowie z Pucka, Jasiowie z Chyloni, Szymonowie Pisklaki z fermy kur, Mickiewiczowie z bógwiekąd. Witali się najpierw ze Strapionym, a potem, dłużej, z Lichutkim. Bardzo serdecznie i bez fałszu. Na koniec skłaniali przed nią głowy i dosiadali się do ogniska. Opowiadali przedziwne historie. Ale nigdy o sobie.

Później, gdy nad K9 przepięknie zachodziło słońce i Mural zaczął grać na organkach rosyjskie romanse, sięgnęła po dłoń Lichutkiego siedzącego na kępie trawy tuż obok niej. Tak jak w prawdziwym kinie. Lichutki delikatnie ściskał jej palce, a ona myślała, że w gruncie rzeczy spotkało ją szczęście, iż dzisiaj wczesnym rankiem na plaży w Sopocie padał deszcz.

Kiedy wracali do hotelu, Lichutki opowiedział, jak umierała jego Julka…

Lubow Aleksandrowna Jankielewicz urodziła się na wsi pod Krasnojarskiem na głębokiej Syberii. W samym Krasnojarsku była tylko raz w życiu i to jedynie przez trzy godziny, na dworcu, z którego pociągiem kolei transsyberyjskiej trzy i pół dnia jechała jeszcze dalej na wschód, do Chabarowska. Zamiast dwudziestu ośmiu stopni mrozu było tam trzydzieści sześć, a zaspy śniegu na głównej ulicy zamiast kolan sięgały okien na pierwszym piętrze. Nie mogła tego oczywiście pamiętać. Miała wtedy trzy tygodnie i leżała przez całą podróż w drewnianej kołysce zawinięta w puchową pierzynkę i pieluchy, które jej matka, Jekaterina Jegorowna z domu Gordin, prała w śmierdzącej wszystkim, co się tylko kojarzy z ludzkimi ekskrementami, toalecie na końcu wagonu, a potem wystawiała przez okno na korytarzu i suszyła na wietrze. Gdy były już suche, wracała do przedziału, ściągała mężowi, Saszy, mundurową koszulę i owijała nimi jego brzuch i piersi. Potem brała Lubow na ręce i z termosem gorącej wody szła do toalety. Gdy wracały, pieluchy były już ogrzane.

Sierżant Jekaterina Jegorowna, kucharka w Armii Czerwonej, pracowała w stołówce wojskowej we wsi pod Krasnojarskiem. Gdy pewnego razu zaczął pojawiać się tam młody porucznik, blondyn z zadziornym uśmiechem, od samego początku nie wiedzieć czemu nakładała mu na talerz i więcej mięsa, i więcej kartofli. A na śniadanie więcej chleba i więcej margaryny. Jekaterina trafiła do wsi pod Krasnojarskiem przeniesiona rozkazem ze stołówki w Archangielsku, a Aleksander – przeniesiony z dywizjonu pancernego w Murmańsku. Jako że miała dostęp do tajemnicy państwowej, rozciągającej się także na kuchnie Armii Czerwonej, Jekaterina mogła gotować tylko dla armii, Aleksander zaś, ze względu na to, że dużo wiedział o czołgach, był związany z tajemnicami tym bardziej. I gdy się spotkali w tej stołówce we wsi pod Krasnojarskiem, to wcale nie było przeznaczenie. To był rozkaz. A w zasadzie dwa. Tak opowiadała Lubow jej matka, Jekaterina, którą Aleksander najczęściej nazywał Katiuszą albo swoją Katjuszeńką.

Dwa lata po narodzinach Lubow jej rodzice zostali oddzielnymi rozkazami przeniesieni z Chabarowska do Nowosybirska, gdzie także jest dużo śniegu i sążnisty mróz. Pod koniec kwietnia osiemdziesiątego szóstego, gdy Lubow miała cztery lata, jej ojciec dostał zupełnie nieoczekiwany rozkaz natychmiastowego przeniesienia do Czarnobyla. Nigdy stamtąd nie wrócił. A Jekaterina do dzisiaj się nie dowiedziała, gdzie jest pochowany. W piśmie, które osobiście wręczył jej jakiś generał z Moskwy, było napisane, że „Porucznik Aleksander Władimirowicz Jankielewicz do końca życia ofiarnie i z największym poświęceniem służył Ojczyźnie i narodowi radzieckiemu". Dwa miesiące później inny generał przekazał Jekaterinie medal za odwagę przyznany pośmiertnie jej mężowi, a także akt przydzielenia „dożywotniej renty w wysokości pełnego ostatniego wynagrodzenia małżonka".

*

Dlatego Lubow nie pamiętała za dobrze swojego ojca. I może dlatego tak bardzo chciała się o nim wszystkiego dowiedzieć, gdy dorosła. Urodził się w Brześciu, dzisiaj białoruskim, kiedyś polskim. Szperając w kartonach na strychu, oprócz albumów z wyblakłymi czarno-białymi fotografiami znajdowała polskie książki, wycinki z polskich gazet, płyty gramofonowe z polską muzyką i listy pisane po polsku do jej dziadków. Wracały z Polski z adnotacją „adresat nieznany". Chciała dokładnie zrozumieć, co ojciec pisał. Chciała zrozumieć tę jego Polskę. I chciała zrozumieć, dlaczego jej matka tak tej Polski nienawidziła. Mówiła, że *jesli by nie eta Polsza otca*, toby nie zginął. *Eto Polsza mojego muża a twojego otca ubiła*, powtarzała. Była święcie przekonana, że powołanie do Czarnobyla wręczono jej mężowi tylko dlatego, że miał polskie korzenie. Z całej wielkiej jednostki w Nowosybirsku – twierdziła – „do tego piekła, na pewną śmierć" wybrali tylko dwóch żołnierzy: Aleksandra i „Polaczka z Ukrainy". A „Polacy zawsze Rosjanom nogę podstawiali i wdzięczności za przyniesioną wolność po wojnie ojczyźnianej za grosz w sobie nie mieli, i głowę zawsze zbyt wysoko zadzierali, i wszystko lepiej wiedzieli, twój ojciec też taki bywał…".

Lubow jej nie wierzyła i chciała to wszystko zrozumieć. Dlatego kupowała polskie słowniki, czytała bajki po polsku, oglądała polskie filmy i słuchała polskiego radia. Potem zaczęła studiować polonistykę w Nowosybirsku. Po roku mówiła i pisała lepiej niż jej wykładowcy. Zaraz po studiach dostała stypendium ministerialne w Krakowie. Niczego nowego się tam przez te dwa miesiące nie nauczyła. Jakiś brodaty doktor zanudzał ich do szpiku kości natchnionymi kazaniami o Miłoszu. Rozumiała propagandowe znaczenie Nobla dla złaknionej uznania Polski, szczególnie w solidarnościowym porywie 1980 roku, ale poezja noblisty nie przemawiała do niej specjalnie. Rosjanom Miłosz raczej nie zaimponuje. Gdyby to ona zasiadała w sztokholmskim komitecie i gdyby koniecznie musiała wybrać Polaka, Nobla dostałby Herbert.

Ale to stypendium było ważne. W któryś długi weekend zapakowali wszystkich stypendystów do autobusu i z Krakowa przewieźli przez całą Polskę do Gdańska. Nocowali w różnych miejscach w Trójmieście. Ona, przez zupełny przypadek, trafiła do Grandu. Ktoś się pomylił i zarezerwował zbyt mało miejsc w domach wczasowych i hostelach z dwunastoma łóżkami w pokoju. Z powodu tej pomyłki Lubow musiała przenocować z kierownikiem wycieczki, który w domach wycieczkowych chyba nigdy się nie zatrzymywał. Idąc rano do restauracji, natrafiła przy windach na tablicę z ogłoszeniami. Hotel poszukiwał „personelu pomocniczego". Ogłoszenie było napisane w trzech językach: polskim, angielskim i rosyjskim. To ten rosyjski ją zastanowił. Poprosiła w recepcji o szczegóły. Po chwili pojawił się przywołany telefonicznie młody mężczyzna w dziwacznych okularach i uprzejmie zaprosił ją do biura. Z powodu przeszłości swojej matki Lubow miała uprzedzenia do pracy w kuchni, ale gdy okazało się, że chodzi o etat w dziale „utrzymywania wysokiego standardu", czyli po polsku i na ludzki rozum, o pracę sprzątaczki (którą uprzejmy personalny czarująco nazywał „pokojówką"), nie wahała się ani chwili. Mężczyzna przyglądał się jej nad wyraz uważnie, niekoniecznie skupiając się wyłącznie na twarzy, zadał kilka pytań, poprosił, aby napisała odręcznie podanie wraz z krótkim biogramem, i skopiował jej paszport. Na końcu spytał, czy oprócz „stałego zajęcia pokojówki mogłaby, wykorzystując swoją znajomość języka rosyjskiego, pomóc w jeszcze sprawniejszej obsłudze coraz liczniejszych gości ze wschodu". Gdy potwierdziła i dodała, że zna także biegle ukraiński i „oczywiście angielski", młody mężczyzna sięgnął po telefon. Mówił z kimś po francusku, często wypowiadając słowo „visa". Potem odłożył słuchawkę, wstał zza biurka i z uśmiechem zadał najważniejsze chyba pytanie:

– Kiedy najwcześniej mogłaby pani dołączyć do naszego zespołu?

Pamięta, że przez krótką chwilę milczała, patrząc na niego ze zdumieniem. Potem cicho powiedziała:

– Od poniedziałku? Bo moje rzeczy są w Krakowie...

Nie poszła na śniadanie. Była zbyt podniecona, aby móc cokolwiek przełknąć. Pamięta, że przewędrowała cały hotel. Piętro po piętrze. Dwa razy. Wpatrywała się we wszystkie drzwi, dotykała wszystkich poręczy na schodach. Potem wyszła do ogrodu, usiadła na ławce i rozmyślała, patrząc na plażę. Chciała przecież do Polski. To ogłoszenie na tablicy było jak szturchaniec przeznaczenia. Bardzo chciała. Na dłużej. Głównie dla języka, ale nie tylko. Aby pojąć kraj i pokochać go lub znienawidzić, nie wystarczy być turystą. Trzeba tam mieszkać i płacić czynsz, a nie tylko rachunek w hotelu, czytać rano gazety, kupować bułki w piekarniach, jeździć zatłoczonymi autobusami latem i zimą, targować się z przekupkami na rynku, obchodzić święta i rocznice, pójść na stadion, czytać w bibliotekach, modlić się w pustych kościołach i chodzić na puste cmentarze. Tak myślała. Jej ojciec na swój sposób kochał Polskę. Wyczytała tę miłość z jego listów. Jej matka na swój sposób Polski nienawidziła. Ale ani jej ojciec, ani matka nigdy w Polsce nie byli. Nie mogli, bo wybrali nieodpowiednie zawody i czasy też były nieodpowiednie. Ona wstrzeliła się – póki co – w odpowiednie. Chociaż nie była pewna, czy na pewno lepsze.

A więc zostanę pokojówką! – myślała, uśmiechając się pod nosem. „Pokojówka" brzmiało zabawnie, frywolnie i trochę jak z amerykańskich filmów Hitchcocka. „Słuchajcie, zostanę pokojówką we francuskim hotelu na terenie Polski". Postanowiła, że dokładnie tak, po trzeciej butelce ormiańskiego koniaku, wyjaśni przyjaciołom swoją tymczasową emigrację z Syberii. Bo dla niej prawdziwa Rosja znajdowała się wyłącznie na Syberii. Cała reszta to były tylko jakieś skolonizowane obszary. Nie będzie standardowo kłamać, że „otrzymała szansę na nowe, ciekawsze życie na Zachodzie". To niby-wykwintne sformułowanie było ulubionym określeniem wielu jej byłych koleżanek. Kryło się za nim tyle, że odpowiedziały pozytywnie na matrymonialną zaczepkę „samotnego, dojrzałego i ustabilizowanego finansowo biznesmena" z Niemiec, Austrii lub Szwajcarii. Do takich zaczepek najczęściej załączona była fotografia, na której znajdował się dom z kwiecistym ogrodem i duży niemiecki lub – dla intelektualistek – szwedzki samochód zaparkowany na nieskazitelnie czystej szerokiej ceglastej alei prowadzącej do śnieżnobiałych drzwi garażu.

Mniej więcej wiedziała, co się wydarzy, gdy coś takiego wszem wobec ogłosi. Maksim, jej przyjaciel, taki najprawdziwszy, od czasów przedszkola w koszarach, dzisiaj reżyser teatralny, malarz i poeta, zapyta, czy ten hotel jest w Krakowie, i nie czekając na odpowiedź, będzie zazdrościł jej Wyspiańskiego, Mrożka, Szymborskiej i Pendereckiego. Nikita, genialny fizyk ze wzorami wszechświata w mózgu i zakochany w niej od drugiej klasy ogólniaka romantyk, który opuszcza swoje laboratorium w Akademgorodoku tylko dla snu, wyjazdów do CERN w Genewie i aby przyjechać do niej, gdy go zaprosi, powie jak zawsze: „Będę tęsknił za tobą”. A potem upije się na smutno i już do końca wieczoru się nie odezwie. Nastia, niespełniona aktorka po kulturoznawstwie, która zapytana, gdzie pracuje, odpowiada, że „w Gazpromie, ale na ćwierć etatu i promuje tylko gaz”, chociaż haruje tam jak niewolnik na trzy etaty, wykrzyknie z nieukrywanym podziwem: „Luba, skąd znajdujesz w sobie tyle odwagi?!”. A Tamara, jej kochanka, bo Nastia jest lesbijką, znowu będzie kipiała zazdrością i dopiecze jej pytaniem: „Naprawdę? Ty? Po dwóch fakultetach? Sprzątaczką?! Tak nisko upadłaś, aby nosić do pralni zaspermione prześcieradła z tych wszystkich łóżek?”. A ona jej wtedy – nie dając się jak zawsze sprowokować – wyrecytuje ze łzami – bo będzie już trochę pijana – w oczach, bezbłędnie po polsku, wiersz, który wyłuskała ostatnio w internecie na jakimś blogu i który ją zachwycił, wzruszył i rozwścieczył:

Według standardów
z minimum dziesięcioma pokojami,
by w każdym można złamać
przynajmniej jedno z przykazań
lub kilka jednocześnie
najlepiej
na ostatnim piętrze
bliżej Pana Boga
bez wyrzutów sumienia,
ale koniecznie
z pięciogwiazdkowym rozgrzeszeniem
i pytaniem dlaczego
pozwolił osobno,
we dwoje

a potem
znów samotnie…

Pan Bóg
ma zmęczone oczy
musi uważać
by nie pomylić się
przy rozdawaniu
odpowiednich kluczy
i dokładnie sprzątnąć te pokoje
z kurzu kłamstwa
z odpadków miłości
a najbardziej marzną mu ręce,
gdy dotyka pościeli
która pamięta DNA
tylko jednej śliny

Zamyka się wtedy w swoim apartamencie
z widokiem na niebo,
by nie widzieć winy
i modli się
tak mocno
jak bardzo chce zdążyć
powiedzieć samobójcy,
że skoczy za niego…*

---

* Maria Szczepankowska: http://skrzydlatemysli.bloog.pl/id,332281717,title,326-Hotel-z-pieciogwiazdkowym-rozgrzeszeniem,index.html?_ticrsn=5&smoybbtticaid=6122cc

I wtedy Nikita obudzi się z milczenia i westchnie kilka razy, a Tamara powie, że „polski jest okropny", ale to nie będzie prawda, bo nawet gdyby recytowała ten wiersz po francusku, także „byłby okropny", chociaż Tamara twierdzi, gdy nie zapada się w swojej chorobliwej zazdrości, że „cała kultura pochodzi tak naprawdę z Francji". Leonid z kolei, bardziej zdewociały niż ortodoksyjny w swoim bezkrytycznym umiłowaniu cerkwi skrajny rosyjski nacjonalista, a zarazem niezwykle wrażliwy kompozytor przepięknie grający na pianinie oburzy się szczerze i powie: „Do Polski?! Boże ty mój miłosierny, zlituj się nad nią! Nie wytrzymasz tam długo, Luba. Zakompleksione Polaczki mają antyrosyjskie fobie zapisane w każdym genie. Oni winią Rosję nawet za to, że ukrzyżowano Jezusa. Połowa z nich myśli, że stało się to dlatego, że Jezus był Polakiem. Chociaż to naród chyba najbardziej antysemicki w Europie. Im się wydaje, że nasza Armia Czerwona ich nie oswobodziła, ale ograbiła z wolności. Polacy są skrajnie popieprzeni na punkcie swojej rzekomej wyjątkowości. Wszyscy, co do jednego, powinni zostać na jakiś czas zamknięci w psychiatryku. I ty chcesz tam do nich? Uciekniesz stamtąd, Luba, szybciej, niż ci się wydaje, obrzydzi cię polska udawana demokracja krasnali. Zresztą jak w ogóle można żyć bez Rosji?!". A ona mu wtedy odpowie, że „Rosję można wziąć do samolotu i zamieszkać z nią gdziekolwiek. I ty, Leonid, jako prawdziwy Rosjanin powinieneś to wiedzieć...".

Wszystko to usłyszy po trzeciej butelce ormiańskiego koniaku, a to się na Syberii w gruncie rzeczy nie liczy. Prawdę na Syberii mówi się dopiero po siódmej butelce. I to nie kolorowanego koniaku, ale przezroczystej zmrożonej wódki.

*

Zanim została pokojówką, upłynęło sporo czasu. Po wizę pojechała pociągiem do Moskwy, prawie trzy i pół tysiąca kilometrów w jedną stronę, czyli ponad czterdzieści siedem godzin w pociągu. W Nowosybirsku, trzecim co do wielkości mieście Rosji, nie ma polskiego konsulatu. Jest bułgarski, niemiecki, a nawet kirgiski, ale bogatej Polski pewnie na to nie stać. A może to kwestia związana z polską traumą Syberii. Nie była pewna. W każdym razie długa podróż miała jedną zaletę – Lubow przeczytała w końcu Konwickiego, którego jakimś dziwnym trafem nie omawiali na studiach zbyt dokładnie. Wypożyczyła w bibliotece i zabrała w podróż cztery jego książki. *Mała apokalipsa* wydała się jej przesadnie dramatyczna, niewiarygodna i za bardzo kaznodziejska. Tak naprawdę Konwicki oczarował ją tylko *Wniebowstąpieniem.*

Na stanowisku pracy w Sopocie pojawiła się faktycznie w poniedziałek – tyle że dwa miesiące później niż w ten poniedziałek, którym rozbawiła i trochę wzruszyła młodego okularnika z działu personalnego. Na pierwszy tydzień pozwolono jej bezpłatnie zatrzymać się w Grandzie, potem przeniosła się do małego pokoiku w domu jednorodzinnym na obrzeżach miasta. Dom należał do staruszki, której mąż wiele lat temu pracował w hotelu. O tym, że staruszka szuka lokatora, Lubow dowiedziała się przypadkiem, od pewnego bezdomnego.

Przez kilka pierwszych dni po przyjeździe nie mogła spać. Nowe miejsce, wszystkie te wrażenia, obce łóżko, nieoczekiwane napady tęsknoty za domem i na dodatek ten obcy jej szum fal za oknem. Drugiej nocy, gdy prawie całe życie w hotelu przeniosło się do pokoi, ubrana tylko w szlafrok wymknęła się niepostrzeżenie do spowitego ciemnościami ogrodu. Chwilę stała i patrzyła w kierunku morza, potem usiadła na ławce i wyciągnęła papierosa. W pewnej chwili zobaczyła dziwne małe światełko, poruszające się, zapalające i gasnące na przemian. Pomimo strachu na palcach ruszyła w to miejsce. Podszedłszy bliżej, zobaczyła pochylonego mężczyznę, który w jednej ręce trzymał zapalniczkę, a w drugiej sekator. Podświetlał zapalniczką krzaki róż i przycinał gałęzie. Kiedy wiatr zdmuchiwał płomień, mężczyzna mamrotał coś pod nosem i zapalał go na nowo. Nie wiedziała, czy w Polsce o ogrody przy hotelach dba się nocą. Tak, aby goście nigdy tego nie zauważyli. Chciała cicho się oddalić i wrócić niezauważona do pokoju.

Ale się nie udało. Mężczyzna odwrócił głowę. Przez chwilę patrzył na nią, a potem – jak gdyby to wszystko było dla niego zupełnie normalne – spokojnie zapytał:

– Posiada pani może zapalniczkę? Gaz mi cały psiakrew uszedł, bo wietrzysko takie dzisiaj sztormowe, że nawet kutry w morze nie wyszły. Podetnę jeszcze tylko trzy gałązki, coby różyczki nie dziczały z zaniedbania. Podpali mi pani, abym dojrzał w ciemności?

Uklękła przy nim i świeciła mu płomieniem swojej zapalniczki. I tak przy nocnym podcinaniu róż poznała pana Mariana, którego wszyscy nazywali Lichutkim.

Potem przypaliła mu papierosa, a on zapytał, dlaczego nie śpi. Od słowa do słowa opowiedział jej o staruszce, która ma za duże mieszkanie i „z powodu śmierci małżonka czuje się w nim samotna, szczególnie ostatnio, po tym jak zdechł jej kocur Mruczek". Długo rozmawiali. Głównie o Polsce i „takich tam głupotach", jak to określił. Kilka dni później zaprowadził ją do tej staruszki. Musiał być dla niej absolutnym autorytetem, ponieważ w gruncie rzeczy to on zdecydował. „Pani Matyldo, przyprowadziłem lokatorkę na ten pokój przy stryszku, chyba że pani chce, żeby na parterze, w gabinecie szanownego świętej pamięci małżonka". Pani Matylda od razu odparła, że woli przy stryszku, przywitała się z Lubow, jak gdyby ta była jej wnuczką, i oznajmiła, że „komorne, jak się dziewczynka już trochę dorobi, to najlepiej w kasetkę w stołowym raz na miesiąc wkładać".

Dopiero tego dnia Lubow poczuła, że naprawdę zamieszkała w Polsce. Miała swoje miejsce, swój adres, swoje łóżko, swoją szafkę na książki i swój stół. Po pół roku nie mogła sobie przypomnieć, jak można gdzieś mieszkać, gdy z oddali nie dochodzi bicie zegara na kościelnej wieży, a rano nie słychać krzątania w kuchni.

W hotelu jej pojawienie się nie wywołało żadnej szczególnej reakcji. Tak dobrze mówiła po polsku, że wiele jej koleżanek i kolegów z Grandu przez długi czas nie miało nawet pojęcia, że jest cudzoziemką. W obiekcie należącym do międzynarodowej korporacji i tak nie byłoby to zresztą niczym niezwykłym. Po roku zaczęła studia podyplomowe dla tłumaczy na uniwersytecie w Gdańsku.

Czuła się w Polsce i dobrze, i źle. I to nie dlatego, że była Rosjanką, jak wróżył Leonid, ale dlatego, że zaczęła rozumieć Polskę i myśleć jak Polacy. Zauważyła, że złości ją i raduje to samo, co złości i raduje prawdziwych Polaków, takich od zawsze. Jej rosyjskość nigdy nie była przyczyną agresji, szykan czy poniżenia. Nie spotykała się ze specjalnym traktowaniem. Polska ulica ani Rosjan kochała, ani nienawidziła. Zdarzają się tacy, którzy widzą w ustach wschodnich sąsiadów tylko złote zęby i nigdy nie przyjdzie im na myśl, że z tych samych ust mogą usłyszeć jakieś złote myśli. Zdarzają się też skrajni rusofile uważający, że w Rosji mieszkają wyłącznie pisarze, poeci i kompozytorzy i wszyscy winni się wszystkiego od wielkiej niedocenianej Rosji uczyć. Pomiędzy rusofobami i rusofilami są jednak normalni ludzie. I tych jest najwięcej.

Brakowało jej nie tyle Syberii, ile tych, których tam zostawiła. Gdy wyjeżdżała z Nowosybirska, nie była w związku z żadnym mężczyzną, dlatego też nie miała nikogo, za kim tęskniłaby w ten bolesny miłosny sposób. Ale nie szukała w Sopocie flirtów, romansów czy miłości. Wierzyła, że gdy pojawi się ten właściwy, to z pewnością go zauważy, nie uważała jednak, że powinna mu wychodzić naprzeciw. Była atrakcyjna, ale Polska to nie Niemcy, gdzie rzucałoby się to w oczy. Bywała, jak mówiła, obiektem seksualnych insynuacji. Zarówno w hotelu, jak i poza nim. Po pewnym czasie przyzwyczaiła się do tego. To, że nie widywano jej z mężczyznami – wiedziała o tym – było w Grandzie tematem rozmów i plotek. Nie zaprzeczyła, gdy dotarło do niej, iż „jest sama, bo ma tam jakiegoś studenta w Krasnojarsku". To wiązanie jej z Krasnojarskiem, gdzie spędziła tylko kilka godzin w życiu, śmieszyło ją. Ktoś z kadr, kto miał dostęp do kopii jej paszportu, rozpuścił tę informację i tak już zostało: Lubow z Krasnojarska.

Zaprzyjaźniła się, i to taką głęboką przyjaźnią, jedynie z Patrykiem, który w hotelu pracował w spa jako masażysta i fizjoterapeuta, a poza hotelem kierował własnym amatorskim teatrem pantomimy. Wrażliwy, delikatny, oczytany, spolegliwy, wysportowany, elegancki, skromny, przystojny – i na dodatek masował z wirtuozerią godną dłoni skrzypka. „Marzenie wszystkich kobiet – mawiała pani Mariola z kuchni, z którą Lubow czasami wychodziła na papierosa. – I ja chciałabym go na męża i mojej córce bym też go życzyła. Tyle że on – dodała, ściszając głos – no wiesz, taki inaczej zorientowany, chłopaków lubi...".

To prawda, Patryk lubił chłopaków, a w jednym był zakochany i mieszkał z nim w małym przytulnym mieszkanku w Gdyni. Nie znała szczęśliwszej, bardziej troszczącej się i zabiegającej o siebie pary. To Patryk pokazał jej prawdziwą Polskę. Zabierał do muzeów, teatrów, klubów, woził na dzikie plaże, mówił, co koniecznie powinna przeczytać, obejrzeć, czego musi posłuchać, poznawał ją z niezwykłymi ludźmi. I tymi z niszowej bohemy, i tymi z płonącego sławą świecznika. To dzięki niemu znalazła w Polsce swój nowy Nowosybirsk. Dzięki niemu była coraz spokojniejsza i coraz mniej w sobie czuła ten rosyjski smutek.

Gdy tylko miała chwilę, zbiegała do niego do spa i rozmawiała z nim bez końca. Zresztą nie tylko ona. Większość kobiet pracujących w Grandzie widziała w Patryku kogoś, komu można się wyżalić, wypłakać, wyspowiadać, z kim można podzielić się rozczarowaniem i radością, kogo można poprosić o radę. A przy tym wszystkim był dyskretny. Jemu jedynemu nie obawiała się opowiadać, często zszokowana, co takiego ona, hotelowa sprzątaczka – nazywana w Grandzie podług ustalonego korporacyjnego kodu pokojówką – znajdowała w pokojach, w koszach, na łóżkach i pod łóżkami, w łazienkach, w umywalkach czy w szafach. Opakowania po prezerwatywach na dywanach przy łóżku i niespłukane zużyte prezerwatywy w toaletach pokoi bogatych kleryków, którzy zamiast umartwiać się i modlić pod krzyżem w ciasnych celach, spędzali noce na zupełnie czym innym w drogich suitach Grandu. Zużyte strzykawki w koszach na śmieci albo na parapetach apartamentów, których szafy wypchane były garniturami, a niekiedy również sukniami najdroższych marek. Napęczniałe i oślizłe brunatnoczerwone tampony rzucone prosto na podłogę kabiny prysznicowej lub do wanny w pokojach kobiet, które popisują się swoją wysublimowaną kulturą podczas firmowych konferencji, posiedzeń lub rautów. Pokryte wielkimi plamami kału ręczniki i prześcieradła w pokojach celebrytów czy tak zwanych ekspertów często pokazywanych w telewizji i mądrzących się w radiach. Metalizowane folie opakowań po viagrze, cialisie, uprimie i tym podobnych w koszach podstarzałych mężczyzn, u których rano w łóżku widziała nie całkiem ubraną długowłosą rudą kobietę, a wieczorem krótko ostrzyżoną brunetkę. Wymiociny wypełniające odpływy umywalek i zapychające rury nie tylko w łazienkach sportowych działaczy, ale także sportowców czy trenerów. Wszyscy ci ludzie skrywali przed światem, za drzwiami hotelowych pokoi, przerażające lub odrażające wersje samych siebie. Ona, anonimowa i niegodna ich szacunku ani nawet wstydu zwykła sprzątaczka, była przez przypadek, nieuwagę lub zaniedbanie dopuszczana do tych drugich, być może jedynie prawdziwych, wersji. Często czuła się tak zaskoczona, zszokowana lub poniżona, że musiała podzielić się tym z kimś, komu ufała.

Bardzo fortunnie się składało, że Patryk był gejem. Dusiło w zarodku wszelkie podejrzenia i plotki na jej temat. W ciągu pierwszych dwóch lat spędzonych przez Lubow w Sopocie, Patryk był jedynym mężczyzną, który jej dotykał. I to – oprócz stringów – zupełnie nagiej, gdy leżała na wyrafinowanej dekadenckiej kozetce do masażu pełnej dźwigni i przycisków.

Od roku dotyka jej inny mężczyzna…

# 414

Za każdym razem miało być inaczej, ale za każdym razem się to nie udawało. Ani jej, ani jemu. Nie zapomni nigdy. Tego głodu i tej niecierpliwości. Na podłodze, przy ścianie, w przedpokoju, na parapecie. Tak się witali...

Wsiadał do samolotu, najczęściej w Wenecji, przesiadał się na jakimś lotnisku – najczęściej we Frankfurcie – i po sześciu, siedmiu godzinach lądował w Gdańsku. Czasami latał z Rzymu, czasami z Bolonii, ale i stamtąd nie można było dotrzeć do Trójmiasta bez przesiadek. Na początku, zanim ją poznał, było mu to, szczerze mówiąc, na rękę. Miał więcej czasu na studiowanie całej tej dokumentacji finansowej. Jego firma wraz z Polakami budowała centrum handlowe w Gdańsku. Ogromna inwestycja, duże wyzwanie także dla nich, a szczególnie dla niego, bo to on wszystko koordynował. Potem, gdy pojawiła się ona, przygotowywał się z dokumentacji w biurze, a w samolotach, na lotniskach i w taksówkach czytał jak najęty rosyjskie książki. Najpierw po włosku, potem tylko w oryginale. Najczęściej historyczne i biografie, ale też poezję. Gdyby nie jego rosyjskość, przedtem zupełnie dla niego nieistotna i niepielęgnowana, pewnie nigdy nie przydarzyłaby mu się ta miłość. I gdyby nie Brodski...

Ponad rok temu, w maju, przyjechał do Gdańska wezwany pilnie z Londynu. Pojawiły się jakieś zgrzyty, ktoś komuś nie zapłacił, ktoś się z tego powodu obraził i zaczął grozić sądem. We włoskiej branży budowlanej to zupełnie normalne, ale Polacy – naród niezwykle wrażliwy na punkcie własnej godności – wpadli w złość. Miał być pośrednikiem, rozjemcą i kimś w rodzaju żyranta. Do ugody zamierzano doprowadzić na rzekomo neutralnym terenie. Okazał się nim Sopot, a dokładniej – sala konferencyjna w Grandzie. Teren nie był do końca neutralny, bo chociaż nie był to Gdańsk, to hotel należał do francuskiej firmy Sofitel, a stroną w sporze było pewne francuskie biuro architektoniczne. Ale kiedy sprawdził, czy projektowało ono przebudowę hotelu, czyli obiektu 04101975/PL-FR-CH/NEGATIV (miał bazę danych dotyczących takich powiązań; w budownictwie trzeba dziś szpiegować dokładniej niż w wojsku), okazało się, że nie. To dobrze o nich świadczyło, bo to, co zrobiono z Grandem, było według niego zbezczeszczeniem historii i architektoniczną zbrodnią. Rozmowy miały rozpocząć się o 9.30. Nie ucieszyła go ta wiadomość. Z Francuzami lepiej rozmawiać o 15.30, a najlepiej około 19.30. Po południu są już po obiedzie i jednej butelce wina, wieczorem po minimum dwóch.

Przyleciał z Londynu do Warszawy, stamtąd pociągiem dotarł do Gdańska, a następnie taksówką do Sopotu. Zasnął po czwartej nad ranem. Gdy zadzwonił budzik w telefonie, żałował, że nie jest bezrobotnym. Kilkanaście razy włączał drzemkę. W końcu wstał, wziął lodowaty prysznic i zaczął się ubierać. Walczył z wiązaniem krawata.

Zapomniał, jak się to robi. Ostatni raz krawat – jedyny, jaki posiadał – założył na pogrzeb ojca. Francuzi przeważnie nie noszą krawatów. To chyba długotrwała czkawka po gilotynach z okresu rewolucji. Z drugiej strony, gdy chodzi o pieniądze, nie dowierzają mężczyznom bez krawatów i kobietom w spódnicach. To z kolei pewnie paranoja nieustannych wzdęć spowodowanych kompleksami wobec Ameryki i dziwaczne przeświadczenie, że kobietom w spodniach można bardziej ufać, bo są mniej kobiece i dlatego bardziej wiarygodne. Krawat z granatowej włóczki zdobił ręcznie haftowany herb Harvard University z napisem *Veritas* na czerwonym polu. Dostał go razem z dyplomem. To wtedy ojciec powiedział: „Teraz, synu, mogę spokojnie umrzeć". I tydzień później faktycznie umarł. Z nieznanych powodów amerykańską nieprawdę Francuzi traktują nadzwyczaj poważnie. Szczególnie tę wyhaftowaną w herbach. Że Francuzom to imponuje, nawet rozumiał, ale że jego ojciec, wykształcony żydowsko-rosyjski komunista, z natury podważający wszystkie utarte kanony, się na to nabrał – tego już nie. W Harvardzie nauczył się o wiele mniej niż na małej prywatnej uczelni w Weronie. Bez herbu...

Usłyszał pukanie. Otworzył i niegrzecznie fuknął po angielsku:

– Co jest, do diabła? Za chwilę będę! Nie spóźnię się. Ja nigdy się nie spóźniam!

Sądził, że zniecierpliwieni jego nieobecnością Polacy wysłali jakiegoś nadgorliwego przypominacza. Za wózkiem pełnym butelek, buteleczek i kartoników stała młoda kobieta w białej bluzce, do której przypięty był identyfikator z nazwiskiem.

– Bardzo pana przepraszam – odpowiedziała przestraszona. – Nie było moim zamiarem pana zdenerwować. Chciałam się jedynie upewnić, czy niczego panu nie brakuje. Na przykład wody mineralnej... I ewentualnie uzupełnić. Proszę mi wybaczyć.

Przeprosił ją za gafę i gdy już miała odejść, dodał:

– Czy mogłaby mi pani pomóc? Wojuję z tym durnym krawatem – wyjaśnił. – Czy potrafi pani może wiązać krawaty? Pytam, bo moja mama potrafiła...

Uśmiechnęła się, przysunęła wózek do ściany, odgarnęła kosmyk włosów z czoła, podeszła i zdjęła krawat z jego szyi. Przypatrywała mu się przez chwilę, a potem powiedziała:

– Moja mama także. Wiązała czasami swój, a krawat ojca codziennie. Jaki chce mieć pan węzeł? Windsor? Prosty? Pół-Windsor? A może Shelby?

Stanęła bardzo blisko. Nieomal go dotykała. Poczuł zapach jej perfum. Miała lekko zachrypnięty niski głos. Podniosła głowę i patrzyła mu w oczy. Zauważył dziewczęce piegi na jej nosie i niezwykle długie czarne rzęsy. I małą bliznę na dolnej wardze, po prawej stronie. I wysmukłe dłonie z długim palcem serdecznym, i paznokcie bez lakieru, co tak lubił, i wyraźne żyły przy nadgarstkach jak u jego matki, i malutki pieprzyk na lewym uchu jak u jego córki.

Trzymała krawat w dłoniach i delikatnie przesuwała po nim palce.

– Cokolwiek pani z niego uwiąże, będzie lepsze niż to, co ja mógłbym z nim zrobić – powiedział, patrząc na jej dłonie.

– To skręcę panu Shelby. Jest pan bardzo wysoki, a krawat zbyt krótki na Windsora. Kończyłby się nad pępkiem. To nie byłoby eleganckie – odparła. – Och, Harvard! – westchnęła. – *Bog moj dorogoj*. Zawsze o tym marzyłam. Żeby studiować w Harvardzie...

Do dzisiaj nie wie, dlaczego tak się stało, musiało to być niewytłumaczalne zrządzenie losu, że przy wiązaniu krawata, w pośpiechu, w przypadkowym hotelu, opowiedział tej zupełnie obcej kobiecie to, czego nikomu dotychczas nie mówił. Może właśnie tak miało być. Może to miało z niego kiedyś ujść.

– Mojego ojca także. Był już za stary na Harvard, dlatego posłał tam mnie. Abym to ja spełnił jego marzenie. Rodzice często przenoszą swoje marzenia na dzieci. Nawet wbrew ich woli. W gruncie rzeczy do Harvardu posłali mnie wspólnie ojciec i jego przyjaciel, Brodski. Namawiali się na temat mojej przyszłości przy rosyjskiej wódce, czytając jakąś rosyjską poetkę w oryginale. To znaczy mój ojciec czytał, a Brodski recytował. Ale mnie, najbardziej zainteresowanego, o nic nie pytali. Piła pani kiedyś prawdziwą rosyjską wódkę?

– Piłam wódkę w Rosji. Nie wiem, czy była prawdziwa. W Rosji nikt nie zwraca na to teraz uwagi. Czy ten Brodski miał może na imię Josif?

– Tak. Chociaż dla mnie to był zawsze wujek Joshi. Zna go pani? On ponoć był znany. Pisał książki. I wiersze też pisał. Dostał nawet Nobla.

Spojrzała na niego dziwnie i coraz mocniej zaciskając krawat na jego szyi, zapytała:

– Nobla, powiada pan? Wujek Joshi, powiada pan? Rosyjską poetkę recytował, powiada pan?

– Udusi mnie pani – wyszeptał, chwytając jej rękę. – A wtedy się spóźnię na pewno.

– Przepraszam. Trochę się zapomniałam. Przepraszam. Czy ta poetka nazywała się przypadkiem Achmatowa?

– Myślę, że tak. Jestem prawie pewien. Wujek Joshi mówił o niej Anoczka, ale z nazwiska to chyba było coś jak Achmatowa. Mogę się dowiedzieć. Moja mama na pewno to pamięta. Zadzwonię do niej wieczorem – odparł. – Ale teraz już naprawdę muszę iść. I jak w tym krawacie? Może być według pani?

Odsunął się i stanął dwa kroki przed nią. Przez krótką chwilę uważnie go oglądała. Potem podeszła i poprawiła jedwabną chusteczkę w butonierce jego marynarki. Nagle poczuł, że dotyka jego rozporka. Odruchowo zacisnął mięśnie. Usłyszał dźwięk zamykanego suwaka.

– Myślę, że co jak co, ale do takiego krawata powinno się mieć rozporek zapięty – powiedziała z uśmiechem.

Przez moment stał nieruchomo. Nie czuł zawstydzenia. Raczej zdziwienie tym, że się w ogóle nie zawstydził. Potem cofnął się do biurka, zabrał komputer i wybiegł z pokoju.

To był zły pomysł, by z Francuzami rozmawiać rano. Nie byli gotowi na kompromis. Ich prawnik oznajmił, że Polacy nie dostaną żadnych pieniędzy, dopóki obiekt nie zostanie oficjalnie odebrany przez komisję. Z projektu, który przedstawiła reprezentowana przez niego firma, nie zrealizowano około trzydziestu procent zaleceń. Ponadto stosowano polskie normy zamiast europejskich. Jeżeli obiekt nie zostanie odebrany przez wspomnianą komisję, koszty ewentualnych poprawek zostaną z pewnością scedowane także na biuro projektowe. Dlatego do uregulowania należności może dojść dopiero po podpisaniu protokołu odbioru. A w ogóle – wykrzykiwał prawnik – to pomysł finansowania prac wykonawcy poprzez biuro architektoniczne jest nieporozumieniem logicznym. W cywilizowanym świecie robi się na odwrót.

Nawet ta kąśliwa uwaga go nie zdenerwowała. Chociaż to on wymyślił taki sposób finansowania. Doskonale pamiętał, jak w Paryżu, na samym początku prac, Francuzi gratulowali mu tego pomysłu. Przy morderczej konkurencji na rynku idea, aby architekt płacił wykonawcy, pomniejszając płatności o swoją usługę, wydawała się im genialna. Teraz, kiedy pieniądze miały zostać przelane na konto Polaków, dopadła ich nagła amnezja. Piramida była prosta. Francuzi projektują, do wykonania najmują Polaków, płacą im, potem jego firma przedstawia rachunek Francuzów inwestorowi w Arabii Saudyjskiej, a ten z kolei obciąża głównego inwestora w Pekinie. Gdzie tutaj jest problem, do cholery – myślał, patrząc spode łba na prawnika. Wystarczy tylko mieć trochę cierpliwości. Francuzi ją jednak stracili, a Polacy nigdy nie mieli, więc w sumie nie było się czemu dziwić.

W gruncie rzeczy wszystkiemu winny był kryzys i jego spanikowany szef, który nie chciał zapłacić Francuzom, aby nie musieć przedwcześnie wysyłać faktur do Rijadu. Francuzi zapłacą Polakom, gdy oni, Włosi, zapłacą Francuzom. On przyleciał z Londynu do Gdańska, żeby albo namówić Francuzów do zapłacenia, albo Polaków do cierpliwości. Okazało się to niemożliwe, co przekazał telefonicznie w trakcie przerwy na lunch. Usłyszał, że ma „w tej sytuacji ratować, co się da". Po lunchu Polacy wyluzowali i zrezygnowali z karnych odsetek. Po kolacji Francuzi poszli na kompromis i byli gotowi zapłacić w ciągu dwóch tygodni, ale o dwadzieścia procent mniej „z powodu niezrealizowanych zaleceń", chociaż ich nawiedzony prawnik mówił o trzydziestu procentach. Polacy poszli do restauracji, żeby się naradzić. Wiedział, że udają, ale zasługiwali na chwilę przerwy. Około dwudziestej drugiej mieli gotową ugodę. Polacy wybaczyli Francuzom i się cieszyli. Francuzi byli przekonani, że naciągnęli Polaków, i także byli radośni, a on zastanawiał się, kiedy jego szef przeleje Francuzom obiecane miliony.

Nie miał ochoty tego celebrować. Ani z Francuzami, ani z Polakami. Tym bardziej że na końcu, przy płaceniu rachunku, to on musiałby podać kelnerowi kartę kredytową. Poza tym chciał być sam. Nie musieć słuchać, a przede wszystkim nie musieć nic mówić. I wreszcie nikogo nie okłamywać. Wymknął się niepostrzeżenie z hotelu i przeszedł przez ogród na plażę. Wyłączył telefon. Zdjął buty, podciągnął spodnie i brodził w wodzie. Oddychał głęboko. Rozwiązał krawat. Chowając go do kieszeni, uśmiechnął się do siebie. Gdy ten idiota prawnik podniecał się obrazkami jakichś ścian niewykonanych według norm europejskich, wyłączał się i myślał o sprzątaczce, która zawiązała mu pod szyją węzeł Shelby...

Wrócił do hotelu, gdy zaczęło padać. Recepcjonista dogonił go na schodach. Podał mu komputer, który zapomniał zabrać z sali konferencyjnej. Na drugim piętrze zdał sobie sprawę, że nie pamięta numeru pokoju.

Usiadł na schodach. Zapalił papierosa. Ostatnio zapominał takie rzeczy. Od jakiegoś czasu miał uczucie, że żyje obok wszystkiego. Z życiem włącznie. Nie pamiętał, kiedy był szczęśliwy. Realizował projekty. Wywiązywał się ze zobowiązań. Zarabiał pieniądze. Płacił rachunki. Podpisywał umowy. Podpisywał czeki. Kupował bilety lotnicze. Zasypiał w samolotach, zasypiał w hotelach. Odbierał z pralni czyste koszule, zanosił brudne. Przed startem samolotu pisał do córki esemesy, w których zapewniał, że tęskni. Nie wiedział, czy go zrozumie. Nie dostawał odpowiedzi i myślał ze smutkiem, że pewnie nie zrozumiała. Potem wsiadał do taksówki i zapominał o smutku przysypany stosem innych wiadomości. Zapomniał także, co to pożądanie, czułość, delikatność i budzenie się rano obok kogoś upragnionego. Zresztą w szaleńczym pośpiechu swojego życia już dawno przestał tego pragnąć.

Usłyszał czyjeś kroki. Przestraszony zgasił papierosa na podeszwie buta i szybko zbiegł do recepcji. Ostatnio – takie miał wrażenie – palenie w miejscu publicznym uchodziło za występek bardziej naganny niż picie wódki z gwinta w kościele podczas komunii.

Uśmiechnięty młody recepcjonista przypomniał mu, że mieszka pod numerem 414. Lampki nocne w pokoju były zapalone, a ekran telewizora plazmowego życzył mu dobrej nocy i informował, że może opłacić rachunek już teraz. Po jego imieniu i nazwisku następowało podziękowanie za „obdarzenie naszego hotelu zaufaniem". Nazwisko jakiś programista napisał z dwoma błędami, ale za to imię poprawnie. Na poduszce leżało przewiązane różową wstążką pudełeczko z belgijską czekoladą. W wazonie na biurku stały świeże kwiaty. Gdyby nie skojarzenie z Francją, mógłby polecać ten hotel każdemu.

Wieszając marynarkę w szafie, próbował sobie przypomnieć, o której ma jutro lot do Warszawy. Nagle usłyszał dziwny hałas. Ktoś próbował wsunąć kopertę przez szczelinę między drzwiami i podłogą. Otworzył gwałtownie.

– Zadzwonił pan? – zapytała, próbując wstać z kolan.

Miała rozpuszczone włosy i umalowane usta. I czarną sukienkę zamiast białej bluzki i granatowej spódnicy. I pierścionek z bursztynem na palcu serdecznym. Podał jej rękę. Wstała i oblała się rumieńcem.

– Do kogo?

– Do matki. W sprawie Achmatowej…

Zaprosił ją do środka. Weszła niepewnie, jak do obcego miejsca. Nie siadała. Oparła się o biurko, blisko drzwi. Zawstydzona.

– Nie zadzwoniłem. Miałem dzisiaj kilka spraw do załatwienia. Wyleciało mi z głowy. Napije się pani ze mną? Która jest godzina? – Spojrzał na zegarek. – No tak, herbaty?

– W minibarze jest wódka. Myślę, że chciałabym teraz wódki. Nie musi być rosyjska. Polska jest lepsza.

Nalał jej do szklanki i zaczął szukać telefonu. W końcu znalazł.

– Słuchaj Masza, wszystko u mnie dobrze, w Polsce jestem, nie dzwonię, bo czasu mało. Będę dzwonił. Nie zabiją mnie w Polsce, co ty za brednie wygadujesz? No, będę dzwonił. Nie, nie jestem szczęśliwy. Zapłaciłem, za tego dentystę też. Czy ty pamiętasz, jak ojciec z wujem Joshi te wiersze... Nie przeziębię się, opanuj się. Słuchaj, mamuś, czy te wiersze od wuja Joshi, to Achma... Co ty wygadujesz, jaka Basmanowa? Dlaczego dziwka, co ty bredzisz? Słuchaj, czy te wiersze, czyli Achmatowa... Nie, nic nie paliłem ani sobie nie wstrzykiwałem. Mamuś, co ty wygadujesz? Idź do psychiatry, też ci zapłacę. Czyli Achmatowa. No tak, to chciałem wiedzieć, wyobraź sobie, że to ma dla mnie teraz znaczenie. Też cię kocham...

Zamilkł. Podszedł do okna, zapalił papierosa.

– Tak, to była Achmatowa, ta poetka – oznajmił po chwili.

– Bardzo dobrze mówi pan po rosyjsku. Dlaczego? – zapytała.

– Bo moja matka nie mówi zbyt dobrze po włosku. Nie chciała się nauczyć. A ja lubię z nią rozmawiać. Z matką trzeba rozmawiać w języku, który zna najlepiej. Tylko wtedy można dowiedzieć się od niej najważniejszych rzeczy. Nie sądzi pani?

– Nie, nie sądzę. Opowie mi pan o wujku Joshi?

Zdjął marynarkę i usiadł na parapecie. Ona przysunęła krzesło do okna. Dolała sobie wódki.

– Ojciec mi kiedyś powiedział, że Rosjanie odebrali mu Rosję. A to dla Rosjanina jest bardzo poważne cierpienie. I nie jacyś okupanci, nie jacyś, dajmy na to, Niemcy. Rosjanie. To tak jak gdyby płuca, tożsamość i wątrobę za jednym cięciem odebrać. On zresztą na raka płuc umarł, chociaż nigdy nie palił.

W bibliotece pracował. Sowieckiej bibliotece. W Leningradzie. Urzędnikiem państwowym był. Można by powiedzieć, że w tej bibliotece służył reżimowi. Niektórzy niegodziwcy zresztą tak gadali. Ale w którymś momencie się temu reżimowi przez czysty przypadek naraził. Donieśli na niego jacyś niedobrzy ludzie, to było około sześćdziesiątego trzeciego, jak mi opowiadał, że wypożycza narodowi pornograficzne i antysowieckie publikacje zakazanych autorów. A on tylko wierszy wujka Joshi, przez nieuwagę bibliotekarek, ze zbiorów nie usunął. Gdy go po donosach do wydziału kultury na dywanik wezwali, to nawet nie wiedział, kto to w ogóle jest ten Josif Brodski. Obiecał więc w komitecie, że się z jego twórczością pornograficzną zapozna i natychmiast usunie ją ze wszystkich półek. Bo co mógł innego powiedzieć. Dostał, poza kolejką, od komitetu mieszkanie z centralnym ogrzewaniem w komunałce, wygodnie, przy stacji metra, i dopiero co się tam wprowadził ze swoją żoną, Maszą, czyli moją przyszłą matką. Urzędnik w komitecie nie wierzył chyba mojemu ojcu za bardzo i dlatego przypomniał mu, że jest Żydem, podobnie jak ten pasożyt społeczny Brodski, i to także powinien mieć na uwadze.

Z komitetu mój wstrząśnięty ojciec pojechał do domu, a potem z żoną poszli do biblioteki i do wieczora czytali Brodskiego. Masza powiedziała, że Brodski ma rację, a ona nie musi wcale mieszkać w komunałce przy metrze. Dwa miesiące później książki usunął inny dyrektor biblioteki, a ojca zwolniono. Po pół roku odebrano mu mieszkanie. Przygarniali ich przez kilka lat różni ludzie, głównie Żydzi z Leningradu. Utrzymywali się z pisania tekstów za innych i z tłumaczeń. Mój ojciec znał angielski, a mama pisała przepiękne bajki dla dzieci. W siedemdziesiątym dostali zaproszenie z Izraela, w siedemdziesiątym pierwszym kolejne. Mogli wyemigrować. W siedemdziesiątym drugim wezwali ojca do ministerstwa, tego od KGB, w Moskwie. Rodzice sprzedali obrączki, żeby kupić bilety na pociąg. Ministerstwo niczym nie różniło się od komitetu. Zapytali mojego ojca, dlaczego nie akceptuje zaproszeń z Tel Awiwu. To by wiele rozwiązało. Wyjaśnił im tylko, że kocha Rosję. Zainteresowali się, czy także Związek Radziecki. Nie odpowiedział.

Czwartego czerwca siedemdziesiątego drugiego, w niedzielę, milicjanci wsadzili ojca, matkę i w pewnym sensie mnie, bo Masza była w szóstym miesiącu ciąży, w samolot do Wiednia. Mogli zabrać tylko po jednej walizce. W samolocie obok ojca siedział Brodski. Jego też na lotnisko przywiozła milicja. Myślę, że tej niedzieli Bóg musiał głośno rechotać.

Zamilkł, zsunął się z parapetu i podszedł do szafy. Wydobył papierosy z kieszeni marynarki.

– Naleje mi pan wódki? – poprosiła, gdy wracał na parapet.

– Nie ma. Skończyła się.

– W Rosji wódka się nigdy nie kończy. Powinien pan to wiedzieć. Niech pan się postara.

– Jest francuskie brandy i szkocka whisky, a poza tym tylko soki i jakaś pepsi – odparł.

– Niemożliwe. Rano sprzątałam pana pokój i sprawdzałam lodówkę. Musi być polski gin i angielski rum. Takie teraz czasy. Polski gin to żenująca pomyłka, ale rum może być. Stoi obok soku pomidorowego.

Nie wrócił na parapet. Podał jej szklankę i usiadł na podłodze obok jej krzesła.

– Masza, ojciec i Brodski wysiedli w tym Wiedniu jak zagubieni na pustyni nomadzi. Tak mi opowiadała matka. Na Brodskiego czekali jacyś ludzie z pejsami. Na Maszę i mojego ojca nie czekał nikt. Przekoczowali cztery dni na lotnisku. Ani mój ojciec, ani Masza do Izraela nie chcieli. Najbardziej chcieli z powrotem do Leningradu. Ale Żydzi nie lubią, gdy inni Żydzi są bezdomni i pisze się o tym w gazetach. Zwłaszcza gdy pisze się po niemiecku, a już szczególnie gdy pisze się o tym po niemiecku w Austrii. Jakiś zasmucony tym faktem rosyjski Żyd opłacił dwa bilety lotnicze do Wenecji. Dlatego tam się urodziłem. To miasto, chyba przez swoje nieustanne umieranie, spodobało się moim rodzicom. Brodskiemu dziwnym trafem też. Może jest trochę podobne do ich Leningradu. Każdej zimy Brodski przyjeżdżał na święta do Wenecji, którą lubił najbardziej właśnie o tej porze roku. I za każdą wizytą odwiedzał Maszę i ojca. I mnie. Wujek Joshi nie zapomniał nigdy tego lotu z czerwca siedemdziesiątego drugiego. Tak jak nigdy nie zapomniał go mój ojciec. A potem Brodski dostał tę Nagrodę Nobla. Ja byłem za młody, żeby to zauważyć. Poza tym, szczerze mówiąc, literatura nigdy mnie jakoś szczególnie nie pociągała. Mój ojciec nic mi o tym nie mówił. Dowiedziałem się dopiero na cmentarzu. W trakcie pogrzebu wujka

Joshi, nad jego grobem. U nas, w Wenecji, na San Michele… I tak to było z tą Achmatową. Pokrótce.

Przez chwilę milczeli, a potem dotknęła jego ręki i pocałowała go w policzek. Wstał z podłogi i położył się na łóżku.

– Jestem bardzo zmęczony. Spałem tylko kilka godzin – powiedział cicho.

Przykryła go kołdrą i wyszła.

Dwa tygodnie później ponownie przyleciał do Gdańska. Polacy wiedzieli, że chce zatrzymać się w Grandzie i że życzy sobie, by zarezerwowano mu pokój numer 414. Kiedy następnego dnia rano usłyszał pukanie do drzwi, czuł podniecenie i niepokój. Chciał jej powiedzieć, że myślał o niej już w samolocie do Warszawy, a potem także w samolocie do Rzymu, że ma śliczne oczy, gdy się uśmiecha, i że pamięta dotyk jej dłoni. A także przeprosić za to, że jak idiota zasnął tamtej nocy, i wyznać, że chciał ją zobaczyć przed odjazdem, ale nie mógł jej nigdzie znaleźć, chociaż przewędrował wszystkie piętra i korytarze i zajrzał do wszystkich otwartych pokoi, przy których stały wózki. Chciałby także wiedzieć, jak ma na imię, bo myśleć cały czas o kimś, kogo imienia się nie zna, jest trudno i jakoś smutniej. A właściwie chciałby się o niej dowiedzieć o wiele więcej, a najlepiej wszystkiego.

Gdy w końcu otworzył drzwi i ją zobaczył – w tej białej koszuli, oniemiałą, ale z radością w oczach – zapomniał zupełnie, co zamierzał powiedzieć. Wyszedł za próg, skłonił głowę i pocałował ją w rękę. Pamięta, że przez chwilę przypatrywali się sobie w milczeniu.

– Myślałem o pani. Prawie codziennie…

*

Wieczorem zabrała go na spacer po plaży. Opowiadała o swojej fascynacji Brodskim i Achmatową. Mówiła też o Syberii, Sankt Petersburgu, w którym jako studentka spędziła kilka miesięcy, i o tym, że ciągle jeszcze wielu ludzi podobnie jak jego matka nazywa to miasto Leningradem. Mówiła także wiele o Polsce, która ją czasami zachwyca, a czasami przeraża. Wspomniała o książkach, które lubi, i o muzyce, której słucha. Chciała, aby jak najwięcej opowiadał o Wenecji, którą znała prawie na pamięć dzięki Brodskiemu, choć nigdy w niej nie była. Pytała, dlaczego został architektem i jakie to uczucie, gdy rysunek z deski kreślarskiej nagle staje się budynkiem, i czy stojąc przed takim budynkiem, czuje dumę jak pisarz biorący do ręki swoją wydrukowaną książkę, czy raczej żal, że już nic nie może poprawić. Opowiadała o przyjaciołach w Nowosybirsku i swoich planach. Słowem nie wspomniała o mężczyźnie, ani w Rosji, ani w Polsce, który miałby dla niej jakieś wyjątkowe znaczenie. Przypomniał to sobie wieczorem, w pokoju, gdy zupełnie nie mógł skupić się na kosztorysach.

Pierwszy raz od początku projektu nie chciał wyjeżdżać z Polski. Był oczarowany tą dziewczyną. Nie pamięta dokładnie, kiedy się zakochał i zamiast o niej myśleć, zaczął za nią tęsknić jak porażony fascynacją sztubak. To wtedy zaczął w samolotach czytać poezję. Pamięta, że któregoś razu nauczył się dla niej wiersza na pamięć. To było wtedy, gdy w 414 zasypiał przy niej. Przytulony do jej pleców i pośladków, z twarzą w jej włosach i z dłońmi na jej piersiach.

Do Gdańska przylatywał tak często, jak tylko mógł. Udało mu się przekonać szefa, że nadzór nad obiektem w Polsce jest bardzo ważny i jeśli wszystkiego osobiście nie dopilnuje, powtórzy się sytuacja z Francuzami. Postarał się, aby włączono go do projektu w Kaliningradzie, gdzie fi rma współinwestowała budowę silosów w porcie. Zazwyczaj bronił się ze wszystkich sił przed takimi nudnymi obiektami. Pamięta, że jego przystąpienie do projektu kaliningradzkiego wywołało ogromne zdziwienie wszystkich kolegów w firmie. A on zainteresował się tymi silosami wyłącznie dlatego, że z Kaliningradu do Sopotu jest przecież tylko niecałe dwieście kilometrów. Wynajmował samochód, jechał do niej. Kochali się, ledwie zamknęli drzwi, nie docierali nigdy do łóżka. Potem do świtu rozmawiali, przytulali i dotykali. Zasypiał na dwie, trzy godziny, a rano, po śniadaniu, które zamawiał do pokoju, kochali się znowu.

Były jej urodziny. Kończyła trzydzieści lat. Do Warszawy przyleciał już poprzedniego dnia, wczesnym rankiem ruszył samochodem do Gdańska. Pozałatwiał wszystkie pilne sprawy i późnym popołudniem zameldował się w hotelu. Nigdy nie zapomni okrzyku radości, gdy zadzwonił i powiedział, że chciałby ją tulić i całować, i starając się ukryć podniecenie, niby mimochodem zapytał, czy mógłby to zrobić wieczorem. Odparła, że będzie na niego czekała na Skypie od ósmej i że pokaże mu swoją nową sukienkę, a może także nową bieliznę, którą kupiła sobie w prezencie dla niego. Jeśli się na to zdecyduje, będzie go prosiła, aby ją z niej szybko rozebrał. Kiedy to usłyszał, nie mógł się powstrzymać i powiedział, że jest w Grandzie, i że będzie czekał w barze na parterze. Wtedy krzyknęła z radości, a potem się rozpłakała.

Wyszedł z hotelu. Na pobliskim placu znalazł kwiaciarnię. Wybrał same białe kwiaty. Przywiózł dla niej z Wenecji wszystkie książki Brodskiego wydane po włosku. Między strony wsunął kopie czarno-białych fotografii, na których był on, wujek Joshi, jego ojciec, a na niektórych matka, którą chciała koniecznie zobaczyć.

W nowej sukience wyglądała prześlicznie. Był pewien, że dzisiaj nie ma pod nią żadnej bielizny. Podał jej kwiaty. Nie pocałowała go. Rozumiał to. Pracowała tutaj, a on był gościem. Potem wsunęła kwiat we włosy. Językiem dotknął jej ucha. Poczuł, jak drży. Wcale nie chciał zostać w barze. Chciał z nią iść do pokoju na górze. Gdy zwolnił się stolik, wzięła go za rękę. Po drodze zatrzymała się przy jakiejś młodej kobiecie. Usiedli, podniecona opowiadała mu o przeobrażonym bezdomnym. Nie słuchał zbyt uważnie. Patrzył na nią. Była najpiękniejsza, kiedy coś opowiadała z przejęciem.

Potem, późnym wieczorem w ich pokoju, leżała nago na łóżku i czytała mu na głos Brodskiego po włosku. Akcentowała tak słodko. Jak mała dziewczynka, która po raz pierwszy czyta elementarz. Ubrał się i pod jakimś pretekstem zszedł do restauracji. Wszystko było umówione z hotelem. Miał im osobiście dać znać, kiedy przyjść z tortem i świeczkami.

Gdy wrócił, siedziała na parapecie i paliła papierosa. Milczała. Po chwili dwóch kelnerów wniosło tort. Zeszła z parapetu i nie wyciągnąwszy papierosa z ust, zdmuchnęła świeczki. Płakała. Pomyślał, że naszła ją nostalgia i tęsknota za Syberią. Mówiła mu często, że to się jej niekiedy zdarza. Szczególnie ostatnio, gdy on wyjeżdża, a jej coraz trudniej na niego czekać. Woli wówczas tęsknić za Syberią niż za nim. Bo zauważyła, że odkąd go kocha, tęsknota za Syberią boli ją mniej niż tęsknota za nim.

Tej nocy nie rozmawiali. Musiała wrócić z łazienki, gdy już spał. To był bardzo długi dzień. Wyjechał z Warszawy jeszcze przed świtem. Obudził go dziwny dźwięk. Podniósł głowę i spojrzał na zegar pod telewizorem. W swojej białej bluzce i granatowej spódnicy odkurzała dywan w pokoju. Potem podniosła głowę, wyłączyła odkurzacz i postawiła dwie butelki z wodą mineralną na tacy obok telewizora.

– Gdy wczoraj wyszedłeś, zadzwoniła twoja żona. Nie odbieram telefonów do gości w tym hotelu, ale wczoraj w nocy pomyślałam, że to możesz być tylko ty. Więc odebrałam. Twoja żona była zdziwiona, moim zdaniem słusznie, że o tej późnej porze w twoim pokoju jest jakaś kobieta. Uspokoiłam ją, że nie jestem żadną kobietą, tylko sprzątaczką i że przez przypadek właśnie teraz przygotowuję pokój na noc. Chyba ją to przekonało, ponieważ poprosiła, abym zostawiła ci wiadomość, że kupiła bilety do Indii, na wasz urlop w sierpniu. A na koniec prosiła, żebyś koniecznie do niej zadzwonił, bo ma jakiś problem z numerem karty kredytowej… Zadzwoń, bo pewnie się niepokoi…

Wyciągnęła wtyczkę odkurzacza z gniazdka i wyszła, cicho zamykając drzwi.

Dziadek pastora Maksymiliana von Drewnitza był esesmanem i zabijał ludzi w Konzentrationslager Stutthof. W Prusach Zachodnich, trzydzieści sześć kilometrów od Gdańska, na obrzeżach miasteczka Sztutowo. Dziadek Wilhelm, podobnie jak jego wnuk Maksymilian i syn Helmut, był głęboko wierzącym chrześcijaninem. W każdą niedzielę przyjmował ciało Chrystusa i każdego wieczora w swojej kwaterze na terenie komendantury obozu zmawiał modlitwę przed krzyżem przybitym do ściany sypialni. Dr Maksymilian von Drewnitz, pastor z Tybingi, chciał zrozumieć, dlaczego jego dziadek modlił się wieczorem za dusze zmarłych, a następnego dnia zabijał ludzi.

W listopadzie czterdziestego siódmego po procesie w Gdańsku polski sąd uwolnił Wilhelma od zarzutu ludobójstwa i zmienił go na znacznie łagodniejsze oskarżenie o „aktywną pomoc w organizacji obozu", dzięki czemu zamiast na śmierć, dziadka von Drewnitza skazano na dziesięć lat więzienia. W Elblągu odsiedział trochę ponad siedem. W pięćdziesiątym trzecim w Wigilię dotarł do obozu dla przesiedleńców we Friedlandzie niedaleko Getyngi, skąd po rejestracji skierowano go do Hamburga, tam bowiem zlokalizowano ostatni adres meldunkowy Annette von Drewnitz, jego żony. W odróżnieniu od wielu innych niemieckich żon, Annette nie czekała jak Penelopa na powrót męża „z tułaczki i niewoli frontu wschodniego". I to nie dlatego, że wiedziała, czym się zajmował na rzekomym froncie wschodnim. Nie znała szczegółów, ale z tego, co jej opowiadał podczas urlopów i przepustek w czterdziestym trzecim i czwartym, mogła się domyślić. Annette von Drewnitz postanowiła nie czekać na swojego męża z powodu pewnej kobiety, którą do końca życia nazywała „polską suką".

W styczniu czterdziestego ósmego gdański sąd poinformował żonę skazanego Wilhelma von Drewnitza o orzeczonym wyroku i przesłał jej odpis protokołu z procesu. Protokół był po polsku, miał wiele pieczęci i jeszcze więcej podpisów. Annette chciała wszystko zrozumieć, więc pożyczyła od sąsiadek pieniądze i najęła tłumacza. Protokół zawierał głównie uzasadnienie, dlaczego jej męża nie powieszono jak wielu innych esesmanów ze Stutthofu. Dowiedziała się między innymi, że:

*Wrzucaniem cyklonu B przez otwór w suficie najczęściej zajmował się SS-Unterscharführer Otto Knott, odpowiednio przeszkolony w czasie pobytu w obozie na Majdanku sanitariusz szpitala obozowego. Natomiast dostawami cyklonu zajmował się oskarżony Drewnitz. Podobnie jak dostarczaniem fenolu i innych zastrzyków dosercowych, którymi uśmiercano więźniów. W związku jednak z obszernymi zeznaniami obywatelki Marii Alicji Poleskiej z domu Kowal sąd przychyla się ze względów humanitarnych do zmiany paragrafu.*

Potem następował dokładny zapis zeznań Marii Alicji Poleskiej z domu Kowal, dwudziestopięcioletniej wdowy z miejscowości Nowy Dwór Gdański. Wdowa zeznawała między innymi, iż oskarżony Drewnitz znajomość nawiązał z nią w sklepie kolonialnym, gdzie pracowała jako sprzedawczyni. Potem spotykali się coraz częściej. W pewnym momencie doszło do intensywnych kontaktów cielesnych. Oskarżony opiekował się nie tylko nią, ale także jej córkami z małżeństwa z poległym porucznikiem wojska polskiego Adamem Poleskim. Relacje utrzymywali do końca stycznia 1945 roku. Maria Alicja Poleska wielokrotnie przekazywała oskarżonemu produkty żywnościowe w postaci chleba, buraków, brukwi, marchwi oraz margaryny. Oskarżony zabierał je na teren obozu i twierdził, że pomimo grożących mu konsekwencji przekazuje więźniom.

Po przeczytaniu protokołu Annette von Drewnitz stwierdziła, że Polka, która uwiodła jej męża, to „wredna słowiańska suka", a mąż nie jest wart ani jednej jej łzy, chociaż płakała przez tydzień, nie tyle z rozpaczy, ile ze złości. Szesnastoletniego Helmuta okłamała, że ojciec zmarł w obozie pracy gdzieś w Kazachstanie. Po dwóch miesiącach do mieszkania Annette wprowadził się murarz Hans Hedtke, który zalecał się do niej od końca wojny. Hedtke miał znajomości w urzędzie stanu cywilnego przy prezydium miasta, dzięki czemu udało się sfałszować akt zgonu Wilhelma von Drewnitza. Annette wyszła powtórnie za mąż, przez co utraciła wprawdzie arystokratyczne „von" w nazwisku, ale zyskała na statusie, ponieważ w podnoszącym się z ruin Hamburgu murarze cieszyli się ogólnym szacunkiem. Mężczyzn po wojnie było w Niemczech jak na lekarstwo, a murarzy to ze świecą szukać; tak naprawdę kraj podniosły z ruin drobne dłonie kobiet i dzieci. Ponadto jako rodzina Hedtkowie otrzymywali o wiele większe racje żywnościowe, co miało dla Annette duże znaczenie.

W wieczór sylwestrowy z pięćdziesiątego trzeciego na pięćdziesiątego czwartego do drzwi mieszkania Annette i Hansa Hedtków zapukał Wilhelm von Drewnitz. W przedpokoju żona poinformowała go, jak bardzo go nienawidzi za jego „kurestwo", oświadczyła, że dla ich syna „jest trupem", i wypchnęła go za drzwi. W nocy z piątego na szóstego stycznia Wilhelm von Drewnitz powiesił się na gałęzi w Berner Gutspark w Hamburgu.

Informacja o wisielcu w centrum miasta przypadkowo dotarła do jego syna, Helmuta, który w międzyczasie zmienił nazwisko Hedtke. Najpierw prawdziwą historię śmierci ojca opowiedziała mu policja, potem wysłuchał wersji matki. Tydzień później wyjechał do Tybingi i nigdy więcej nie skontaktował się z Annette Hedtke. Nie pojawił się także na jej pogrzebie.

W Tybindze Helmut von Drewnitz rozpoczął studia na wydziale matematyki i nauk przyrodniczych. Został asystentem, dwa lata później zakochał się w swojej studentce, Sabine Herzog. W sześćdziesiątym czwartym roku w Tybindze urodził się ich pierwszy i jedyny syn, Maksymilian Joachim von Drewnitz.

Tak zwaną historię najnowszą w Niemczech bardzo często się przemilcza. Jak gdyby wszystko zaczęło się po wojnie, a pradziadkowie, dziadkowie i ojcowie nie istnieli przed rokiem czterdziestym piątym. Wnuki i prawnuki i tak dowiadują się wszystkiego w szkołach i na wycieczkach do Dachau, nie interesuje ich to zanadto i nie czują się zobowiązani do jakiejkolwiek pokuty, córki i synowie wiedzą nieco więcej, ale z delikatności nie pytają rodziców o szczegóły.

Kłamstwa, że wszyscy członkowie rodziny byli co najwyżej kucharzami lub kierowcami ciężarówek w Wehrmachcie, a esesmani to przecież potomkowie Krzyżaków, też nie robią już większego wrażenia. Słuchając Niemców, Maksymilian miał czasami wrażenie, że świat chciała podbić i zgermanizować nie armia morderców, ale Armia Zbawienia. Biografię zawsze się ma, a jeśli jest niewygodna, to trzeba ją jakoś obejść. A jeśli obejść się nie da, to przemilczeć.

Maksymilian von Drewnitz tak nie uważał. Zadawał niewygodne pytania na lekcjach historii w podstawówce, potem także w gimnazjum. Nie odczuwał presji pokuty. Należał do pokolenia urodzonego wiele lat po Auschwitz i nie miał poczucia winy. Chciał po prostu wiedzieć.

Któregoś, przemilczanego w Niemczech, ósmego maja ojciec opowiedział mu wszystko, co wiedział o Wilhelmie. Niczego nie zatajał ani nie usprawiedliwiał. Trzymał się wyłącznie faktów. Jak to fizyk. Ale te fakty niewiele wyjaśniały. Historia to nie tylko fakty.

Maksymilian zaczął studiować historię. W Tybindze, na wydziale teologii ewangelickiej. Był też wydział teologii katolickiej, ale on katolikom nie ufał. Szczególnie gdy chodziło o historię. Na czwartym roku omawiali „niemieckie ludobójstwo w trakcie drugiej wojny światowej i przedtem". Wykładowcą był profesor z Izraela, rosyjski Żyd. Opowiadał o fabrykach śmierci ze spokojem ekonomisty, jak o hutach stali. Nie pozwalał sobie na absolutnie żadne emocje. Podawał fakty, ale także umieszczał je w najróżniejszych kontekstach. Jego opowieści i interpretacje nigdy nie były czarno-białe. Nikogo nie obwiniał. Czasami nawet, co było dla Maksymiliana szokujące, znajdował dla Niemców usprawiedliwienie! Nie zapomni, jak pewnego razu profesor wywodził, że obozy zagłady mogli zorganizować jedynie Niemcy, ponieważ w odróżnieniu od innych nacji są zadziwiająco konsekwentni i zdyscyplinowani. Niemcy nie zabijali z nienawiści – twierdził – zabijali z lojalności i wierności pewnemu przekonaniu. I z wrodzonej cierpliwości oraz dyscypliny. Inne narody, na przykład Polacy, Amerykanie czy Żydzi, są zbyt neurotyczne, zbyt histeryczne i zbyt labilne, aby dostatecznie długo trwać w jednej emocji. I to było w wywodach tego profesora najbardziej nieszczere i akademickie. Powinien Niemców obwiniać. Żaden żydowski historyk nie może szczerze mówić o Shoah tak, jak on o tym mówił. Bardzo podobnie jak ojciec Maksymiliana. Bez emocji. Ale jego ojciec był Niemcem i ojciec jego ojca był Niemcem, podczas gdy ten profesor był Żydem. I tą swoją chłodną, pozbawioną uczuć kalkulacją wypaczał prawdę. Bo historia bez emocji jest tylko zmową historyków zapisaną w księgach.

Maksymilian von Drewnitz ukończył równolegle dwa fakultety, historię i teologię. Potem w Heidelbergu obronił doktorat z teologii. Trzy lata później ordynowano go na pastora w Lipsku. Przed dwoma laty został zaproszony do Polski na ekumeniczne Dni pojednania w Gdańsku. Trzeciego dnia zawieziono ich autobusami do muzeum w Stutthofie. Szukał krzyża dziadka Wilhelma we wszystkich pokojach budynku komendantury. Nie znalazł. Potem długo przypatrywał się zasuwanym otworom w sufitach komór gazowych…

Gdy tylko wrócił do Lipska, zaczął szperać w archiwach. W berlińskim Bundesarchiv dotarł do protokołu z procesu esesmana Wilhelma von Drewnitza w Gdań sku w listopadzie czterdziestego siódmego. Jego polski przyjaciel – rezerwował to słowo dla małej garstki ludzi – historyk, jezuita z Krakowa, pojechał na prośbę

Maksymiliana do Nowego Dworu Gdańskiego i poinformował go, że Maria Alicja Poleska z domu Kowal ciągle tam mieszka. Ponadto dowiedział się od sąsiadów, iż wnuczka Marii Poleskiej w połowie lat osiemdziesiątych wraz z rodziną przeniosła się do Hanoweru. Maksymilian odszukał ją dzięki polskim parafiom katolickim w Niemczech. O Polakach może nie wiedzieć żaden urząd meldunkowy ani nawet policja, ale Kościół zawsze będzie coś o nich wiedział.

Wnuczka nie znała szczegółów „tajemniczego romansu babci z hitlerowcem". Wiedziała jedynie, że do dzisiaj niektórzy jej tego nie wybaczyli. Planowała urlop w Sopocie. Obiecała, że porozmawia z babcią. Porozmawiała i zadzwoniła po tygodniu. W piątek wieczorem Maksymilian von Drewnitz wylądował w Gdańsku. Zatrzymał się w hotelu w Sopocie. W sobotę miał spotkać się z Marią Poleską…

#104

– To my księdza przepuścimy bez kolejki, prawda, misiu? – wymamrotała pijana kobieta przed nim. – My możemy przecież poczekać. Prawda, misiaczku?

Stała z głową opartą na ramieniu otyłego mężczyzny w niebiesko-pomarańczowym przepoconym podkoszulku odsłaniającym ogromne tatuaże na bicepsach. Z jego szyi zwisał złotawy łańcuch z krzyżem. W jednej dłoni trzymał puszkę z piwem, a drugą gładził pośladki kobiety.

– Oczywiście, Reniu, inaczej nie wypada. Co ty, durna? Myślałaś, że ja uszanowania dla religii nie mam? Pijana kurwa jesteś czy co? – odpowiedział. – Niech będzie pochwalony – dodał, ustępując mu miejsca.

Starał się na nich nie patrzeć, udawał, że czyta gazetę. Recepcjonistka także nawiązała do jego koloratki.

– Mamy, proszę księdza, wolne pokoje w różnych cenach. Jaką…

– Najniższą. – Nie dał jej dokończyć. – Chciałbym jedynie, aby było w pokoju światło i z kranu płynęła czysta woda. Może być zimna.

Nosił koloratkę bez konkretnego zamiaru. Na pewno nie po to, żeby demonstrować przynależność do jakiegoś uprzywilejowanego świata. Ten pokryty materiałem sztywny pasek wokół szyi był tylko elementem swoistego munduru, który włożył z chwilą przyjęcia ordynacji. Przyjął ją z własnej nieprzymuszonej woli. I wcale niekoniecznie wyłącznie dla Boga. Bardziej dla tych, którzy mu zaufali. Czasami była ta koloratka jak uciskająca obroża psa przy budzie, ale czasami stawała się magiczną przepustką do światów innych ludzi. Bez niej nigdy by go do nich nie wpuścili. W Niemczech nie wywoływała jednak jakichś specjalnych reakcji. Kolejarze noszą czapki, pastorzy koloratki. Ot co. Zapomniał, że w Polsce jest inaczej. Przez chwilę wyobraził sobie koloratkę wokół ogromnej jak u nosorożca szyi tego wytatuowanego osobnika. I ludzi mówiących do niego „Niech będzie pochwalony".

– W pokoju 104 jest i światło, i woda. Także ciepła – odparła uśmiechnięta recepcjonistka. – Śniadanie w soboty serwujemy od siódmej do jedenastej. Tutaj na dole, w restauracji. Możemy pomóc panu z bagażem? Nasz portier jest do pana dyspozycji.

Oprócz skórzanej torby z książkami, segregatorem pełnym dokumentów i foliowym workiem z przyborami do golenia nie miał żadnego bagażu.

Przed snem zadzwonił do Jacka. Bez niego wcale by go tutaj nie było. To on tłukł się pociągami z Krakowa do Nowego Dworu Gdańskiego, aby wykrzyknąć w słuchawkę: „Maks, wyobraź sobie, że pani Poleska ciągle tam mieszka!". Poznali się z Jackiem w Canterbury, mniej więcej przed rokiem. Kościół anglikański, który ma tam arcybiskupstwo – taki swój Watykan – zorganizował konferencję na temat pozornego konfliktu współczesnej nauki i dogmatów wiary. Miał przyjechać sam Dawkins i to z dwoma wykładami. Maksymilian chciał go usłyszeć na żywo. Jego wojujący ateizm przypominał mu wojujący islam. Obydwa są groźne i niebezpieczne. Dawkins chciał z ateizmu uczynić religię. Jacek uważał, że raczej sektę. I to go – jak powiedział – uspokajało. Sekt nie traktuje się przecież poważnie.

Dawkins do Canterbury nie dotarł. Odwołał wykłady w ostatniej chwili, nie podając przyczyny. Zamiast Dawkinsa Maksymilian poznał niezwykłego jezuitę z Polski. Dobrego, szlachetnego, mądrego kapłana, a przy tym zadającego trudne pytania niewiernego Tomasza, naukowca. I dobroczyńcę. Na dodatek dzięki niemu zyskał nową pasję.

Drugiego dnia pobytu w Canterbury Jacek zniknął. Spotkali się dopiero wieczorem. Nocowali w tym samym akademiku, na campusie pobliskiego University of Kent. Opowiadał mu podniecony, że w pobliżu jest małe lotnisko, gdzie „można tanio skakać". Okazało się, że „skakanie" to „przepiękne opadanie w dół, ze spadochronem". Jacek opowiadał, że jest w tym trochę z prowokowania śmierci, gdy tak się spada. I to na własne życzenie. Pojechali na lotnisko razem. Maksymilian pamięta strach przed wypchnięciem z samolotu. I euforię, gdy szybował, i radość, gdy dotknął nogami ziemi. Po powrocie do Lipska znalazł lotniska w okolicy. Teraz nie może sobie wyobrazić, że kiedyś tego nie robił.

Jacek był ciekaw tego, co miało się zdarzyć na następny dzień, prawie tak samo jak on. Maks opowiadał mu, że nocuje w Grand Hotel w Sopocie i że jest umówiony... Jezuita przerwał mu w pół zdania.

– W Grandzie?! – wykrzyknął. – To dobry znak. Tam się zmieniała historia.

I opowiedział mu o duszach niektórych wampirów, które z pewnością krążą po zakamarkach hotelu. Śmiał się, że mogą tam straszyć i Hitler, i Keitel, i Göring, i Goebbels, i Himmler, i Rommel, a nawet Ribbentrop. Ale potem pocieszył go, że mieszkali tam i dobrzy Niemcy, i powiedział, żeby się nie zdziwił, gdy usłyszy głos Marleny Dietrich, na przykład. Jacek był największym romantykiem wśród jezuitów, których Maksymilianowi przyszło poznać. I jedynym, który skakał ze spadochronem i pisał wiersze.

– A w którym pokoju mieszkasz, Maks? – zapytał. – 104? To bardzo niedaleko od 110. Wiele lat temu mieszkała tam Poświatowska. Taka polska poetka. Oczarowała mnie kiedyś. Gdyby nie umarła przed moimi narodzinami i mógłbym ją poznać, oświadczyłbym się jej i wtedy ty nigdy byś mnie nie spotkał. A nad tobą tak mniej więcej, w 206, mieszkał przez chwilę Miłosz. Rozmawialiśmy kiedyś o nim. Pamiętasz?

Rano nie poszedł na śniadanie. Nie czuł głodu. Wjechał windą na ostatnie piętro i powoli schodził na dół, przechadzając się korytarzami. W pewnej chwili zobaczył siedzącą na podłodze kobietę. Opierała się plecami o ścianę. Zauważyła go, dopiero gdy do niej podszedł. Przestraszyła się. Pospiesznie okryła nagie uda szlafrokiem. Zaniepokoił się tym, że siedzi sama. Na podłodze. Opuszczona. Tak mu się wydawało. Rozmawiali przez chwilę, o niczym ważnym. Mówiła biegle po niemiecku. Była Polką. Była śliczna.

Lubił rozmawiać z kobietami. Bardziej niż z mężczyznami. Kobiety nie dążyły tak usilnie do tego, aby na końcu mieć rację, gdy jej nie miały. To prawda, że kobiety mówią o wiele więcej niż mężczyźni. Ale gdy już przestaną, to słuchają i słyszą. Mężczyźni, tak mu się wydawało, słuchają, ale nie słyszą, bo cały czas są skupieni na przygotowywaniu swojej następnej wypowiedzi. Z matką także częściej rozmawiał niż z ojcem. Helmut był doskonałym mówcą, ale rozmawiać nie potrafił. Potrafił jedynie robić wykłady – był w tym doskonały – i tylko czasami, po skończonej przemowie, dopuszczał pytania. Maksymilian szukał towarzystwa kobiet i czuł się z nimi dobrze. Bardzo długo natomiast nie wchodził w tak zwane związki. Nie wynikało to z przyczyn religijnych czy ślubów czystości. Był wprawdzie, już od dzieciństwa, bardziej religijny od kolegów, ale od pewnego momentu bardziej poruszała go transcendencja wiary niż jej nakazy i wzbudzany przez nie strach przed karą. Tym, co w religii poruszało go najbardziej, był kult miłości. W nim widział największy sens chrześcijaństwa. I nie chodziło wyłącznie o miłość do Boga. Bardziej interesowała go ta, którą ludzie mogą przeżywać dzięki wierze, ale także wbrew niej. Tutaj, na ziemi, z natury zanurzonej w grzechu. I na tym się koncentrował, pisząc w Tybindze pracę dyplomową o bezprzykładnym prześladowaniu miłości cielesnej przez kościół katolicki w średniowieczu. W Heidelbergu rozwinął ten temat w doktoracie, dokonując przeglądu stosunku innych odłamów chrześcijaństwa do ludzkiego libido po protestanckim przewrocie Marcina Lutra. Mimo że oba jego dyplomy wiązały Maksymiliana z teologią, gdy go pytają o wykształcenie, niekiedy żartobliwie odpowiada, że jest historykiem seksuologii chrześcijańskiej.

Doskonale wiedział, co z człowiekiem potrafi zrobić nadmierne i nieposkromione pożądanie. Szczególnie to, które pomylone z miłością prowokuje do składania fałszywych obietnic. Często już po złożeniu takich obietnic komuś innemu. Wielokrotnie rozmawiał na ten temat z ludźmi, którzy sądzili, że mogą od niego oczekiwać pocieszenia albo chociaż rady. Paradoksalnie więcej z kobietami niż mężczyznami, chociaż to oni nieporównywalnie częściej udają miłość, aby uzyskać dostęp do ciała kobiety – lub kilku kobiet – i wywołać w niej nadzieję i oddanie.

W nim bezwarunkowe oddanie i nadzieję wywołała pewna kobieta. Miała na imię Marisa i do Tybingi przyjechała ze Szwecji. Była Kubanką. Dostała stypendium naukowe ONZ. W Tybindze studiowała informatykę. Kiedy w Szwecji kończyła się jej wiza, poprzez wpływowe organizacje emigranckie z Kuby dotarła do sztokholmskiej UNHCR, która z ramienia ONZ zajmuje się uchodźcami politycznymi. UNHCR sfinansował jej stypendium w Niemczech i pomógł uzyskać wizę. Poznali się w restauracji, gdzie Marisa dorabiała jako kelnerka do marnego stypendium. Jego ojciec celebrował tam uzyskanie kolejnej profesury. Marisa ujęła wtedy Maksa swoim zagubieniem, lękiem przed „nieznanym światem Germanów" i – jak dzisiaj o tym myśli – również seksualnością, którą nosiła za sobą jak welon. Gdy następnego dnia podczas śniadania w willi rodziców rozmawiali o wieczorze w restauracji Rosenau, ojciec z przekąsem zauważył: „Nie wiedziałem, że masz tak przemożny wpływ nawet na kelnerki, momentami ta Latynoska nachylała się nad twoim uchem, jak gdyby chciała ci się wyspowiadać, a całe gremium profesorskie patrzyło wtedy na jej odsłonięte uda". Pamięta napastliwość w jego głosie i smutne spojrzenie matki. Pamięta także, że zgodnie z prawdą odparł: „Nie szeptała mi do ucha peanów na temat twojej profesury, nawet nie wiedziała, że to ty jesteś bohaterem tego spektaklu i że to ty będziesz płacił rachunek; wyobraź sobie, że nie powiedziałem jej nawet, że jesteś moim ojcem, i wcale nie przestała mnie z tego powodu lubić".

Zaczął spędzać czas z „tą Latynoską". Porwała go, urzekła, zauroczyła, omotała. Zapomniał wszystko, co wiedział o „nadmiernym i nieposkromionym pożądaniu". Ale nie pomylił go z miłością. Kochał. Pierwszy raz w życiu naprawdę. Był pewien, że ona też. Tyle wspólnych planów, tyle obietnic, tyle wyznań, tyle wyjawionych sobie nawzajem największych tajemnic. Oszczędzał, by mogli jak najprędzej zamieszkać razem. Żył otumaniony nieznanym dotąd rauszem. Nie chciał, by spędzała wieczory poza domem. Przyjmował zlecenia – przekłady na angielski i włoski – żeby nie musiała dorabiać w restauracji i mogła skoncentrować się wyłącznie na studiowaniu. Nie zorientował się, że wcale już nie studiuje, a wieczorami wraca nie z uniwersytetu. Dowiedział się o tym przez przypadek. Wszystkie adresowane do Marisy pisma z niemieckich urzędów czytał najpierw on. Sama go o to poprosiła. Któregoś dnia otworzył szarą kopertę z pieczęcią urzędu imigracyjnego. Z listu wynikało, że Marisa utraci prawo pobytu w Niemczech, jeśli natychmiast nie przedłoży zaświadczenia o wpisie na listę studentów bieżącego semestru. Nie odbierała telefonu, nie odpisywała na esemesy. Przestraszony pognał do dziekanatu, aby wziąć ten dokument i jeszcze tego samego dnia wyjaśnić sprawę w urzędzie. Myśl, że Marisa musiałaby wyjechać, przeraziła go. W dziekanacie dowiedział się, że Marisa Lisette Manrique „nie studiuje informatyki na naszym wydziale już od pięciu miesięcy". Uwierzył w to, dopiero gdy przestraszona jego reakcją starsza kobieta siedząca za biurkiem pokazała mu ostemplowany i podpisany przez dziekana oficjalny dokument relegacji. Wsiadł w samochód i jeździł jak oszalały do wszystkich miejsc, w których bywali razem. Potem wrócił do domu i czekał na nią. Wieczorem pchany jakimś przeczuciem pojechał do restauracji, w której zobaczył ją po raz pierwszy. Z parkingu, przez szybę, zobaczył ją siedzącą ze starszym mężczyzną w błękitnej koszuli. W pewnej chwili pocałowała go i zaczęła głaskać po policzku.

Wrócił do domu, znalazł w kredensie butelkę wódki. Gdy w nocy weszła do kuchni, był pijany. Bardzo rzadko pił. Siedział ze szklanką w ręku na drewnianym zydlu oparty o ścianę i lodówkę. Powiedziała, że „po wykładach z całą grupą poszli do klubu". Bełkoczącym głosem zrelacjonował jej wizytę w dziekanacie i to, jak płakał wieczorem na parkingu przed Rosenau. Już w przedpokoju wykrzyknęła:

– Nie sądziłeś chyba, że spędzę młodość z takim zdewociałym biedakiem jak ty!

A potem trzasnęła drzwiami i wyszła.

Nigdy więcej jej nie zobaczył. Przez rok wypełzał z lochu smutku, beznadziei i mrocznej depresji. Pomagała mu matka, która robiła, co mogła. Ojciec nigdy nawet nie zapytał, dlaczego Maks od miesięcy się nie uśmiecha, dlaczego trzęsą mu się ręce, zapadły się policzki i poszarzała skóra, dlaczego posiwiał na skroniach i po co garściami łyka tabletki. Pomógł mu także Bóg. A w zasadzie wiara, że każde cierpienie ma jakiś głębszy sens i że trzeba mieć co do tego pełne przekonanie. Ateiście lub agnostykowi trudno by było na coś takiego przystać. Pomogło mu także fizyczne oddalenie od Tybingi, gdy przeniósł się do Heidelbergu, i praca, w którą rzucił się bez opamiętania. Praca, zwłaszcza ta wciągająca i wykonywana z entuzjazmem, zawsze zabiera czas. Również czas na destrukcyjny smutek, uparte rozpamiętywanie i przypominające ataki padaczki napady poczucia samotności, porzucenia i opuszczenia.

Po doktoracie przez trzy lata był adiunktem na uniwersytecie w Heidelbergu. Pracował nad habilitacją, gdy zaproponowano mu ordynację na pastora w Lipsku. Propozycja pojawiła się w najbardziej odpowiednim momencie. Maksymilian miał dość oderwanego od rzeczywistości teoretyzowania, akademickości teologicznych dyskusji i opowiadania o wierze *ex cathedra*. Od dawna chciał ze swoją wiarą i wiedzą iść do zwykłych ludzi. Postanowił, że przyjmie to wyróżnienie i wyzwanie. Nigdy nie zapomni swojego pierwszego kazania. I łez wzruszenia matki. I nieobecności ojca.

To z Lipska pojechał do obozu w Stutthofie. Dzisiaj w Sopocie dowie się być może więcej o dziadku Wilhelmie, esesmanie, który zaopatrywał obóz w cyklon B używany do zabijania więźniów w komorach gazowych i fenol, który wstrzykiwano bezpośrednio w serce. Najczęściej dzieciom i kobietom. I dowie się może, dlaczego pewna Polka z Nowego Dworu Gdańskiego uratowała od egzekucji przez powieszenie jego dziadka, który wkrótce potem powiesił się z własnej woli pewnej styczniowej mroźnej nocy w hamburskim parku.

Myślał o tym, przechadzając się korytarzami Grand Hotelu, gdzie mieszkał Hitler, który do tego doprowadził, i Himmler, który to wymyślił. Ale mieszkała tutaj także pewna Niemka urodzona w Berlinie, która z powodu hitleryzmu i himmleryzmu na zawsze wyrzekła się niemieckości. Marlena Dietrich. Znienawidzona w Trzeciej Rzeszy i jeszcze wiele lat po wojnie za swój antynazizm i za to, że w czterdziestym czwartym roku w koszarach na froncie zachodnim śpiewała dla amerykańskich żołnierzy.

Zatopiony w myślach nagle zobaczył tę kobietę siedzącą na podłodze przed drzwiami pokoju. I przez sekundę lub dwie jej nagie uda, zarys piersi nieprzykrytych szlafrokiem i napęczniałe pogryzione usta. I powrócił do niego, jak niespodziewane ukłucie igły, ten ból, gdy w Tybindze zlany potem uciekał z łóżka na balkon, nie znajdując dość powietrza w pokoju.

Potem, kiedy spacerował bez celu po Sopocie, nie mógł się pozbyć obrazu twarzy młodej kobiety z korytarza. Oprócz niezamierzonej nagości nie było w jej wyglądzie nic, co mogłoby mu przypomnieć Marisę. Jednakże zupełnie nieoczekiwanie przypomniało. Może nawet nie tyle Marisę, ile ataki pożądania, które go przy niej dopadały. Przestraszyło go to i zadziwiło jednocześnie. Sądził, że uporał się z tym już przez te wszystkie lata, zepchnął na samo dno pamięci i zamknął raz na zawsze nie na cztery, ale na osiem spustów. Na tym korytarzu, przy tej kobiecie, okazało się, że to nieprawda. Może właśnie dlatego coś popchnęło go, aby zadzwonić z ulicy do jej pokoju.

Na Marię Alicję Poleską z domu Kowal czekał w kawiarni przy pełnym ludzi dużym placu w centrum Sopotu, niedaleko hotelu. Był tam już na godzinę przed umówionym spotkaniem. Wnuczka z Hanoweru przyprowadziła do stolika pomarszczoną chudą staruszkę ubraną w szary jesienny prochowiec. Siwe, prawie białe włosy Maria Alicja skryła pod kwiecistą chustką. Przywitali się, staruszka zmęczona upałem opadła na krzesło, wnuczka natychmiast się oddaliła. Mówiła po niemiecku z wysiłkiem, ale poprawnie. Powoli, z wyraźnym polskim akcentem. Często milkła, jak gdyby szukając w pamięci odpowiednich zdań lub słów. Niekiedy się uśmiechała, niekiedy ocierała łzy z oczu. Miała spokojny, czasami nawet monotonny głos.

*Willi kupował u nas w sklepiku cukierki. Najbardziej lubił malinowe landrynki. Czasami kupował też kaszankę. Mówił, że nasza jest najlepsza, że polska ma w sobie lepszą krew niż niemiecka. Śmiał się przy tym i rozglądał, czy aby nikt nie słyszy. Mieliśmy na zapleczu piecyk na węgiel. To mu czasami tę kaszankę w garnku gotowałam. Z ziemniakami okraszonymi słoniną lubił i z kapustą. Zdejmował czapkę, rozpinał płaszcz i stawał z talerzem obok lady.*

*I jadł, aż mu brunatne soki z kaszanki po brodzie ściekały. I patrzył tak na mnie. Willi Niemiec był, to gorzka prawda, ale gdyby nie Niemcy, to mogłybyśmy tę naszą kolonialkę z kierowniczką zamknąć już przed wojną. W Dworze wtedy wszyscy jakoś byli trochę niemcawi. Takie były czasy historyczne. Mój ojciec się przed pierwszą światową w Królewcu w Prusach Wschodnich urodził, a matka była z Zachodnich, a dokładnie z Bydgoszczy. Potem przed drugą wojną światową, po moim urodzeniu wokół pełno było Niemców. I tych z Rzeszy, i tych z Wolnego Miasta Gdańska, bo Dwór do Gdańska należał, tak po geografii. Ja się Polką czułam od urodzenia. Tak jak czuli się i mój ojciec z Królewca, i moja matka z Bydgoszczy. I na męża też Polaka wybrałam. Oficera polskiego. Na wojnie z Niemcami nad Bzurą poległ. Ale wojny wojnami, a ludzie żyć ze sobą muszą. Willi też tak mówił. Przystojny był, zawsze ogolony. Wysoki, tak jak pan. No, nie taki chudy. Barczysty, muskularny, silny. W tym czarnym mundurze i białej koszuli podobał się nawet mojej szefowej. Pan ma jego oczy i jego głos. Ja tam się na mundurach nie znałam. Niemcy zawsze w jakichś mundurach chadzali. To taki naród jest. Gdyby nie wkładali na siebie co jakiś czas mundurów, to nie poznaliby się na ulicy. Dopiero tak po pół roku ludzie w sklepie mi powiedzieli, że jak mundur czarny, to musi być esesmański. Dużo w takich czarnych do sklepu do mnie przychodziło. Grzeczni byli, w kolejce się nie przepychali, a jesienią i zimą to i buty na wycieraczce przed sklepem dokładnie czyścili. I nigdy nie narzekali, że coś za drogie albo że znowu podrożało. I zawsze mówili „dziękuję" lub „proszę". Willi po miesiącu od naszego zapoznania przychodził codziennie. Oprócz niedziel, bo my w niedzielę nie mieliśmy otwarte. Kwiaty mi kiedyś przyniósł i czekoladę. I z szacunkiem się do mnie odnosił, a gdy jakiś towar ciężki do sklepiku przywieźli, to za mnie dźwigał i mundur mu w tym nic a nic nie przeszkadzał. Na wiosnę czterdziestego trzeciego podarował mi pierścionek z niebieskim szkiełkiem. Zapamiętał, że ja najbardziej lubię niebieski. I pierwszy raz nazwał mnie Marysią. Tak po polsku. Jak mój mąż. Wtedy powiedziałam mu, gdzie i na którym piętrze mieszkam, bo bardzo chciałam go widzieć też w niedziele. I w nocy także.*

*Dobry był. Delikatny. Opiekował się mną jak nikt w życiu oprócz matki. Ja wszystko, co kobiece, przez tę wojnę przeklętą dawno zapomniałam. Willi mi to na nowo przypomniał. Zalecał się do mnie, słowa piękne mówił, a jak muzyka grała, to niekiedy i do tańca powolnego zapraszał. Jak prawdziwy zakochany. Gdy mi się kołdra podczas spania zsunęła, to mi ją z podłogi podnosił i mnie nią otulał, ale przedtem całą obcałowywał, aż dreszcze czułam. Dzieciakom moim zabawki z drewna strugał i w miednicy je kąpał, gdy zmęczona po usługiwaniu w sklepie byłam. I remont w stołowym sam swoimi rękami zrobił, i wersalkę nową zorganizował, i o to, abym zawsze węgiel miała w komórce, też dbał. Opowiadał, że w więzieniu pracuje. W administracji. Ja wiedziałam, że w Sztutowie niedaleko jest duży karcer. Wszyscy dookoła wiedzieli. Ale przecież Żydów to Niemcy od początku wojny zawsze gdzieś więzili. I nawet Polacy w sklepie mówili, że Żydom się to od dawna należy. Ja tam się do polityki nigdy nie mieszałam, bo śmierdząca jest na kilometr, ale tak po ludzku żal mi tych Żydów było, więc mu margarynę, buraki, marchew, kartofle i brukiew dla nich do tego karceru dawałam. A on te worki brał do zielonego samochodu z wymalowanym hakenkreuzem na drzwiach i ja wtedy zawsze myślałam, że w więzieniach pracują także dobrzy ludzie. Tacy jak mój Willi.*

*O tym, że to nie było takie normalne więzienie, dowiedziałam się od niego samego. W styczniu czterdziestego piątego. Dokładnie to dwudziestego szóstego stycznia. Mam tę wyrwaną z kalendarza kartkę w albumie, w komodzie w kuchni. Zimno i mroźno tego dnia było okropnie. Pod kamienicę podjechał ten zielony gazik z hakenkreuzem. Willi poganiał jakąś płaczącą kobietę. Niosła na rękach zawiniątko. Gdy wybiegłam mu naprzeciw, powiedział, że mam się „tą Rachel" zaopiekować, a jej bliźniaki „pochować w komórce, bo ziemia na dworze tak zmarznięta, że grobu nie wykopiesz". A potem pocałował mnie mocno w usta i odjechał. Rachel, która miała na imię Zofia, opowiedziała mi o więzieniu w Sztutowie. A potem o tym więzieniu opowiadali w sądzie, w listopadzie czterdziestego siódmego, w Gdańsku. Okropne rzeczy. Jak z takiej kroniki filmowej o Oświęcimiu. Willi bez swojego czarnego munduru i białej koszuli w tej sali sądowej był jakiś inny. Prawdziwszy. Szczególnie gdy płakał i się jąkał. On się jąkał tylko wtedy, gdy byliśmy razem w pościeli. I to zapamiętałam najlepiej. Ale nigdy przy mnie nie płakał. Jąkał się to tak, ale nie płakał. A potem już go więcej nie zobaczyłam. Komuniści nie powiedzieli mi, czy go powieszą czy nie. Dla nich chyba to nie jest aż tak ważne. Bo to esesman przecież był.*

*A teraz to ja już chyba pójdę. Tutaj jest tak gorąco. Chyba nie powinnam była wkładać dzisiaj tego płaszcza. Ale wie pan, ja się tak boję zimna…*

A potem podała mu rękę i szli przez plac. Gdy odjeżdżała taksówka, płakał. Potem zapalił papierosa. I wtedy nagle pojawiła się ta kobieta z podłogi w korytarzu. Jak gdyby przysłana przez los. Pomogła mu. Chciał na chwilę zapomnieć, skąd jest i po co tu przyjechał. Poszedł z nią do sklepu. Nie rozumiał do końca po co, ale to było takie codzienne, normalne, nawet jeśli tylko wymyślone. Potrzebował powrotu do codzienności, choćby i trywialnej.

Rozbierała go z jego ubrań i ubierała w te, które zamierzała kupić dla jakiegoś bezdomnego. W przebieralni okropnego butiku, do którego nigdy by nie dał się wprowadzić, nawet siłą. Wybrała go, ponieważ rzekomo pasował posturą do tego biedaka. Chciałby, żeby w jego parafii w Lipsku kiedykolwiek, niekoniecznie w butiku, właśnie tak wybierano garnitury i koszule dla bezdomnych. Niemcy byłyby wówczas krajem o wiele szczęśliwszych ludzi. Rozbawiała go w tej przebieralni, chociaż nie chciał się temu poddawać. Cała sytuacja, po tym, co niedawno usłyszał od staruszki, była surrealistyczna. Tak to odczuwał. Jak nie z tego świata, pozbawiona wszelkiego głębszego sensu. Ale może sens jest właśnie tutaj? A tamto było bez sensu i bardziej nieprawdopodobne niż jakikolwiek surrealizm? Takie myśli prześladowały go, gdy na krótkie chwile zostawał sam w przymierzalni. Ale potem wracała do niego ta kobieta, zapinała i odpinała guziki, zdejmowała z niego koszule i mu je zakładała, stawiała go przed lustrem i uśmiechała się do niego. A on uśmiechał się do niej. Od pewnego momentu szczerze.

Chciał poznać ją bliżej, ale nie miała czasu, pędziła do tego tajemniczego bezdomnego, aby go przebrać. Gdy zniknęła w tłumie na placu, poczuł się samotny. Najpierw poszedł na molo, potem usiadł na plaży i czytał. Nie mógł odnaleźć w sobie spokoju. Wrócił do miasta, wszedł do małego pustego kościoła. Usiadł w ostatniej ławce, cieszył się chłodem, oglądał witraże, przyglądał się rzeźbom przy ołtarzu. Nie mógł i nie chciał się modlić.

Przy zadrzewionej alei prowadzącej do kościoła stał długi rząd taksówek. Poprosił kierowcę, by zawiózł go na najbliższe lotnisko, gdzie można skakać ze spadochronem. Młody mężczyzna z poprzeczną blizną na policzku spojrzał na niego zdziwiony. Wyglądało na to, że nie do końca go zrozumiał. Powtórzył jeszcze raz najlepszą polszczyzną, na jaką mógł się zdobyć. Kierowca wyciągnął krótkofalówkę i zaczął wypytywać, jak się Maksymilian domyślił, swoich kolegów. Po półgodzinie zatrzymali się na parkingu przy niewielkim hangarze na porośniętym trawą placu. W oddali stały małe samoloty. Na wszelki wypadek zdjął koloratkę. Z portfela wyciągnął dokument zaświadczający, że jest zdrowy i może skakać. W Niemczech bez odpowiedniego dokumentu prawie nic nie wolno. Zarządcy lotniska i kasjera zaświadczenie w ogóle nie zainteresowało. Zapytali tylko, czy ma gotówkę, bo „płatności kartą nie przyjmują". Skoczył dwa razy.

Wracał do hotelu uspokojony i radosny. Gadatliwy taksówkarz opowiadał mu, że jego córka to ma dobre życie w Stuttgarcie, bo i na dom ją stać, i na wakacje do różnych krajów wyjeżdża, i dzieciaki w dobrych szkołach. I że w Niemczech to jest w ogóle porządek, nie to, co tutaj, w tym polskim grajdole. A on to Niemców lubi wozić, bo mówią i „dziękuję", i „proszę", i nigdy nie narzekają, że taksówki drogie. Bo jakie mają być, gdy benzyna niedługo od wódki będzie droższa.

Milczał. Słyszał to już dzisiaj. Od tej staruszki, kochanki esesmana, jego dziadka Wilhelma, że Niemcy nie narzekają na drożyznę i są kurwa grzeczni, bo przecież kurwa mówią i „dziękuję", i „proszę". I nogi na wycieraczkach wycierają, gdy jesień lub zima. Przed Grandem wysiadł z taksówki. Nie powiedział „dziękuję". Zapłacił i nic nie powiedział. A potem specjalnie mocno trzasnął drzwiami.

Nie chciał być sam w pokoju. Wiedział, że nie zmusi się już do czytania. Z baru dochodziły dźwięki fortepianu. Zszedł na dół, usiadł na kanapie i zamówił kieliszek wina. Gdy kelnerka zapytała, jakie sobie życzy, odparł, że dowolnego koloru, ale ma koniecznie być wytrawne i w żadnym wypadku nie powinno być niemieckie. Na kanapie obok siedziała kobieta z białym kwiatem we włosach. Wtulona czule w ramię mężczyzny słuchała muzyki, jak gdyby nieobecna. Szczęśliwa. Często rozmyślał o szczęściu ludzi, których spotykał na chwilę. Jak do tego doszło? Dlaczego? Dlaczego oni? Jaka historia się za tym kryje? Co zrobili, że są szczęśliwi? Czy w ogóle musieli coś robić? Albo czego zaniechali? Rozpoznał ją. Przecież to pokojówka, która obudziła go rano! Taka inna. Prawie nie do poznania.

Dopił. Podszedł do fortepianu i położył na nim banknot, skłaniając głowę w kierunku pianisty. Nie wie, co go poniosło na to drugie piętro. Stanął przed jej pokojem, chwilę patrzył na drzwi. Potem usiadł na podłodze, oparł się plecami o framugę i dotykał dłońmi podłogi, jak gdyby czegoś szukając.

Rano pokojówka obudziła go pukaniem do drzwi. Zapytała, czy może posprzątać. Uśmiechnął się i chciał jej w pierwszej chwili powiedzieć, że ten kwiat wczoraj wieczorem w jej włosach był przepiękny. Miała podpuchnięte i zapłakane oczy. Nic nie powiedział. Włączyła odkurzacz.

Zszedł do restauracji na śniadanie. Kobieta z podłogi siedziała przy stoliku pod oknem, przyciskała filiżankę do warg i spoglądała zamyślona na plażę przed hotelem. Nie prosząc o zgodę, przysiadł się do niej, a gdy spojrzała na niego z uśmiechem, powiedział cicho:

– Dużo o pani myślałem wczoraj i dzisiaj. W zasadzie cały czas…

Weronika Zasuwa, córka działacza partyjnego z Tomaszowa Mazowieckiego i szwaczki z Pabianic, urodziła się w 1968 roku w Warszawie. Kiedy w marcu tegoż roku jej ojciec, Hieronim Zasuwa, podczas zebrania powiatowej organizacji partyjnej w Tomaszowie w płomiennym przemówieniu gorąco i szczerze potępił wichrzycieli, rewizjonistów, kosmopolitów, syjonistów i studentów, przeniesiono go awansem do stolicy. Swoim przemówieniem na niektórych działaczach z Komitetu Centralnego Polskiej Zjednoczonej Partii Robotniczej zrobił tak duże wrażenie, że przyznano mu – poza kolejką – dwupokojowe mieszkanie na Mokotowie, ze ślepą kuchnią, ale za to z łazienką. Do tego mieszkania wprowadziła się wkrótce ciężarna Hanna Męczyńska, którą z Hieronimem połączył krótki romans na wczasach pracowniczych w oś rodku wypoczynkowym „Tęcza" w Pogorzelicach, upalną jesienią sześćdziesiątego siódmego. Komórka partyjna w Warszawie, dowiedziawszy się – poprzez anonim – o bł ogosławionym stanie konkubiny swojego członka, jednoznacznie, kategorycznie i bezapelacyjnie zasugerowała mu zalegalizowanie związku z „obywatelką Męczyńską". Dwa tygodnie później Zasuwa, który słynął z przestrzegania dyscypliny partyjnej, w mokotowskim urzędzie stanu cywilnego po raz pierwszy pojął za żonę Hannę Męczyńską. Po raz drugi śluby składał, nie poinformowawszy o tym nikogo z partyjnych towarzyszy, w małym kościółku we wsi pod Pabianicami. Wesela po zaślubinach jednakże nie było z powodu obaw Hieronima, że informacja o tym mogłaby jakoś, na przykład anonimowo, dotrzeć do Warszawy. Ponadto pan młody umówił się z proboszczem, za niebagatelną „co łaskę", że w trakcie ślubu kościół będzie zamknięty na klucz. Tłumaczył to względami obyczajowymi związanymi z ogromnym brzuchem panny młodej. Proboszcz chciał go od tego odwieść, mówiąc, że ostatnio sakramentu małżeństwa udziela przeważnie, jak to nazwał, „brzuchatym", więc nie jest to dzisiaj „żaden znowu wielki wstyd". Wtedy Zasuwa znacznie podwyższył „co łaskę" i w efekcie przysięgał Hannie miłość, wierność i uczciwość małżeńską przed Bogiem, kapłanem, dwójką ministrantów i niewidomym organistą w zamkniętym na cztery spusty kościele. Dwa tygodnie później Hanna, już wtedy Zasuwa, urodziła w Warszawie, w specjalnym szpitalu nie dla wszystkich, zdrową córkę Weronikę. Ponieważ proboszcz ze wsi pod Pabianicami był elastyczny, chciwy i już w pewnym sensie dogadany, chrzciny Weroniki także miały miejsce w wiejskim kościółku za zamkniętymi drzwiami.

Matka Weroniki zanim spotkała jej ojca, jak kiedyś po pijanemu wyznała córce, miała jedno marzenie: być bogata. Uważała, że tylko z bogatymi inni się liczą i że tylko bogaci mogą być inteligentni, ponieważ „biedacy nie mają czasu na czytanie książek i rozwijających czasopism". Ponadto chciała wyrwać się z golgoty swojego życia w Pabianicach. Z piątką rodzeństwa, ojcem brutalnie bijącym matkę i dziadkiem schizofrenikiem. Gdy tylko skończyła zawodówkę, poszła do pracy. Nie odczekała nawet do końca wakacji. Została szwaczką w pabianickich zakładach odzieżowych. Chciała wreszcie kupić sobie nowe buty, a nie nosić sto razy zelowane po starszych siostrach, a niekiedy i braciach. Gdy tylko się dało, brała nocne zmiany. Płacili premie i na dodatek nie musiała bywać w domu wieczorami, kiedy ojciec znęcał się nad matką i wrzeszczał na dziadka, który chował się w komórce i płakał.

W styczniu 1967 roku w przeszklonej gablocie przy bramie prowadzącej do zakładu zawiesili jej fotografię i podpisali imieniem i nazwiskiem. Wyrobiła na nockach trzysta procent normy i została przodownicą pracy. Najmłodszą w historii szwalni. Miała dwadzieścia jeden lat. W nagrodę rada zakładowa opłaciła jej z funduszu socjalnego najprawdziwsze wczasy, nad morzem, w Pogorzelicach, w Domu Wczasowym „Tęcza". Z pełnym wyżywieniem, w czteroosobowym pokoju na parterze, blisko wspólnej łaźni, w której przez całą dobę była gorąca woda. Drugiego dnia w trakcie podwieczorku do stolika, przy którym usiadła, podszedł Hieronim Zasuwa z Tomaszowa Mazowieckiego. Nie miał obrączki, nosił czyste trzewiki, był gładko ogolony, miał równo przystrzyżone wąsy i pachniał wodą kolońską z drogerii. Najbardziej podobało się jej to, że był ubrany w garnitur z eleganckim krawatem i że dużo opowiadał, bo sama była raczej nieśmiała. Następnego dnia zaprosił ją na lody do prawdziwej kawiarni. Takie w pucharkach, a nie jakieś tam lizane na ulicy z wafla. Ładnie się wysławiał, nie przeklinał i nie był taki namolny jak jej koledzy z pracy. Gdy poszli na dansing, tańczył tylko z nią i w ogóle się nie upił. Kiedy płacił rachunek, zauważyła, że w portfelu ma gruby plik banknotów. I na dodatek dał kelnerce do ręki dwadzieścia złotych. Mieszkał w „Tęczy" na ostatnim piętrze, zupełnie sam w dużym pokoju z tapczanem. Miał także tylko dla siebie całą łazienkę i to z wanną. Któregoś razu na spacerze przy morzu chwycił ją mocno za rękę i nie puścił do końca wieczoru.

Oddała mu się na tapczanie w jego pokoju w zieloną noc. Najpierw się wstydziła, bo w pokoju paliło się światło i on zobaczył krew na prześcieradle. Ale potem, gdy zaczął ją mocno przytulać i całować, to już wcale nie.

Wróciła do Pabianic opalona, w nowej sukience, na stoliku nocnym postawiła przepiękny praktyczny prezent od Hieronima, termometr pokojowy w kształcie latarni morskiej. Czasami wieczorem, kiedy nie miała nocki i bardzo tęskniła, przyciskała go do piersi. Codziennie wysyłała do niego list albo pocztówkę z widokiem Pabianic. On nie pisał zbyt wiele, jak to mężczyzna, na dodatek tak ważny i zapracowany. Ale na każdej widokówce zwracał się do niej „Haneczko" i podpisywał się „Twój Hirek". To jej wystarczało.

Kiedy drugi miesiąc po powrocie z Pogorzelic nie przychodziły jej dni i często miała mdłości, zaczęła się martwić. Po pięciu miesiącach musiała ukrywać brzuch pod obszernymi swetrami i luźnym paltem. Źle się czuła, nie mogła brać nocek, bywało, że w ogóle nie wstawała z łóżka, i płakała z byle powodu. Hirkowi póki co nie pisała, że jest w ciąży. Przez jakiś czas sądziła, że to się samo rozejdzie. Jej koleżance Marioli, która kucharzyła w stołówce w szwalni, rozeszło się trzy albo nawet cztery razy. W kwietniu żadne palto i żaden sweter nie mogły już zakryć brzucha. Mariola powiedziała kiedyś Hance w tajemnicy, że „na rozejście" dobre jest bieganie po schodach i picie octu i że trzeba „dużo jeździć na rowerze". Octu nie znosiła, a roweru nie miała. Poza tym czasami w nocy, gdy leżąc w łóżku gładziła delikatnie swój brzuch, czuła dziwne rozrzewnienie. Takie samo jak wtedy, gdy Hirek ją na tamtym tapczanie całował.

Poszła po radę do księdza. W Pabianicach nie chciała, więc wzięła wolne i pojechała autobusem do Łodzi. W dużych miastach ludzie mają więcej tajemnic, a i o wredne plotki nie trzeba się tak obawiać. To, że nieopatrznie i grzesznie oddała się Hirkowi na wczasach, wyznała dopiero pod koniec spowiedzi. Ksiądz staruszek wcale nie pytał o szczegóły, nie zwymyślał jej ani nawet nie potępił. Powiedział tylko, że każdy ojciec ma prawo wiedzieć, że jest ojcem. Jej matka wyraziła się trochę inaczej, a ojciec wywrzeszczał, że „z cudzym bachorem to jej noga w jego domu nigdy nie postanie".

Dwa dni później Hirek odebrał ją na Dworcu Wschodnim w Warszawie. Na peronie długo patrzył na jej brzuch. Rozpłakała się dopiero w tramwaju, przy ludziach. W domu zrobił jej herbatę z miodem i wyciągnął z kredensu herbatniki w czekoladzie. Gdy wieczorem zasypiała obok niego na wersalce, pomyślała, że ten ksiądz z Łodzi miał rację.

Do Pabianic już nie wróciła. Mieszkali z Hirkiem w pięknym przestronnym mieszkaniu z łazienką niedaleko ogromnego parku. W prawdziwej Warszawie, a nie na jakimś tam osiedlu, gdzie autobusy kończą bieg. Wcale nie nalegała na ślub. W Warszawie można mieć dzieci bez ślubu. Kogo to obchodzi. Tak myślała aż do dnia, kiedy Hirek wrócił wieczorem z zebrania tej swojej partii i opowiedział jej o rozmowie z sekretarzem, który jest „bardziej upierdliwy niż papież w Rzymie". Zrobili dwa śluby. Jeden partyjny w Warszawie, a drugi prawdziwy w kościółku na wsi pod Pabianicami. Hirek był bardzo obrotny. Tak szybko wszystko zorganizował, że ich Weronika nie urodziła się jako bękart.

Hieronim Zasuwa przetrwał w partii wszystkie katastrofy. I Gierka, i 1976 rok w Radomiu, i „struktury poziome", i stan wojenny, i nadejście wolnej Polski. Zawsze robił to, co podpowiadała mu intuicja. W międzyczasie w Wilanowie kupił tanio teren rolniczy, który później przekwalifikowano na działkę budowlaną, kilkanaście razy zmienił samochód na nowszy lub większy, nauczył dogadywać się po angielsku, wykształcił córkę i nawiązał cenne kontakty. Najważniejszy w 1988 roku z właścicielem firmy polonijnej magistrem Zdzisławem Pętlą. Przedsiębiorstwo Pętli prowadziło szeroko zakrojoną działalność gospodarczą polegającą na kupowaniu czegoś taniej na przykład w Turcji i sprzedawaniu drożej na przykład w Budapeszcie, aby za wypracowany zysk nabyć większą ilość odtwarzaczy wideo w Wiedniu i jeśli w tirze było jeszcze miejsce, wepchnąć tam kilka palet dezodorantów Limara i Bac. Ta znajomość wyraźnie się pogłębiła, gdy któregoś wieczoru w warszawskim hotelu Victoria Hieronim Zasuwa poznał Pętlę ze swoim dobrym kolegą, wyższym rangą pracownikiem urzędu celnego. Zasuwa w głębi duszy przeczuwał, iż tylko wolny rynek i kapitalizm mogą wyprowadzić Polskę na prostą. Podobne poglądy wyznawał także Zdzisław Pętla, tylko że on wprowadzał je w życie. Rozmawiali o tym często w salonie domu Zasuwy w Wilanowie. Tam też Pętla po raz pierwszy zobaczył Weronikę.

Zdzisław Pętla nie był mężczyzną ani specjalnie wrażliwym, ani wylewnym, ani w ogóle uczuciowym. W dniu spotkania Weroniki uległ jednak niezwykłej przemianie. Można było to poznać po spojrzeniach i cenach prezentów, jakimi ją obdarzał. Ponadto zaczął bywać w Wilanowie nad wyraz regularnie, przestał – w obecności Weroniki – przeklinać, zaczął za to często używać obcobrzmiących słów. Rodzice z radością obserwowali nieukrywaną słabość Pętli do ich córki. Ta radość pogłębiła się na początku roku 1990, kiedy partia, do której należał Hieronim Zasuwa, została rozwiązana. Przygarnięty do firmy Pętli na stanowisko szefa nadzoru ojciec Weroniki wciąż myślał o tym, jak bardzo zmieniłoby się ich życie, gdyby Pętla został jego zięciem. Niezawodna intuicja podpowiadała mu, że bardzo. Haneczka nie musiała zdawać się na intuicję. Ona była pewna.

Największą przeszkodą na drodze do ożenienia Pętli z ich jedynaczką była sama Weronika. Nie ukrywała, że lubi „pana Zdzicha", ale powtarzała też często, że on nie jest „z jej świata". Hanna i Hieronim ubolewali nad tym, że ich niewdzięczna córka wychowana w dobrobycie i rozpieszczona wygodami i bogactwem snuje chore mrzonki o intelektualiście po trzech fakultetach bez grosza przy duszy.

Postanowili wspólnym wysiłkiem uczynić wszystko, co w ich mocy, aby nakierować córkę na właściwe tory. Najskuteczniejszym sposobem – o czym po latach nauki w partii szczególnie dobrze wiedział Hieronim – aby wywyższyć jakiegoś małego człowieka, jest pomniejszyć jego konkurentów. Dlatego też nie ustawał, w niewzruszonym sojuszu z ma łżonką, w dyskredytowaniu wszystkich młodych mężczyzn, którym Weronika okazywała więcej niż tylko sympatię. Nie osiągali jednakże prawie żadnych sukcesów. Młodzi mężczyźni wprawdzie znikali, ale miłość do Zdzisława Pętli albo chociaż rozsądek – nie nadchodziły.

Gdy stracili już wszelką nadzieję, wydarzyło się coś zupełnie nieoczekiwanego. Weronika nagle bardzo posmutniała. Schudła, przez trzy miesiące praktycznie nie wychodziła wieczorami z domu, zamykała się na godziny w swoim pokoju i słuchała jakiejś psychodelicznej muzyki. Potem zaczęła pojawiać się w salonie, gdy Pętla przyjeżdżał do Wilanowa. Była dla niego nadzwyczaj miła, nawet zalotna. Obserwowali tę cudowną metamorfozę z ogromną ulgą i nadzieją. Podobnie jak Zdzisław, którego uczucia nabrały nowej siły i który znów uwierzył, że może posiąść także ładną kobietę czytającą książki.

Miesiąc później, w niedzielę, Zdzisław Pętla przyjechał do Wilanowa większym niż zwykle samochodem. Najpierw do salonu wkroczył rosły pracownik z działu ochrony jego firmy, niosąc ogromny kosz z kwiatami, a za nim Zdzisław ubrany w smoking i lakierki. Zanim zasiedli do obiadu, Pętla odczytał z kartki tekst, w którym poprosił rodziców Weroniki o jej rękę, a następnie usiadł obok niej. Hanna Zasuwa miała łzy w oczach, a Hieronim Zasuwa, zacierając ręce, powiedział: „No co ty Zdzichu? Jasne, że tak".

Ślub Weroniki Zasuwy ze Zdzisławem Pętlą odbył się w tym samym urzędzie, w którym połączyli się węzłem małżeńskim rodzice panny młodej. Weronika na najważniejsze pytanie odpowiedziała krótko „tak" i nerwowo poprawiła welon. Ewentualne dzieci miały nosić nazwisko Pętla.

Weronika Zasuwa-Pętla nie planowała mieć dzieci z mężczyzną, którego poślubiła. Prawdę mówiąc, ślubu także nie planowała. Wyszła za mąż głównie po to, aby zemścić się na pewnym brodatym poecie z polonistyki, który ją najpierw oczarował, uwiódł, omamił i rozkochał w sobie, potem okłamał na wszystkie możliwe sposoby i naobiecywał Bóg wie czego, a na koniec porzucił jak zabawkę, która się znudziła.

Trwa w tym małżeństwie już ponad dziesięć lat. Z konformizmu, dla świętego spokoju rodziców, z poczucia obowiązku, z lenistwa, a ostatnio z przyzwyczajenia do wygody, luksusu i wolności, bo pieniądze i czas dają przecież wolność największą. Mieszka w wielkim domu z ogrodem i przychodzącym na każde wezwanie ogrodnikiem, nie musi pracować, spędza wakacje na egzotycznych wyspach, wydaje pieniądze w egzotycznie drogich sklepach, spowalnia starzenie się najróżniejszymi zabiegami w ekskluzywnych sanatoriach, azjatyckimi masażami i drogimi substancjami wstrzykiwanymi pod skórę, może czytać książki, kiedy tylko chce, chodzić na premiery w teatrach i operach, bywać na wernisażach, oglądać pokazy mody, słuchać wykładów i prelekcji. Żyje jak arystokratki z powieści Tołstoja, tylko że w innych czasach. Za to niekiedy musi, podobnie jak te arystokratki, sypiać ze swoim mężem oraz skrupulatnie dbać o nienaganną reputację w złaknionym skandali światku. Dobrze jest też regularnie mówić mężowi, że jest „najważniejszy i najlepszy na świecie" i że „spotykając go, spotkała swoje największe szczęście". To nie było akurat ani niczym nowym, ani dziwnym, ani trudnym. Nauczyła się tego w dzieciństwie od matki.

W tym uregulowanym i nieomal całkowicie egoistycznym życiu najbardziej ceniła sobie wolność. Męża najskuteczniej uspokajała pełną gotowością do pożycia małżeńskiego, gdy tylko go zapragnął, nauczyła się nawet perfekcyjnie udawać, że owo pożycie sprawia jej przyjemność. Nie było specjalnie wyrafinowane i najczęściej ograniczało się do krótkich aktów seksu oralnego, które w zupełności go zadowalały i których pragnął niezbyt często, ponadto – na szczęście – bardzo dużo podróżował. Prowadziła się nienagannie, stawiając na szczegółowe planowanie, ostrożność i pełną dyskrecję.

Z pewnością nie była jednak Anną Kareniną, gdy ponad rok temu w połowie czerwca na peronie dworca Warszawa Centralna poznała magistra Andrzeja Wyspiańskiego, asystenta w katedrze filologii klasycznej jednej ze szkół wyższych w Krakowie. W zasadzie unikała poruszania się polskimi pociągami, jednakże dla ekspresowego połączenia Intercity do Krakowa robiła wyjątek. W porównaniu z podróżą tym akurat pociągiem jazda samochodem była nieporównywalnie dłuższa i o wiele bardziej męcząca.

Andrzej Wyspiański dotykał swoimi udami jej pośladków, gdy tłoczyli się przy wejściu do wagonu numer cztery. Odwróciła głowę i zobaczyła smutne niebieskie oczy wysokiego młodego mężczyzny z krótko przystrzyżoną czarną brodą. Przeprosił ją i zupełnie nieadekwatnie do sytuacji powiedział poetycko coś o „sile napierającego spoconego tłumu". Nosił okulary, miał niski głos i nawet gdy się uśmiechnął, smutek nie zniknął z jego oczu. Oblała się gorącym rumieńcem. W jednej krótkiej chwili powróciły wspomnienia o upokorzeniu, bólu, poniżeniu i desperacji, które stały się jej udziałem, gdy jak zużytą ścierkę wyrzucił ją ze swojego życia tamten student. Mężczyzna za nią był uderzająco do niego podobny. Gdyby nie był tak wysoki i miał bliznę na brodzie, po lewej stronie tuż pod wargą, pomyślałaby, że to on, tylko starszy. Nie wiedzieć czemu przyszła jej do głowy na pozór absurdalna myśl, że to podobieństwo nie jest przypadkowe i nie ogranicza się jedynie do wyglądu.

Kiedy po wejściu do pociągu skręciła w lewo, aby poszukać swojego miejsca w przedziale pierwszej klasy, on przecisnął się przez drzwi i zniknął w sąsiednim wagonie. Nie mogła przestać o nim myśleć. Nie była w stanie skupić się na czytaniu, nie miała ochoty przysłuchiwać się rozmowom w przedziale. Przepełniała ją ciekawość i rodzaj ekscytującego przeczucia, które jej ojciec nazwałby „niezawodną intuicją". Założyła słuchawki, włączyła muzykę z telefonu.

Gdy pociąg minął Radom, stwierdziła, że musi napić się wódki. Przecisnęła się do wagonu restauracyjnego. Przed częścią ze stolikami nakrytymi obrusem znajdował się bar z przeszkloną witryną. Przy barze, plecami do niej, stał z przewieszoną przez ramię wytartą skórzaną torbą Andrzej Wyspiański.

Natychmiast ją rozpoznał. Zaczęli rozmawiać, w pewnej chwili zapytał, czy „pomimo potwornego gorąca" może zaprosić ją na herbatę. Gdy płacił, zabrakło mu dwóch złotych. Zawstydził się i tłumaczył roztargnieniem. Dołożyła te dwa złote, czując nagłe *déjà vu*. Poecie także na początku brakowało do rachunku. A na końcu ona za wszystko płaciła, chociaż to on ją zapraszał. Kolejne *déjà vu* dopadło ją, kiedy zgodził się jej towarzyszyć w części restauracyjnej, przy stoliku, na którym stał brzydki wyszczerbiony wazonik z plastikowym goździkiem. Mówił językiem i tembrem tamtego poety! Miał identyczną intonację, obniżał głos i wzdychał w tych samych momentach, milkł, gdy chciał dać jej czas na refleksję, aby móc z podziwem przeglądać się w jej oczach. W pierwszej chwili zrezygnowała z wódki, sądząc, że zareagowałby dezaprobatą, szczególnie że Weronika piła jak ojciec, tylko czystą, bez mieszania z czymkolwiek, jednym haustem, do dna. Potem zauważyła, że Andrzej nie zwraca uwagi na to, co ona robi. Jest absolutnie skupiony na tym, aby „wygenerować" (jego ulubiony czasownik) w niej zachwyt dla swoich słów i swojej osoby. To nie było żadne *déjà vu*. To była starsza kopia poety, który posiekał ją kiedyś na kawałki i na którym chciała się zemścić w naiwnym młodzieńczym przekonaniu, że jej ślub ze Zdzisławem Pętlą go dotknie. Poeta potrafił kochać, to święta prawda. Ale tylko siebie. Przepiękną, wierną i sentymentalnie romantyczną miłością własną. A ona? Ona padła ofiarą jego bezprzykładnego cynicznego narcyzmu. Potrzebował jej – i pewnie wielu innych kobiet przed nią i po niej – aby się upewnić, że jest wielki, że jest bożyszczem, że jest niepowtarzalny i najmądrzejszy. Nie mogło być przecież inaczej, jeśli wszystkie tak szlochały i tak boleśnie cierpiały, gdy je porzucał. Wstrętny mizogin, przekonany, iż kobiety przyszły na świat tylko po to, aby go wielbić.

I gdy tak patrzyła na tę wierną kopię tamtego poety i słuchała tego arcynarcyza o nomen omen poetycko brzmiącym nazwisku Wyspiański, po trzeciej kolejce wódki bez zakąski, w wagonie restauracyjnym pociągu Intercity relacji Warszawa–Kraków, postanowiła, że skoro wtedy nie mogła dostać miłości za darmo, to teraz ją sobie kupi. I to za pieniądze męża. A gdy już ubije interes, pobawi się nią trochę, jak nowym interesującym gadżetem. A potem wrzuci na dno kartonu, przykryje schodzonymi butami dla biednych kobiet w Afryce, wyniesie do piwnicy, postawi na podłodze za regałem, zastawi wekami na zimę i zapomni na kilka lat, a może i na zawsze.

Zaczęła kupować już w pociągu. Odchylała głowę do tyłu, odgarniała włosy z czoła, oblizywała wargi, rozpięła dwa guziki bluzki, a potem jeszcze dwa, aby na pewno mógł dostrzec krawędź stanika. Udawała zaniemówienia, otwierała szeroko oczy w odgrywanych zadziwieniach, trzepotała rzęsami, wzdychała głośno, prężąc nowiutki biust przed czterema miesiącami uformowany w węgierskiej klinice. Gdy jakiś kolejarz z wadą wymowy oznajmił przez głośniki, że „wkrótce pociąg dotrze do stacji końcowej Kraków Główny" i poprosił pasażerów, by sprawdzili, czy w przedziałach nie pozostał bagaż lub rzeczy osobiste, a potem przeczytał to samo z kartki w języku przypominającym angielski, zaniepokoiła się. Nie było już czasu na czwartą wódkę, Wyspiański jak w transie pisał własne

*Wesele* z przewidywalnym tańcem narcyzów w ostatnim akcie, a ona przypomniała sobie, że zostawiła walizkę w przedziale. Nie miała wiele czasu na dokończenie tańca godowego. Skupiła się i zapatrzyła w jego oczy z największym podziwem, jaki mogła z siebie wykrzesać. Dotknęła – jak gdyby nieopatrznie – palcami jego dłoni, a potem zsunęła szpilki i gołą stopą pogłaskała pod stołem jego łydkę. Na krótką chwilę przestał mówić, spojrzał na nią bez większego zdziwienia i szepnął:

– Czy mógłbym pani towarzyszyć dzisiaj wieczorem podczas tego wydarzenia w teatrze?

Od tamtego dnia Andrzej Wyspiański, trzydziestopięcioletni wówczas filolog z Krakowa, towarzyszy jej regularnie, nie tylko podczas wydarzeń teatralnych. Weronika nie nazywa go swoim kochankiem, chociaż zasadniczo do tego sprowadza się jego rola. Fakt, że jest mężatką, nie wywołał w nim specjalnych rozterek. Podobnie jak to, że jest od niego dziewięć lat starsza. Sprawę męża omówili – bez szczegółów – już pierwszej wspólnej nocy, po intensywnych i wyczerpujących zbliżeniach w hotelu Stary w Krakowie, gdzie zaprosiła go do swojego pokoju na kieliszek wina po – jak się okazało, przełomowym dla jej życia seksualnego – spektaklu.

Andy, bo tak do niego mówi i pod taką nazwą kochanek figuruje w jej telefonie, jest złotoustym mówcą oraz humanistą – bo na liczeniu i prawach fizyki zna się raczej słabo – i erudytą. Słuchanie jego kwiecistych monologów na temat wydarzeń kulturalnych z tak zwanej wyższej albo, jak to nazywał, niszowej półki pozwalało jej czasami zabłysnąć jak gwiazda podczas biznesowych rautów organizowanych przez firmę męża, a teraz także i ojca. W trakcie tych rozbłysków słowo w słowo, co do joty cytowała magistra Andy'ego Wyspiańskiego. Zabłąkanym na te popijawy nielicznym intelektualistom, zajmującym się, pewnie z powodu finansowej desperacji, biznesem import–eksport, jej znajomość niszowej, nie tylko polskiej, kultury niezwykle imponowała. Zdzicho robił wówczas najpierw duże oczy, a potem był z niej dumny jak paw w rui. Nabierał przy tym przekonania, że jej „latanie w kółko po tych sklepach z książkami, uniwersytetach i kabaretach w Krakowie" może w określonych okolicznościach wpłynąć na sprzedaż i ceny – na przykład wieszaków z Szanghaju – u polskich hurtowników ze słabością do jakichś pisarzy lub artystów, o których w normalnych gazetach ze zdjęciami i rysunkami nie napiszą.

Ponadto Andy, podobnie jak ona, ale w odróżnieniu od większości mężczyzn, ma bardzo dużo czasu. Jest to niezwykle fortunne, ponieważ praktycznie zawsze potrafi się dostosować do układanego przez nią grafiku schadzek. Kiedyś, ze dwa razy, sam zaproponował spotkanie. Mogła się z nim zobaczyć, nawet – seksualnie wygłodniała – chciała, jednakże dla dobra swojego planu i z ostrożności zdecydowanie odmówiła. Od tego czasu Wyspiański miał świadomość, że w tej dwuosobowej organizacji grafiki kreśli tylko ona. Zastanawiało ją na początku, skąd kochanek ma aż tyle wolnego czasu. Przeważająca większość znanych jej mężczyzn w tym wieku była zajęta mozolnym budowaniem kariery, wytrwałym wspinaniem się na korporacyjne szczyty, stawianiem domów, spłacaniem kredytów, zdobywaniem wieczorowo dyplomu MBA, uczeniem się na kursach kolejnego obcego języka. Tracili poczucie czasu, tracili orientację, stawali się niewolnikami narzuconych sobie planów i – jak kiedyś powiedział jej rubaszny kolega gej, który wyniszczony psychicznie z dnia na dzień porzucił korporację i został szatniarzem w teatrze – przychodził taki moment, że żal im było pięciu minut na masturbację w toalecie, bo mieli akurat zamknięcie kwartału.

Andrzej Wyspiański takich dylematów nie miewał. Nie miał też żadnych kredytów do spłacenia. Mieszkał u zakochanej w nim po uszy mamusi gotującej dla niego obiadki i piorącej jego – wyłącznie białe – majteczki oraz skarpetki. Spokojnie odrabiał swoje niewielkie uniwersyteckie pensum, prowadząc ćwiczenia z gramatyki opisowej języka łacińskiego. Gdy w ciągu wymaganych ośmiu lat nie obronił doktoratu, przenieśli go na etat dydaktyczny, na którym doktoratu robić nie trzeba. W przenosinach pomógł mu jego nieudolny promotor, stary, konserwatywny i nielubiany, ale bardzo wpływowy na uczelni profesor, dla którego Wyspiański od czasu do czasu pisał artykuły i opracowania, milcząco godząc się, aby nie były podpisane jego nazwiskiem. Ponadto poglądy profesora i Wyspiańskiego na temat „bezprzykładnego w historii mordu w Smoleńsku" były niestety identycznie zbieżne. Dlatego też Weronika nigdy nie rozmawiała z kochankiem o polityce w łóżku, po alkoholu czy przy posiłkach. Wraz z przenosinami na etat dydaktyczny Wyspiański został niejako zwolniony z badawczej części pracy naukowej i stał się zwykłym nauczycielem, tyle że trochę starszej młodzieży. On sam oczywiście nigdy się do tego nie przyznał – może także przed sobą – cynicznie twierdząc, że „doktorat to dokument potrzebny miernym naukowcom z kompleksami, bo prawdziwa wiedza i m ądrość obronią się bez zaświadczeń". Zupełnie się z nim nie zgadzała, ale aby go nie rozdrażniać, konsekwentnie unikała tego tematu.

Krótko mówiąc, Andrzej Wyspiański nie miał doktoratu, ale za to dysponował mnóstwem czasu, aby robić to, co lubi. Z pewnością miał czas na masturbację, chociaż nie była mu niezbędna. Był przystojny, w miarę elegancki i bardzo zadbany. Ponadto zarówno dla jeszcze samotnych młodych kobiet po studiach, jak i dla poszukujących „nowego początku" rozwódek z dziećmi i bez dzieci był tak zwaną interesującą alternatywą, bo ze względu na swój status materialny i wyjątkowe lenistwo raczej nie dobrą partią. Miał łatwy dostęp do kobiet w różnym wieku i chętnie z niego korzystał, organizując swoje urozmaicone życie seksualne. Mimo to, paradoksalnie, masturbacja ogromnie go zajmowała. Wyspiański był zapobiegliwym, sprawnym technicznie, empatycznym, cierpliwym, gdy trzeba wyuzdanym, gdy trzeba czułym, otwartym na wszelkie eksperymenty kochankiem. Jednakże w większości przypadków nie osiągał orgazmu, dopóki nie zaangażował swojej ręki. Ani dłonie Weroniki, ani nawet długotrwałe i urozmaicane analnymi penetracjami jej palców *fellatio*, które podobnie jak jej mąż preferował, prawie nigdy nie dawały mu tego, co mógł sobie dać sam. Nie była pewna, ale coś podpowiadało jej, że to kolejny przejaw jego narcyzmu. Nie przeszkadzało jej to szczególnie. Ona orgazmy i następujące po nich odprężenia z nim i przy nim zaliczała prawie za każdym razem.

Od dwóch lat regularnie zdradzała swojego Zdzicha z Andrzejem Wyspiańskim, najczęściej w hotelach w przeróżnych miastach w Polsce i w dwóch miastach na Słowacji, w Bratysławie i w Koszycach. Czasami, gdy nagle naszła ją ochota i znalazł się odpowiednio ustronny las z parkingiem, zdradzała także po drodze, na przednich lub tylnych siedzeniach swojego mercedesa. Tak przydarzyło się i dzisiaj, w upalne południe, kiedy wlekli się po zapchanych szosach z Warszawy do Sopotu. W pewnym momencie, gdy ruszyli po długim czekaniu w kilkukilometrowym korku, dostrzegła wąską piaszczystą drogę prowadzącą w głąb młodego sosnowego lasu. Skręciła. Jechała powoli, omijając głębokie koleiny. Rozglądała się uważnie. Andy zrozumiał jej plan dopiero po kilkuset metrach tego rajdu. A kiedy zrozumiał, zrobił to, co zawsze w takiej sytuacji: zaczął rozpinać pasek. Potem zsunął spodnie oraz nieskazitelnie białe majteczki, sięgnął po jej dłoń, oderwał ją od kierownicy i położył na swoim sterczącym penisie. Kiedy zatrzymała auto na małej porośniętej wysoką trawą polanie, był już całkiem nagi. Wyłączyła silnik, pospiesznie, bez rozpinania guzików ściągnęła sukienkę przez głowę, rozpięła stanik, zdjęła okulary i pochyliła się nad jego kroczem. Po chwili podniosła się, wyłączyła radio i na powrót się pochyliła. Lubiła go słuchać w takich chwilach…

Dotarli do Sopotu około piętnastej. Zatrzymali się w Grandzie. Lubiła ten hotel. Za to, że jest tuż przy plaży i tym molo z telewizji, za to, że właściwymi cenami odstrasza hołotę, i także za spa, w którym masażysta gej z dłońmi czarodzieja robi cuda, masując piersi, brzuchy, plecy, stopy i głowy kobiet. Trzy lata temu spędzała tutaj Wielkanoc ze Zdzichem. Pogoda była zbyt okropna na spacery, a Zdzicho dokuczliwy i bardzo nerwowy. Cały czas wisiał na telefonie w sprawie jakichś dostaw kapsułek na wątrobę z fabryki na Ukrainie, które zatrzymano, podczas gdy on właśnie „kurwa jego mać załatwił megazamówienie" od Auchan. Powtarzał to jak mantrę i co wieczór się upijał. I to ten masażysta, wyłącznie on, uratował jej wtedy święta.

Wyspiański z kolei chodził po korytarzach Grandu jak po kaplicy. Ceny go nie interesowały, bo i tak nigdy za nic nie płacił, odkąd doszło do tego blamażu w pociągu Warszawa–Kraków. Opowiadał jakieś historie, kto tutaj nie nocował, kto tutaj czegoś tam nie stworzył, kto tutaj z kim nie paktował, kogo tutaj nie aresztowali. Nie słuchała go zbyt uważnie, nie mogła pojąć, dlaczego nie pojechali na to trzecie piętro windą. Zgodziła się, bo Andy się uparł, aby „powędrować po kawałku polskiej historii". Ale nie chciała żadnej historii. Jechała kilkaset kilometrów w korkach, była zmęczona, było jej duszno, była spocona i oklejona na udach jego spermą. Marzyła o prysznicu, a nie o spotkaniu z historią. Gdy w końcu postawiła walizkę przed drzwiami pokoju numer 305, odetchnęła z ulgą.

Cieszyła się na ten weekend w Sopocie. Zdzicho i jej ojciec – co było aktem niezwykłej odwagi w jego wieku – polecieli na cztery dni do Pekinu organizować produkcję i ustalać harmonogram dostaw wełnianych zakopiańskich skarpet oraz kierpców przed zimą. Kupiła dla niego w krakowskich Sukiennicach całą walizkę różnych wzorów, aby Chińczycy mieli materiał źródłowy do produkcji podróbek i mogli dostarczyć w miarę pełny asortyment. Z wrodzonej oszczędności oraz ze względu na horrendalne ceny roamingu Zdzicho nigdy stamtąd nie dzwonił, a ponadto tak się szczęśliwie składa, że w Chinach nie ma Facebooka. Wiedziała, że będą mieli z Andym dwie spokojne noce i prawie całe dwa dni.

#305

Andrzej Wyspiański nie czuł się dobrze w małych pomieszczeniach. Ogarniał go nieuzasadniony patologiczny lęk, gdy przychodziło mu przebywać w ciasnych pokojach, wąskich przejściach lub windach. Strach przed utknięciem i brakiem możliwości ucieczki napawał go niepokojem, a w skrajnych sytuacjach doprowadzał do histerycznej paniki. Od dzieciństwa cierpiał na klasyczną klaustrofobię. Długo nie potrafił sobie wytłumaczyć jej pochodzenia. Nigdy nie zamknięto go w żadnej klatce, nigdy nie jechał metrem, które utknęłoby w podziemnym tunelu. Jego fobii nie mogła tłumaczyć trauma. Kiedyś długo rozmawiał o tym z pewnym profesorem psychologii z Poznania. Tłumaczył on klaustrofobię podobnie jak Freud. Lęk Wyspiańskiego może być pozostałością po porodzie. Im dłuższy i trudniejszy poród, tym większe prawdopodobieństwo odczuwania później silnego strachu przed małymi zamkniętymi przestrzeniami. To się w przypadku Andy'ego zgadzało. Jego matka opowiadała, że rodziła go przez ponad dziesięć godzin. Wstrzykiwano jej oksytocynę, dwa razy decydowano się na cesarskie cięcie i dwa razy z tej decyzji wycofywano. Urodził się w końcu normalnie, ale w małej zamkniętej przestrzeni kanału rodnego swojej matki przebywał niespotykanie długo.

Matka zrzucała winę za ten ciężki poród na niego. Po prostu – mawiała – nie chciał przyjść na świat, aby nie być półsierotą. Tak to sobie absurdalnie wytłumaczyła w udawanej nienawiści do jego ojca, który zaistniał w ich życiu tylko w chwili poczęcia. Nigdy potem nie interesował się ani nią, ani synem. Nigdy go nie zobaczył, chociaż matka Andrzeja szukała jego ojca po całej Polsce. I wcale nie chodziło jej o alimenty. Nie znalazła. Może umarł, może wyjechał, może zmienił nazwisko. Andrzej dokładnie pamięta, gdy w któreś jego urodziny, po maturze, zeszło nieoczekiwanie na temat ojca. Wszyscy goście już poszli, matka siedziała przy stole, piła wino, czasami z dwóch kieliszków równocześnie, paliła papierosa za papierosem. Płakała. Mówiła o ojcu Andrzeja jak o kimś, kogo bardzo kochała i kocha, i tak, jak mówi się o kimś, kto dopiero co zmarł. Po tym monologu zrozumiał, dlaczego nigdy nie miał i nigdy nie będzie miał ojczyma. Matka zrelacjonowała mu całą samotność ostatnich dwudziestu lat i nieustanne beznadziejne czekanie: w dzień ich pierwszego spotkania, w swoje urodziny, w Wigilię, w jego urodziny, w Zaduszki przy grobie jego matki. Pewnie uznała, że syn jest na tyle dorosły, aby to zrozumieć. Nie powiedziała o jego ojcu złego słowa. Tylko na końcu tej niezwykłej, pierwszej i ostatniej takiej rozmowy, już mocno pijana, z ironicznym uśmiechem sarkastycznie dodała:

– Przysięgał, że nigdy nie zostawi mnie samej. Nigdy. Tak mówił. Dotrzymał słowa. Zostawił z dzieckiem…

Dlatego od dzieciństwa unikał wind jak ognia. Tutaj, w Grand Hotelu Sopot, także zrobił wszystko, aby na trzecie piętro nie jechać windą. Ostatnie, czego chciał, to przyznać się Weronice do swojej wstydliwej fobii. Zupełnie nie pasowałaby do wizerunku, który od pierwszej chwili konsekwentnie kreował. Dotychczas się to szczęśliwie udawało. Wmówił jej, dawno temu, zaraz na początku romansu, że pokoje hotelowe na parterze są najbardziej ekskluzywne i naprawdę bogaci oraz naprawdę ważni ludzie mieszkali i mieszkają w hotelach wyłącznie na parterze. Szczególnie teraz, w tych niebezpiecznych czasach po jedenastym września. Uwierzyła mu, jak zawsze, a ponieważ bardzo chciała być zaliczana do kręgu ważnych i bogatych ludzi – nie tylko w jego oczach – skrupulatnie dbała, aby ich pokoje w miarę możliwości zawsze znajdowały się na parterze. W ten sposób nie musiał zbliżać się do wind i ujawniać swojej klaustrofobii.

W sopockim Grandzie jednak, w letni weekend w szczycie sezonu, nie było akurat żadnych wolnych pokoi na parterze. Dlatego w desperacji przypomniał sobie wszystko, co wiedział o tym hotelu, i wymyślił historyczną wycieczkę po piętrach. Udając, że nie zauważa zmęczenia i niecierpliwości Weroniki, zatrzymywał się przy drzwiach lub na środku korytarza i snuł opowieści. A tutaj, w jednym z tych trzech pokoi, spał Hitler, i kiedyś Fidel Castro i całkiem niedawno Putin, który w 2009 roku oficjalnie przyjechał na obchody rocznicy wybuchu wojny na Westerplatte, a nieoficjalnie – aby na sopockim molo obgadać z Tuskiem, jak pozbyć się Kaczyńskiego, a najlepiej od razu obu za jednym zamachem. Z kolei tutaj Mrożek, a tam Aznavour, a tutaj Shakira, a w tamtym apartamencie Greta Garbo, a w tym Annie Lennox, a w tym na końcu korytarza Kiepura, a naprzeciwko Józef Cyrankiewicz być może – jak twierdzą kąśliwe plotkarskie języki – ze swoją metresą Ireną Dziedzic, ulubienicą komunistycznej telewizji i nie całkiem komunistycznych widzów.

Kiedy skończyła mu się lista „a tutaj spał, a tam nocował" i ciągle nie dotarli do pokoju 305, przypomniał sobie historię z trzynastego grudnia 1981, z tej pamiętnej nocy, gdy Jaruzelski ze swoją WRON-ą zmienił historię Polski. Jego macki dotarły także do Grand Hotel Sopot. Nie zrażało go coraz większe zniecierpliwienie Weroniki, która szła za nim, w milczeniu ciągnąc swoją walizkę. Zatrzymał się i opowiadał o tym, jak to polska bezpieka zebrała w jednym hotelu śmietankę Komisji Krajowej „Solidarności", która dwunastego grudnia obradowała w Gdańsku, i przeprowadziwszy sprawną akcję, aresztowała. Najpierw oszukano ich, że hotele w Trójmieście są pozajmowane przez uczestników licznych kongresów i konferencji i zaoferowano nocleg w dostojnym Grandzie. Nie wzbudziło to niczyich podejrzeń, bo niby dlaczego miałoby wzbudzić. Nikt nie wiedział, co planuje Jaruzelski na noc z soboty na niedzielę. Większość członków komisji dotarła do Grandu około północy. Spali po kilka osób w jednym pokoju. Wybór Grandu był przemyślanym i sprytnym zabiegiem. Z jednej strony morze, z drugiej łatwa do zablokowania przez milicję i wojsko ulica. Około drugiej w nocy pracownicy bezpieki wyprowadzili kilkadziesiąt osób do czekających na podjeździe i ulicy milicyjnych suk. Skutych kajdankami działaczy wpychali do nysek, a potem rozwieźli do więzień. To tutaj, w Grandzie, zatrzymano Modzelewskiego, Rulewskiego, Kuronia, Mazowieckiego. Do hotelu, chociaż także mieli tam nocować, z jakichś powodów nie dotarli tylko Frasyniuk i Bujak, dzięki czemu uniknęli aresztowania.

Weronika patrzyła na niego bez zwyczajowego podziwu w oczach. W końcu ruszyła szybkim krokiem w kierunku wind.

– Słuchaj, Andy – powiedziała. – Wiesz przecież, że podziwiałam i podziwiam twoją wiedzę. Nie pojmuję jednak, dlaczego musimy robić tę wspinaczkę po piętrach i po historii akurat teraz. Wierzę we wszystko. Gdybyś mi powiedział, że w apartamencie numer 118 miewali seks Bolesław Chrobry z Violettą Villas, też bym uwierzyła. Jestem zmęczona, spocona i chcę jak najprędzej do wanny lub pod prysznic – zakończyła ze zniecierpliwieniem.

Byli na trzecim piętrze. Przeprosił ją, próbował pocałować. Przekonał ją, że prędzej dotrą do pokoju, nie czekając na windę.

Pokój numer 305 był bardzo mały, a jego okna nie wychodziły na ogród i plażę. Andy był zaskoczony, że w hotelu tej klasy są tak małe pokoje. Krótki przedpokój, za nim niewielka klatka, zajmujące trzy czwarte powierzchni małżeńskie łoże, dwa stoliki nocne i wąskie biurko, prawie całe zajęte przez płaski telewizor. Łóżko kończyło się nieomal przy rozsuwanych drzwiach nieoczekiwanie przestronnej jasnej łazienki z przeszkloną kabiną prysznicową.

Weronika rozejrzała się i rzuciła walizkę na łóżko. Zdjęła pospiesznie sukienkę i stanik. Nie miała majtek. Stojąc przed nim zupełnie naga, uśmiechnęła się i powiedziała:

– Musiały zostać w samochodzie, bo drzwi chyba nie otwieraliśmy na tej polanie…

Nachyliła się nad walizką, szukając kosmetyczki. Stała plecami do niego. Lubił na nią patrzeć. Miała niezbyt szerokie biodra i wąską talię. Magiczna była jej pupa. Zaokrąglone jędrne pośladki unosiły się nieznacznie do góry, tworząc kształtne wypukłości. Niekiedy zakładała buty na wysokim obcasie i czarne obcisłe spodnie z zamkiem błyskawicznym z tyłu. Wiele razy widział, jakie wrażenie robi to na mężczyznach. Gdy ją pierwszy raz rozebrał, po tym spektaklu w Krakowie, jej piersi były mniejsze niż dzisiaj. Nie przesadnie małe, ale zauważalnie mniejsze. Nie miała dzieci, wiedział, że regularnie ćwiczy na siłowni, chodziła też na kursy tańca, dawała się często masować, w hotelach pierwsze kroki kierowała do spa, dużo pływała. Rano, na długo przed śniadaniem, kiedy jeszcze spał, ona pływała „swoje kilometry", jak to nazywała. Długo nie zdawał sobie sprawy, że jest od niego dziewięć lat starsza. Dowiedział się o tym przypadkowo, gdy recepcjonistka w hotelu w Bratysławie oddała ich dowody osobiste jemu zamiast jej. On ukrywał przed nią swoją wstydliwą fobię, ona ukrywała przed nim swój wiek.

Jej pupa – teraz wypięta w pochyleniu nad walizką – była o wiele młodsza niż reszta ciała. Sypiał z wieloma studentkami, dotykał i całował sporo młodszych pośladków. Niektóre z tych studentek mogłyby być jej córkami. Pomimo to ich pupy nie umywały się do Weronikowej. Może sypiał z nieodpowiednimi dziewczynami – co było raczej mało prawdopodobne – a może po prostu pupa Weroniki w jakiś tajemniczy sposób wymknęła się naturze spod kontroli. Bo tego, że w odróżnieniu na przykład od piersi i warg jest stuprocentowo naturalna, był pewien.

Weronika zniknęła w łazience. Rozpakował swoją torbę, wyciszył telefon, usiadł na parapecie z książką. W samochodzie, gdy przepychali się w korkach do Sopotu, czytał jej na głos *Żywoty kurtyzan* Pietra Aretina. Bardzo go lubił. Aretino, włoski pisarz renesansowy, który nie stronił od kobiet i młodych chłopców, przedstawił w tej książeczce właściwą swojej epoce swobodę erotyczną. Nie przypadkiem uznawany jest za twórcę literackiej pornografii. Odważnie pisał o nadużyciach kurii i obyczajach duchowieństwa, ale wystrzegał się walki z instytucją papiestwa i dlatego był zawsze mile widziany na watykańskim dworze. W *Żywotach kurtyzan* zawarł sceny jednoznacznie erotyczne, ale erotyzm jest w nich bardziej dowcipny niż wyuzdany. Weronika jednak odczytała taki wybór lektury jako jednoznaczną zachętę i nagle skręciła w boczną drogę, by zatrzymać się na leśnej polanie. Lubił uprawiać z nią seks w samochodzie. Podniecało go ryzyko, że ktoś może ich nakryć, ponadto Weronika była absolutną mistrzynią wyrafinowanego i dzikiego seksu oralnego, który uwielbiał. Tylko w samochodzie w zapomnieniu do krwi kaleczyła zębami jego penisa. W łóżku nigdy. Czasami zazdrościł jej mężowi, że ma to na co dzień.

Weronika lubiła, gdy czytał jej na głos. On także to lubił. Nie tylko zmniejszał dzięki temu stos tytułów do przeczytania na swoim stoliku nocnym, ale przy okazji robił to, o czym marzyła jego kochanka. Od początku traktował ją jako jedną z kochanek. Podczas związku z nią sypiał także z innymi kobietami. Nie oczarowała i nie odczarowała go na tyle, aby chciał z tego zrezygnować. Spotkali się rano w Warszawie pod Dworcem Centralnym, bo niby właśnie przyjechał z Krakowa. Przyjechał na Centralny. To fakt. Jednakże wieczór wcześniej. Całą noc spędził w ciasnym łóżku przysuniętym do zimnego kaloryfera w pełnym wina, poezji, muzyki i blasku świec przytulnym pokoiku na stancji Pauliny Marty, która w Warszawie studiuje na Akademii Teatralnej. Paulina niebezpiecznie go fascynuje, a on ją, jak zawsze, zafascynował już podczas pierwszego spotkania. Dwa miesiące po tym, jak poznał Weronikę. Podczas festiwalu Camerimage w Bydgoszczy, w kolejce po darmowe wino, które roznosili kelnerzy we foyer kina Orzeł. Paulina, dwudziestoośmioletnia brunetka o największych akwamarynowych oczach, jakie w życiu widział. Jedyna kobieta, od kilku dobrych lat, której chciał słuchać częściej niż siebie. Po kulturoznawstwie we Wrocławiu i rocznym stażu Erazmusa w Mediolanie, obecnie studentka Akademii Teatralnej w Warszawie. Mówi po włosku bardziej poprawnie i z lepszym akcentem niż on. Dzisiaj rano, gdy zostawił ją samą w łóżku, nie mogła pojąć, dlaczego nawet w letnią wakacyjną sobotę nie może być cały dzień z nią. Wykręcił się wykładami dla szkoły języka polskiego dla cudzoziemców w Sopocie. To była nawet po części prawda. Latem działała w Sopocie taka szkoła.

– Andy, no co jest? – usłyszał głośne wołanie z łazienki.

To było prawie jak ich hotelowa tradycja. Wchodziła do łazienki i po niedługim czasie wołała „Andy!", a czasami, gdy była w bardziej frywolnym nastroju, „Wyspiański, chodź no tu!". Z tym nazwiskiem to mu się naprawdę udało. Jedyne, co dobrego zrobił dla niego ojciec, to że się tak nazywał. Nazwisko było jedynym pozytywnym śladem, jaki po sobie zostawił. Ale za to na całe życie. Gdy wycieńczoną porodem matkę zapytali w szpitalu, jak nazywa się ojciec, odpowiedziała zgodnie z prawdą: Wyspiański. I tak też wpisali do akt. Chociaż na początku myśleli, że to jakiś żart. Gdyby matka tak bardzo nie kochała ojca i była bardziej asertywna albo nawet mściwa, to Andrzej nazywałby się Kokociński. Nazwisko jak nazwisko, ale Wyspiański – nie miał żadnych wątpliwości – nieporównywalnie lepiej pasowało do niego i jego biografii.

Po „Andy" lub „Wyspiański" wchodził do łazienki i zaczynał ją myć. Albo w wannie, albo pod prysznicem. Na samym początku znajomości z powodu nieopanowanych ataków pożądania często nie zdążał się nawet rozebrać. Teraz już się trochę udomowili, więc przeważnie wchodzi do wanny lub pod prysznic bez swetra i butów. Najczęściej zupełnie nagi, chociaż nie zawsze. Gdy Weronika ma akurat dni płodne, niekiedy jest zbyt niecierpliwa, nie wytrzymuje i wciąga go do siebie jeszcze nie całkiem rozebranego. To wzajemne intymne mycie się nawzajem od początku było jedynie pretekstem. Stanowiło element gry wstępnej, która zazwyczaj stawała się bardziej wyuzdana już poza wanną lub prysznicem. Najczęściej na podłodze łazienki, ale zdarzało się, że docierali na kolanach do łóżka i potem zasypiali zmęczeni w mokrej pościeli.

Dzisiaj było zupełnie inaczej. Gdy wszedł do łazienki, Weronika stała odwrócona plecami, opierając się dłońmi o szeroki parapet. Bez słowa podała mu pudełko z pachnącą cynamonem emulsją. Podniósł jej włosy i delikatnie wcierał krem w jej szyję, potem długo i dokładnie smarował plecy. Uklęknął na marmurowej posadzce i wklepywał krem w jej pośladki, rozsmarowywał na udach. Nie zamienili w tym czasie ani słowa. Czasami tylko wzdychała lub głośniej i szybciej oddychała, czasami robił to on. Po chwili odwróciła się twarzą do niego i usiadła na parapecie. Nie wstając z kolan, przesunął się w kierunku jej skrzyżowanych i zaciśniętych nóg. Podnosiła go, mimo że się opierał, próbując głową rozepchnąć na oścież jej uda.

– Andy, dzisiaj nie, proszę! – szeptała, gdy nie przestawał.

Wstał z kolan, prawą ręką wyciągnął z niej tampon, zaczął całować jej szyję.

Zanim zeszli do restauracji, Weronika spędziła godzinę w spa. Opowiedziała mu najpierw o „cudotwórczych dłoniach" masażysty, który „doprowadza kobiety do ekstazy i to naprawdę wielka szkoda, że jest gejem", a potem zadzwoniła do recepcji, żeby się upewnić, czy ten cudotwórca ma dzisiaj dyżur. Zanim wyszła, zaprosiła go na „najlepsze wino, spacer na molo i kolację we dwoje".

Zawsze go zapraszała – myślał – ale starała się robić to delikatnie, nigdy nie okazywała przewagi. Nie stać go było na świat opłacany przez męża Weroniki Zasuwy-Pętli. Po prostu nie. Nawet nie próbował tego zmieniać. Nie czuł najmniejszego dyskomfortu, gdy ona za wszystko płaciła. Opowieścią o pogardzie dla bogacenia się bardziej uspokoił siebie niż ją. Pamięta tę rozmowę. Milczała, gdy opowiadał o wolności, jaką daje, jak to górnolotnie nazwał, „nieposiadanie". Oczywiście przepastna asymetria jej bogactwa i jego ubóstwa go drażniła, ale nie uważał, że musi coś w związku z tym zmieniać. Nie będzie brał idiotycznych korepetycji z kretynami, aby zaprosić ją do Marriotta na brunch lub na przelot prywatnym samolotem nad Warszawą, co mu dwa miesiące temu jako „ogromną niespodziankę" zafundowała. W małym samolociku po raz pierwszy w życiu posikał się ze strachu, jak skazaniec przed rozstrzelaniem. Dobrze, że jego prochowiec zakrył mokre do kolan spodnie. Ona myślała, że zaniemówił z wdzięczności, a on nie otwierał ust, aby przypadkiem nie zwymiotować z przerażenia.

Weronika chciała jedynie, aby ją kochał. Wydawało jej się przy tym chyba, że może sobie kupić jego miłość. Oczywiście, że jej nie kochał. Oprócz matki nie kochał dotychczas żadnej kobiety. Kiedy jednak zrozumiał, że dla Weroniki takie deklaracje są ważne, postanowił w regularnych odstępach czasu wyznawać jej miłość. To było tak bezdennie kiczowate, jak kiczowate są wierutne kłamstwa napalonego nastolatka, który bezsilnym „kocham cię" chce przekonać nastoletnią koleżankę, aby zrobiła mu w końcu loda. Pomimo że akurat to Andrzej miał od samego początku, i tak wyznawał. Przy kochance tak mocno przykutej do portfela męża, dojrzałej, prawie przed menopauzą, stroniącej od rozmnażania – nie było to specjalnie ryzykowne. Wynikające z omamienia jej miłością greckie tragedie i alimenty w ogóle nie wchodziły w grę. Konstatacja, że w gruncie rzeczy stał się żigolakiem, wcale go nie przeraziła. Męska prostytutka, no cóż, praktycznie każda kobieta, która nie jest samotna, prędzej czy później staje się kurtyzaną. Małżeństwo – tak uważał – to także rodzaj prostytucji, uświęconej społecznie, a nawet religijnie, obojętnie jak bardzo chciałoby się temu zaprzeczyć. Weronika, małżonka Zdzisława Pętli, stanowiła najlepszy tego przykład.

To fakt, jest wspierany finansowo – w zakresie większym niż to według norm społecznych przyjęte – przez kobietę, zazwyczaj starszą, w zamian za kontynuowanie znajomości. Definicja pasuje do niego jak ulał. Znajomość kontynuuje, ponieważ oprócz korzyści materialnych sprawia mu to radość i dostarcza uciech, nie tylko cielesnych. Dzięki tej relacji zwiedził wiele miast i miasteczek w Polsce i za granicą, degustował niesłychanie drogie dania w niesłychanie drogich restauracjach, pijał wina starsze od siebie, słuchał muzyki, siadując w pierwszych rzędach najdostojniejszych sal koncertowych w kraju, nosił i nosi niekiedy dekadencko drogie ubrania i nie wyobraża sobie, że mógłby nosić inne. Pamięta, jak go ubrała, nie chcąc wprawiać w zakłopotanie. To było miesiąc po ich pierwszym spotkaniu. Przyjechał do Warszawy celebrować miesięcznicę. Zamieszkali w wytwornym apartamencie w Bristolu. W dębowej szafie wisiały trzy garnitury, dziesięć koszul i pięć krawatów, na dolnej półce stały trzy pary butów. Wmówiła mu, że w niektórych pokojach jest to wliczone w cenę noclegu, jeśli spędzi się w hotelu trzy noce. A on w to naiwnie uwierzył.

Jest żigolakiem, ale takim bardziej akceptowalnym, dostojnie młodopolskim. Wtedy, na przełomie wieków, takie relacje otaczał nimb szlachetności, a nawet dobroczynności. Wielu poetów i pisarzy cierpiałoby głód i chłód, gdyby nie zauroczone nimi bogate arystokratki i mieszczanki z pełną kiesą. Natomiast z pewnością nie jest żigolakiem współczesnym. Nowobogacka wykształcona córka byłego partyjnego aparatczyka i bogobojnej pracowitej szwaczki, wżeniona w kapitał cwaniaka, który umiał się załapać na szarą strefę po reformie Balcerowicza, obdarowuje dobrami biednego wykształciucha. Tak by to określił. To nie jest żaden – jak to się teraz nazywa – sponsoring. Nie świadczy jej usług seksualnych za pieniądze czy jakiś konkretny towar. Nie oczekuje od niej zadośćuczynienia, a ona chyba nie poczuwa się do sponsorowania go. Seks się im jedynie zdarza. Jest to przyjemne, rozkoszne i satysfakcjonuje obie strony. Z pewnością nie stanowi elementu umowy barterowej. Jest mu w tej relacji wygodnie i komfortowo i – choćby przemądrzali psychoterapeuci po stokroć temu zaprzeczali i wyszydzali takich jak on – wcale nie czuje się wykastrowanym eunuchem ani, przeciwnie, udostępniającym swojego penisa samcem na zawołanie. Jest normalnym mężczyzną, tyle że niezamożnym. Nie ma rozterek moralnych z powodu swojej poligamiczności. Gdy spotka odpowiednią kobietę, tę jedyną, i się w niej zakocha, wszystko się odmieni. Nie jest to zbyt oryginalne myślenie. Większość znanych mu mężczyzn w jego wieku poszukuje tej jedynej, a po drodze przesypia noce w różnych łóżkach. On w bardzo wygodnych.

Nie wie, jak zakończy się ten związek. Ale ma pewność, że nie stanie się przedmiotem banalnego wyboru między mężem a kochankiem. Weronika z jakiegoś powodu chce być kochana przez dwóch mężczyzn, a może nawet więcej niż dwóch. Nigdy tego nie dociekał. Jej bogaty Zdzicho kocha ją z pewnością. Na swój sposób, ale kocha. Wyczytał to między wierszami z jej licznych opowieści. Z kolei on tylko jej wmawia, że ją kocha. Bo ona tych wyznań potrzebuje. Gdyby jednak miała wybierać, z pewnością pozostałaby z Pętlą i nie byłaby to pętla na jej szyi. Bo dla Weroniki romantyczna miłość jest tak naprawdę drugoplanowa. To też wyczytał między wierszami i to go chyba najbardziej uspokajało. Nie zginie w melodramatycznym pojedynku jak Puszkin z powodu jakiegoś flirtu, który przerodził się w hotelowy romans. I nie porani go śmiertelnie nożem nasłany przez Zdzisława Pętlę najemnik. Gdy przyjdzie co do czego, Weronika dokona właściwego wyboru i nie po to, aby ochronić swojego kochasia, lecz by ocalić siebie i swój sposób na życie.

Z zamyślenia wyrwało go głośne pukanie. Weronika, ubrana w rozchylający się na piersiach frotowy szlafrok, stała w drzwiach z zieloną butelką w dłoni.

– Nie chciałeś mnie wpuścić, Andy? – zapytała kokieteryjnie.

– Myślałem o tobie intensywnie i chyba wyłączyłem słuch – odparł spokojnie, rozwiązując powoli pasek szlafroka.

– Jesteś nienasycony. Jak ten prawdziwy Wyspiański – szepnęła i popchnęła go w kierunku łóżka. – I co ci w związku z tym przyszło do głowy, Andy? Tak w największym skrócie?

– Możesz nie wierzyć, ale nasza miłość...

Około godziny później wyszli z hotelu i trzymając się za ręce, a niekiedy obejmując, spacerowali po zatłoczonym molo. Gdy mijali pełną jachtów przystań Marina Sopot, Weronika nie potrafiła ukryć zachwytu.

– Kilku partnerów biznesowych Zdzisława parkuje tutaj swoje żaglowce – mówiła podniecona. – Dwóch dorobiło się fortun na zleceniach od wojska. Zdzichu też chciałby handlować z armią. Tam są nieskończone pieniądze i nikt o nic się nie targuje. Trzeba się jednak nachodzić i wypłacić przy ustawkach przetargów. Ale potem to już hulaj dusza. Mój ojciec przegląda ostatnio partyjne „albumy z wyjazdów na kolonie i obozy", jak to śmiesznie nazywa, aby wyszukać starych towarzyszy, których synowie lub córki tam pracują. Jak coś znajdzie, to może kiedyś i mój żaglowiec tutaj przypłynie. – Zachichotała głośno.

– Oj Nika, Nika, co ty wygadujesz? To po pierwsze nie są żadne żaglowce, a po drugie nie parkują, tylko kotwiczą – zaśmiał się. – Poza tym znasz moje zdanie na temat korupcji i komuszej sitwy. Nie prowokuj mnie…

– Jakiej korupcji? Jakiej sitwy? To tylko koleżeńska pomoc i doświadczenie życiowe. Jak mawia mój tato, cytuję: „Urzędnicy są jak kobiety, lubią jasne sytuacje. Jeżeli ty nie powiesz jej, że ją kochasz, zrobi to ktoś inny" – powiedziała ze śmiechem. – Nie denerwuj się, Andy – dodała, wzięła go za rękę i pociągnęła w stronę przystani. – Chodźmy wypić szampana za mój przyszły, no… za moją łódkę.

Oparli się o pomalowaną na biało drewnianą barierkę wzdłuż betonowych schodów prowadzących na keję. Weronika wydobyła butelkę z torby. Korek wyskoczył z hukiem i wpadł do wody. Wzięła łyk prosto z butelki i postawiła ją przed Andym. Patrzyli na jachty kołyszące się na falach.

– Ponieważ jesteśmy na tym molo, Andy – odezwała się w pewnej chwili – to ja cię na tę okoliczność o coś zapytam. Wprawdzie niezbyt uważnie przysłuchiwałam się temu, co opowiadałeś, przeciągając mnie z walizką po piętrach w Grandzie jak przewodnik wycieczki, ale jedno usłyszałam dokładnie. O co ci szło z tym Putinem i Tuskiem, którzy tutaj obgadywali, jak się pozbyć Kaczyńskiego? Którego Kaczyńskiego? Co to za kolejna spiskowa brednia, Andy?

Spojrzał na nią ze złością i natychmiast odsunął butelkę od ust. Jak zawsze, gdy był zdenerwowany, splótł palce obu dłoni i zaczął mówić cichym głosem. To było dziwaczne. Normalnie poirytowani ludzie podnoszą głos. Jest to często interpretowane jako agresja wymierzona w rozmówcę, chociaż tak wcale być nie musi i często nie jest. Andrzej w napadzie złości wyraźnie ściszał głos, co miało imitować spokój i opanowanie. To był odruch, który przynosił mu same korzyści. Szczególnie w kontaktach z kobietami. Jeśli zdenerwowany przez kobietę mężczyzna tak dobrze potrafi opanować złość, to jest z pewnością empatyczny, odpowiedzialny i szlachetny. Na Weronikę, córkę krzykacza i żonę furiata, ta cecha kochanka działała od pierwszej kłótni.

– To, moim zdaniem, nie jest żadna brednia – mówił spokojnie, patrząc jej w oczy. – Wiele wskazuje na to, że Putin z Tuskiem tutaj, podczas spaceru po tym molo, za naszymi plecami omawiali Smoleńsk. Już wtedy było wiadomo, że prezydent poleci na obchody do Katynia i że samolot ma lądować w Smoleńsku. Takie rzeczy przygotowuje się z dużym wyprzedzeniem. Noc z 31 sierpnia na 1 września Putin spędził w Grandzie. 1 września po śniadaniu miał zaplanowane spotkanie w cztery oczy z Tuskiem. W Grandzie. Ale w ostatniej chwili zmieniono miejsce. Żadnych rozmów w hotelu, w którym można by coś na przykład podsłuchać. Nic z tych rzeczy. Około 9.30 przy wejściu na molo Tusk mocno uścisnął rękę Putina i zaczęli swój historyczny spacerek. Nie było z nimi żadnych ochroniarzy, nie było też tłumacza. Wydaje się, że rozmawiali po niemiecku. Wiadomo, że Putin bardzo słabo mówi po angielsku, ale za to jako były długoletni szpion KGB w Niemczech doskonale zna niemiecki. Zaskoczonych i oburzonych dziennikarzy oczywiście nie wpuszczono na molo. Nie wolno im było się nawet zbliżać i podnosić kamer! Pomimo to są nagrania tego wyjątkowego spaceru. TVN umieścił na molo swoją stację pogodową i to jej dziennikarze sfilmowali przechadzkę Tuska z Putinem. Z dużej odległości jednak i niestety na tle jasnego nieba. Pogoda bowiem była tego dnia słoneczna. Jak 1 września trzydziestego dziewiątego. Gdyby było inaczej, specjaliści od czytania z ruchu warg mogliby odszyfrować poszczególne słowa. A tak, to trzeba przyjąć do wiadomości infantylne kłamstwa premiera Polski, że premierowi Rosji „głównie pokazywał trasę, którą często przebiega jako jogger". Czyli na sopockim molo premierzy chcieli sobie pogwarzyć w cztery oczy o zdrowiu i sporcie. No tak. To nad wyraz prawdopodobne i przekonywające. Ciekawe, co zarejestrował dyktafon Putina. Bo jako profesjonalista ze służb z pewnością miał dyktafon w kieszeni jednorzędowego grafitowego garnituru. Są ludzie, którzy wierzą, że decyzję o rozdzieleniu wizyty w Katyniu na dwie, premierowską i prezydencką w kwietniu 2010, omówiono na molo w Sopocie. To dało Putinowi zielone światło i możliwość zaplanowania…

– Ilu jest takich ludzi, Andy? Ty, twój profesorek oszołom plus jakaś garstka chorych z nienawiś ci pomyleńców?– przerwała mu, podnosząc butelkę do ust.

– Nika, ty w niektórych kwestiach jesteś impregnowana na argumenty – odparł spokojnie. – Ale nie sprowokujesz mnie dzisiaj – dodał z uśmiechem.

– Na takie argumenty to tak, Andy. Takich cudactw nie wymyśliłaby nawet moja moherowa szwagierka, co jeździ regularnie na pielgrzymki do Torunia. Ale masz rację, nie rozmawiajmy już o tym – powiedziała. – I wróćmy do hotelu, strasznie gorąco mi się zrobiło. To pewnie od tego szampana na czczo. Muszę koniecznie coś zjeść. Jest już prawie wieczór. Dokończysz mi czytać Aretina, prawda? Wiesz co? Jesteś o wiele fajniejszy, gdy opowiadasz o łajdactwach męskich.

Hol przy recepcji wypełniony był hałaśliwym tłumem. Andy odprowadził Weronikę do sali barowej rozbrzmiewającej fortepianową muzyką. Zostawił ją przy stoliku i pobiegł do pokoju po książkę. Przebrał się w letni garnitur i świeżą koszulę. Gdy wrócił, na stoliku stały dwa kieliszki wina i pł onąca ś wieca. Weronika kończyła jeść sałatę. Usiadł bez słowa, założył okulary i powoli przerzucał strony książki. Zaczął czytać na głos. Weronika rozparła się wygodnie w fotelu. W pewnej chwili poczuł jej stopy na swoich łydkach. Nie znosił publicznego okazywania czułości. Siedzieli pośrodku półeliptycznej sali. Pod ś cianami ustawione były skórzane sofy. Każdy, kto chciał, mógł dostrzec, co dzieje się pod ich stolikiem. Zamilkł, wsunął nogi jak najgłębiej pod fotel i rozejrzał się wokół. Na kanapie po jego lewej stronie siedziała piękna młoda kobieta z białym kwiatem wpiętym we włosy. Wtulona w ramię mężczyzny, który położył dłoń na jej udzie, rozmarzona słuchała muzyki. Weronika natychmiast zauważyła jego spojrzenie.

– Jest smakowita, prawda? Taka jak lubisz, prawda? Młoda, brunetka z ogromnymi piersiami? – zapytała szeptem. – Dokładnie taką chciałabym mieć z nami w łóżku. Ale tylko na jedną noc. Pamiętaj! – dodała i podnosząc się z fotela, pocałowała go w policzek.

Sięgnął po wino. Zamyślił się. Nie wiedział, czy to był tylko żart, czy wyraz jej perwersyjnych pragnień. Taka sugestia pojawiała się w ich rozmowach nie po raz pierwszy. Dość często powracała. Pamięta, jak któregoś razu w samochodzie w drodze z Krakowa do Szczyrku zebrało się jej na opowiadanie o mężczyznach z przeszłości. Przed ślubem nie było ich zbyt wielu, a o tych kilku po ślubie nie chciała mówić. Na trzecim roku studiów spotykała się ze studentem filozofii z Wrocławia. Widywali się praktycznie tylko w weekendy. To nie była żadna wielka miłość, bardziej chodziło o pełne emocji intelektualne nocne rozmowy w zadymionych klubach lub akademikach, narzekanie na siermiężną Polskę, picie wódki i wina przy punkrocku oraz seks. Przyjaźniła się wówczas z Martyną. Najpiękniejszą, jaką znała, studentką fizyki. Mało kto chciał wierzyć, że tak piękna kobieta mogła wybrać fizykę i skazać się na obcowanie z takimi aseksualnymi nudziarzami jak ścisłowcy. Któregoś razu po polskich rozmowach do rana nocowała w akademiku u Martyny. Zasypiały w wąskim łóżku, na drugim spała jakaś mocno pijana para. W pewnej chwili Martyna wsunęła rękę między uda Weroniki. Potem zaczęła delikatnie całować jej szyję. Nie odrzuciła tej intymności. Pozwoliła rozpiąć sobie stanik i dotykać piersi. Po kilku minutach odwróciła się twarzą do Martyny. Zaczęły się całować. Tak normalnie, jak z filozofem. A potem zrozumiała, że „tylko język kobiety ma w sobie tę wiedzę, której nie posiądzie żaden mężczyzna, nie wiedzieć jak bardzo by się starał". Przez kilka miesięcy sypiała naprzemiennie ze swoim filozofem i z Martyną. Gdy związek z filozofem umarł – bez żadnych tragedii – śmiercią naturalną, sypiała wyłącznie z Martyną, tyle że częściej. Nadal jednak pociągali ją mężczyźni. Nie była lesbijką jak Martyna, była biseksualna. Potem, gdy pojawił się w jej życiu kolejny chłopak, przestała przychodzić wieczorami do akademika. Ale nigdy tego epizodu nie zapomniała. Dotyku Martyny także nie. Tak mu wtedy po drodze do Szczyrku opowiadała, pamiętał to.

– Czytaj dalej, Andy, żartowałam przecież tylko – szepnęła, kopiąc go delikatnie pod stolikiem.

Wrócił do czytania. Weronika przeważnie milczała, tylko niekiedy pytała o szczegóły historyczne. Zawsze fascynował się renesansem, książkę Aretina znał bardzo dobrze, więc po raz kolejny mógł zabłysnąć erudycją. Potem zamówili kolejne wino i gdy brunetka wyszła z baru ze swoim mężczyzną, pośpiesznie przenieśli się na zwolnioną przez nich sofę. Słuchali muzyki wtuleni w siebie. W pewnej chwili do pianisty podszedł przeraźliwie chudy długowłosy mężczyzna z koloratką wokół szyi. Skłonił głowę i zostawił napiwek na fortepianie. Na chwilę zrobiło się bardzo cicho. Kiedy Weronika przysunęła wargi do ucha kochanka – zapewne chcąc skomentować ten gest – poczuł mocne szarpanie za ramię. Podniósł głowę. Przy kanapie, niezauważona jeszcze przez Weronikę, stała Paulina Marta. Spojrzał na nią przerażony. Czuł, jak zasycha mu w gardle i zaczynają mu drżeć powieki i wargi. Potem usłyszał teatralnie głośny wrzask „Andrew, no kurwa twoja mać!" i zobaczył odwracające się w jego stronę głowy wszystkich obecnych. Jak na komendę. Zerwał się z sofy, pociągając za sobą Weronikę.

– Myślę, że będzie lepiej, jeśli wyjaśnimy to sobie w pokoju – wykrztusił.

Gdy wychodzili z baru, pianista zaczął głośno grać jakiś radosny utwór, chcąc chyba odwrócić uwagę gości od zamieszania. Przy windach Andrzej puścił rękę Weroniki i oznajmił:

– Pójdę schodami, to mi pomoże się uspokoić.

Paulina zaśmiała się szyderczo. Próbowała go zatrzymać, ale się opierał, więc zaczęła krzyczeć, nie puszczając jego ramienia.

– Powiedział pani, że ma klaustrofobię i w windzie sika w majtki już na pierwszym piętrze? Powiedział pani, że boi się myszy i pająków? Powiedział pani, że do matury sypiał z matką w jednym łóżku? Powiedział?!

Wyrwał się z jej uścisku i jak oszalały rzucił się w kierunku schodów. W pokoju Paulina rozsiadła się w fotelu. Weronika nie potrafiła znaleźć sobie miejsca. Dreptała nerwowo w tę i z powrotem w wąskim przejściu pomiędzy drzwiami łazienki i łóżkiem, na którym leżała jej bielizna i jego koszula. W końcu usiadła na parapecie. W milczeniu patrzyła w podłogę. Andy stał w progu przedpokoju, jak gdyby obawiając się wejść do środka, gotowy do ucieczki.

– Mam nadzieję, że pani jest zdrowa – szyderczo zaczęła Paulina. – Bo nie chciałabym zarazić się jakąś kiłą lub syfilisem. Andrew to nie prawdziwy Wyspiański, który na kiłę umarł, ale w tych sprawach nigdy nic nie wiadomo. Pani też do niego mówi Andrew? On tak lubi, gdy wystękuję to „Andrew" z akcentem na „ju", robiąc mu laskę. A co pani występuje, jeśli można wiedzieć? Mógłbyś, Andrew Wyspiański, sięgnąć do minibaru i podać mi piwo? Nawet jeśli to będzie, jak przypuszczam – spojrzała na niego pogardliwie – na rachunek tej pani?

Posłusznie wszedł do pokoju, przykucnął przy szafce i wydobył z lodówki dwie zielone butelki. Otworzył je i skierował się najpierw do Weroniki.

– Andy, co się z tobą dzieje? Przecież wiesz, że nie piję piwa. Nigdy nie piłam – powiedziała cicho.

– To ja wypiję dwa, Andrew. Na tej pani koszt – skomentowała zgryźliwie Paulina.

Z butelką przy ustach wskazała palcem jego koszulę leżącą na łóżku i zapytała:

– Pani także zostawia koszule do prania? Do mnie zawsze przyjeżdża z pełnym plecakiem. Ma dużo bardzo drogich koszul. Zawsze mnie to dziwiło, bo on raczej biedak jest. Nie sądzi pani? Teraz już rozumiem, skąd się wzięły. Połowę pierze i prasuje jego mamuśka, a drugą połowę, takie mam wrażenie, przywozi do mnie. I zostawia, a ja mu je potem piorę. Nie w pralni. U siebie w pralce. A potem prasuję, myśląc o nim czule. Pani też? Gdy zabiera czyste i wyprasowane, to mówi mi, że mnie kocha i długo całuje. Pani też tak mówi? Chociaż o miłości to najczęściej mówi w łóżku. Czasami cytuje przy tym jakichś pisarzy, a niekiedy i poetów. Musi pani wiedzieć, że studiuję na Akademii Teatralnej, ale dzisiaj pojęłam, że nigdy nie nauczę się scen miłosnych tak dobrze, jak on je odgrywa. *No fucking way!* Andrew, kochanie, no powiedz pani, że mnie kochasz, proszę! I że tylko mnie. No powiedz, proszę. Najczęściej zbiera mu się na wyznania po ejakulacji. Zauważyła pani tę regularność? Bo ja tak. Jak gdyby chciał tym kłamstewkiem podziękować za wytrysk. Faktem jest, że wyrażać wdzięczność lubi. I robi to bardzo dobrze. Jednakże tylko słowami. Na czyny pewnie nie ma czasu, bo to niezmiernie zajęty naukowiec z miasta Krakowa. Tak mi to przedstawia za każdym razem, gdy chcę spędzić z nim więcej niż jeden dzień i jedną noc. Dzisiaj powinien być zajęty uczeniem polskiego jakichś cudzoziemców. Tak mi opowiadał, wychodząc rano z mojego łóżka. Ale zanim wyszedł, dał mi połknąć swoją spermę. Pani też połyka? Pewnie tak. Inaczej nie bylibyśmy tutaj na tym kiczowisku. On uwielbia rozsmakowane w jego spermie kobiety. Świetnie panią polskiego nauczył. I to w tak krótkim czasie. Naprawdę szczerze gratuluję.

Słuchał tego wszystkiego przerażony i wpatrywał się w kulącą się coraz bardziej w sobie Weronikę. W pewnej chwili usłyszał ciche pukanie do drzwi. Uśmiechnięta pokojówka zapytała, czy „życzą sobie państwo, aby odkryć pościel przed nocą". Zobaczywszy strach i wściekłość w jego oczach, nie czekając na odpowiedź, pospiesznie się oddaliła.

Powrócił na swoje miejsce w progu. Paulina milczała pochylona nad telefonem.

– Słuchaj, Andrew, pamiętasz, jak przesłałeś mi filmik z hotelu w Zamościu? Byłeś tam rzekomo z mamusią. Tak około trzech tygodni temu? Chciałabym go pokazać tej pani, twojej uczennicy. Ten, na którym w łazience, rzekomo boleśnie za mną tęskniąc, mastur…

Nie dał jej dokończyć. Wykrzyknął coś o „bezgranicznym skurwysyństwie" i „niesprawiedliwym sądzie ostatecznym", który nad nim wykonuje „rozczarowana, kłamliwa i wulgarna cipa" i na który on się w żadnym wypadku nie zgadza. A potem wybiegł z pokoju, trzaskając drzwiami.

W barze na dole zamówił dwie butelki wina i poprosił o dopisanie do rachunku pokoju. Najpierw długo spacerował po Sopocie. Nie czuł nic oprócz rozczarowania. Głównie sobą. Dał się przyłapać jak szczeniak! Potem wrócił pod hotel, kilkakrotnie obszedł go dokoła, czekając na telefon od Pauliny z przeprosinami albo od Weroniki z prośbą o rozmowę. Gdy światła w oknach zaczęły gasnąć, otworzył pierwszą butelkę. Przeszedł przez ogród na plażę. Usiadł za wydmą, niedaleko rozłożonego – pomimo nocy – parasola, pod którym całowała się jakaś para. Nie miał pieniędzy na taksówkę. Nie miał pieniędzy na pociąg. Nie miał nawet pojęcia, czy do Sopotu w ogóle dojeżdżają pociągi. Po drugiej butelce poczuł zmęczenie i rodzaj znieczulenia. Para spod parasola zdążyła się oddalić. Usiadł na ich miejscu. Patrzył przez chwilę na fale uderzające o brzeg. Rozłożył marynarkę na piasku. Zadzwonił do matki. Po pierwszym zdaniu wyczuła w jego głosie smutek i to, że jest pijany. Wytłumaczył się przepracowaniem i „katastroficznym nastrojem po lekturze". Opowiadał jej, że spaceruje po plaży i brodząc w wodzie, myśli także o niej.

Gdy zasypiając, okrywał się marynarką, czuł pustkę, nieznaną dotąd obojętność i głód. Pomyślał też, że nikt oprócz matki go nie potrzebuje. A najgorsze jest to, że nikt oprócz niej go nie rozumie. Ale to nie było nic nowego. W jego projekcjach matka zawsze była jedyną kobietą, którą kocha i która ma na tyle życiowej mądrości, aby dzielić go z innymi kobietami. Dla matki, paradoksalnie, zawsze był wyrocznią i probierzem prawdy, chociaż to ona, nikt inny, przyuczała go do kłamania. Aby być takim, jakim go sobie wymarzyła, musiał kłamać. Aby jej nie rozczarowywać, nie zasmucać, nie niepokoić albo – w najlepszym wypadku – aby móc wyciągnąć od niej pieniądze. Maksyma „kłamię, więc jestem", towarzyszyła mu od najwcześniejszego dzieciństwa. Dla matki był jedynym celem życia i spełnieniem wszystkich marzeń. Żeby je spełniać, musiał kłamać. Prawdziwego Andrzejka, ze wszystkimi jego wadami, słabościami, lękami i kompleksami, matka nie powinna nigdy poznać. Nie mógł jej tego zrobić.

Na tej plaży wydarzyło się jednak coś nowego. Zupełnie nieoczekiwanego i zupełnie innego. Nagła fala dziwacznej radości, której dotychczas nigdy nie odczuwał. Układając się do snu na piasku, czuł się jak syn, któremu ojciec po raz pierwszy w życiu spuścił lanie. Takie prawdziwe. Twardym skórzanym pasem. Mocnymi rękami. W tyłek. Do bólu i płaczu. Jak w prawdziwej rodzinie. Najpierwszy raz. Jak prawdziwy ojciec, którego nigdy nie miał. I gdy zasypiał, wepchnął dłoń za pasek spodni i dotykał pośladków, szukając pręg na skórze. Uśmiechał się...

W nocy wielokrotnie się budził. Głównie z zimna, ale także ze strachu. Nigdy w życiu nie spał w miejscu, które nie miałoby twardych ścian, sufitu, podłogi oraz łóżka lub tapczanu. Matka nie wysłała go na żadne obozy harcerskie, wycieczki szkolne, kolonie. Uważała, że jej „jedyny synuś" jest zanadto wrażliwy, aby „dostosowywać się do jakiejś rozwydrzonej hołoty". Potem, gdy dorósł i teoretycznie mógł sam decydować, za każdym razem odwodziła go od takich wyjazdów i nagradzała pieniędzmi lub drogimi prezentami, gdy się podporządkował. A przecież zawsze się podporządkowywał. Podczas studiów, gdy brakowało mu pieniędzy, często sam wymyślał takie wyjazdy, byle tylko móc się „podporządkować". A to z kołem naukowym do Drezna, a to na narty do Czech z grupą z roku, a to na badania archeologiczne – w co też wierzyła – pod Mogilno.

Rano obudził go dotyk przyjemnego wilgotnego ciepła na policzku. Przez chwilę leżał bez ruchu.

– Nie wierz jej, Nika – mówił cicho, nie otwierając oczu. – Ona to sobie wszystko wymyśliła. To intrygantka niespełna rozumu. Myślę, że cierpi na schizofrenię. Przecież wiesz, że tylko ciebie kocham. Wiedziałem, że jej nie uwierzysz i że się martwisz.

Kiedy wyciągnął ręce, aby ją objąć i przytulić, usłyszał głośne warknięcie i poczuł dotkliwy ból pod nadgarstkiem. Otworzył oczy. Wychudzony wyleniały pies z głoś nym skowytem rzucił się do ucieczki. Andrzej zerwał się na równe nogi i uderzył głową o metalowe ramię parasola plażowego. Zaczął wściekle krzyczeć i rzucać za psem garściami piasku. Po chwili przestał, usiadł na marynarce i z obrzydzeniem starł psią ślinę z policzka. Na prawej dłoni, w miejscach gdzie kły przebiły skórę, pojawiły się sine plamy. Czuł złość i poniżenie. Nie mógł uwierzyć, że bierze udział w tej makabrycznej farsie. Pragnął zemsty.

Zerknął na zegarek. Dochodziła siódma. Dokładnie otrzepał marynarkę z piasku, przeszedł przez ogród, wszedł do hotelu i niezauważony przez nikogo zamknął się w łazience na parterze. Obmył twarz, papierem toaletowym dokładnie starł z dłoni ślady krwi. Potem udał się do restauracji. Tak jak się spodziewał, w niedzielę o tej wczesnej porze była prawie zupełnie pusta. W poś piechu jadł śniadanie. Gdy kelnerzy znikali za drzwiami kuchni, wpychał do kieszeni bułki, pomarańcze i jabłka. Po niecałym kwadransie wyszedł, wziąwszy kilka gazet z dębowej szafki przy wejściu. Prześlizgnął się bocznym korytarzem, minął bibliotekę na parterze i wyszedł do ogrodu. Usiadł na ławce, próbował czytać. Co jakiś czas wracał na korytarz, przemykał do recepcji, a potem skradał się przez salę barową do drzwi restauracji i starając się pozostać niezauważonym, wypatrywał Weroniki. Był pewien, że w końcu zejdzie na śniadanie. Skradanie zakończyło się na krótko przed jedenastą. Oparty o framugę drzwi wpatrywał się w stolik pod oknem w głębi sali. Weronika siedziała plecami do niego. Przy tym samym stoliku, naprzeciwko niej, uśmiechnięta, z kieliszkiem szampana w dłoni – siedziała Paulina. Pochłonięta rozmową nie zauważyła go. Kobiety były rozbawione, jadły beztrosko śniadanie, co jakiś czas wznosiły toasty szampanem, niekiedy wybuchały głośnym śmiechem. Przez dłuższą chwilę przyglądał się tej scenie, czując coraz większą wściekłość.

– No kurwa jego mać! Co za popierdolona solidarność wrednych cip! Jebane pizdy! – krzyknął ze złością i uderzył zaciśniętą pięścią o ścianę.

W tym momencie podszedł chudy, wysoki mężczyzna w koloratce. Rozpoznał w nim szczodrego wielbiciela muzyki z wczorajszego wieczoru. Mężczyzna zatrzymał się przed nim. Spojrzał mu prosto w oczy. Tuż za nim stała młoda kobieta.

– Maks, proszę cię. Nie komentuj tego. Nie zniżaj się do poziomu takich wulgarnych szowinistów jak ten pan. Proszę cię… – powiedziała cicho po niemiecku, podchodząc do mężczyzny i chwytając go za rękę.

Zrozumiał ten pogardliwy przytyk. Wystarczająco dobrze znał niemiecki. Zanim jednak sklecił ripostę, para oddaliła się.

*

Wrócił do holu przy głównym wejściu. Przez chwilę stał w pobliżu recepcji. Młoda dziewczyna za ladą uśmiechała się do niego przyjaźnie. Podszedł do niej i skłamał, że zostawił kartę w szparze wyłącznika prądu przy drzwiach.

– Ależ to żaden problem, panie Wyspiański – powiedziała, nachylając się nad klawiaturą. – Zakoduję dla pana nową. W którym pokoju pan u nas rezyduje?

Wbiegł po schodami na trzecie piętro. Zebrał wszystkie swoje ubrania i wepchnął je do torby podróżnej. Spakował kosmetyczkę w łazience.

Łóżko było niepościelone. W skotłowanej pościeli leżała pognieciona jedwabna nocna koszulka Weroniki. Tuż obok porozrywana bielizna Pauliny. Prześcieradło w kilku miejscach miało duże czerwone plamy po szmince. Na stoliku nocnym leżały nadgryzione kawałki pomarańczy i stały dwa kieliszki z resztkami żółtawego płynu i zanurzonymi w nim truskawkami. Na parapecie leżała torebka Weroniki. Wydobył kilka banknotów ze skórzanego portfela i schował do kieszeni. Zadzwonił do recepcji i zamówił taksówkę na dworzec do Gdańska, prosząc o obciążenie rachunku pokoju numer 305. Potem w szufladzie biurka znalazł hotelową papeterię i napisał list.

*Droga Weroniko,*

*nie miałem nieprzyjemności spotkać Zdzisława Pętli, Twojego szczodrego, ale bardzo naiwnego męża. Myślę, że w nadchodzącej przyszłości w żadnym wypadku nie powinno dojść do takiego spotkania ze względu na ogromne rozczarowania i przykrości, które mogłyby być jego wynikiem. Zdzicho powinien dalej żyć w nieświadomości, szczególnie jeśli chodzi o fotografie, które mógłbym mu pokazać. Dla jego dobra, Twojego dobra i także mojego.*

*Po tym, co przeżyłem tutaj ostatniego wieczoru i nocy, moje dobro będzie miało się o wiele lepiej, jeśli przez następne 12 miesięcy (począwszy od sierpnia!) będziesz zasilać moje konto o dobrze znanym Ci numerze sumą, powiedzmy, dwóch i pół tysiąca złotych miesięcznie. Sądzę, że poczynisz w ten sposób spore oszczędności w budżecie Zdzisława.*

*Twój Andy*

Położył kopertę na torebce Weroniki i pośpiesznie zbiegł na dół. Kierowca hotelowego mercedesa stał przed samochodem. Skłonił uprzejmie głowę i otworzył drzwi…

Szymon Eliasz Ksenberger jest polskim Żydem urodzonym na dworcowej ławce w Berlinie Zachodnim. Jego ojciec, Dawid Ksenberger, był przed wojną znanym, szanowanym i niezwykle majętnym jubilerem w polskim wówczas, a teraz białoruskim Brześciu, a matka, Wilhelmina Wittig, niemiecką – wyjątkowo jak na Niemkę urodziwą – zubożałą arystokratką z Królewca, obecnie rosyjskiego Kaliningradu. W pierwszych miesiącach wojny Dawid przyjął nazwisko żony i wraz z nią pośpiesznie przeprowadził się do Elbląga. Uchroniło go to przed wieloma nieprzyjemnościami i uratowało mu życie. W Elblągu nikt go nie znał i nikt nie przypuszczał, że mógłby być Żydem. Wszyscy natomiast wiedzieli, że przyszła matka Szymona jest bratanicą oficera SS Kurta Wittiga, niezmiernie oddanego, szanowanego i cenionego pracownika kancelarii Heinricha Himmlera, prawej ręki Adolfa Hitlera. Na dodatek Wilhelmina – jak wszem wobec i do końca życia rozpowiadała – była daleką krewną Immanuela Kanta. Nie ma na to żadnych konkretnych dowodów, ale nawet ojciec Szymona często się tym chełpił. Faktem jest natomiast, że i Kant, i Wilhelmina urodzili się w Królewcu i że w domowym księgozbiorze Wittigów znajdowały się wszystkie dzieła filozofa, w oryginale, pięknie oprawione w skórę.

Dzięki koneksjom żony Dawid dostał posadę pomocnika księgowego w ratuszu, co pozwoliło Wittigom skromnie, ale spokojnie przeżyć okupację. W styczniu czterdziestego piątego, mniej więcej miesiąc przed wkroczeniem Armii Czerwonej do Elbląga, ojciec Szymona przekupił dwoma pierścionkami koleżankę z pracy i pozyskał dwa akty urodzenia. Jeden na nazwisko Aleksander Grybin, drugi na nazwisko Elena Gafarowa. Daty nie zgadzały się dokładnie, ale wydawały się wiarygodne. Ponadto Dawidowi udało się wydobyć z archiwum akty zgonu tych dwojga. Tego samego dnia je spalił. Usunął z domu wszystko, co żydowskie, i wszystko, co niemieckie. Cenne wydania Kanta zawinął w prześcieradła i schował do drewnianej skrzyni, którą zakopał w piwnicy. Dla pewności przysypał to miejsce węglem. W piwnicy była już zakopana jedna skrzynia – z biżuterią przywiezioną z Brześcia. Kiedy w Elblągu pojawili się polujący na wszystko, co hitlerowskie lub niemieckie, czerwonoarmiści, Grybinowie nie wzbudzali żadnych podejrzeń.

W maju czterdziestego piątego, gdy sowieci opuścili Elbląg i miasto stało się znowu polskie, musieli uciekać. Byli zbyt znani jako Niemcy. Zbyt wielu ludzi mogło sobie przypomnieć zbyt dużo. Pewnej nocy Dawid odkopał obie skrzynie, załadował je na wóz konny, przykrył sianem i ziemniakami i przez trzy dni i trzy noce przedzierał się z rodziną do Bydgoszczy. Wybrał to miasto, bo ani nie było za bardzo polskie, ani za bardzo niemieckie. Znalazł małe mieszkanie na poddaszu w Fordonie i zatrudnił się jako czeladnik w państwowym warsztacie jubilerskim. Tak przetrwali do pięćdziesiątego pierwszego. W styczniu pięćdziesiątego drugiego pojechał autobusem rozeznać się w Warszawie. Doszły go słuchy, że Żydzi znowu się organizują. W czerwcu otworzył na Mokotowie mały i skromny – aby nie drażnić komunistów – warsztat jubilerski. Wrócił do nazwiska Ksenberger. Tym razem Daniel. Z imienia Dawid postanowił jednak zrezygnować.

Pod koniec października pięćdziesiątego szóstego nieoczekiwanie nadeszła odwilż polityczna. Nagle wolno było mówić i robić o wiele więcej niż we wrześniu. Wiosnę jesienią sprowadził do Polski Gomułka, „mąż naszej, Żydówki", jak ze swoistą – nieuzasadnioną, jak się wkrótce okazało – dumą rozgłaszano w warszawsko-krakowskich środowiskach syjonistycznych. Liwa Szoken, później Zofia Szoken, a na końcu Zofia Gomułkowa, miała wprawdzie jakieś żydowskie korzenie, ale w pierwszej kolejności była zatwardziałą komunistką całkowicie podporządkowaną jeszcze bardziej skomuszałemu mężowi. Swoją drogą ciekawe, jakie rozmowy – jeśli w ogóle – prowadziła z „towarzyszem Wiesławem" podczas bezprzykładnej antysemickiej hucpy w marcu sześćdziesiątego ósmego.

Otumaniony euforią polskiego października Dawid Ksenberger postanowił otworzyć skrzynie ukryte w piwnicy. Część biżuterii, korzystnie i bez wielkich targów, sprzedał pewnemu niezwykle majętnemu Żydowi ze Szwecji. Wkrótce potem zakupił zrujnowany warsztat na Krakowskim Przedmieściu i przerobił go na lokal, jak wtedy nazywano restauracje. Oficjalnie było to „gospodarcze przedsięwzięcie rodzinne", bo tylko takie – według przyjętej ideologii – wykluczało wyzysk. W urzędzie musieli mieć niezły ubaw, gdy czytali w podaniu, że wszystkie kucharki, kucharze, kelnerzy, a nawet stara szatniarka, to jego kuzyni, szwagrowie i wujostwo.

Na stołach były zawsze świeże białe obrusy zamiast ceraty, z kuchni nie śmierdziało bigosem, w toalecie zamiast gazet był papier toaletowy, wódkę – jako pierwszy w Warszawie – podawał schłodzoną lodem, na karcie oprócz mięsa bywały ryby przywożone prosto z Helu, przy wejściu leżały gazety, kelnerzy i kelnerki się uśmiechali, w szatni pachniało francuskimi perfumami, a w sobotnie wieczory do kotleta grała orkiestra. Odkąd się rozniosło, że „u Daniela na Krakowskim grają prawdziwy amerykański jazz", do jego restauracji zaczęli przybywać pisarze, artyści, dziwki i esbecja. Partyjni politycy niestety także. Pewnego wieczoru, zupełnie bez zapowiedzi, pojawił się sam Józef Cyrankiewicz. Premier. Ten od „odrąbywania rąk przez władzę ludową w interesie klasy robotniczej". Ulubieniec Moskwy, który wypielęgnowaną dłonią podawał ogień samemu Stalinowi, co swego czasu wszystkie gazety w Polsce skwapliwie pokazały na fotografii. W lokalu pojawił się bez świty, z żoną, Niną Andrycz. Zapiekły komunista, a przy tym miłośnik kawioru, łososia, francuskiego koniaku i drogich samochodów. Wpadł ot tak sobie, na kolacyjkę z kultową aktorką, którą dzisiaj pewnie nazywano by seksbombą. Na dodatek, najprawdopodobniej rozbudzony widokiem Andryczówny i alkoholem, głośno oklaskiwał graną do radzieckiego kawioru muzykę amerykańskiego imperialisty, Duke'a Ellingtona. To była chyba pierwsza zapowiedź klęski. Drugą był show odegrany w lokalu Ksenbergera przez Marka Hłaskę. Dla jednych „zapijaczonego pisarzynę i awanturnika bez talentu", dla innych symbol nonkonformizmu, samotnego buntownika, genialnego „wieszcza nowej Polski". Takiego Jamesa Deana znad Wisły. Zresztą tego wieczoru przyszedł ucharakteryzowany na Jamesa Deana. W swetrze, z papierosem w zębach. Otoczony wianuszkiem bardzo młodych kobiet. I do tego już mocno pijany.

Czyste ubikacje, papier toaletowy, francuskie perfumy, amerykański jazz, uśmiechnięci kelnerzy, Cyrankiewicz, Andrycz, Hłasko, kurwy, esbecy, syjoniści, schłodzona wódka nierozcieńczana wodą. Bardziej wymarzona niż oczekiwana wprawdzie normalność, ale wyprzedzająca przyszłość o minimum dwie epoki. To nie mogło się udać.

I się nie udało. Sześćdziesiątego pierwszego przed Wigilią ktoś odłączył prąd. Przed balem sylwestrowym wodę. Dawid Ksenberger musiał zamknąć lokal i oddać pieniądze. Wstydzić się, tłumaczyć, przepraszać, upokarzać. Na początku stycznia, w nocy przed Świętem Trzech Króli, pod kamienicę, w której mieszkał, podjechały trzy samochody. Esbecja, podobnie jak NKWD, zawsze wyciągała zaspanych ludzi z łóżek. W ciągu pierwszego kwadransa tej nocnej wizyty Dawid usłyszał, że jego żona jest bliską krewną esesmana i kolaborantką, on sam nigdy nie nazywał się ani Wittig, ani tym bardziej Grybin, sfałszował za to, w wyniku aktu korupcji, ważne dokumenty dwojga obywateli zaprzyjaźnionego z Polską Związku Radzieckiego, a ponadto posłużywszy się fałszywymi środkami płatniczymi, bezprawnie przywłaszczył sobie konia, wóz, słomę oraz dwa cetnary kartofli należące do chłoporobotnika zamieszkałego obecnie w Elblągu, członka partii, obywatela Jarosława Emila Piętki. Potem nastąpiła długa lista pomniejszych przewinień, jak na przykład „nagminne słuchanie wrogiej wobec Polskiej Rzeczypospolitej Ludowej rozgłośni radiowej Radio Wolna Europa" i „udostępnianie lokalu na ulicy Krakowskie Przedmieście w Warszawie do propagowania i rozpowszechniania imperialistycznej ideologii w postaci i formie nagłaśniania szkodzących państwu ludowemu utworów muzycznych określanych jako wytwór prześladowanej części społeczeństwa Stanów Zjednoczonych Ameryki Północnej". Ponadto „rozpowszechnia wrogą ideologię udostępniając materiały piśmiennicze faszystowskiego propagandzisty, Immanuela Kanta". Już samo to było esbecką bzdurą, ponieważ *Krytykę czystego rozumu* Kanta można było oficjalnie, w pierwszym obiegu, kupić w polskich księgarniach.

Potem przeszukano mieszkanie, dwa razy. Gdy nie znaleziono nic konkretnego, jakiś umundurowany milicjant uderzył Ksenbergera pięścią w twarz, a potem w brzuch. Inny w tym czasie wrzeszczał na jego żonę, a w końcu popchnął ją tak mocno, że upadła. Była w ósmym miesiącu ciąży. Miała czterdzieści trzy lata, była wówczas prawdopodobnie najstarszą ciężarną w Warszawie. Spodziewała się długo wyczekiwanego pierwszego dziecka. Dawid ocierał krew z twarzy. Nie pozwolono mu podejść do płaczącej żony. Poprosił oficera w czarnym płaszczu na stronę, potem na stryszek. Z kasety ukrytej pod podłogą wyciągnął plik banknotów i położył na stole. Oficer rozsiadł się wygodnie w krześle, przeliczył pieniądze i zapalając papierosa, powiedział:

– Zrzeknie się pan lokalu na rzecz władzy ludowej, przyzna się pan do winy, a my pomyślimy, czy dać panu paszport.

Potem wepchnął banknoty do kieszeni, zerknął do kasety i wyszedł.

Tydzień później około piątej po południu pod dom podjechał czarny samochód. Inny esbek, także w czarnym skórzanym płaszczu łudząco podobnym do tych, które nosili gestapowcy, nie wchodząc do mieszkania, poinformował, że pociąg do Berlina odjeżdża o 20.18. Potem podał Dawidowi trzy dokumenty do podpisania i dwa bilety. Mieli dwie godziny na spakowanie się. Mogli zabrać po jednej walizce na osobę. Trzeci dokument, akt przekazania lokalu „administracji miasta Warszawa" był najważniejszy. Dopóki Ksenberger go nie podpisze, nie wyjedzie, „o czym zapewne został już poinformowany przez towarzysza pułkownika".

Do jego walizki spakowali Kanta, do walizki Wilhelminy trochę ubrań, albumy z fotografiami, mydło, proszek do czyszczenia zębów, ręczniki, gruby koc i poduszkę. Na peronie Ksenberger podał esbekowi trzy podpisane dokumenty, przyjął dwa paszporty i potwierdził odbiór podpisem na oddzielnym dokumencie. Daleko za Warszawą, gdy Wilhelmina usnęła, zerknął w swój paszport. Dawid Ksenberger. W rubryce obywatelstwo ktoś ręcznie napisał „bezpaństwowiec". Poniżej pieczątka: „Paszport jednokrotny. Nie uprawnia do powrotu do Polskiej Rzeczpospolitej Ludowej". Pod pieczątką nieczytelny podpis.

Do Berlina Zachodniego dotarli z trzygodzinnym opóźnieniem. Na granicy Polski ze wschodnimi Niemcami paszporty Ksenbergerów wzbudziły sensację i podejrzenia. Minęło sporo czasu, zanim jakiś żołnierz, krzyczący dokładnie tak samo, jak dawno temu na ulicach Elbląga krzyczeli policjanci w granatowych mundurach, oddał im w końcu dokumenty i pozwolił jechać dalej. To samo powtórzyło się na granicy Berlina Wschodniego z Zachodnim, na peronie dworca Friedrichstraße. Dopiero co zbudowany mur, choć zaprawa była jeszcze wilgotna, zdążył już przepołowić mózgi wschodnioniemieckich pograniczników w mundurach przypominających gestapowskie. Nie zdawali sobie sprawy, że Ksenbergerowie doskonale znają niemiecki. „Stary polski Żydek ze swoją kurewką", żartowali, zabierając ich paszporty. Dopiero gdy Wilhelmina idealnym niemieckim poprosiła o rozmowę „z ich przełożonym", nabrali respektu. Nie ma Niemca, który nie boi się swojego przełożonego. I każdy Niemiec jakiegoś ma. To już taki naród. Dlatego Bóg z pewnością nie był Niemcem. Wilhelmina doskonale o tym wiedziała. Była jedną z nich.

Następną stacją za Friedrichstraße był zachodnioberliński Dworzec Zoo, na którym zatrzymywały się i kończyły bieg pociągi przyjeżdżające z NRD lub przejeżdżające przez NRD. Wody płodowe odeszły Wilhelminie jeszcze w pociągu. Zalała nimi podłogę przedziału, wypłaszając wszystkich współpasażerów. Gdy pociąg zatrzymał się na Dworcu Zoo, zaczynała rodzić. Mąż przeniósł ją na drewnianą ławkę na peronie z pomocą jakiegoś mężczyzny. Zdjęła majtki, potem pończochy. Rozsunęła szeroko uda. Uciskała brzuch. Otworzył walizkę, wyciągnął ręczniki i rozłożył na betonowej podłodze pod ławką. Klęczał przed żoną i ściskał jej ręce. Gdy na ręcznikach pojawiła się krew, jakaś kobieta zaczęła głośno wzywać pomocy. Przybiegli policjanci i rozgonili gromadzący się tłum. Na ławce przysiadł starszy mężczyzna w okularach. Potem uklęknął obok Dawida i zaczął uciskać brzuch Wilhelminy. Policjanci i kolejarze otoczyli ławkę kordonem. W pewnej chwili mężczyzna podniósł jeden z ręczników z podłogi i podał Dawidowi. Potem wstał i zaczął uciskać łokciem brzuch Wilhelminy.

– Przyj, no przyj! – krzyczał po niemiecku.

Po chwili Ksenberger poczuł ciężar w trzymanym ręczniku. Mężczyzna wziął od niego zawiniątko, odsunął go na bok i wyciągnął scyzoryk z kieszeni. Potem podał mu syna i zapalił papierosa.

W międzyczasie na dworzec dotarł lekarz. Dawid trzymał dziecko, Wilhelmina oparła głowę na krawędzi ławki. Ktoś robił zdjęcia. Zadawano mu jakieś pytania. Nie odpowiadał. Potem długo jechali samochodem. Następnego dnia obudził się szpitalu. Pielęgniarka powiedziała, że jego żona jest piętro niżej, i podała mu gazetę. Na pierwszej stronie było zdjęcie dworcowej ławki i nagłówek: „Przepędzona z komunistycznej Polski Niemka urodziła syna polskiemu Żydowi na Dworcu Zoo".

W szpitalu Charité tolerowano ich pobyt przez dwa tygodnie. Gdy rozniosło się, że Ksenberger jest z pochodzenia Żydem, do szpitala zaczęli przybywać najróżniejsi ludzie. Najczęściej dziennikarze. Gdy odmówił opowiadania złych rzeczy o Polsce, szybko zniknęli. Pewnego dnia Ksenbergerów odwiedziła dystyngowana starsza kobieta w rogowych okularach. Była konsulem Szwecji w Berlinie Zachodnim. Przyniosła podanie o azyl. Dwa podania. Gotowe, wypisane na maszynie. Musieli się tylko podpisać w miejscach zaznaczonych krzyżykami. Zamożny Żyd, który kupił od Dawida biżuterię przywiezioną z Brześcia, dowiedział się z niemieckiej gazety o ich tragicznym losie i zadzwonił do Berlina. Dostaną w Szwecji azyl i wszelką opiekę, łącznie z mieszkaniem w Sztokholmie oraz pomocą socjalną i medyczną w razie potrzeby. Ponadto pełną opiekę finansową nad synem. Wszystko to „opłaci pan Rottenberg, oczywiście, pana dobry przyjaciel, koneser szlachetnej biżuterii", dodała. Chciałby jednak, aby Dawid w zamian wymienił go z imienia i nazwiska w wywiadzie dla szwedzkiej gazety, która niebawem się do niego zgłosi. I aby podkreślił swoje „żydowskie korzenie" i niemieckie Wilhelminy. Ksenberger, szczerze mówiąc, nie przypominał sobie za bardzo pana Rottenberga. Nie pamiętał, komu wtedy w Warszawie sprzedał część biżuterii ze skrzyni przechowywanej w piwnicy. Może być, że panu Rottenbergowi. Pamiętał jedynie, że ten ktoś był ze Szwecji, zapłacił gotówką w dolarach, zaproponował godziwą cenę i nie targował się.

Podali sobie ręce. Jeśli Żyd Żydowi na końcu interesu poda rękę, to tak jak gdyby się z nim zbratał do końca życia. Nie miał żadnego powodu, aby nie przyjąć z wdzięcznością propozycji pana Rottenberga, szczególnie że Szwecja była „krajem przyjaznym wszystkim ludziom w potrzebie". Dokładnie tak wyraziła się pani konsul.

Dziennikarka ze szwedzkiej gazety pojawiła się w szpitalu wraz z tłumaczem już następnego dnia rano. Opowiedzieli jej – Dawid i namówiona przez niego Wilhelmina – o podróży z Warszawy do Berlina i o narodzinach syna na peronowej ławce, a na końcu zgodnie dodali, że „czują wielką wdzięczność do pana Rottenberga, który okazał się tak szlachetnym człowiekiem". Po wywiadzie pozwolili się sfotografować na łóżku berlińskiego szpitala Charité. Oboje są uśmiechnięci, Wilhelmina trzyma na rękach ich nowo narodzonego synka, któremu nadali imiona Szymon Eliasz.

Dwa dni później pielęgniarka przyniosła im egzemplarz gazety przywieziony przez gońca ze szwedzkiego konsulatu. Wywiad z nimi umieszczono na pierwszej stronie. Pod fotografią znajdował się podpis: „Niezwykły akt pomocy humanitarnej przemysłowca Rottenberga dla żydowsko-niemieckiej rodziny uciekinierów z komunistycznej Polski: Dawid Ksenberger, Wilhelmina Ksenberger z domu Wittig oraz ich urodzony na berlińskim dworcu synek, Szymon Eliasz Ksenberger". Dawida bardzo zdenerwował ten podpis. W rozmowie ze szwedzką dziennikarką ani razu nie powiedział, że są „uciekinierami", podobnie jak nigdy nie nazwał ich rodziny „żydowsko-niemiecką". Cały czas podkreślał, że zarówno on, jak i Wilhelmina są i czują się Polakami i że ich syn także będzie Polakiem, mówiącym po polsku, obojętnie, co się z nimi stanie i gdzie zamieszkają.

Tydzień później pani konsul osobiście pofatygowała się do szpitala, aby poinformować Ksenbergerów o przyznaniu azylu politycznego w Szwecji oraz przekazać im bilety do Sztokholmu. Na lotnisku czekał na nich kierowca przysłany przez Rottenberga. Zawiózł ich do umeblowanego domu z ciemnoczerwonej cegły. Przed piętrowym szeregowcem o skoś nym dachu znajdował się mały ogródek. Na pierwszym piętrze, obok sypialni, przygotowano pokój dziecinny. Jasne kolorowe tapety na ścianach, szafa pełna niemowlęcych ubranek, kredens wypełniony pieluchami, rząd butelek na mleko w różnych rozmiarach, posłane jasnoniebieską pościelą łóżeczko ze szczebelkami, kolorowe zabawki zwisające z sufitu, wyłożony gąbką przewijak. Mieszkanie pachniało niedawno zakończonym remontem. Wszystko czyste, przestronne, kolorowe. W porównaniu z przytłaczająco smutną szarością ich mieszkania w odrapanej śmierdzącej warszawskiej kamienicy to miejsce było jak z bajki. Jak z amerykańskiego filmu.

Po godzinie do drzwi zapukała elegancka starsza kobieta. Powiedziała po niemiecku, że jest akuszerką i nianią i że przysyła ją „pan doktor Ariel Rottenberg". Przyniosła mleko w proszku, butelki z sokami owocowymi, karton słoiczków z odżywkami, zbadała Szymona. Przychodziła codziennie przez trzy miesiące.

Tak, w jednorodzinnym domu na przedmieściach Sztokholmu, w styczniu sześćdziesiątego drugiego roku, Szymon Eliasz Ksenberger rozpoczynał swoje życie…

# 233

Lubił Polskę. Od pierwszego dnia pierwszej wizyty czuł się tutaj dobrze. Mimo zewnętrznej siermiężności, a niekiedy wręcz biedy, mimo polskiego „jakoś to będzie", polskiego niezorganizowania, polskich politycznych absurdów, polskich dróg, polskich kierowców, polskiego ortodoksyjnego katolicyzmu na granicy zacofania i dewocji, mimo polskiego antysemityzmu, mimo narodowego zarozumialstwa prowadzącego często do ksenofobii czy wręcz rasizmu, mimo polskiej homofobii, mimo sarmackiej czupurności, wrodzonego pesymizmu, niezdyscyplinowania bliskiego anarchii, szytego grubymi nićmi cwaniactwa na żenującym poziomie żuli spod budki z piwem, polskiej Polaka do Polaka nienawiści, polskiej kąśliwej, mściwej, plującej jadem, ślepej i głuchej kłótliwości, aby na końcu i tak „na moim proszem szanownego pana kurwa jego mać stanęło, no nie?" – pomimo tego wszystkiego Polskę lubił i od jakiegoś czasu był jej częścią. W gruncie rzeczy nigdy nie dopasował się do sterylnej jak sala operacyjna szwedzkiej rzeczywistości. Mimo dobrobytu, powszechnego demonstrowania perfekcyjnie udawanego szczęścia i kultywowania społecznej poprawności. Pod tym względem gorzej było tylko w wyśmiewanej i w cichości ducha traktowanej przez Szwedów z wyższością lub nawet pogardą „prymitywnej krainie dzikich Wikingów", czyli Norwegii. Po wstrząsie, który na wyspie Utøya zgotował Skandynawii karnie płacący podatki obywatel Breivik, okazało się, że ta „będąca szanowaną w świecie cechą każdego Skandynawa" społeczna poprawność jest bardzo powierzchowna. Rację mają nie ulice pełne beztroskich Szwedów, ale Ibsen, Bergman i autorzy bestsellerowych thrillerów i kryminałów. Szwed ma zamaskowaną przyklejonym do twarzy uśmiechem, tajemniczą, nieodgadnioną, mroczną duszę.

Gdyby potop szwedzki się Szwedom udał, Polacy byliby dziś tacy sami. Ale „Jahwe chciał, że się potop Szwedziakom nie udał, i niech Bogu i Maryi, najświętszej Bogurodzicy częstochowskiej, będą dzięki", jak mawiał jego ojciec, polski Żyd z Brześcia, Dawid Ksenberger, który Polskę „kochał jak skarb największy", chociaż go „te jebane komuchy za nowoczesność i amerykański jazz z ojczyzny przegnały". „Ale Polska, synu, i zapamiętaj to do końca swojego żywota, to nie komuchy i nadejdzie taki świetlany czas, że sam się przekonasz, że to naród wybrany", powtarzał przy stole podczas każdej Wigilii. A potem snuł, co roku barwniejszą, opowieść o tym, jak to Maryja w stajence, a jego Wilhelmina „na ławce w szkopskim Berlinie porodziła syna", by wreszcie wygłosić długi, pełen uniesienia toast za „naszego dobroczyńcę, doktora Ariela Rottenberga, który z naszej wspólnej betlejemskiej ziemi się wywodzi". Szymon był za mały, aby zrozumieć ten katolicko-żydowski kicz.

Dawid Ksenberger zmarł, gdy syn akurat kończył liceum. Nie doczekał jego matury. Matka z jakichś tajemniczych powodów nigdy nie chciała wytłumaczyć Szymonowi, dlaczego doktor Ariel Rottenberg był ojcu bliski jak Jezus miasteczku Betlejem. Bajkę z sianem w stajni znał i związek Jezusa z Betlejem rozumiał, ale co miał z tym wspólnego przyznający się publicznie do ateizmu Rottenberg, jeden z najbogatszych przedsiębiorców w kraju – za diabła nie pojmował.

Ariel Rottenberg, współwłaściciel kilkunastu hut stali w bogatej w rudę żelaza Szwecji, posiadał również sieć sklepów jubilerskich w największych miastach, od Malmö po Kirunę. W jego flagowym, przynoszącym największe zyski sklepie przy głównej handlowej ulicy Sztokholmu Dawid Ksenberger do końca życia pracował jako kierownik. Doskonały jubiler, który swoimi umiejętnościami i ciężką pracą z oddaniem, wiernie jak polski pies i uczciwie jak szwedzki księgowy z Caritasu, jeszcze bardziej nabijał kasę i tak już nieprzyzwoicie bogatego przedsiębiorcy. Z kolei matka Szymona harowała w otworzonej przez niego w Sztokholmie szkole językowej, ucząc niemieckiego dzieci bogatych Szwedów. Oboje rodzice byli na liście płac Rottenberga. To Szymon rozumiał. Nie mógł jednakże pojąć, dlaczego czuli z tego powodu tak mistyczną wdzięczność. W Szwecji, która od końca wojny flirtowała z socjalizmem, z reguły nie odczuwa się wdzięczności do kapitalistów. Zawiści, w odróżnieniu od Polski, także nie. Oparty na astronomicznie wysokich podatkach wynaturzony system socjalny w Szwecji jest tak skonstruowany, że przeciętny obywatel bez pracy i tak nie popada w biedę. Niektórych tak to oczarowało, że zupełnie zapomnieli, co to znaczy pracować.

Sprawa wyjaśniła się dopiero po śmierci Wilhelminy. Pewnego wieczoru, porządkując strych, w metalowej kasecie ukrytej pod stertą starych ubrań Szymon znalazł wycinek z gazety ze stycznia sześćdziesiątego drugiego. Z fotografią, na której jego matka czule przytula owinięte w pieluchę niemowlę, siedząc obok ojca na łóżku berlińskiej kliniki Charité. Z podpisu pod zdjęciem dowiedział się, że niemowlęciem jest on sam, kilkanaście dni po urodzeniu. Fotografia pojawiła się na pierwszej stronie najbardziej opiniotwórczej i do dziś najważniejszej szwedzkiej gazety. Nie mógł zrozumieć dlaczego. W latach sześćdziesiątych Szwecja przyjmowała niezliczone tłumy uchodźców z całego świata. Dlaczego akurat wiadomość o tej trójce znalazła się na pierwszej stronie krajowego dziennika?

Nie dawało mu to spokoju. Dotarł do córki Rottenberga. Od wielu lat mieszkała w Kanadzie. Ojciec zerwał z nią kontakty, a potem ją wydziedziczył, gdy publicznie ogłosiła, że jest lesbijką. To były tak odległe czasy, że nawet w ultraliberalnej obyczajowo Szwecji wywołało to skandal. Szymon poleciał do niej do Montrealu. Spotkali się w jej teatrze. Jest uznaną i cenioną aktorką i reżyserką. O ojcu rozmawia niechętnie. W zasadzie nigdy. Żeby jej z nim nie kojarzono, zmieniła nazwisko. Spotkała się z Szymonem tylko dlatego, że jej obecna partnerka jest Polką z pochodzenia i ją o to poprosiła. Pokazał jej ten wycinek z gazety. Zerknęła tylko mimochodem i powiedziała:

– Znam to zdjęcie i ten przekręt tatusia. Wie pan, ilu czołgów, wozów opancerzonych, pocisków i armat potrzebowała Bundeswehra w latach sześćdziesiątych? Ja także nie wiem. Ale mój ojczulek wiedział. Wie pan, ilu ton stali było potrzeba, aby te czołgi, samochody, pociski i armaty wyprodukować? Ja też nie wiem. Ale mój ojczulek wiedział. Wie pan, ile stalowych śrub, śrubek, śrubeczek jest w jednym czołgu? I ilu do ich wkręcenia potrzeba stalowych śrubokrętów?

Ja też nie. Ale mój ojczulek wiedział. On to miał wszystko w głowie obliczone. Jak to Żyd. Na to potrzeba bardzo, naprawdę bardzo dużo stali. Na mocy powojennych układów Niemcy w tamtych czasach miały limit na produkcję stali. Brakującą stal mogli kupić w Kanadzie, Ameryce, lub w Szwecji.

W Niemczech o wszystkim decyduje jedna gazeta. Wydaje ją Axel Springer. Wydawnictwo z Hamburga. Nie było i do dzisiaj nie ma w Niemczech partii, która mogłaby wygrać tak zwane demokratyczne wybory, gdyby przeciwstawiła się koncernowi Springera. Mój ojczulek to wiedział. Wiedział również, że dziennikarze pracujący w wydawanych przez koncern gazetach musieli, powtarzam panu, musieli, podpisywać dokument, w którym zobowiązywali się do przestrzegania trzech zasad, z których pierwsza brzmiała „Będę działać na rzecz pojednania niemiecko-żydowskiego". Dwie pozostałe były tylko propagandowym bzdetem, mającym znieczulić po szoku wywołanym przez pierwszą.

I wtedy mojemu ojcu nadarzył się pan. Szwedzka konsul w Berlinie to poczciwa ciocia Dagny, moja matka chrzestna. Gdy dowiedziała się o pana spektakularnych narodzinach na peronie Dworca Zoo, wysłała do ojczulka długi zaszyfrowany telegram. Natychmiast skojarzyła żydowskość pana ojca z niemieckością pana matki. I podlała to wypędzeniem z Polski przez stalinowski reżim. To ona nasłała na pana rodziców szwedzką dziennikarkę, która w rzeczywistości nie była żadną dziennikarką, tylko osobistą sekretarką cioci. Doskonale to pamiętam, bo ciotunia Dagny, po kilku kieliszkach rosyjskiego koniaku, który mój ojciec uwielbiał i kupował kartonami od radzieckiego ambasadora, chwaliła się tym na wszystkich przyjęciach urodzinowych ojczulka.

Niech pan sobie teraz coś wyobrazi. Za tydzień jakaś komisja w niemieckim parlamencie ma głosować nad miliardowym geszeftem. Gdzie zakupić brakującą stal na czołgi, armaty i śrubokręty. W Kanadzie, Ameryce czy Szwecji? I zupełnie przypadkowo niemiecka gazeta należąca do Axel Springer drukuje na pierwszej stronie kawałek pierwszej strony szwedzkiej gazety. A tam rozdzierająca serce fotografia niemowlęcia na rękach Niemki, żony polskiego Żyda przepędzonego z komunistycznej Polski. I nazwisko mojego ojca, który się nad tym nieszczęściem pochyla jak nad własnym. Wystarczył jeden telefon do Hamburga, aby szef komisji parlamentarnej upewnił się, że dobroczyńcą jest doktor Ariel Rottenberg, do którego należą huty gotowe wyprodukować stal potrzebną na niemieckie czołgi. Mój ojciec, proszę pana, stał się dzięki panu naprawdę bogaty. Nie dom, kurwa, powinien był panu kupić, ale całą dzielnicę Sztokholmu!

Wie pan, co to znaczy „kurwa"? Czy się pan do końca już zeszwedził? Mój ojciec był Żydem. Polskim Żydem. Zawsze tę polskość podkreślał. Uważał, że to polscy Żydzi kiedyś zbawią świat. I jak mu się coś poszczęściło albo znieszczęściło, to mówił „no żeż kurwa" albo „kurwa jego mać". Moja dziewczyna też tak mówi, to pierwsze czasami, gdy się kochamy. Pan był największym „no żeż kurwa" mojego ojca, pan się mojemu ojcu po prostu poszczęścił…

To wtedy, w Montrealu, Szymon Ksenberger pojął wreszcie, jak to się stało, że mieszka w domu jednorodzinnym w jednej z najdroższych dzielnic Sztokholmu.

Jego nieszczęśliwie zakochany w Polsce ojciec nigdy nie wrócił do kraju. Za bardzo bał się jakiegoś prześladowcy, którego nazywał

„bandyckim esbekiem w czarnym gestapowskim płaszczu". Jego matka nigdy wrócić nie chciała, a on był za młody, aby go obchodziła jakaś tam Polska. Żył spokojnie w ciepełku dobrobytu. Jedynym, co go z Polską łączyło, był ten szeleszczący język, którym mówili do niego rodzice. Wprawdzie zarówno ojciec, jak i matka szybko nauczyli się szwedzkiego, w domu jednak nigdy go nie używali. Jeśli czegoś chciał, musiał poprosić o to po polsku. Szwedzki był w domu językiem zakazanym. Bajki na dobranoc też opowiadali lub czytali mu wyłącznie po polsku i to, że go kochają, także mówili tylko po polsku. Pamięta, że często się przeciwko temu buntował. Od pewnego momentu całkowicie zanurzony w języku szkoły, ulicy, telewizji i podwórka nie pojmował, dlaczego musi się wysilać, aby dogadać się z rodzicami i ich dziwnymi przyjaciółmi w osobliwym narzeczu, które ma na świecie jeszcze mniejsze znaczenie niż traktowany jak jakieś europejskie suahili język szwedzki. Docenił upierdliwy patriotyczny upór rodziców, dopiero gdy pewnego dnia, wiele, wiele lat później, zszedł z promu, którym przypłynął z Ystad do Świnoujścia...

Ojciec od najmłodszych lat namawiał Szymona, aby się uczył, bo „tylko takich nauczonych ludzie szanują". I płacił za jego prywatne szkoły, gdy z państwowych po kolei go wyrzucali. Nie był zbyt zadowolony, gdy przed maturą syn oznajmił podczas niedzielnego obiadu, że zamierza studiować filozofię. Dawid uważał, że na filozofii „nie da się zrobić geszeftu".

– Skoro, synu, nie nadajesz się do robienia interesów – powiedział – zostań chociaż dentystą lub adwokatem...

Matka Szymona wstała wtedy od stołu, spojrzała na męża z pogardą, rzuciła serwetką o ziemię i wyszła z jadalni. Nigdy nie widział jej tak wzburzonej. To był pierwszy i ostatni raz, gdy pozwoliła sobie na coś tak zupełnie nieoczekiwanego. Dotąd była zawsze i we wszystkim nieomal niewolniczo posłuszna mężowi. I chyba taka pozostała. Gdy Dawid umarł, dziewięć miesięcy później ona także posłusznie umarła, chociaż była prawie dwadzieścia lat młodsza od niego.

Ojciec miał rację. Na filozofii Szymon geszeftu faktycznie nie zrobił. Po studiach, które skończył grubo po trzydziestce, stał się bezrobotnym rentierem żyjącym w odziedziczonym po rodzicach domu z procentów od pieniędzy na ich kontach bankowych i z zapomogi. Gdy chciał wyrwać się z frustrującej monotonii, sprzedawał pierścionek, sygnet lub kolię z sejfu ojca, kupował bilet lotniczy i uciekał do ciepłych krajów. Wkrótce zauważył, że w Wietnamie, Kambodży lub Tajlandii może taniej, ciekawiej i przy lepszej pogodzie przeżyć pół roku za pieniądze, które w Sztokholmie wydawał w trzy tygodnie.

Oprócz adresu, przyzwyczajenia, i comiesięcznych czeków z pomocy socjalnej nic go w Szwecji nie trzymało. Po śmierci rodziców został sam w ogromnym pustym domu. Z niezrozumiałych dla niego przyczyn matka zerwała wszelkie kontakty z krewnymi w Niemczech, a ojciec z paranoidalnego strachu przed mackami „esbeka w czarnym płaszczu" całkowicie odseparował się od rodziny w Polsce. Nie miał rodzeństwa, a ewentualnych ciotek, wujków, kuzynek lub kuzynów nigdy nie poznał i nawet nie wiedział, czy jakichś ma. Zakochiwał się z reguły w kobietach, które kochały innych mężczyzn. A jeśli nawet nie kochały innych, to nie chciały zakochać się w nim.

Miał kilka przelotnych związków i jeden tragicznie poważny. Berit, bardzo wyzwolona seksualnie, złotowłosa długonoga studentka ostatniego roku politologii, która do Sztokholmu przyjechała z odległej Uppsali, wprowadziła się do niego już trzy tygodnie po pierwszej randce. Wkrótce się okazało, że jedynie po to, aby oszczędzić na akademiku i mieć więcej pieniędzy na ekskluzywne ubrania. Sypiała z nim za dach nad głową, opróżniała jego lodówkę i nabijała astronomiczne rachunki, dzwoniąc do Uppsali, gdzie mieszkał jej narzeczony, z którym od dawna miała ustaloną datę ślubu...

Gdy po roku regularnej psychoterapii i opróżnieniu kilkudziesięciu buteleczek z psychotropami w miarę się otrząsnął, sypiał jedynie z prostytutkami. Prostytutki też mają pewnie jakichś narzeczonych, ale z reguły człowiek się o nich nie dowiaduje, a jeśli nawet – niektóre o to pytał – to nie popada z tego powodu w depresję. Poza tym prostytutki – nawet te zarozumiałe szwedzkie – nie zadają żadnych drażliwych pytań. Wkrótce zauważył, że prostytutki w Wietnamie, Kambodży i Tajlandii są o wiele tańsze. Ponadto podczas tantrycznych masaży wyczyniają nieopisane cuda dłońmi i ustami.

Pierwsza kobieta po Berit, która zechciała z nim pójść do łóżka, nie oczekując za to pieniędzy, miała na imię Aleksandra i była Polką. Spotkali się na wyspie Ko Samui, kilkadziesiąt kilometrów od Tajlandii. Mieszkała w maleńkiej chacie skleconej z palmowych liści, sąsiadującej ściana w ścianę z identyczną maleńką chatą, w której mieszkał on. Bezpiecznie daleko od zatłoczonych plaż przypominających mrowiska. W małym ogrodzie, na podwórku gospodarstwa Sai i Channaronga, pary uśmiechniętych staruszków, którzy nie znali słowa „stres" i nie używali zegarków.

Przed chatkami Channarong własnoręcznie wybudował prymitywny prysznic. Nad drewnianym podestem na wysokim palu znajdował się kawałek blaszanej rury z sitkiem prysznicowym, do drugiego końca rury przyspawana była pordzewiała metalowa beczka. O pal oparta była wysoka drewniana drabina. Przed kąpielą należało dmuchnąć w gwizdek wiszący na długim rzemieniu pod prysznicem. Po kilku minutach pojawiał się Channarong z wiadrem, wspinał się zwinnie po drabinie, nalewał do beczki ciepłą wodę i natychmiast znikał. Podczas kąpieli wodę upuszczało się, pociągając dwa łańcuszki.

O tej niecodziennej procedurze dowiedział się po pierwszej nocy. Usłyszał świst gwizdka. Po kilku minutach wydostał się z hamaka, w którym spał, i podszedł do otworu pełniącego rolę okna. Na drewnianym podeście przed chatą, oświetlona promieniami porannego słońca stała szczupła naga kobieta i myła swoje długie ciemne włosy. Mimo że odstąpił od otworu i zdumiony obserwował ją z głębi chaty, musiała go zauważyć.

– To nie potrwa długo – wykrzyknęła po angielsku, spoglądając z uśmiechem w jego stronę.

Tak poznał Aleksandrę, która opowiedziała mu Polskę. Zupełnie inną niż ta, którą znał z opowieści swoich rodziców. Dzielili ten prysznic przez trzy miesiące. Ona uciekła do pustelni na Ko Samui z Wrocławia, aby zapomnieć o mężczyźnie, który po ośmiu latach wspólnego życia odszedł od niej i wyjechał z jej najlepszą przyjaciółką do Australii. Szymon uciekł ze Sztokholmu, gdzie wszystko ciągle jeszcze przypominało mu Berit i jego samotność. Na początku, opierając się zżerającej ich niekiedy ciekawości, z dystansem i ostrożnością, aby nie wkraczać w przeklęte rewiry, opowiadali sobie historie, jakie zazwyczaj opowiadają obcy ludzie przypadkowo podróżujący do tego samego miejsca.

W zagubionym w tropikalnym lesie ogródku Sai i Channaronga trudno było nie być blisko siebie. Czytali, leżąc w hamakach. Słyszał jej równomierny oddech, gdy zasypiała z książką w ręku. Kiedy zauważał, że słońce mogłoby poparzyć jej twarz, cicho schodził z hamaka, przesuwał parasol z palmowych liści i delikatnie, jak najostrożniej, aby jej nie obudzić, wyjmował książkę z jej dłoni. Niekiedy mruczała coś przez sen, niekiedy odganiała rękami jakieś zmory i żałośnie kwiliła.

Jadali przy wspólnym stole. Sai stawiała na nim miski i miseczki, talerze i talerzyki, kubki i kubeczki. Przed kolacją Aleksandra często wstawała od stołu, zanim zaczęli jeść i przynosiła ze swojej chaty świecę. Zapalała ją w milczeniu i opowiadała jedną z „historii płonącej świecy". Przeważnie dotyczyło to jakiejś filozoficznej myśli lub wybranego przez nią wiersza. Nie wszystko rozumiał, gdy recytowała po polsku. Wówczas wyjaśniała mu po angielsku. W gruncie rzeczy zawiłości historii Polski poznał i zrozumiał, słuchając komentarzy Aleksandry do polskiej poezji. Wychodziło na to – zupełnie inaczej, niż opowiadali mu rodzice – że w Polsce ciągle odbywały się jakieś powstania, wojny, walki, bitwy, najazdy, zajazdy, rozbiory, pogromy, rozruchy, odnowy, defilady, parady, emigracje i powroty. I nic się nie zmieniało, ci sami lub niewiele młodsi poeci pisali nowe wiersze o tym samym. Gdyby nie Leśmian, Wojenczek czy Wojaczek – nie zapamiętał dokładnie – i Poświatowska, polska poezja byłaby jednym skowytem rozpaczy po klęskach, upadkach i nieudanych powstaniach. Polacy do dziś nie zrozumieli, że dumę narodową powinno się budować na zwycięstwach, a nie klęskach...

Do skleconego z desek stołu – nawet na tym odludziu – Aleksandra zasiadała zawsze elegancko ubrana. Podobnie jak jego matka podkreślała strojem i wyglądem wyjątkowość wspólnego biesiadowania. W sukience bez dekoltu, w bluzce zapiętej na ostatni guzik, w męskiej – najczęściej błękitnej, co jeszcze bardziej podkreślało niebieskość jej oczu – koszuli, z fantazyjnie zawiązaną jedwabną apaszką, z karminową pomadką na ustach, z oczami podkreślonymi starannym makijażem, z długimi włosami spiętymi w kok grzebieniem wysadzanym muszelkami. W ciągu dnia bosa, prawie naga, zasłonięta tylko paskiem wokół ud i podbrzusza lub przeźroczystą muślinową chustą zawiązaną na piersiach, wieczorem szczelnie zasłaniała swoją nagość. Stawała się tajemnicza, na swój sposób niedostępna. Kobiet rozebranych przez cały dzień – musiała o tym wiedzieć – nikt nie chce rozbierać wieczorem.

Któregoś poranka jak zwykle zagwizdała pod prysznicem, a po krótkiej chwili weszła do chaty Szymona, naga i mokra, i zapytała, czy mógłby umyć jej włosy. Stała do niego plecami, gdy wcierał szampon w jej głowę. Dotykała pośladkami jego podbrzusza. W pewnej chwili objęła go i mocno przytuliła. Potem na spacerze pierwszy raz sięgnęła po jego dłoń. Przez cały dzień była dziwnie milcząca, zamyślona i nieobecna. Miał wrażenie, że jest przygnębiona i smutna.

Po kolacji położyli się w hamakach. Sai zebrała ze stołu miski i miseczki, zdmuchnęła świece i jak zwykle uśmiechnięta wypowiedziała po tajsku, a potem nieudolną angielszczyzną jakąś buddyjską mądrość na dobranoc. Kilka minut później zgasły świece w chacie gospodarzy. Szymon i Aleksandra leżeli w hamakach, patrząc w milczeniu na rozgwieżdżone niebo.

– Zapalisz? – szepnęła, wychylając się do niego i podając mu papierosa.

Rzadko palił. Czasem do popołudniowej kawy, wieczorem do dobrego koniaku, zawsze do polskiej wódki. Ona paliła bardzo dużo. Przy czytaniu praktycznie bez przerwy. Lubił patrzyć na jej usta, kiedy ssała papierosa, przewracając kartki książki. Jej załzawione od dymu oczy wydawały się jeszcze większe, były szkliste i błyszczące. Zaciągnął się. Poczuł smak marihuany. Zaciągnął się jeszcze raz. Naprawdę głęboko. Aż po koniuszki płuc, „tak do żołądka".

– Skąd masz? – zapytał cicho, wydychając dym.

– Czy to ważne? Powiedzmy, że ze starych zapasów – odpowiedziała z uśmiechem, przejmując od niego skręta.

Zaczął czuć działanie marihuany. Najpierw błogość, potem rodzaj odrętwienia. Znał to. Pierwsza „chmura" powoduje rozszerzenie naczyń krwionośnych, co prowadzi do nagłego spadku ciśnienia krwi. Stąd biorą się ten przyjemny luzik, ta nagła błogość i odrętwienie. Po trzeciej chmurze dostał pierwszej głupawki. Widok dziurawej skorupy orzecha kokosowego przy wejściu do chaty doprowadził go do obezwładniającego wybuchu radości. Aleksandra śmiała się razem z nim. Do rozpuku. Prawdopodobnie z zupełnie innego, równie głupiego powodu. Jej histeryczne chichotanie wzmacniało jego idiotyczny rechot. Pewnie dlatego ludzie rzadko palą trawę w samotności, do lustra, podobnie jak rzadko w ten sposób piją. Po prostu lubią, gdy wszyscy obok także pokładają się ze śmiechu. Potem, co doskonale pamiętał z nielicznych hajów w Sztokholmie, poczuł nagły głód. Byli po obfitej kolacji, a czuł takie ssanie w żołądku, jak gdyby zakończył właśnie długotrwałą głodówkę i nie mógł się doczekać pierwszego kęsa pachnącego chleba. Kanabinol coraz skuteczniej oszukiwał jego mózg, „zaklejał" synapsy, na chybił trafił wzmacniał sygnały, wywoływał zupełnie nieadekwatne do sytuacji odczucia. Po nagłym przypływie łaknienia i jego tak samo nagłym zaniknięciu przychodzi to, co jest w całym tym oszustwie najbardziej niecierpliwie wyczekiwane: wyostrzenie zmysłów. Widzi się to, czego nigdy by się nie dostrzegło, słyszy to, czego nigdy by się nie usłyszało, smakuje to, czego się do tej pory nie zauważało w ustach. I dotyka się tak jak nigdy dotąd i odczuwa dotyk dotychczas nieznany. Gdy po piątej chmurze nadeszła ta faza, Aleksandra wydostała się ze swojego hamaka, podeszła do niego i zaczęła całować go w usta, pośpiesznie rozpinając jego koszulę. Potem zsunęła sukienkę, rozpuściła włosy, oddaliła się dwa kroki i naga, jeśli nie liczyć apaszki na szyi, dotykała swoich piersi. Prawą ręką. W lewej trzymała ciągle żarzący się niedopałek. Gdy schodził z hamaka, znikała w drzwiach jego chaty.

Dotykali, wąchali i smakowali się przez całą noc. Najpierw ciągle zdziczali, na piątej chmurze. Dopiero potem, gdy od odurzenia marihuaną i pożądaniem powoli wracali do zmysłów, pojawiły się czułość i delikatność zamiast łapczywości, pocałunki zamiast gryzienia i zwierzęcego lizania, szepty i oddechy zamiast krzyków i charczenia. Potem palili papierosy i rozmawiali szeptem przytuleni do siebie. Nad ranem, gdy wschodziło słońce, przewiązała mu oczy swoją apaszką, a nadgarstki obwiązała pasemkami wysuszonych liści palmowych wyciągniętych z maty, na której leżeli. Usiadła na jego związanych dłoniach i wsunęła je sobie między uda. Potem przeniosła krocze nad jego twarz i wychyliła się do przodu...

Obudził się od gorąca. Sai przyniosła mu miętową herbatę z lodem.

Aleksandry nie było. Wyszedł z kubkiem na podwórko. Podest pod prysznicem był zupełnie suchy. Na sizalowym sznurze rozciągniętym między kikutami dwóch palm nie wisiało jej bikini. Podszedł do Sai kopiącej w ziemi obok chlewika.

– *Madame go. Big boat. Morning. Madame, good madame go* – odpowiedziała z uśmiechem i wróciła do kopania.

Pobiegł do jej chaty. Nie było jej zielonego plecaka, nie było sterty książek obok maty, nie było ubrań rozwieszonych na żerdzi przy oknie. Nie było śladu po Aleksandrze! Odnalazł Channaronga. Potwierdził to, co mówiła żona. Wczesnym rankiem odwiózł madame skuterem do przystani. Widział, jak wsiadała na prom. Nie wie, jak się nazywa. Nie pytał o nazwisko. To osobista sprawa. Wie tylko, że „madame ma na imię Aleksandra".

On też nigdy nie zapytał jej, jak się nazywa. Nie było to tutaj istotne. Sądził, że przyjdzie na to czas. Ani razu nie rozmawiali o przyszłości. Żyli z dnia na dzień, tu i teraz. Bez planu na jutro. Znał historię połowy jej życia, wiedział, jaki jest jej ulubiony kolor i jakie książki czyta, wiedział, że lubi ostrygi, a na śniadanie jada najchętniej płatki owsiane, że marzy o tym, aby zamieszkać w drewnianej chacie gdzieś w Kambodży, że wycięli jej migdałki, gdy była dzieckiem, że często płacze w kinie, że uwielbia opery, wiedział, że boi się pająków i karaluchów, wiedział, że mówi przez sen, dotykał jej dłoni, włosów, piersi, ud i pośladków, całował jej stopy, znał smak jej języka i smak jej podbrzusza. Ale nie wiedział, jak się nazywa! Porwał skuter Channaronga i pojechał do przystani. Nikt nie rezerwował biletu na prom. Jeśli ktoś rezerwuje, to tylko Niemcy. Ludzie po prostu przychodzą na keję i odpływają. A jeśli nie ma miejsc, czekają na kolejny prom. Tutaj nikt się nie śpieszy…

Nie mógł uwierzyć, że ot tak sobie wstała rano, po tej nocy pełnej intymności, spakowała chyłkiem swoje rzeczy i zniknęła z jego życia. Bez słowa pożegnania. Jak gdyby uciekała. Nie potrafił znaleźć sobie miejsca. Tęsknił za nią. Kładł się do hamaka, palił papierosy i przypominał sobie ich rozmowy. Czasami wstawał i wchodził do jej chaty w poszukiwaniu jakichś śladów. Jakiegoś wyjaśnienia. Jakiejś ukrytej wiadomości, którą być może przeoczył. Budził się w nocy i nasłuchiwał gwizdka. Musiał stamtąd uciec…

Do Sztokholmu wrócił tydzień później. Poprosił Channaronga, by zawiózł go skuterem na przystań. Potem promem dotarł do Surat Thani na stałym lądzie, stamtąd pociągiem przez prawie dobę wlókł się do Bangkoku. Dwa dni czekał na lotnisku na wolne miejsce w samolocie do Sztokholmu. Przez pierwsze kilka dni nie wychodził z domu. Cały czas czuł zimno. Budził się, gdy było jeszcze ciemno, wstawał, pił kawę, jadł coś, wracał do łóżka i budził się, gdy znowu było ciemno. Sztokholm w połowie stycznia wydawał się ponurą krainą chłodu, wiecznej ciemności i chronicznego smutku.

Nie wiedział, co robić ze swoim życiem. Oferty pracy, które dosyłał mu regularnie szwedzki pośredniak, nie miały nic wspólnego z jego wykształceniem. Nie miał i nie chciał mieć pojęcia, cóż takiego filozof z uniwersyteckim dyplomem mógłby robić „na stanowisku biurowym" w firmie ubezpieczającej samochody albo jako „starszy referent" w miejskim biurze nadzoru budowy przedszkoli. Jego własne podania o pracę, od kilku lat wysyłane do szkół średnich w całej Szwecji albo pozostawały bez odpowiedzi, albo odpowiadano na nie zgrabnym kłamstwem, że „obecnie szkoła nie przewiduje zatrudnienia nowych nauczycieli w jego dziedzinie, ale w najbliższej przyszłości sytuacja może ulec zmianie, o czym zostanie natychmiast poinformowany". Najbliższa przyszłość jednak, ani nawet ta dalsza, nie nadchodziła. Pamięta atak wściekłości, a potem frustracji, gdy po tym, jak po raz kolejny odmówił przyjęcia stanowiska – tym razem pomocnika redaktora w gazecie dla golfistów – urząd pośrednictwa pracy zaproponował mu przeszkolenie na masażystę „z możliwością sfinansowania studiów na fizjoterapii, pod warunkiem zobowiązania się do pracy przez okres pięciu lat w domu starców". Gdy odmówił, obniżono mu zapomogę.

Nie potrafił zapomnieć Ko Samui. Tęsknił za Aleksandrą. W maju pojechał do Polski. Samochodem do Ystad, promem do Świnoujścia, a potem dalej do Wrocławia. Wiedział, że jest stamtąd. Przysiadał na rynku w różnych miejscach i patrzył na ludzi. Potem jeździł autobusami. Przejechał chyba wszystkimi liniami. I rano, i w południe, i wieczorem, i w nocy. Wypatrywał na przystankach, przepychał się w tł oku, przyglądał się wszystkim kobietom. Była oczytana, wykształcona. Przepięknie mówiła. Przywiązał się do myśli, że pochodzi ze ś wiata akademickiego. Wędrował korytarzami uniwersytetu, przesiadywał w stoł ówkach, pytał o „panią Aleksandrę" we wszystkich dziekanatach.

Nie znalazł jej. Wrócił do Sztokholmu. Po dwóch latach wspomnienia z Ko Samui wyblakły. Czasami tylko, gdy słyszał fragmenty oper, o których opowiadała, czuł jakby bolesne ukłucie, a potem nostalgię. Wciąż był bezrobotnym biedakiem mieszkającym w wielkim pustym domu, żyjącym z zapomogi i wyprzedawania kosztowności zgromadzonych przez ojca. Z przerażeniem myślał o chwili, w której ojcowski sejf opustoszeje.

Nie udało mu się stworzyć żadnego trwałego związku. Kobiety, które napotykał na swojej drodze, wytrzymywały przy nim najwyżej przez kilka randek. Zazwyczaj po pierwszej lub drugiej wspólnej nocy go opuszczały. Gdy czuł się skrajnie samotny, zapraszał prostytutki. Niekiedy kilka razy te same. Z niektórymi się zaprzyjaźnił. Czasem przychodziły do niego ze swoimi problemami. Pozwalał im u siebie nocować, pożyczał drobne sumy, kiedy tego potrzebowały, szanował je, nie oczekiwał w zamian żadnych usług. Powoli poznawał szczegóły i tajemnice świata, w którym handluje się towarem sprzedawanym od tysiącleci.

Pewnego razu Monika, prostytutka poznana przypadkowo w jakimś barze, zapytała, czy „mógłby o nią dbać i się nią opiekować". Dwa dni później wywiózł ją autem na ulicę. Poprosiła go, aby wysiadł razem z nią, „żeby dziewczyny zobaczyły i rozpowiedziały". Tego dnia, nie zdając sobie z tego do końca sprawy, stał się sutenerem. Monika zaczęła przynosić mu pieniądze. Potem przedstawiła mu dwie koleżanki. Zaczął „wystawiać" na ulicę trzy dziewczyny. Dwie nowe wkrótce także zaczęły mu płacić. W pewnym momencie stało się jasne, że jest najzwyklejszym alfonsem.

Najpierw pogardzał sobą. Po pewnym czasie zaczął sobie to tłumaczyć. Przecież tylko pomaga tym kobietom. Potem zauważył, że w ogóle nie musi otwierać kopert przysyłanych z urzędu zatrudnienia. I na dodatek wreszcie przestał być samotny. Zdarzało się, że nocowały u niego jednocześnie trzy młode kobiety. Zdarzało się także – ale tylko po wielu chmurach – że wszystkie trzy z nim. W jednym łóżku. Ponadto skończył z „wyprzedażą rodzinnej biżuterii" – jak nagle zaczął nazywać najzwyklejsze handlowanie odziedziczonymi kosztownościami. Przestał również posyłać proszące podania do szkół i czekać z nadzieją na listonosza i „najbliższą przyszłość".

Czasami przy szklance whiskey, wygodnie rozłożony na kanapie, wieczorem, gdy już poustawiał dziewczyny na rogach ulic, myślał sobie, że jest jedynym chyba w całej Skandynawii alfonsem, który ma dyplom z filozofii. Gdy dawno temu pisał pracę magisterską, nie sądził, że znamienna myśl Tomasza z Akwinu, że „Prostytucja należy do społeczeństwa jak kloaka do najwspanialszego pałacu. Prostytucja odpowiada kloace w pałacu; gdyby się ją usunęło, cały pałac zacząłby cuchnąć", którą notabene zamieścił w swojej rozprawie, będzie dotyczyła w przyszłości jego samego. I to w tak przewrotny sposób...

Do Polski przyjechał ponownie dopiero trzy lata temu. To także był maj. Popłynął promem z Karlskrony do Gdyni. Chciał wreszcie poznać ten kraj. Wówczas, we Wrocławiu, gdy jak opętany poszukiwał „kobiety z Ko Samui", bo tak ją zaczął nazywać, Polska go nie interesowała. Interesowała go jedna jedyna Polka, która go porzuciła. Chciał ją znaleźć i dowiedzieć się, dlaczego i dlaczego w taki sposób. Tylko tyle.

Taksówkarz zapytany o dobry hotel długo wiózł go do jakiegoś innego miasta. To wówczas Szymon Ksenberger po raz pierwszy pojawił się w Grand Hotel w Sopocie. Tuż przy morzu, dostojnym, z doskonałą kuchnią i nastrojowym barem przy restauracji. Szymon spędził wówczas w Polsce prawie tydzień. Czytał na plaży przywiezione ze sobą książki, zwiedzał Gdańsk, pojechał do Elbląga, o którym opowiadali mu rodzice, wstrząśnięty zwiedzał Stutthof. Wieczorami przysiadał się do nieznajomych w barze i jeśli tylko dali się namówić, rozmawiał z nimi. Zauważył, że Polacy chętnie rozmawiają z obcymi. Pod warunkiem, że są to cudzoziemcy, mówiący najlepiej z wyraźnym obcym akcentem, byle nie rosyjskim.

Pewnego dnia przez ponad dwie godziny rozmawiał z eleganckim pomarszczonym staruszkiem o długich siwych włosach. Staruszek nie mieszkał w hotelu. Przychodził tutaj na kawę i – jak to nazywał – „pooddychać Grandem". To on zapoznał go z historią hotelu. Bywał tu przed wojną, gdy kawę mieli, bywał po wojnie, kiedy nie podawali, i bywa teraz, kiedy ma problem z wyborem, bo jest tak wiele gatunków. Opowiedział mu, kto tutaj, „w naszym Grandzisku nie bywał". Gdy wymienił Cyrankiewicza i Andrycz, gdy wspomniał o akcji esbecji, czyli „takiej nowej ubecji", w osiemdziesiątym pierwszym, gdy wyliczał Niemców, którzy tu przyszli jak do siebie, i Rosjan, którzy stąd niechętnie odeszli, to Szymon miał wrażenie, że słucha swojego ojca podczas Wigilii. W pewnym momencie zapytał o „niejakiego Hłaskę". Staruszek podrapał się po głowie, chwilę pomyślał i odparł:

– On nie jest dla Polaków „niejaki", proszę pana. To nasz pisarz. Ale czy tutaj się zatrzymał, to ja panu potwierdzić nie mogę. Bo w kronikach nic o tym nie napisali. I ja też tego nie pamiętam. Ale, wie pan, ten nasz Hłasko mieszkał wszędzie, gdzie kręciły się piękne niewiasty i gdzie było pod dostatkiem dobrej wódki. Więc to wcale niewykluczone, że trafił i do Grandu. On bardzo lubił luksus i dekadencję…

Ojciec Szymona także mówił o kobietach „niewiasty". Staruszek mógł być w jego wieku. Teraz w Polsce nikt tak już kobiet nie nazywa, chyba że jacyś literaci.

Do Grandu wrócił po kilku miesiącach. To wtedy po raz pierwszy spędził noc z polską prostytutką, której nigdy nie nazwałby niewiastą. Od tego się wszystko zaczęło. Zapłacił jej ogromną sumę, aby skontaktowała go ze swoim opiekunem. Skuszona pieniędzmi zaryzykowała. Podobnie jak w Szwecji sutenerstwo jest w Polsce przestępstwem. Prostytucja nie. Alfons okazał się polskim Litwinem z Wilna. Chciwym wytatuowanym nawet na twarzy osiłkiem z ogoloną głową. Dogadali się, kiedy Szymon wyciągnął z portfela gruby plik banknotów. Gdy miesiąc później pojawił się w Sopocie, miał już „stadko swoich dziewczyn" i własny rejon daleko od Grandu. Sopotu Litwin za żadne skarby nie chciał oddać. Skontaktował go także z „rycerzami", jak nazywał stręczycieli i ochroniarzy wystawiających dziewczyny.

Zaczęło się, z niewielkimi zgrzytami, powoli kręcić. Przypływał promem do Gdyni, niekiedy przylatywał do Gdańska, odbierał „bony" i wracał do Sztokholmu. Na czas pobytu w Grandzie zawsze miał do pełnej dyspozycji „królową ula". Całkowicie zasponsorowaną, jak mawiali jego rycerze.

Gdy pieniądze zaczęły być poważne, musiał pomyśleć, jak je wyprać. Nie chciał szmuglować do Szwecji tak wysokich sum, nie chciał ich też przepuszczać przez konta bankowe, nawet szwajcarskie. I wtedy, podczas pogawędki z nobliwym profesorem z Warszawy przy śniadaniu w Grandzie, dowiedział się o pewnym nowym pragnieniu Polaków. Profesor przyjechał na wybrzeże jako recenzent doktoratu promowanego przez kolegę z gdańskiej politechniki. Opowiedział niewprowadzonemu w temat cudzoziemcowi o tym, jak wielu ludzi pragnie być magistrami, doktorami i doktorami habilitowanymi, nie mając po temu ani talentu, ani wiedzy, ani zapału, ani pracowitości, a często po prostu nie mając na to czasu, który poświęcali na ważniejsze sprawy. Szymon zapytał wtedy profesora, czy pomoc „w postaci konkretnych merytorycznych konsultacji" mogłaby być rozwiązaniem bolączek takich osób i czy profesor zna w środowisku naukowym kogoś, kto byłby gotów zorganizować grupę takich konsultantów. Okazało się, że profesor zna taką osobę bardzo dobrze, bo jest to jego rodzony syn, właśnie wypromowany doktor nauk historycznych. Pół roku później syn warszawskiego profesora otrzymał kredyt od pewnego polskiego banku i zarejestrował firmę zajmującą się oficjalnie konsultacjami naukowymi, a nieoficjalnie – pisaniem licencjatów, magisterek, doktoratów, a niekiedy nawet rozpraw habilitacyjnych dla gamoni, twierdzących, że nie mają czasu „na takie formalne głupoty". Szymon Ksenberger prał pieniądze zarabiane na pracy dziwek, przekazując regularnie w kopertach kwoty na zapewnienie płynności finansowej przy spłacaniu kredytu, który obejmował również kupno dużego luksusowego apartamentu w Warszawie. Syn profesora musiał mieć przecież biuro. Ku swojemu ogromnemu zdumieniu Szymon wkrótce stwierdził, że na doktoratach zarabia w Polsce więcej niż na płatnym kurestwie.

Rano przyleciał ze Sztokholmu do Gdańska. Jeden z jego rycerzy zawiózł go swoim mercedesem do Sopotu i wniósł do hotelu jego walizki. Recepcjoniści w Grandzie rozpoznawali Szymona i zazwyczaj meldowali go bez większych formalności w najwygodniejszym dostępnym apartamencie. I nigdy się nie zdarzyło, żeby najwygodniejszy apartament nie był dostępny. Między innymi dlatego Szymon tak polubił ten hotel. Tym razem zamieszkał w pokoju numer 233. Znał ten pokój i bardzo go lubił. Miał ogromną łazienkę z wanną, okna od strony morza i piękne obrazy na ścianach.

Po wczesnym lunchu wrócił na górę. Godzinę później z telefonu przy recepcji zadzwoniła „Agnieszka". Tak się przedstawiła. Gdy przyszła, akurat się golił. Młoda, opalona, długonoga, z ogromnym biustem, w kusej sukience, z wyzywającym makijażem i nienaturalnie dużymi wargami. Kiedy półnagi wyszedł z łazienki, siedziała na łóżku z rozsuniętymi udami. W dłoni trzymała szklankę koniaku. Pospiesznie wstała. Podeszła do niego i zaczęła całować go po szyi. Po chwili sięgnęła do jego paska, postawiła szklankę na podłodze, uklękła i zaczęła powoli rozpinać guziki jego rozporka. Bez słowa podniósł ją z kolan i posadził na krześle. Nie zauważył, aby ją to uraziło. Zaczęli rozmawiać. Opowiadała o nieznośnym upale w Sopocie, o tłumie na plażach, o nowych restauracjach, o jakimś centrum handlowym, które budują w Gdańsku, i o tym, że musi koniecznie schudnąć, a na koniec zaprosiła go na wieczorny koncert na plaży przy molo. Jak długo niewidziana dobra znajoma. Zupełnie nie jak z góry opłacona dziwka, z którą rozmawia się po raz pierwszy w życiu. Poza tym drażniło go, że nazywała go „Simon", chociaż powiedział, że ma na imię Szymon. To też było bardzo polskie. Jak gdyby dopiero anglicyzm mógł nadać czemuś rangę lub znaczenie.

Nerwowo spoglądał na zegarek. O piętnastej koniecznie musiał być w barze na dole. Konsultant z firmy od doktoratów miał odbyć pierwsze spotkanie z klientem. Nie znał ani konsultanta, ani tym bardziej klienta. Dowiedział się od polskiego wspólnika, że podczas spotkania ma dojść do podpisania oficjalnej umowy. Ta oficjalność była dla niego najbardziej niezwykła. Oficjalne zlecenia, umowy podpisywane w trzech egzemplarzach, uczciwie odprowadzane podatki, kontrole podatkowe. Magiczne słowa w tym oszukańczym biznesie brzmiały „konsultacje i pomoc naukowa". Ghostwriter pisze klientowi cały doktorat, od tez do wniosków końcowych, klient dodaje swoje nazwisko i imię na początku, a następnie broni tę „konsultację" jako swoją rozprawę. Solidarność wynikająca z uczestniczenia we wspólnie zaplanowanym przekręcie jest najlepszą gwarancją absolutnej dyskrecji. Dlatego można bezpiecznie podpisywać kontrakty, wystawiać faktury i wypełniać PIT-y. Dzisiaj w barze Grandu miał być naocznym świadkiem tego, jak taki przekręt się zaczyna. Niefakturowana i nieopodatkowana prostytucja wydawała mu się w porównaniu z tym zalegalizowanym krętactwem kawalerskim deliktem.

Bar był pełen ludzi. Usiedli na zarezerwowanej kanapie pod ścianą. Młoda kelnerka, którą od kilku ostatnich wizyt obdarowywał uwagą i sutymi napiwkami, natychmiast przyniosła dwie szklanki jego ulubionego greckiego koniaku. Pogardliwym spojrzeniem zlustrowała „Agnieszkę". Rozejrzał się uważnie po sali. Na sofie tuż obok wejścia, przy stoliku przykrytym zapisanymi kartkami siedział otyły łysawy mężczyzna w za ciasnej tweedowej marynarce i kraciastej koszuli. Wpatrywał się w monitor laptopa i nerwowo stukał telefonem komórkowym o krawędź stolika. Po chwili pojawiła się przy nim niewysoka drobna kobieta. Grubas zerwał się z miejsca, pocałował ją w rękę i zaprosił na kanapę. Kobieta wyjęła z torby notatnik. Zaczęli rozmawiać. Ona niekiedy coś zapisywała, on sięgał po kartki leżące na stoliku, czasami odczytywał coś z ekranu komputera. Ciągle podnosił głowę i rozglądał się po sali. Po niecałej godzinie kobieta położyła przed mężczyzną plik dokumentów. Czytał je w milczeniu, niekiedy podnosił głowę i zadawał pytania. Potem wyciągnął pióro z kieszeni i złożył podpisy w miejscach, które wskazała mu palcem.

Obserwując ich, Szymon nie miał wątpliwości, że przy stoliku obok doszło właśnie do zawarcia transakcji, na której to on zarobi najwięcej. Nagle poczuł do siebie jakiś dziwny, nieznany wcześniej niesmak. Siedzi z prostytutką, która za pieniądze odgrywa przed nim żałosną parodię tańca godowego, obok sprostytuowała się właśnie inna kobieta, co prawda zupełnie inaczej, ale także sprzedała swój czas, umysł i swoje myśli, by zadowolić mężczyznę, którym prawdopodobnie pogardza.

To przypadek, że będzie brała w tym udział akurat kobieta, mógłby to przecież równie dobrze być mężczyzna – myślał – jednakże ostatnio w życiu Szymona Ksenbergera wciąż tak się składa, że bierze udział w poniżaniu kobiet. Nigdy tego nie chciał. Kobiety przez długi czas idealizował. Matkę ubóstwiał. Była jego jedynym przyjacielem, nauczycielem, autorytetem. Ojciec był tylko strażnikiem, którego się bał. Bolało go całkowite podporządkowanie się matki mężowi. Szukał kobiet podobnych do niej, a gdy je znajdował, starał się być przeciwieństwem ojca. Wycofanym, delikatnym, wsłuchanym w to, co mówią. Gdy pojawiła się Berit, niezależna, piękna, mądra, wyczekana, zakochał się bez pamięci. Oślepiła go. Nie dostrzegał nic oprócz jej blasku. Nie zauważył, że tak naprawdę jest prostytutką. Ze wszystkich dziwek, które znał, a znał bardzo wiele, Berit była najbardziej wyrafinowana. Po „polskim tsunami na Ko Samui" nabrał przekonania, że jedyne kobiety, które nie są w stanie zadać mu bólu, to te, których uwagę może sobie kupić i których nie kocha. Gdy pewnej nocy rozmawiał o tym z psychologiem ze swojej przychodni – w szwedzkich przychodniach psychoterapeuci mają całodobowe dyżury, tak jak dentyści, ortopedzi i akuszerki – po powrocie z tej idiotycznej pielgrzymki do Wrocławia, dowiedział się, że ma typowe objawy „syndromu przekornego Hioba". Im bardziej doświadcza go los, tym gorliwiej idealizuje boginię zsyłającą na niego nieszczęścia i wystawiającą go na próby. Jednocześnie jednak przekornie chce sobie udowodnić, że tej bogini nie ma, że wszystkie boginie to w istocie „zesłane przez szatana kurwy". To rozdarcie – tak opowiadał psycholog świetnie obeznany w biblijnych bajeczkach – prowadzi do wielorakich zaburzeń. Podstawowym z nich jest pragnienie zemsty na wszystkich kobietach. Najczęstszym jego przejawem jest poniżanie kobiet poprzez – często podświadome – sprowadzanie ich do roli prostytutek. Typowe dla takich powikłań są: otaczanie się wieloma kobietami, z reguły młodymi, intensywne demonstrowanie władczej samczości i sygnalizowanie na każdym kroku niespożytej potencji. Podobnie jak swego rodzaju karanie takich kobiet „niewątpliwą i jednoznaczną utratą pożądania, a panu się to przydarza". Kobiety niepożądane cierpią o wiele bardziej niż niekochane. Biologia ma i zawsze będzie miała ogromną przewagę nad „wymyślonymi memami tak zwanej miłości". Ludzie są jedynymi zwierzętami, które uważają, że „parzenie się powinno być uzasadnione jakimś uczuciem, a pan to sobie za bardzo wziął do serca; pańska impotencja to także rodzaj zemsty na kobietach; aby być mężczyzną, musi pan kochać, pański sflaczały penis mści się razem z pana mózgiem…".

Wstał i podszedł do baru. Kupił butelkę wódki i zabrał ją do pokoju. Chciał być sam. Wyciszył telefon, włączył telewizor, położył się na łóżku i pił z butelki. Gdy zaczynało się ściemniać, wyszedł z hotelu. Na plaży rozebrał się i wszedł do wody. Na Ko Samui wieczorami jeździł skuterem na plażę i także pływał w ciemności.

Podpłynął pod molo. Plażą wrócił po ubranie. Przez ogród przeszedł do hotelu. Przed drzwiami jego pokoju stała młoda kobieta podobna do „Agnieszki". Minął ją bez słowa.

Przenocował w pierwszym pensjonacie, który znalazł. Rano wrócił do Grandu, w pokoju spakował walizkę i zszedł na śniadanie. Na schodach potrącił go jakiś biegnący na oślep mężczyzna. Kiedy zwrócił mu uwagę, krzyknął coś po rosyjsku. Po śniadaniu anulował w recepcji wtorkowy lot powrotny do Sztokholmu. Nie chciał tutaj być aż do wtorku. Pojechał taksówką do Gdyni. Usiadł na ławce w terminalu i czekał na wieczorny prom do Karlskrony...

Joachim Maria Pokuta czuł się przez całe życie niedoskonały, a niepotrzebne dążenie do doskonałości zżerało go jak złośliwy nowotwór z przerzutami na mózg. Zdał sobie z tego sprawę, gdy przed kilkoma tygodniami, w noc świętojańską, zamknął się na strychu swojego domu w Toruniu i pij ąc wiśniówkę z butelki, oglądał rodzinne albumy ze zdjęciami. Słuchał przy tym na słuchawkach Dire Straits, Pink Floydów, Wysockiego i Vangelisa. Był na L-dopie, amantadynie, propranololu i etanolu z wiśniówki. Parkinsona stwierdzili u niego, gdy miał czterdzieści dziewięć lat.

Teraz ma prawie sześćdziesiąt. Ogólnie biorąc, nie powinien narzekać, bywa gorzej. Joachim ciągle potrafi przez kilkanaście sekund utrzymać butelkę przy ustach. Cierpi wprawdzie na drżenie spoczynkowe, spowolnienie i zubożenie ruchów, niekiedy ma maskowatą twarz, zaburzenia powonienia, napadowe pocenie się i ten wstrętny ślinotok. Ale jest to na dzisiaj do opanowania i potrafi wszystko ukryć. Nauczył się. Zawsze uczył się szybko i skutecznie. Jedyne, co go wykańczało, to ta okropna dyzartria. Mówił jak z kluskami w ustach, niewyraźnie, afonicznie. Jak pijak spod budki z piwem.

Przestał kłócić się z żoną i dziećmi, kiedy zauważył, że swoimi bełkotliwymi tyradami może ich jedynie rozśmieszyć.

Dyzartrii „za diabła nie da się opanować". Tak powiedział mu pewien uznawany za guru polskiej neurologii profesor z Gdańska. Ale on – sam profesor belwederski – innym profesorom z zasady nie dowierzał. Przez wiele tygodni, wieczorami, kiedy już wszyscy poszli do domów, zamykał się w swoim biurze na uniwersytecie i godzinami powtarzał słowo „kurwa", nagrywał na dyktafon, a potem odsłuchiwał. Wściekał się za każdym razem, gdy wychodziła mu „kulwa". Obojętnie jak się starał, nie potrafił już poprawnie kurwić. Ostatnimi czasy bywało jeszcze gorzej. „Kulwa" zamieniała się w „gulwa" lub co gorsza w „hulfa". Panował nad samogłoskami, ale spółgłoski z reguły tracił w bełkocie. Co ciekawe, działo się tak tylko wtedy, gdy mówił po polsku. Kiedy śpiewał swoich ulubionych Floydów lub Cockera po angielsku, ze słowami nie działo się nic nienormalnego. Wychodziły mu z ust pięknie, tak jak trzeba, i samogłoski, i spółgłoski. Jak w szczęśliwych czasach przed „Parksym", bo tak nazywał swoją chorobę.

Ksenia... Kochali się w śniegu, w upale, w Bajkale. Miała skośne oczy, które nigdy nie płakały. Zapomniał się przy niej. Kochał ją. Zapomniał o żonie w Polsce, zapomniał o złożonych jej obietnicach, nie zapomniał jednak o dzieciach. Gdyby nie Marcin i Marysia, nie wróciłby pewnie do kraju. Bajkał jest ogromny. Miał dużo czasu, aby się zapomnieć. Na lotnisku w Irkucku Ksenia wcisnęła mu do ręki kanapki. Na dnie papierowej torebki był zielony mech i kilka muszel z nadbajkalskiej plaży. I karteczka: *Bieregi siebia. Budu żdat'. Twoja Ksjusza*. Kochał ją. Jak żadną inną kobietę. Nigdy więcej nie pojechał nad Bajkał. Miał przecież Marcina i Marię. Nigdy jej nie zapomniał...

Gdyby nie rosyjski, którego się cierpliwie uczył, w ogóle by mu się to nie przydarzyło. Po rosyjsku, z Parksym, także nie bełkocze. I to jest bardzo dziwne. Opowiadał o tym gdańskiemu neurologowi. Zaczął po polsku, ale w pewnej chwili przeszedł na angielski, a zakończył po rosyjsku. I nie miał wtedy kluchy w ustach! Tego ignoranta wcale to nie zainteresowało. Nic a nic. A przecież powinno. Bardziej jako naukowca niż lekarza. Joachim miał własną hipotezę. Parkinson posiekał mu neurony w tej części mózgu, która odpowiada za pierwszy język, czyli polski. Wyuczone angielski i rosyjski znajdują się w innych obszarach. Parksy widocznie jeszcze ich nie dopadł. Ale to tylko kwestia czasu. Wiedział o tym. Na końcu tomograficzny obraz jego mózgu będzie czarny jak sadza w czarnym wiadrze w ciemnej piwnicy mieszkania ślepca. Jego *substantia nigra*, gdy już pożre ją Parkinson, będzie czarna nie tylko z nazwy. Będzie jak najczarniejsza czarna dziura w próżni jego czaszki.

Zanim wspiął się na strych po drabinie, wrzucił do worka litrową butelkę wiśniówki od babci Józefy, bochenek chleba, słoik powideł, iPoda, którego podarował mu Marcin, i wszystkie albumy ze zdjęciami, jakie znalazł w kredensie. Uciekał od świata. Coraz częściej. Strychował. Zdarzało się, że spędzał na górze kilka dni. Gdy Parksy łapał go w swoje szpony, przenosił się z reguły właśnie tam. Mógł się tam do woli trząść, nie panować nad kręcącymi kółka nogami, ślinić się lub pocić bez powodu. Ale w tę noc wyjątkowo to nie Parkinson był głównym powodem emigracji na strych. Joachima dopadła najzwyklejsza nostalgia. Nie depresja, ale właśnie nostalgia.

Odróżniał to doskonale. Smutek depresji jest zupełnie inny. Rozpaczliwy, obcy, wynaturzony, wrogi, pełen złości zamiast żalu, napięcia zamiast rozrzewnienia, pozbawiony melancholii i refleksji.

Jak wstrzyknięty przez grubą igłę prosto do mózgu. Nie przychodzi powoli, nie nasila się i nie słabnie potem stopniowo. Nie można się w żaden sposób na niego przygotować. Jest niewytłumaczalny. Nie da się go nijak wypłukać łzami. Smutek depresji ze smutkiem nostalgii oprócz nazwy nie ma nic wspólnego. Tego dnia jednak była to najzwyklejsza nostalgia ludzi zdrowych. Taka sama jak ta, która dopadała go niekiedy przed Parkinsonem, i którą czuł niekiedy, gdy Parkinson dawał o sobie zapomnieć.

Rano poszedł na cmentarz. Ojciec zmarł w nocy z 23 na 24 czerwca. W noc świętojańską. I do tego miał na imię Jan. A na drugie Maria. Joachim chciał go powspominać. I stąd te albumy. Przewrócił tylko kilka stron, wpatrując się w fotografie ojca. Potem patrzył tylko na siebie.

Urodził się w dzień śmierci Stalina. Ojciec, Joachim do dzisiaj nie wie, za jaką łapówkę lub jakim innym sposobem, dostał się na porodówkę w szpitalu. To były wczesne lata pięćdziesiąte. Porodówki były wtedy jak twierdze. Ale pomimo to jego ojciec jakoś się tam przedostał. W Polsce – obojętnie której, dzisiaj też tak jest – zawsze można było coś wykombinować. I robił tam zdjęcia. Czarno-białe. Swoją wymarzoną radziecką zorką, której wszyscy mu zazdrościli. Na jednym z nich Joachim leży z dopiero co odciętą pępowiną w emaliowanym zlewozmywaku. Pielęgniarka z szeroką czarną opaską na rękawie fartucha – trzeba było, Stalin przecież umarł – obmywa przeraźliwie pomarszczoną, zmacerowaną twarz noworodka. Urodził się po przenoszonej ciąży. Zielone wody płodowe pomarszczyły mu skórę, a jego twarz wyglądała jak spracowane ręce starej praczki. Na stronie obok podobna fotografia jego cztery lata młodszego brata. Śliczne niemowlę. Jak z dzisiejszych reklam UNICEF-u przed Bożym Narodzeniem, tyle że bez photoshopa. Ale za to z ręcznym retuszem, bo już wtedy przecież oszukiwali bez skrupułów. Gdyby w tamtych czasach robiono zdjęcia kolorowe, to przepiękny od urodzenia Filipek wygrałby w każdym castingu na zdjęcie na opakowanie pudru na odparzenia pupy i pachwin. Joachima mogliby co najwyżej pokazywać na Facebooku, prosząc o datki na sierocińce w Bangladeszu.

Pierwsza Komunia. On w garniturze i półkoszulku, z krawatem na gumce. Jego przerażona twarz jest nad wargami osmolona od płomienia świecy. Wygląda jak miniaturowy Hitler, z wąsem i z grzywką zaczesaną z prawej na lewą. Dookoła same anioły w garniturach. Tylko on jakiś taki do wyretuszowania.

Czwarta klasa podstawówki. Rozdanie świadectw na podwórzu przed szkołą. Fotografia kolorowa, jeśli można przyjąć, że enerdowskie ORWO to kolor. Joachim w krótkich spodenkach stoi obok osiłka z czerwoną chorągwią. Wygląda jak liliput przy Guliwerze. Sukno flagi zasłania mu twarz, a on kuli się przestraszony, tak że wydaje się jeszcze mniejszy, niż był naprawdę. I dokładnie wtedy ojciec robi to zdjęcie. Do dzisiaj pamięta ten moment. Po chwili wiatr zsunął czerwone sukno z jego twarzy, ale w albumie tego nie ma. Na zdjęciu Joachim wygląda jak radziecki pionier smarkający w ogromną czerwoną chustę. Wszyscy wokół poważni i na baczność, a on jak ktoś niespełna rozumu rozgania rękami czerwony materiał. Pomijając jednak wstydliwy incydent z chorągwią, był to dla niego bardzo ważny dzień. Najlepsi uczniowie dostawali w nagrodę dyplomy i książki. Okularnik stojący obok niego na fotografii, kujon i największy lizus w klasie, dostał prawdziwą encyklopedię, taką z kolorowymi obrazkami. Joachim od dawna o takiej marzył. Zbierał butelki – nawet te po oleju – mył i zanosił do skupu. Cierpliwie oszczędzał. Postanowił, że od piątej klasy też będzie dostawał książki. To wtedy, na tym podwórzu, zdecydował, że będzie najlepszy. Była to chyba najgorsza decyzja w jego życiu. Być najlepszym to postanowienie straszliwe. Szczególnie, gdy podejmuje się je dla siebie, a nie na przykład dla rodziców. Ale on wtedy tak właśnie chciał. I tak mu zostało. Do końca studiów. I długo potem. Dążenie do doskonałości to przejaw okropnego egoizmu. I na dodatek niezwykle szybko uzależnia, jak narkotyk. W skrajnych przypadkach – a on był takim przypadkiem – nałóg ten prowadzi do zbrodni przeciwko najbliższym. Odbiera się im czas, uwagę, zainteresowanie, myśli, troskę, aby tylko przeżyć, krótkotrwałą euforię w momencie stawania na podium. Dzisiaj wie to lepiej niż kiedykolwiek przedtem…

Ósma klasa, to samo podwórze, przed tą samą szkołą. Odbiera nagrodę z rąk dyrektora. Ma podbite oko i plaster na nosie. Dzień wcześniej wdał się w bójkę z osiłkiem z sąsiadującego z ich szkołą ogólniaka. Poszło o Kingę, w której Joachim był zakochany, cokolwiek to znaczy, gdy ma się piętnaście lat. Dryblas powiedział o niej coś złego. Joachim podszedł do niego i spokojnie poprosił, aby to odszczekał. Dryblas uderzył go. Potem on jego. Gdy tamtemu zaczęła lecieć krew z nosa, Kinga podbiegła z chusteczką. Nie chciał na to patrzeć. Uciekł. Pewnie do dzisiaj wszyscy myślą, że stchórzył. Kinga – jeśli go w ogóle pamięta – pewnie także…

Studniówka. Sala gimnastyczna ogólniaka w Toruniu. On, absolutnie wyjątkowy prymus w historii szkoły, w pożyczonym od kuzyna wiśniowym garniturze. Za krótkie spodnie, okropne białe skarpety, brązowe buty ze startymi na bokach obcasami. Nielubiany, odtrącony. Bo zawsze wszystko wie najlepiej. Bo obawiają się go nawet nauczyciele, bo zamknięty w sobie mruk. Na fotografii tańczy z o pół głowy wyższą otyłą dziewczyną. Na drugim planie ironiczne uśmiechy kolegów...

Obóz studencki z kołem naukowym biologów w Mikołajkach. Latem, po czwartym roku. Cała grupa stoi przed namiotem. Dziewczyny w bikini z warszawskiego Juniora, chłopaki w obcisłych kąpielówkach, jakie dzisiaj noszą tylko Rosjanie. On mizerny, wychudzony, z napęczniałymi ropą czyrakami na twarzy. Trzyma w ręku kilka menzurek. Całe ich osiągnięcie. Kijanki jakichś żabek w szklanych rurkach. To on je wyłowił. Strumienie wody spływają wzdłuż jego ciała. Aż do kąpielówek. Ciemniejsze plamy na małej wypukłości pod majtkami. Z monstrualnymi pryszczami wygląda jak dojrzewający chłopczyk, który się właśnie posikał...

Pięć lat później. Kolorowe zdjęcia ślubne. Całe siedem kartek w albumie. Ona w koronkowej sukni po mamie, zbyt ciasnej, aby ukryć wystający już brzuch. On w szarym wełnianym garniturze, z czerwoną muchą w białe kropki. Przerażenie na jego twarzy, gdy zapomniał słów przysięgi. Wprawdzie ksiądz suflerował, ale to nic nie pomogło. Zamyślił się po prostu i nie dosłyszał. Przeniósł się na kilka chwil w zupełnie inne miejsce. Myślami nie był obecny w kościele. Sercem, mówiąc górnolotnie, także nie. To najważniejszy moment ślubu, nie powinno być nic bardziej istotnego. Ale było. Nie pamięta dokładnie, gdzie się wtedy przeniósł. Pewnie do swojego gabinetu na uczelni. Pamięta jednak, że przed ołtarzem miał wrażenie, jakby grał w jakimś przedstawieniu z pełną przesadnego patosu muzyką organową w tle. I na dodatek nie wierzył w żadnego Boga. Ochrzcili go, nie pytając o zgodę – no, w sumie nie było jak – do Pierwszej Komunii przymusili szantażem emocjonalnym, bo „przecież nie można tego zrobić chorej babci Józi, niech umrze w spokoju", a na ślub w kościele zgodził się z bezsilności wobec płaczu, próśb, gróźb i nieustępliwości Urszuli. Poza tym przyszli teściowie, ludzie prości, dobrzy, ale ze wsi, nie pogodziliby się z faktem, że oddają swoją jedynaczkę bez przysięgi przed Bogiem i księdzem. To, że zięć jest niewierzący, traktowali jako tymczasową fanaberię naukowca, która minie jak katar. Gdy na kilka tygodni przed ślubem dowiedział się, że rodzice narzeczonej „postawią Uleńce, Chimkowi i wnuczkowi lub wnuczce domek w Toruniu", postanowił się nie upierać. Chodził nawet – ku ogromnej radości Urszuli – na nauki przedmałżeńskie, chociaż mógł wykombinować odpowiednie zaświadczenie dzięki znajomości z proboszczem, kuzynem ojca. Wbrew swojej woli wstąpił więc w związek małżeński w kościele i rozpoczął nowe życie nieobecny w najważniejszym momencie. I tak było przez wszystkie późniejsze lata. Zawsze znikał w najważniejszym momencie. Z wygody, lenistwa, ale najczęściej ze strachu przed konfliktami i odpowiedzialnością. Miał zawsze na podorędziu dobre i mocne preteksty. Nauka, praca, kolejne tytuły naukowe, kolejne publikacje, członkostwa lub przewodnictwa w kolejnych prestiżowych komisjach, komitetach lub zespołach. Wszystko oczywiście dla dobra rodziny. A jakże...

Pamięta, że szybko przekartkował strony ze zdjęciami ślubnymi. Czuł zmęczenie, leki zaczęły działać, wiśniówka go odurzyła. Zasnął w ubraniu, leżąc na podłodze z głową na albumie. Został na strychu przez cały następny dzień. Nikogo to specjalnie nie interesowało i nikomu nie przeszkadzało. Odkąd objawy Parkinsona się nasiliły, starał się schodzić wszystkim z drogi. Najpierw maskował chorobę na wszystkie możliwe sposoby, potem ze wstydu uciekał do swojego gabinetu, gdzie potrafił od rana do wieczora przełączać kanały w telewizorze. Fukał na wszystkich, którzy gnani troską przychodzili pytać, czy czegoś nie potrzebuje. Był opryskliwy, szorstki, wybuchowy, niewdzięczny, szukał zaczepki. Dzieci, na szczęście już dorosłe i mające swoje życie, coraz częściej schodziły mu z drogi i coraz więcej czasu spędzały poza domem. Córka zamieszkała z chłopakiem, syn przeniósł się na uczelnię we Wrocławiu. Żona dbała o Joachima w niezauważalny, dyskretny sposób. Bez słowa stawiała posiłki na biurku i zostawiała na łóżku czyste ubrania. Przyklejając karteluszki z notatkami do ekranu jego komputera, przypominała o wymagających jego obecności sprawach do załatwienia. Stała się cierpliwą, solidną i spolegliwą całodobową darmową pielęgniarką i opiekunką.

Żoną, kobietą, której pragnął dotykać, przestała być już dawno. Już wiele lat przed jego chorobą byli białym małżeństwem. Prawie białym, bo zdarzało się niekiedy, że w przypływie rozbudzonego, najczęściej alkoholem, libido sięgał po nią – kiedy jeszcze spali w jednym łóżku – a ona się w milczeniu poddawała. Potem, gdy w jego życie wkradała się chyłkiem choroba, stracił zainteresowanie seksem. Miał zaburzenia erekcji, zdarzały mu się nawet kilkumiesięczne epizody zupełnej impotencji. Od czasu do czasu zabierał na strych komputer i oglądał pornograficzne filmiki. Czuł podniecenie, w mózgu pojawiała się chemia, ale niekompletna, bo erekcji nie było. Wzmagało to jego depresję, generowało nowe lęki, uderzało jak obuchem prosto w ego, odbierało poczucie męskości, kastrowało psychicznie, przerażało.

Na początku nie przyszło mu do głowy, że do jego mózgu puka Parkinson. Myślał, że parkinsonizm może dotyczyć tylko innych. Działo się z nim coś dziwnego, ale sądził, że to przepracowanie, nadmierny stres, pierwsze objawy nieuniknionego starzenia się. Pesymistycznym ponurakiem z maskowatą twarzą i skłonnościami do depresji był już od dziecka, więc nie zastanawiało go szczególnie, że się to wzmaga. Smutek i poczucie bezsensu zawsze przecież narastają z wiekiem. Im dłużej żyjemy, im więcej wiemy, im więcej rozumiemy, tym mniejszy życie ma dla nas sens. Nie trzeba studiować filozofii, wystarczy się starzeć. Dlatego coraz częstsze zmęczenie, brak energii, przygnębienie i poczucie utraty celu życia przyjmował bez większego niepokoju. Ale nagle pojawiły się bolączki zupełnie nowe, niezrozumiałe i uciążliwe. Zaczął tracić powonienie, miał częste bolesne zaparcia i dziwne łojotokowe zapalenia skóry. Potem doszły do tego mrowienie, drętwienie, nagłe zmiany temperatury, czasami uczucie silnego gorąca, czasami dotkliwego zimna. A to był dopiero początek. W całej krasie Parkinson pojawił się po mniej więcej dwóch latach od pierwszych objawów. I to z „pełnym programem", jak nazwał to – całkowicie pozbawiony empatii – utytułowany neurolog z Gdańska. Kończyny Joachima zaczęły samoistnie gwałtownie drżeć, jak w *delirium tremens*. Nie mógł zahamować tego dygotu. Czasami w desperacji wpychał stopy w wąską szczelinę między szafą i podłogą. Na drżenie faktycznie pomagało, ulgi nie przynosiło jednak żadnej. Dygot ustawał, ale zamieniał się w bardzo bolesne sztywnienie mięśni od kostek po pachwiny. Drżały mu nie tylko nogi. Pewnego ranka jego ręce trzęsły się tak mocno, że nie mógł uchwycić filiżanki z kawą. Przestał jeść śniadania w kuchni ze wszystkimi. Wstydził się. Od tamtego dnia jadał zawsze sam. Gdy był w domu, to w swoim gabinecie albo na strychu. Na uczelni przestał pojawiać się w stołówce. Nie jadł w ogóle albo uciekał do jakiegoś odległego baru mlecznego, gdzie wszyscy byli dziwni i trochę podobni do niego. I nikt nie mógł go rozpoznać. Zresztą w takich miejscach nikogo nic nie obchodzi.

Jak w klasycznym opisie z podręczników medycyny wkrótce pojawiły się kolejne demony. Ruchy Joachima spowolniły. Czasami mógł chodzić tylko małymi kroczkami, czasami nie potrafił nic ręcznie napisać. Zaczynał ogromnymi literami jak dziecko w pierwszej klasie, a kończył drobnym, nieczytelnym nawet dla niego maczkiem. Napadowo się pocił, chodził pochylony do przodu jak zgarbiony starzec. Czasami jego broda była mokra od śliny, której wypływu wcale nie zauważał. Zaczął odruchowo sięgać dłonią do ust. Potem przyszło osłabienie pamięci. Niektóre wydarzenia, nawet te niedawne, przypominał sobie z dużym trudem. To było najbardziej bolesne. Projekt swojego życia, całą przyszłość, opierał na tym, że zapamiętuje fakty, kojarzy je i wyciąga z nich wnioski. Bez tej umiejętności był jak głuchoniemy klown w cyrku dla niewidomych. Gdy zaczęło się to powtarzać, osunął się jeszcze głębiej w czarną jamę swojej depresji. Kiedy pewnego dnia nie mógł sobie przypomnieć, na którym cmentarzu jest pochowany jego ojciec i którą podstawówkę skończyła jego córka, wpadł w przerażenie. To tamtego poranka po raz pierwszy pomyślał o samobójstwie...

Na uczelni, która kiedyś zastępowała mu dom, pojawiał się tylko wtedy, kiedy naprawdę musiał. Trzymał swoją chorobę w najgłębszej tajemnicy. Rozpowiedział wszem wobec, że ma poważne problemy z sercem, tachykardię i arytmię, i że lekarze zalecili mu ograniczenie stresu do minimum. „Ale to wkrótce minie", co także – z akcentem na „wkrótce" – rozgłaszał. Choroba serca, przypuszczalnie z przepracowania, w jego wieku i przy jego stylu życia jest chorobą naturalną, a dla niektórych nawet „honorową". Parkinsonizmu z pewnością się tak nie postrzega. Wydaje się raczej tajemniczy i podejrzany, jak choroby z czarnej listy katalogu pokut za śmiertelne grzechy i okropne przewinienia. Wszystko, co pada na mózg lub genitalia, jest – przynajmniej w Polsce – traktowane jako przejaw jeśli nie kary Bożej, to działania szatana. Takie miał wrażenie. Dlatego ukrywał swojego Parkinsona i zamierzał ukrywać do samego końca. Jak ktoś zarażony rzeżączką lub HIV.

Kilka tygodni wstecz mieli posiedzenie rady wydziału, na którym miano między innymi wybierać recenzentów rozprawy doktorskiej jego doktorantki. Jako promotor powinien był się pojawić. Jego nieobecność potraktowano by jako niewybaczalne lekceważenie. Poza tym dziewczyna napisała świetną pracę. Poświęciła jej cztery lata swojego życia. To na wynikach jej badań oparł swoją pierwszą publikację wysłaną do „Nature". Miał już dwie pozytywne recenzje. Redakcja czekała na trzecią. Publikacja w „Nature" to spełnienie marzenia. Dlatego powinien zrobić wszystko, aby wyrazić swoją wdzięczność...

Przyszedł. Robił wszystko, aby zachowywać się normalnie. Nafaszerowany L-dopą, uregulowany beta-blokerami, uspokojony zwiększoną dawką valium. Z uśmiechem ćwiczonym godzinami przed lustrem. Gdy przyszło do dyskusji, musiał stanąć przed wszystkimi. Przed chorobą zrobiłby z tego prawdziwy show. Przed chorobą tak. Ale teraz był zupełnie kim innym, chociaż musiał udawać, że jest ciągle taki sam. Pewny siebie, błyskotliwy, doskonały mówca mający w zanadrzu odpowiedzi na wszystkie pytania i rozwiewający wszelkie wątpliwości, sarkastycznie szydzący z przeciwników, niszczący wrogów jednym lapidarnym żartem. Długo i cierpliwie pracował na to, żeby właśnie tak go postrzegano. Najmłodszy w historii profesor zwyczajny – nie jakiś nadzwyczajny, przywiązany jak pies łańcuchem do budy jednej uczelni – podziwiany przez młodą kadrę biednych asystentów i adiunktów, bezkompromisowy „buntownik bez powodu", który stanowczo odmówił kandydowania na stanowisko prorektora, ponieważ „ma w nauce o wiele ważniejsze rzeczy do zrobienia niż podpisywanie jakichś idiotycznych podań o zniżki na przejazdy PKP". Tak było. Kiedyś. Przyszedł na świat z wyjątkowym mózgiem. To nie przydarza się wszystkim. Żeby daleko nie szukać: jego kuzynowi – niemal w połowie ten sam garnitur genów – przydarzyła się na przykład wyjątkowa wątroba. Hektolitry etanolu, które przez siebie przepuściła, wystarczyłyby do zabicia minimum dziesięciu alkoholików. A kuzyn ciągle żyje. Joachimowi naprawdę się z tym mózgiem udało. Wszystko, co ma, osiągnął dzięki niemu. To, że teraz wszystko traci przez jego zanik, jest jak chichot natury albo zemsta za pychę.

W momencie, gdy miał wstać z krzesła i przemówić do wszystkich, „zatrząsł gaciami", jak kiedyś wykrzyczał mu jego własny syn. Dokładnie tak powiedział. „Ojciec, ty trzęsiesz gaciami jak jakiś zasmarkany szczun. Jesteś po prostu chory. To się ludziom zdarza. Masz Parkinsona, a udajesz, że masz sraczkę, bo popiłeś bigos kefirem. Miej w końcu jaja. Stań przed lustrem i powiedz to sobie prosto w oczy. Bo my już i tak wszyscy wiemy. Nie będziemy kochać cię mniej z tego powodu, że trzęsą ci się ręce".

Wstał. Powoli podszedł do pulpitu. Czuł strach, zdenerwowanie, nieznane napięcie. Jego nogi trzęsły się jak w ataku padaczki. Dygoczące dłonie z całej siły przyciskał do drewnianego blatu. Wybełkotał coś na powitanie. Zamilkł, przerażony tym, co usłyszał. Gdy wychodził z sali, dotykał ścian jak niewidomy.

Dwa dni później zadzwoniła do niego sekretarka rektora i połączyła z „Jego Magnificencją". Joachim dowiedział się, że zachował się skandalicznie, że zdążyło już interweniować ministerstwo powiadomione przez dziennikarzy, że naraził na szwank dobre imię uczelni i wystawił na pośmiewisko majestat nauczyciela akademickiego, że choroba alkoholowa może przydarzyć się każdemu i że powinien wziąć roczny urlop zdrowotny, którego rektor mu bez przeszkód udzieli. Wszystkiego wysłuchał w milczeniu. Z ust cwanego lawiranta, beztalencia, niby-naukowca, od dwóch lat broniącego się przed zarzutem plagiatu. Procesy wciąż odraczano, ale wszyscy i tak wiedzieli, że rozprawa habilitacyjna rektora to nieudolny plagiat.

Tamtego dnia zamknął się wieczorem na strychu i sł uchając Beethovena, myślał o śmierci. Zupełnie spokojnie, bez patosu. Nie oceniał swojego istnienia sercem, oddechem, wzrokiem czy dotykiem. To zaburzałoby percepcję. Kalkulował jak księgowy. Na zimno. Same zyski i straty. Szans na wyleczenie nie ma, będzie tylko gorzej. Nie istnieje chyba książka, artykuł, notatka na ten temat, po polsku, angielsku czy rosyjsku, której by nie przeczytał, więc wie. Jakość jego życia obniżyła się do poziomu kogoś, z kim nigdy nie chciałby się zamienić miejscami. Traci powoli pamięć, uczy się z coraz większym trudem, a tym, czego się nauczył, i tak nie potrafi się podzielić z powodu bełkotliwej mowy. Przemieszczanie się wymaga od niego coraz większego wysiłku. Czasami pójście po gazety do kiosku to cała wyprawa. Wychodzi wyłącznie wieczorami, aby nie oglądali go sąsiedzi, gdy zgarbiony pochyla się do przodu lub gdy z powodu dygotu musi zatrzymywać się co dziesięć metrów.

Z nałogów tylko picie wina sprawia mu jeszcze przyjemność, ale coraz rzadziej. Je z rozsądku, bo stracił łaknienie, nie pali, bo nigdy nie palił, libido go opuściło, za seksem nie tęskni, nie jest mu potrzebny. Jedyne, od czego jest uzależniony, to dążenie do tego, aby „wiedzieć, co będzie dalej". Najbardziej przeraża go myśl, że mógłby nie przeczytać jutrzejszych gazet. Nie zna nazwy tego nałogu, ale w niego popadł.

Parkinson wymiata uzależnienia. To wynika z natury tej choroby. Można – okrutnie i szyderczo – powiedzieć, że Parkinson jest najlepszym, co może się zdarzyć alkoholikom i chorym na raka płuc lub krtani nałogowym palaczom. Biochemicznie, jako biolog znał się przecież na tym, parkinsonizm to niedobór dopaminy. Dopamina to neuroprzekaźnik, czyli związek chemiczny przenoszący sygnały między neuronami. Najprościej mówiąc. Jeszcze prościej piszą o tym bulwarowe gazetki typu „Fakt", nazywając dopaminę „hormonem szczęścia", co jest oszukańcze, ponieważ dopamina to nie hormon. Osoby cierpiące na parkinsonizm mają w mózgu zbyt mało dopaminy. Za to tylko pozornie proste odkrycie, w dwutysięcznym roku dostał Nagrodę Nobla szwedzki profesor Arvid Carlsson. Swoją drogą parkinsonizm to jedna z niewielu chorób, które mają noblowskie wyjaśnienie. Joachim słuchał kiedyś wykładu Carlssona podczas konferencji w Amsterdamie. Doskonały wykładowca, dowcipny i charyzmatyczny, a przy tym wspaniały mówca. Potrafił w niewiele ponad pół godziny wyjaśnić najbardziej skomplikowane zawiłości biochemii ludzkiego mózgu i zrobił to tak, jak gdyby dyktował babci przepisy z książki kucharskiej dla chemików. Trzeba zmieszać ze sobą to i to i dodać tamto, aby powstało coś zupełnie innego. To było na niecałe dwa lata przed Noblem. Joachim nie miał wtedy pojęcia, że po latach zaistnieje między nimi taka przewrotna relacja.

*

Carlsson opisał skutki braku dopaminy. Powiązał ten deficyt z motoryką, a w zasadzie z jej zupełnym upośledzeniem u ludzi w ostatnim stadium choroby. Przedtem dopaminę kojarzono głównie z uzależnieniami. W mózgu, w okolicach ciała migdałowatego, znajduje się kilkanaście miliardów neuronów, które naukowcy nazwali ścieżką nagrody. Dopamina, „przyklejając" się do receptorów w neuronach ciała migdałowatego, pobudza je pozytywnie. Uczucie rozluźnienia po wypiciu wina bierze się właśnie stąd. Zostanie także zapamiętane na przyszłość. Podobnie jak uczucie rozkoszy podczas seksu, uspokojenie po papierosie, pobudzenie po wciągnięciu kokainy lub dymu z marihuany. Pod wpływem alkoholu, heroiny, kokainy, amfetaminy oraz miłości i pożądania neurony produkujące dopaminę w ścieżce nagrody wypompowują całe morze tego neuroprzekaźnika. Osobniki skłonne do uzależnień – do dziś nie wiadomo dokładnie, dlaczego niektórzy uzależniają się łatwiej niż inni – chcą przeżywać tę dopaminową powódź coraz częściej. Zapisanie przyjemności, zaspokojenia, rozkoszy czy euforii w ścieżce nagrody powoduje tęsknotę za tym, aby przeżywać te stany kolejny i kolejny raz. Dlatego dopaminę kojarzy się ze szczęściem. W przypadku miłości – jeśli darzy się nią cały czas tę samą osobę – jest to romantycznie piękne i godne pochwały, w przypadku heroiny już nie. Gdy z jakiegoś powodu fabryka dopaminy w mózgu ulegnie awarii, a tak dzieje się w parkinsonizmie, cały ten mechanizm traci fundament. W ostatniej fazie choroby fabryka przypomina już tylko ruiny elektrowni w Czarnobylu. I wtedy się umiera…

Wrócił do księgowania swojego ewentualnego odejścia. Dzieci są dorosłe. Będą zabezpieczone finansowo. Ma polisę na życie, którą na nie przepisze. Dom od początku był zapisany na żonę. Podobnie jak działka pod Giżyckiem i mieszkanie w apartamentowcu w Ustce. Ostatnią wolę spisał dwa lata temu, tuż po bezsensownej tragicznej śmierci młodszego brata, który runął z motolotnią w górach Tienszan w Kirgistanie. Nie zostawił testamentu. Niedorzeczne żenujące kłótnie i drogie procesy spadkowe, które cieszą jedynie zacierających ręce adwokatów, trwają do dzisiaj. Testament, jakkolwiek to przerażająco brzmi dla człowieka w wieku Joachima, pozwala uniknąć takich poniżających spektakli. Od strony formalnej wszystko jest przygotowane na wypadek jego nagłego odejścia.

Potem czytał o samobójstwach. Nie zdawał sobie sprawy, ile tego jest. W internecie zwłaszcza. Więcej tam o zabijaniu się niż o poczęciach lub narodzinach. Pomijając oczywiście narodziny Chrystusa. Technicznie i praktycznie. Ze statystykami w tabelkach i grafikami na kolorowych wykresach. Kiedy, gdzie, o której i przede wszystkim: w jaki sposób najskuteczniej. Samobójstwo jako zjawisko ma doskonałe opracowania naukowe. Statystyczne, socjologiczne i nawet – co go zdumiało – ekonomiczne. Ponieważ, wbrew wszelkim kreowanym przez media pozorom, odbierają sobie życie częściej ludzie starzy niż młodzi, oszczędności na emeryturach i rentach mają „fiskalne znaczenie dla państwa". Tak analizowała to w artykule opublikowanym w dodatku do dystyngowanego „Financial Times" pewna ekonomistka z Helsinek pracująca na zlecenie i za pieniądze jakiejś komisji unijnej. W Finlandii jest najwięcej samobójstw, więc takie pozornie okrutne analizy mają tam sens. Z tabelki załączonej w przypisie wynikało, że roczne oszczędności poczynione dzięki samobójstwom są większe niż roczne koszty utrzymywania nowo otwieranych żłobków, które są w Finlandii bezpłatne. Po raz pierwszy w życiu czytał artykuł naukowy z dziwnym niesmakiem.

Potem przeszedł do literatury. Też jest tego dużo, ale większość – niezależnie od epok literackich – przesiąknięta werterowskim romantyczno-patetycznym uniesieniem. Takie książki tylko kartkował i odkładał. Spokojniej, z namysłem i bez tragizowania pisali o samobójstwach w Polsce, bo to było mu najbliższe, Jan Marx, Brunon Hołyst i Stefan Chwin. O dwóch pierwszych nigdy nie słyszał. Chwin pisze szczególnie ujmująco. Naukowo, analitycznie, bez wylewania łez, wyjątkowo obiektywnie. Wgłębia się w kondycję ludzką jak chirurg ze skalpelem we wnętrze mózgu, znajduje i opisuje przyczyny radykalnej niezgody na istnienie. Joachim przez trzy dni i cztery noce maltretował się na strychu jego książkami. Dwa opasłe tomy, każdy ponad czterysta stron, nie licząc kilkuset przypisów. Zabicie się po tej lekturze – skonstatował w pewnej chwili – nabiera jeśli nie sensu, to chociaż uzasadnienia. To po przeczytaniu Chwina podjął ostateczną decyzję.

Tydzień później pojechali z żoną do banku. Przepisał polisę na dziecko. Chciał na oboje, ale to w Polsce niemożliwe, więc przepisał na Marysię. Zawsze opiekowała się młodszym bratem. Potem, tego samego dnia, zaprosili notariusza do domu i sprawdzili wszystkie hipoteki. Żonę uspokoił kłamstwem, że „czas najwyższy to zrobić, bo mają się zmienić podatki". Wieczorem, zanim poszedł na strych, usiedli przy stole w kuchni. Oznajmił jej przy herbacie, że „jednak pojedzie na tę konferencję do Sopotu" w połowie lipca. Ucieszyła się i dotknęła jego dłoni. „Wyprasuję ci tę niebieską lnianą koszulę – powiedziała cicho. – Jesteś w niej taki przystojny…". Długo całował jej ręce. W nocy zszedł ze strychu i położył się obok niej w łóżku. Gładziła jego włosy. Przytulał się do niej. Żegnał…

# # 404

Postanowił zabić się w hotelu. Nie potrafiłby w domu. Do tego potrzeba prawdziwej samotności. W zupełnie obcym miejscu. W domu nigdy nie jest się do końca samemu. Nawet w środku nocy, na pustym strychu zamkniętym od wewnątrz na cztery spusty. Nie można odciąć się od dobrych wspomnień związanych z miejscem, za dużo jest w powietrzu znajomych zapachów, za dużo rozpoznawalnych odgłosów i dźwięków, za dużo obrazów, które pojawiają się mimo woli pod zaciśniętymi powiekami.

Kapiący kran w kuchni, gdzie kąpał dzieci w czerwonej plastikowej wanience, która leży rzucona jak grat w kąt strychu. To był chyba jedyny czas, gdy dotykał swoich dzieci i je przytulał. Potem tylko z nimi rozmawiał.

Żałosne miauczenie kotki staruszki pod drzwiami sąsiada. Gnana instynktem wychodzi na łowy późnym wieczorem i wraca zawsze odrobinę spóźniona, gdy zgasną już wszystkie światła i zamkną się wszystkie drzwi. I miauczy głosem przypominającym kwilenie niemowlęcia. Zawsze było mu jej żal, teraz także. Kiedyś narzucał płaszcz na piżamę, wychodził i pukał do sąsiadów. Przestał, kiedy pewnego razu dostał drgawek i potknąwszy się o zabawkę zostawioną przez dzieci sąsiadów w ogrodzie, upadł twarzą na betonowe schody, złamał sobie nos i zwichnął prawe ramię.

Stukot kół przejeżdżającego pociągu. Odległe wspomnienia czułych pożegnań i powitań na dworcu, a zaraz potem – jak grom z jasnego nieba – nawrót wcale nieodległego przerażenia, gdy nad ranem w ataku nieopanowanej desperacji, zamroczony miksturą leków, alkoholu i rozpaczy, pobiegł z krzykiem na ustach skrótem przez pola, aby położyć się na torach i wszystko ostatecznie, raz na zawsze zakończyć. Kiedy pociąg nadjechał, Joachim tkwił kilkaset metrów od toru zaplątany w kolczasty drut, którym ktoś ogrodził kawałek swojej łąki. Jak epileptyk w konwulsjach tłukł głową o oszronioną zmarzniętą ziemię. Potem długo klęczał z rękami złożonymi jak do modlitwy, wpatrywał się w tory i płakał. Do domu zdążył wrócić przed świtem. Niezauważony. Zamknął się na strychu i nie pokazywał światu przez prawie trzy doby. Gdy przejeżdżały pociągi, zatykał uszy i nakrywał głowę kołdrą i poduszką.

Uspokajająco znajome odgłosy codziennej domowej krzątaniny na dole. W kuchni, salonie, przedpokoju. Stukot talerzy, niewyraźne dźwięki muzyki z radia na lodówce, dzwonek telefonu, śmiech i podniesione głosy dzieci i niekiedy Urszuli, gwizdek czajnika, warkot odkurzacza, kukanie zegara z kukułką, chrobot mielonej kawy, pukanie do drzwi, pisk nienaoliwionych zawiasów, które już dawno obiecał naoliwić, dźwięk podnoszonych lub opuszczanych drzwi do garażu, szczekanie psa sąsiadów, gdy ruszał samochód Urszuli. Normalne dźwięki toczącego się wokół życia.

Nie chce już żyć. Nadeszła taka chwila, że trwanie nie ma dla niego już żadnego celu. Nic nie motywuje go, aby wstać rano z łóżka i żyć dalej, i dźwigać swój bagaż. Jego zdaniem każdy powinien mieć prawo wybrać ten moment. O dacie urodzin nie można zadecydować, ale powinno się mieć prawo do wyboru daty śmierci. Nie znaczy to jednak, że wolno mu naznaczyć ten dom i najbliższych, którzy tutaj pozostaną, piętnem swojego samobójstwa. Bo co innego umrzeć na raka w łóżku, a co innego powiesić się na pasku. Dlatego postanowił, że popełni samobójstwo w hotelu.

Pokojów hotelowych nie interesuje, czy ktoś żyje czy nie. Rano pojawi się sprzątaczka i oprócz brudnych ręczników w łazience znajdzie także trupa. Może nigdy tego nie zapomni, a może zapomni już po tygodniu, może wpadnie w szok, ale może nie. To zupełnie obcy człowiek. Dla twoich bliskich stanie się z pewnością kimś wyjątkowym, bo przecież to ona jako pierwsza zobaczyła cię po śmierci. Ale to jedyne, co połączy wasze losy, drobiazg. A ty i tak nigdy się nie dowiesz, jak było naprawdę. Potem w obecności prokuratora i kilku policjantów odetną cię, położą na podłodze, spiszą jakieś protokoły i jak najdyskretniej wyniosą zwłoki z hotelu. Prawdopodobnie tylnym wyjściem dla personelu, obok kotłowni, piwnicy lub magazynu na brudną pościel. Aby nie budzić sensacji, nie psuć – broń Boże – pobytu innym gościom i przede wszystkim: nie prowokować najazdu dziennikarzy. To drastycznie zaszkodziłoby reputacji placówki i mogłoby – przynajmniej na jakiś czas – negatywnie wpłynąć na „współczynnik zasiedlenia pokoi". Zawiozą twoje ciało do najbliższego instytutu medycyny sądowej, aby patolog po rutynowym badaniu mógł wpisać do protokołu frazę „wyklucza udział osób trzecich" i spokojnie się podpisać. W międzyczasie powiadomią Urszulę. Poproszą, żeby niezwłocznie przyjechała potwierdzić twoją tożsamość, chociaż ją znają, zostawiłeś przecież dowód osobisty, prawo jazdy, a także legitymację służbową w kopercie z kilkuzdaniowym listem pożegnalnym. Napisałeś w nim, że to twoja „suwerenna decyzja, ponieważ straciłeś sens trwania". I czytelnie się podpisałeś. Z imienia i nazwiska. Nikogo w tym liście nie przepraszasz, nikogo nie obwiniasz, nikomu nie przekazujesz, że go kochasz lub kochałeś. Ci, co mieli o tym wiedzieć, i tak wiedzą. Prokuratora twoje miłości nie powinny nic obchodzić. Urszula odbierze telefon w kuchni, bo to będzie czas gotowania obiadu. Gotowała codziennie, z nadzieją, że może jednak zejdziesz ze strychu i zjecie razem. Wysłucha, zapisze adres kostnicy i zamilknie. Nie zdradzi swoich uczuć obcemu człowiekowi. Lubiłeś to w niej. Uczucia to sprawa intymna. Także w sytuacjach ostatecznych. Nie wolno okazywać ich byle komu. Potem wyjdzie do ogrodu przed domem, usiądzie na ławce przy grządce z tulipanami, które dla niej dawno temu zasadziłeś, i będzie płakać. Zadzwoni do brata i powie, że musi ją zawieźć „w okolice Gdańska". Brat zaczeka na parkingu, a ona pójdzie do kostnicy „potwierdzić tożsamość denata". Dopiero kiedy wróci do samochodu, powie bratu, że „jej Chimek umarł". Wyciągnie telefon i zadzwoni do dzieci. W międzyczasie w hotelu dobrze wywietrzą pokój, wymienią ręczniki, zaścielą łóżko i uzupełnią zapasy w minibarze.

W zasadzie chciał się zabić w Hotelu Nadmorskim w Gdyni. Nocował tam kiedyś podczas jakiegoś dwudniowego seminarium. Był jeszcze wtedy normalny, zdrowy. W nocy zadzwoniła Urszula. Artur, jego jedyny przyjaciel, dziennikarz i fotograf od lat mieszkający w Londynie, zginął w katastrofie lotniczej w Etiopii. Leciał awionetką do obozowiska uchodźców na jakiejś pustyni, żeby zrobić reportaż dla „National Geographic". Zadzwonili na ich numer domowy z polskiej ambasady w Addis Abebie. W paszporcie Artura był zapisany ołówkiem ich numer telefonu. W polskich paszportach jest taka rubryka, gdzie wpisuje się, kogo powiadomić w razie wypadku. Artur nie miał nikogo bliższego niż Joachim. Często mu o tym mówił. Pamięta, że kupił wtedy w barze butelkę wódki i poszedł na plażę. Noc przegrywała z dniem. Wstawał mglisty poranek. Siedział na piasku i pił wódkę z butelki. Nie słyszał fal. Absolutna cisza i szarość. Żadnej granicy pomiędzy wodą i powietrzem. Na tej plaży, w tej absolutnej szarości, po raz pierwszy wyobraził sobie śmierć.

W Nadmorskim nie mieli jednak wolnych pokoi, bo to „letni sezon i pełne obłożenie". Uprzejma recepcjonistka obdzwoniła okolicę. W Sopocie, w Grand Hotelu. Ktoś w ostatniej chwili odwołał rezerwację. Pojechał pociągiem do Gdańska, potem kolejką do Sopotu. Po drodze z dworca do hotelu tylko dwa razy miał napad drgawek. Stanął w kolejce do recepcji. Pokój numer 404. Recepcjonistka była zdziwiona, gdy oznajmił, że chce zapłacić z góry. Już teraz. Zostawił w pokoju walizkę, zadzwonił do Urszuli z informacją, że bezpiecznie dotarł na miejsce, i zszedł na parter. Nie chciał być sam.

W barze nie było wolnych miejsc. Stanął przy barze, zamówił kieliszek wina. Młody pianista grał Szopena. Joachim rozejrzał się po sali. Dziewczyna z białym kwiatem we włosach. Bardzo podobna do jego córki. Obok na kanapie chudy długowłosy mężczyzna dyskretnie ocierający łzy. Wpatrywał się w niego. W pewnym momencie ich spojrzenia się spotkały. Odsunął się na koniec kanapy, zapraszając go ruchem ręki. Podziękował mu skinieniem głowy. Wysłuchał do końca muzyki, poprosił o rachunek. Gdy kelnerka obsługiwała klienta na drugim końcu baru, zostawił pod rachunkiem banknot dwustuzłotowy i wyszedł z sali.

Wrócił do pokoju. Rozpakował walizkę. Garnitur powiesił w szafie, błękitną lnianą koszulę na wieszaku w przedpokoju. Dokładnie przetarł buty pastą w płynie. Na blacie przy umywalce położył komplet czystej bielizny. Potem zadzwonił do syna. Nie odbierał. Przypomniał sobie, że od tygodnia jest przecież na wakacjach, gdzieś w Algarve, w Portugalii. W wiadomości, którą nagrał, powiedział, że za nim bardzo tęskni i że jest z niego dumny. Potem długo rozmawiał z córką. Wyczuł zdziwienie w jej głosie. Na początku wyraźnie przestraszona zapytała z troską, czy „u niego i u mamusi wszystko dobrze". Była w jakimś nocnym klubie. Słyszał dudniącą muzykę, śmiech i krzykliwe rozmowy w tle. Nie był pewien, czy dosłyszała, gdy pod koniec rozmowy zapewnił, że kocha ją jak nikogo na świecie. Potem włączył komputer. Napisał maila do żony – ze zdziwieniem zauważył, że to pierwsza w życiu wiadomość, jaką do niej wysyła – z danymi swojego konta bankowego, z numerami, identyfikatorami i hasłami. Przypomniał jej także o skrytce na dokumenty w podziemiach banku. W oddzielnym mailu serdecznie podziękował swojej doktorantce za współpracę, załączając kopię artykułu dla „Nature" oraz dokument potwierdzający oficjalne przyjęcie publikacji do druku w jednym z wrześniowych wydań. Potem usunął wszystkie wiadomości z programu pocztowego oraz wszystkie osobiste pliki z twardego dysku. Wziął prysznic i dokładnie się ogolił. Połknął wieczorną garść tabletek, dokładając trzy dodatkowe valium. Zgasił wszystkie światła. Otworzył okna. Usiadł w fotelu, wsłuchał się w szum fal. Nie płakał. Czuł działanie valium, ale sen nie nadchodził. Około północy wyjął z minibaru butelkę wina i wypił ją duszkiem. Valium zmieszane z alkoholem zawsze na niego działało. Zasnął.

*

Obudził się, gdy zaczynało świtać. Przeszedł przez ogród na plażę i długo spacerował. Wrócił do pokoju dopiero wtedy, gdy dostał pierwszych drgawek. Napisanie drukowanymi literami krótkiego listu zajęło mu ponad pół godziny. Nie pamięta, ile razy darł i wrzucał do toalety kartki z nieczytelnymi kulfonami. Opróżnił portfel z dokumentów i wsunął je wraz z listem do koperty. Założył błękitną koszulę i garnitur. Włączył radio i wysłuchał wiadomości.

W rogu pokoju, tuż pod sufitem, odkrył kawałek pomalowanej na biało rury ukryty pod grubym materiałem ciężkich zasłon. Dokładnie nad stolikiem nocnym. Gdyby przerzucić przez rurę pasek i stanąć na stoliku, pętla paska będzie sięgała do szyi. Potem wystarczy tylko stopą popchnąć stolik do przodu. Opróżnił mebel i przysunął go jak najbliżej ściany. Przerzucił pasek nad rurą, zrobił pętlę i wsunął w nią głowę. Wszystko było tak, jak oceniał. Gdy kopnie stolik, zawiśnie około sześćdziesięciu centymetrów nad podłogą. Zszedł ze stolika i z paskiem w dłoni podszedł do drzwi. Przekręcał rygiel, aby zamknąć pokój od wewnątrz, gdy nagle usłyszał ciche pukanie.

Za drzwiami stała sprzątaczka. Jej twarz wydała mu się dziwnie znajoma. Zapytała cicho, czy może „przeszkodzić i przygotować pokój; jeśli nie, to przyjdzie później". Pomyślał, że to ostatni podarunek od losu. Jeśli zgodzi się, aby sprzątnęła jego pokój teraz, to długo nie pojawi się nikt inny. Być może nawet do wieczora. Urszula, dzieci i cały świat dowiedzą się o wszystkim znacznie później. Absurdalna logika, której się w tym momencie poddał. Zaprosił dziewczynę do środka. Weszła, ciągnąc za sobą odkurzacz. Rzucił pasek na łóżko, stanął plecami do niej przy parapecie i patrzył na ogród przed hotelem. W pewnej chwili usłyszał dzwonek telefonu. Dziewczyna przeprosiła go i pośpiesznie sięgnęła do kieszeni fartucha. Zaczęła rozmawiać. Mówiła po rosyjsku. Głosem Kseni znad Bajkału. Tak samo smutnym, tak samo proszącym. Instynktownie opuścił na parapet dygoczące dłonie. Zagryzł zęby. Poczuł strużki potu na skroniach i wypływającą z ust ślinę. Przycisnął czoło do chłodnej szyby. W pewnej chwili powiedziała cicho:

– *Bieregi siebia. Budu żdat'*...

Spojrzał na nią. Nigdy nie widział, aby ktoś płakał tak dużymi łzami. Chciała coś powiedzieć, ale wybiegł z pokoju jak oszalały. Potknął się o wózek stojący na korytarzu przed drzwiami. Upadł. Po chwili podniósł się i biegł dalej. Na schodach potrącił jakiegoś mężczyznę. Zatrzymał się, dopiero gdy nie mógł już dostrzec budynku hotelu...

# 12 miesięcy później…

Marian Szczepan Lichota po raz pierwszy od kilku lat spędził zimę w cieple. Nie musiał chować się w podziemnych przejściach dla pieszych, spać na ławkach dworcowych poczekalni, przeskakiwać płotów na podmiejskich działkach i szukać niezamkniętych na klucz altan. Mężczyzna, który w upalne południe podlewał róże w ogrodzie hotelu Grand, według Lichutkiego „kocmołuch w lakierowanych bucikach, co rośliny bezkarnie krzywdzi", okazał się jednym z wyższych rangą pracowników korporacji Sofitel. Z pochodzenia Francuzem z polskimi korzeniami. Kolejny ogrodnik porzucił pracę, a lojalny i oddany korporacji paryski dyrektor, który akurat przebywał w hotelu, postanowił osobiście ratować rośliny przed posuchą. Gdy w niedzielę rano przechodził korytarzem obok pokoju numer 252, drzwi otworzył Marian Szczepan Lichota. Rozpoznał „kocmołucha" i natychmiast zagadnął go w sprawie „bestialskiego niszczenia roślinności". Po krótkiej i burzliwej rozmowie Lichutki otrzymał ofertę pracy na stanowisku „asystenta ochrony infrastruktury hotelu", czyli ogrodnika. Początkowo na miesięczny okres próbny. Przez ten miesiąc Lichutki praktycznie nie oddalał się od hotelowego ogrodu. Ze względu na jego stanowisko nieustanne przebywanie na terenie ogrodu, także nocą, nie budziło na początku większych podejrzeń. Gdy w końcu wyszło na jaw, że Lichutki jest bezdomny, hotel – przy dużym zaangażowaniu francuskiego dyrektora – znalazł mu kwaterę w starej kamienicy na obrzeżach miasta. Bardzo pomógł w tym fakt, że Lichutki dostał umowę o pracę, co spowodowało, że całkowicie zaprzestał spożywania alkoholu. To, czego nie zdziałało leczenie w klinice uzależnień w Wejherowie, stało się faktem, gdy Marian Szczepan Lichota zaczął na etacie „dbać o swój ogród". Oprócz tego zajął się eksperymentowaniem z nowymi szczepami róż. Wiosną udało mu się wyhodować nową biało-kremową odmianę, którą nazwał imieniem swojej zmarłej córki.

Gdy wieść, że Lichutki się „udomowił", przestał pić i jest „znanym ogrodnikiem w Grandzie", rozniosła się po Sopocie, grabarz z cmentarza, na którym znajduje się grób jego córki, zaproponował mu pół etatu na stanowisku „pomocnika w dziale opieki nad grobami". Lichutki dzieli teraz swój czas między ogród przed Grandem i cmentarz, na którym od wielu lat codziennie bywał…

Maksymilian von Drewnitz, niemiecki pastor ewangelicki, którego dziadek w czasie wojny był odpowiedzialny za dostawy cyklonu B do obozu koncentracyjnego Stutthof, zakochał się w polskiej dziennikarce, spotkanej przypadkowo na hotelowym korytarzu. Nie zaniedbując parafii w Lipsku, regularnie przyjeżdżał lub przylatywał do Warszawy, by jak najczęściej być blisko Justyny. Po kilku miesiącach jego polski przyjaciel, krakowski jezuita Jacek, skontaktował go z konsystorzem Kościoła Ewangelicko-Augsburskiego w Polsce. Po spotkaniu z Maksymilianem konsystorz podjął uchwałę o sfinansowaniu mu kursu języka polskiego w Studium Języka Polskiego dla Cudzoziemców na Uniwersytecie Łódzkim. Przyznał mu także stypendium. Od pół roku von Drewnitz mieszka w małym pokoiku akademika w centrum Łodzi. Maksymilian uczy się teraz polskiego i daje lekcje niemieckiego w prywatnej szkole językowej. Weekendy spędza z Justyną. Niekiedy wyjeżdżają do Sopotu. Zawsze zatrzymują się w Grandzie. Jest bardzo prawdopodobne, że ich dziecko zostało właśnie tam poczęte. Wiedzą już, że będzie to córka…

Lubow Aleksandrowna Jankielewicz, rosyjska pokojówka, we wrześniu, po zakończeniu sezonu, wzięła należny jej urlop i wyjechała do rodzinnego Nowosybirska. Ze swoich półek usunęła wszystkie książki Brodskiego i Achmatowej. Zmieniła numer telefonu i kolor włosów. Bardzo schudła. Dni spędzała w Akademgorodoku z Nikitą, który zdążył się w międzyczasie ożenić. Wieczory głównie z matką. Dwa razy poleciała do Sankt Petersburga. Odwiedzała teatry i filharmonie. W Ermitażu spędziła dwa dni. Cały czas tęskniła za Włochem, ale zawsze znajdowała coś, co ją zajmowało i pozwalało rozgonić myśli.

Czas do września przetrwała dzięki Patrykowi. Przy nim nie wolno jej było płakać. Gdy tylko zaczynała, zostawiał ją samą. Wtedy płakała jeszcze bardziej. Zawsze po chwili przychodził i ją tulił. Czasami płakał razem z nią. Potem płakała już tylko wtedy, gdy była zupełnie sama.

Pod koniec września wróciła do Sopotu. Pewnego dnia spotkała na korytarzu kadrowca, który przyjmował ją do pracy w Grandzie. Z trudem ją poznał. Wyjaśniła, że „schudła, ponieważ ma kłopoty z łaknieniem i problemy osobiste". Wtedy zapytał, jak „problem osobisty" ma na imię. Rozpłakała się. Po tygodniu wezwał ją do swojego gabinetu. Poinformował, że Sofitel otwiera „nowy prestiżowy obiekt" w Londynie i będzie tam potrzebna osoba „z pani doświadczeniem i z pani znajomością języków i wschodniej mentalności". W listopadzie zamieszkała w pokoju dla personelu w Londynie. Ponad połowę zatrudnionych stanowili młodzi emigranci z Polski, Rosji i Ukrainy. Zrozumiała, co sopocki kadrowiec miał na myśli, mówiąc o „wschodniej mentalności". Nie musiała sprzątać. Jej zadanie polegało na organizowaniu i dozorowaniu sprzątających. Miała w związku z tym nawet wymyślny dostojny tytuł wygrawerowany na pozłacanej tabliczce przypiętej do butonierki brązowego służbowego kostiumu. Mimo to gdy z powodu choroby któraś z dziewczyn nie stawiała się w pracy, nie szukała zastępstwa. Przebierała się za pokojówkę i sama pchała po korytarzach wózek, wciągała do pokojów odkurzacz, myła wanny i umywalki, wymieniała pościel, zaglądała do koszy i pod łóżka. Odkrywała tajemnice, które może odkryć jedynie hotelowa sprzątaczka. Wkrótce zauważyła, iż te londyńskie prawie niczym nie różnią się od sopockich. Może tylko częściej znajdowała w koszach na śmieci malutkie plastikowe torebki z resztkami białego proszku. Dyrekcja traktowała jej „poświęcenie dla hotelu z największym szacunkiem" i nagradzała ją premiami, podlegli jej pracownicy szanowali ją i traktowali „jako swoją", a ona robiła to wyłącznie dla siebie. Z czystej ciekawości.

Któregoś dnia na stacji w Soho podszedł do niej starszy mężczyzna z aparatem fotograficznym. Oprócz fotografowania zajmował się znajdowaniem atrakcyjnych hostess. Jakiś rosyjski oligarcha, rzekomo właściciel angielskiego klubu piłkarskiego, organizował ważne przyjęcie na swoim jachcie zacumowanym w Brighton. „Pani ma przepiękną słowiańską urodę, myślę, że byłaby pani tam mile widziana", powiedział z przekonaniem, wręczając jej wizytówkę. Honorarium za dwa dni uśmiechania się i podawania tac z drinkami było oszałamiające. Zgodziła się. Pojechała do Brighton w piątek wieczorem. Nocowała w kabinie na jachcie, który okazał się – przynajmniej w jej odczuciu – ogromnym okrętem, jakie widywała w odeskim porcie, kiedy była na wakacjach z matką. Drugiego dnia przystanęła z tacą pełną kieliszków przed stojącym na uboczu zamyślonym wysokim starszym mężczyzną z długimi lekko siwymi włosami. Sięgnął po kieliszek, uśmiechnął się do niej i podziękował po polsku. Odpowiedziała także po polsku. Wieczorem przysiadł się do niej na ławce na rufie obok szalup ratunkowych. Zaczęli rozmawiać. Prowadził galerię, kupował i sprzedawał obrazy. Poza tym był uznanym w świecie specjalistą od rozpoznawania falsyfikatów. Wykładał czasami na polskich, niemieckich i angielskich uniwersytetach. Rosyjski oligarcha od wielu lat zatrudnia go przy zakupach dzieł sztuki. Ufa mu. Rozmawiali o obrazach, literaturze i Rosji, w której często bywa i którą jest oczarowany.

Następnego dnia zjawił się w jej hotelu. Z bukietem kwiatów. Tydzień później pojawił się znowu. I w kolejnym tygodniu. W pewnym momencie zauważyła, że przylatuje do Londynu tylko dla niej. Czuła się przy nim dobrze i bezpiecznie. Niczego od niej nie chciał. Ani razu nie było dwuznacznej sytuacji. Tylko raz w kinie w Soho sięgnął po jej rękę i delikatnie dotykał wargami jej dłoni. Chodzili do teatru, do muzeów, do księgarń. Gdy kiedyś z powodu pracy nie mógł przylecieć na weekend, tęskniła za nim. Pierwszy raz tęskniła za innym mężczyzną. Gdy zadzwoniła i powiedziała mu o tym, w poniedziałek rano stał pod jej hotelem…

Zaprosił ją na Wigilię do swojego domu „na zapadłej wsi pod Lublinem". Długo się wahała, zanim potwierdziła przylot. Polska wigilia jest rodzinnym świętem. Wiedziała to. I ta była bardzo rodzinna. Przy stole w starej willi przypominającej szlachecki pałacyk siedziała obok jego dwóch córek. Były niewiele młodsze od niej. Podczas dzielenia się opłatkiem starsza z nich wyszeptała:

– Mój ojciec panią kocha. Jeśli chce mu pani wyrządzić krzywdę, to niech to pani zrobi jak najprędzej i zostawi go w spokoju...

Nie chciała mu wyrządzić żadnej krzywdy. Nie obiecywała niczego, ale chciała mieć także pewność, że nie jest plastrem na jej rany. W marcu polecieli na narty do Austrii. W pensjonacie w Ischgl zamieszkali w jednym pokoju. W październiku przeprowadza się do Polski. W podróż poślubną pojadą do Wenecji. To był jej pomysł. Zawsze chciała zobaczyć Wenecję Brodskiego...

Weronika Zasuwa-Pętla sumiennie, aczkolwiek niechętnie na początku każdego miesiąca dokonywała przelewu w wysokości dwóch i pół tysiąca złotych na konto bankowe Andrzeja Wyspiańskiego, swojego byłego kochanka. Jej mąż zauważył, że od sierpnia wydatki żony istotnie zmalały, co tłumaczył sobie poczuciem rodzinnej solidarności. Taki stan trwał do grudnia, kiedy Weronika znalazła sobie kolejnego ubogiego intelektualistę, tym razem z Poznania, z którym zaczęła sypiać w różnych drogich hotelach, unikając jednakże jak diabeł święconej wody Grand Hotel w Sopocie, z którym wiązały się skomplikowane wspomnienia. Incydent z Pauliną Martą, czujną „dziewczyną Wyspiańskiego" – jak ją nazywała – w łóżku i częściowo na podłodze pokoju numer 305, nie był jednorazowy. Przeżycia związane z ustami, dłońmi i w ogóle ciałem Pauliny były niezapomniane. Przez cztery miesiące, do pierwszego seksu z Marcinem, swoim nowym „chłopczykiem", regularnie odwiedzała Paulinę. Z Mokotowa na Żoliborz nie jest daleko.

Radykalne zmiany nastąpiły po Nowym Roku, w połowie stycznia, kiedy Zdzisław Pętla pewnego późnego wieczoru wrócił do domu mocno pijany, co mu się bardzo rzadko zdarzało, i obwieścił Weronice, że „zakochał się w Martynie". Nie znała żadnej kobiety o tym imieniu. W pierwszej chwili pomyślała, że jej mąż zakochał się platonicznie w Martynie Wojciechowskiej, podróżniczce, która sto lat temu, bodajże w dwa tysiące pierwszym, rozebrała się dla „Playboya", i na widok której Zdzich się ślini, gdy pokażą ją w telewizorze. Okazało się jednak, że chodzi o zupełnie inną Martynę. O wiele młodszą od Wojciechowskiej, o wiele bardziej atrakcyjną i o wiele bardziej realną – nową asystentkę w firmie Zdzicha. Asystuje jego zastępcy, ale sypia z nim. „Ja kocham Martynę, a Martyna kocha mnie", opowiadał jej bełkotliwie przy stole w kuchni. Nad ranem, po długich i mozolnych przesłuchaniach, okazało się, że asystentka Martyna jest w ciąży i „urodzi moje dziecko, kurwa, moje, rozumiesz to? Dziecko, o którym zawsze marzyłem".

Rano po konsultacjach z rodzicami doszła do wniosku, że miłość Zdzichowi z pewnością wkrótce minie, a obecnie głównym zadaniem jest przekonać Martynę, aby dziecka nie urodziła. Takie rozwiązanie forsowała matka Weroniki, która doskonale wiedziała, jak to można załatwić. Okazało się jednak, że Martyna jest w piątym miesiącu ciąży, „bardzo kocha pana prezesa i wiąże z nim swoją przyszłość".

Rozmowa z Martyną sprowadziła same nieszczęścia. Zdzicho, prawdopodobnie namówiony przez „tę niewyżytą lecącą na pieniądze dziwkę", sprawdził dokładnie wydatki żony i dotarł do rachunków za hotele, męskie garnitury, koszule, buty i krawaty, nie mówiąc o regularnych przelewach na konto niejakiego Wyspiańskiego Andrzeja z Krakowa. Tej samej nocy wyciągnął z torebki żony telefon komórkowy. Potem pojechał z nim do Martyny i najwidoczniej razem dzwonili po całej Polsce. Rano nie znalazła telefonu, pomyślała, że zostawiła go poprzedniego wieczoru u kosmetyczki i pojechała do niej. Gdy w południe wróciła do domu, zamki w drzwiach były wymienione. Pojechała się wypłakać do rodziców. Matka płakała z nią. Godzinę później kierowca Zdzicha przywiózł cztery walizki i postawił przed drzwiami. Wtedy rozpłakał się nawet ojciec.

W maju Martyna urodziła chłopca. W połowie czerwca kurier dostarczył Weronice Zasuwie-Pętli pozew rozwodowy. Zdzichu wnosił o rozwód z orzeczeniem o winie. O doprowadzenie do rozpadu małżeństwa oskarżał żonę, która „regularnie dopuszczała się zdrad". Na świadka powoływał między innymi Andrzeja Wyspiańskiego, pracownika uniwersytetu w Krakowie. Gdy trochę się uspokoiła, Weronika zadzwoniła do byłego kochanka. Na początku wypomniał jej brak przelewów, a potem potwierdził, że stawi się na rozprawie rozwodowej. Za powiedzenie prawdy jej mąż zaoferował mu dwadzieścia tysięcy złotych. Jeszcze nigdy nie „dostał takiej kasy" za mówienie prawdy. Przeważnie dostaje pieniądze za to, że kłamie. Więc z pewnością tę prawdę w sądzie „zaświadczy", bo ma teraz bardzo duże wydatki związane z „turbulencjami na uczelni i te pieniądze od Zdzicha są jak prawdziwy podarunek niebios".

Szymon Eliasz Ksenberger po powrocie do Sztokholmu zamknął się na miesiąc w swoim pustym domu i czytał książki. Praktycznie

nie wychodził, pomijając krótkie wizyty w pobliskim centrum handlowym, gdzie kupował żywność, oraz uciążliwe wyjazdy samochodem po wódkę do najbliższego sklepu monopolowego, odległego o ponad dwadzieścia kilometrów; sprzedaż alkoholu w Szwecji jest zmonopolizowana przez państwo. Nie odbierał telefonów i nie otwierał drzwi, jeśli nie był pewny, że to listonosz.

Po wakacjach, gdy zakończyły się urlopy, wyjechali turyści i Sztokholm wrócił do normalnego funkcjonowania, zamieścił ogłoszenie w gazetach i na portalach internetowych, oferując sprzedaż domu. Gdy do grudnia po niezliczonych wizytach potencjalnych nabywców nie udało mu się go sprzedać za cenę, której oczekiwał, zatrudnił profesjonalnego agenta handlu nieruchomościami. W połowie lutego podpisał w końcu w obecności notariusza umowę sprzedaży. W międzyczasie wyprzedał wszystkie kosztowności z sejfu.

W marcu poleciał przez Bangkok do Siem Reap w Kambodży w pobliżu Angkor Wat, największej, najważniejszej i najbardziej znanej hinduistyczno-buddyjskiej świątyni, przyciągającej od lat tłumy turystów z całego świata. W Siem Reap skontaktował się z prowadzonym przez izraelskiego emigranta biurem maklerskim pośredniczącym w kupnie i sprzedaży działek budowlanych i nieruchomości na terenie całej prowincji. Po dwóch tygodniach nabył pensjonat z przylegającym do niego ogrodem. Przez następne dwa tygodnie wraz z polskim inżynierem, którego od lat zatrudniał izraelski makler, doglądał remontu. Pod koniec maja w pensjonacie pojawili się pierwsi turyści, para amerykańskich studentów, którzy z plecakami od roku objeżdżają świat dookoła. W trzech pokojach na parterze urządził sobie mieszkanie i niewielkie biuro, w pozostałej części parteru i na pierwszym piętrze znajdowało się łącznie osiem skromnie wyposażonych pokoi. Kuchnię przeniósł do przybudówki, przy której przygotował niewielką jadalnię na kilka stolików. Wkrótce w okolicy rozniosło się, że „u Szweda można przenocować i najeść się do syta za kilka dolarów i na dodatek jest darmowy internet". Rozpowiadali to turystom i kierowcy tuk-tuków, i kierowcy taksówek, informowano o tym na lotnisku w Siem Reap, a także na dworcu autobusowym.

Szymon spędza czas głównie w pensjonacie, który prowadzi razem z zatrudnionym przez siebie Chorwatem, który przyjechał do Kambodży po wojnie w Jugosławii i został na stałe. Do Szwecji wracać nie zamierza, do Polski nie chce. Wieczorami czyta, medytuje, słucha muzyki. Czasami jedzie do Siem Reap i przysiada się do ludzi w ogródkach ulicznych barów i restauracyjek. Spotyka wielu Polaków. Są zdumieni, gdy zaczyna rozmawiać z nimi po polsku. Gdy zatęskni za gwarem dużego miasta, leci do Bangkoku. Często sam odbiera z lotniska lub dworca autobusowego turystów, którzy zarezerwowali pokoje w jego pensjonacie. Wypatruje wówczas z nadzieją i niepokojem kobiety z Ko Samui. Ciągle pamięta, jak przytulona opowiadała mu, że „marzy, aby zamieszkać w drewnianej chacie, gdzieś w Kambodży"...

Joachim Maria Pokuta wrócił do hotelu dopiero wieczorem. Przez cały dzień błąkał się po plażach wokół Sopotu. Gdy zaczynał dygotać, wchodził do wody. Zauważył, że zimno mu pomaga. W hotelu zapłacił za „przedłużony pobyt" i w pokoju numer 404 spakował walizkę. Potem połknął porcję tabletek i wsunął do torby leżący na łóżku pasek, na którym chciał się rano powiesić. Podarł na strzępy list pożegnalny i włożył wszystkie dokumenty z powrotem do portfela. Poszedł na dworzec kolejki podmiejskiej i pojechał do Gdańska.

Nad ranem zapukał do drzwi swojego domu. Urszula zapytała, czy chciałby napić się z nią herbaty. Usiedli przy stole w kuchni. Cieszył się, że ją widzi, i dotykał jej dłoni. Powiedziała mu, że kotka sąsiadów umarła wczoraj nad ranem, tak nagle, i że sąsiadka prosiła, „żeby o tym panu profesorowi koniecznie powiedzieć", i że kupiła bilety na koncert w filharmonii na ich rocznicę ślubu. I że dzwoniła Marysia i była zatroskana, „bo tata był bardzo smutny, gdy wczoraj rozmawiali". I że dzwoniła jego doktorantka, aby zaprosić „pana profesora na swój ślub". Mówiła też, że za nim tęskniła, bo nie lubi, gdy go nie ma. Nagotowała mu kapuśniaku, takiego kwaśnego jak lubi, i kisi dla niego ogórki. I gdy zaczął płakać przy tym stole, płakała razem z nim.

Dopiero w październiku, a nie jak mu obiecali we wrześniu, ukazał się jego artykuł w „Nature". Nie odbierał telefonów z gratulacjami z uczelni. Na jego prośbę Urszula zawiozła go do doktorantki. Podarował jej bukiet kwiatów i wrócili do domu. Wigilię spędzili z Marcinem i Marysią. Dygotał trochę przy dzieleniu się opłatkiem, ale potem było już dobrze. Pod koniec stycznia zamknął się na trzy doby na strychu. Tydzień później oznajmił rodzinie, że jedzie na ważny międzynarodowy kongres do Rosji. Urszula wyprasowała mu koszule, przygotowała kanapki na drogę, do walizki zapakowała ciepłą bieliznę, futrzane rękawice i czapkę z grubej wełny. Kiedy nie wrócił do końca lutego i nie odbierał telefonów, zaczęła go poszukiwać.

Na uczelni byli bardzo zdziwieni, gdy pytała o międzynarodowy kongres biologów w Rosji. O niczym takim nie słyszeli. Na prośbę uniwersytetu do poszukiwań włączył się MSZ, który skontaktował się z polską ambasadą w Moskwie i wszystkimi polskimi konsulatami w Rosji. W czerwcu rosyjska policja w specjalnej oficjalnej nocie wysłanej do Warszawy potwierdziła, że „polski obywatel Joachim Maria Pokuta był ostatnio widziany pod koniec miesiąca lutego w miejscowości Listwianka nad jeziorem Bajkał, ale obecne miejsce jego pobytu jest nieznane...”.

AGNIESZKA GROCHOWSKA | ZBIGNIEW IZDEBSKI | ANNA MARIA JOPEK | JAN A.P.KACZMAREK
MAREK KAMIŃSKI | JAN JAKUB KOLSKI | WOJCIECH KUCZOK | EWA LIPSKA | LESZEK MOŻDŻER
KRZYSZTOF PENDERECKI | KRZYSZTOF ZANUSSI | JACEK ŻAKOWSKI

# KALENDARZ 2015

*Dla Fundacji Start z Kulturą przed obiektywem aparatu stanęły niezwykłe osobowości polskiej kultury i nauki. Tylko dla naszej Fundacji i wyłącznie dla idei tego Kalendarza. Wszystkim, którzy zdecydują się kupnem Kalendarza poprzeć naszą misję wyrażamy wdzięczność. Dziękujemy także fotografom, Pani Lidii Popiel, panu Sylwestrowi Ciszkowi i Panu Vitaliy Hrabar z Ukrainy.*

dr hab. Janusz Leon Wiśniewski,
**Fundacja Start z Kulturą, Poznań 2014**

## FUNDACJA **START Z KULTURĄ**

CELEM FUNDACJI JEST NIESIENIE POMOCY ORAZ ROZWÓJ UZDOLNIONYCH ARTYSTYCZNIE DZIECI, MŁODZIEŻY I DOROSŁYCH, ZNAJDUJĄCYCH SIĘ W TRUDNEJ SYTUACJI ŻYCIOWEJ, W SZCZEGÓLNOŚCI DLA REALIZOWANIA I ROZWIJANIA ICH PASJI BEZ WZGLĘDU NA PŁEĆ, MIEJSCE ZAMIESZKANIA, POCHODZENIE SPOŁECZNE ORAZ WRODZONĄ LUB NABYTĄ NIEPEŁNOSPRAWNOŚĆ.

**KALENDARZ** EDYCJA LIMITOWANA **DOSTĘPNY OD JESIENI 2014.**